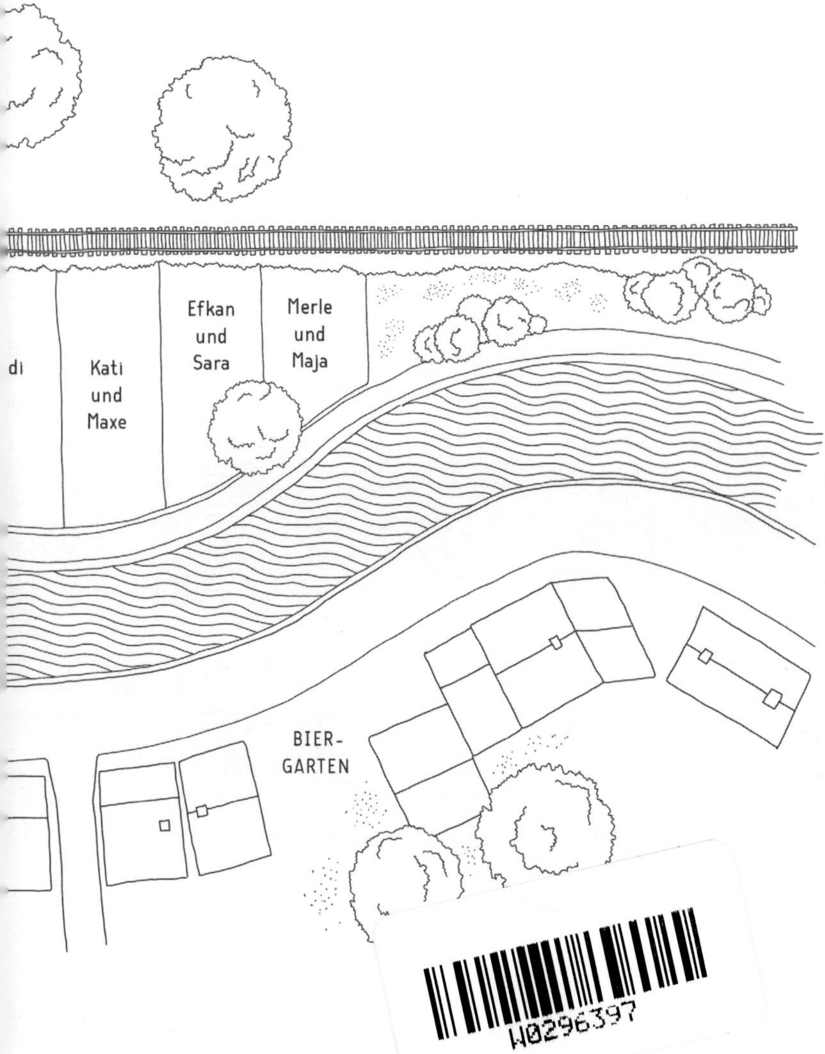
di
Kati und Maxe
Efkan und Sara
Merle und Maja
BIER-
GARTEN

KRÜGER

ULLA MOTHES

MORGEN LUFT

ROMAN

KRÜGER

Aus Verantwortung für die Umwelt hat sich der S. Fischer Verlag zu einer nachhaltigen Buchproduktion verpflichtet. Der bewusste Umgang mit unseren Ressourcen, der Schutz unseres Klimas und der Natur gehören zu unseren obersten Unternehmenszielen.

Gemeinsam mit unseren Partnern und Lieferanten setzen wir uns für eine klimaneutrale Buchproduktion ein, die den Erwerb von Klimazertifikaten zur Kompensation des CO_2-Ausstoßes einschließt.

Weitere Informationen finden Sie unter:
www.klimaneutralerverlag.de

MIX
Papier aus verantwortungsvollen Quellen
FSC® C014496

Erschienen bei FISCHER Krüger

Karte und Vignetten: Christina Hucke
Redaktion: Susanne Kiesow
Satz: Fotosatz Amann, Memmingen
Druck und Bindung: GGP Media GmbH, Pößneck
Printed in Germany
ISBN 978-3-8105-3088-2

[Ich bin] ein Teil von jener Kraft,
Die stets das Böse will und stets das Gute schafft.
Johann Wolfang von Goethe, Faust I, 1808

Minus geteilt durch Minus ergibt Plus.
Mathematische Regel

1
EINGENISTET

Siffig. Muffig. Bittersüß.

Wie sonst soll Aufbruch riechen, machte sich Louise Mut, die soeben beschlossen hatte, sich fortan Lu zu nennen. Ohne das prätentiöse O dazwischen.

Sie stand in der Tür einer Laube. Einer von sechsen der Kolonie Flusseck, die auf einer Restfläche zwischen Bahngleisen und Flussbiegung eingekeilt war wie Unkraut in einer Ritze. Oder wie hartnäckiges Leben, je nach Blickwinkel.

Lu steckte ihren Schlüsselbund mit Wohnungs-, Büro- und Sportwagenschlüssel sowie Dietrich und Pick in die Jackentasche, trat ein und orientierte sich im Mondlicht. Gerätschaften zeichneten sich im Vorraum ab, ein Besen, ein Rasenmäher. Geradeaus ging es in ein Bad, das ungefähr so groß war wie bei ihr zu Hause – Ex-Zuhause – die Dusche. Im lang gestreckten Hauptraum rechts standen zwei Sechziger-Jahre-Sessel mit Tischchen, Zeitungsständer und passendem Sideboard, ansonsten war er vollgestellt mit dem Gartenmobiliar – einem Tisch mit vier Klappstühlen sowie einem Holzdeckchair mit Fußteil. An der hinteren Wand ein Bollerofen, eine Schiebetür zu einer Küche mit Spüle, Propangaskochstelle und kleinem Buffet. Daneben ein Alkoven mit einem kurzen Bett, nur durch einen Vorhang vom Hauptraum getrennt. Perfekt. Besonders dass der Schornstein des Holzofens auch gleich das Bad mitwärmte, wie Lu mit geübtem Blick bemerkte.

Sie stellte ihre Sporttasche auf den Gartentisch, rollte die

Yogamatte auf dem Bett aus und dann den Schlafsack, in den sie sich hineinkuschelte.

Ein Güterzug ratterte hinter dem Haus vorbei. Er schien endlos zu sein. Dann war es still. Frische Luft zog herein. Vor dem Fenster dufteten Hyazinthen.

Lu lag mit offenen Augen da, sah jedoch nicht die kieferverschalte Decke des Alkovens vor sich, sondern eine zerknickte 3-D-Ansicht, auf der ein weinroter Lackpumps lag. Der Schuh gehörte der Bürgermeisterin. Die zerknickte Abbildung zeigte den Ort, an dem Lu sich jetzt befand, und war auch von ihr gezeichnet. Hineingesetzt waren allerdings nicht sechs Lauben, sondern ein voluminöser Wohnriegel. Da hatte sie nun gestanden, auf dem schrittschalldämmenden blauen Teppich des Architekturbüros Starcke, die Geräusche eines recht speziellen »Meetings« vernommen und plötzlich begriffen, wie unbedeutend sie war oder vielmehr sich selbst gemacht hatte. So unbedeutend wie ihre meisterlich ausgeführte 3-D-Visualisierung, achtlos für einen strategischen Akt vom Tisch gewischt.

Danach war ihr nicht viel Zeit zum Packen geblieben – als Mädchen für alles im Büro von Tobias Starcke war aber Effizienz ihr zweiter Vorname. Und dem, das gelobte sie sich, ehe sie die Augen im nachtfeuchten Alkoven schloss, würde sie jetzt alle Ehre machen. Allerdings nicht mehr für Tobias, sondern gegen ihn.

»Aus! Bei Fuß!«

Was war denn mit Knorke los, hatte sich da eine Ratte in die leere Laube eingeschlichen? Oder etwa eins von Efkans Hühnern einen Brutplatz in Schulzes Bett gefunden?

Ihr Manchester Terrier, der beim morgendlichen Gassigehen bellend zur Laube gesprungen war, kam leise winselnd zu Kati zurück. Sie lobte ihn, blickte auf und entdeckte das offene Schlafzimmerfenster, das in diesem Moment von einer schlanken Frauenhand mit rot lackierten Nägeln geschlossen wurde.

Kein Huhn, dachte Kati, jedenfalls keins mit Federn. Aber auch keins, was da hingehörte. Und schon gar keins, dessen Wegscheuchen sie ihrem Mann überlassen wollte.

»Bei Fuß«, wies sie den Terrier an ihrer Seite noch einmal an, öffnete das Gartentor und stapfte über den taufeuchten Rasen.

Vor der Tür blieb sie stehen. »Hallo«, sagte sie vernehmlich und ohne ein fragendes Heben der Stimme am Ende.

Drinnen rumste irgendwas, ein zischender Schmerzenslaut folgte. Dann öffnete sich die Tür.

Vor Kati stand eine junge Frau, Mitte dreißig vielleicht. Blondes, langes, verstrubbeltes Haar. Klein, knochig, Schminke von gestern, teure weiße Bluse, knallenge Hüftjeans. Und der Blick aus blauen Augen scheißfreundlich.

»Guten Morgen. Entschuldigen Sie ...«, setzte das Persönchen vor ihr an.

»Weiß ich nicht, ob ich das entschuldige«, sagte Kati. »Was machen Sie hier in Schulzes Laube?«

»Obdach suchen. Mein Mann hat mich betrogen. Ich musste raus.«

»Kurz entschlossen?«, fragte Kati interessiert. Die Frau gefiel ihr wider Willen. Knapp, bestimmt, ungeniert.

Die Blonde nickte und hob gleich darauf die Schultern.

»Und wie kommen Sie auf diese Laube?«

»Ich hab gesehen, dass ...« Die Frau unterbrach sich und sah Kati dann fest in die Augen. »Ich wusste, dass sie leer steht.«

»Was einen Einbruch nicht rechtfertigt.« Kati legte den Kopf schräg. »Und woher wussten Sie das?«

Die junge Frau reckte den Kopf, schaute zum Gartenzaun und wies dann mit der Hand zu der Front von sechs Zäunen längs des Weges am Fluss. »Ich habe kürzlich auf einem Spaziergang die Banner gesehen. Und den ungemähten Rasen. War klar, dass hier niemand mehr einziehen darf. Ich weiß, wie so was abläuft. Ich bin Architektin. Und ich find's scheiße.«

Kati hatte das unbestimmte Gefühl, dass die junge Frau vielleicht nicht log, aber irgendwie nicht ganz zufällig hier gelandet war. Der Blick zu den Protestbannern an den Zäunen war suchend gewesen.

Knorke winselte. Er wusste, dass er sein Geschäft nicht in Schulzes Garten machen durfte, und jetzt war es wohl langsam dringend.

»Ich heiße Lu. Ich will hierbleiben«, sagte die Frau in Knorkes Winseln hinein und klang dabei genauso flehentlich wie der Hund. Und nicht minder ehrlich.

Gut, dachte Kati. Vielleicht war das gar nicht so verkehrt. Eine Architektin kannte sich vermutlich mit den ganzen Bestimmungen aus, nach denen sie hier vertrieben werden sollten. Das Huhn nicht gleich zu verscheuchen, sondern lieber zu rupfen, konnte nicht schaden.

»Im Küchenschrank sind bestimmt noch Kaffeebohnen. Die dürften brauchbar sein, Waltraud hat immer frisch gemahlen, und so lange ist sie noch nicht tot. Hauptsicherung ist da«, sie wies in den Vorraum hinein neben Lus Kopf. »Wasser ist bestimmt noch angestellt. Ich geh mit Knorke schnell zum Bahndamm, dann komm ich wieder.«

Die Frau wandte sich ab, und der Hund rannte vor zum Gartentor.

Lu schaute ihr nach. Wanderschuhe, dunkelblaue Stretchjeans, die erstaunlicherweise keine Schwimmringe an den fleischigen Oberschenkeln bildeten, rosa Fleece-Hoodie. Eine große Frau mit birnenförmiger Figur und ungefärbtem Rentnerhaarschnitt, wahrscheinlich Ende sechzig. Sie hatte Biss, das gefiel Lu, war aber auch heikel.

»Ich bin betrogen worden«, hatte sie erzählt. Vielleicht stimmte das nicht einmal. Hatte ihr Tobias je etwas zugesichert? Dass der Zweck nicht alle Mittel heiligte? Hatte er nicht. Sie hatte etwas in ihre Beziehung hineingeträumt, das nicht da gewesen war.

Aber egal, »betrogen« machte sich besser. Und Tobias hatte zumindest ausgenutzt, dass sie sich etwas vorgemacht hatte.

Lu fröstelte und gähnte. Ein paar Gärten weiter hatte in aller Herrgottsfrühe ein Hahn gekräht und gar nicht wieder aufgehört. Die Sonne berührte noch nicht mal die Spitzen der Obstbäume, die gerade Blütenknospen ansetzten.

Lu blickte über das hohe Gras und den Fluss hinüber zur Altstadt dieses beschaulichen norddeutschen Ortes, knipste dann wie angewiesen die Hauptsicherung an und trat ins Bad. Das Wasser kam spritzend und braun aus dem Hahn, aber es kam. Waschtisch, Klo und neben dem Klo – Lu traute ihren Augen kaum – eine schmale Glastür nach draußen. Dahinter in ein Kiesbett gelegte marokkanische Zementfliesen. In der Tür steckte innen ein Schlüssel, sie öffnete, trat hinaus und fand sich in einem Heckengeviert wieder, über sich eine Dusche.

»Ich fass es nicht. Ich hab die Edellaube erwischt«, murmelte Lu, und in ihrem Bauch bildete sich ein Glücksball.

In diesem Moment rauschte ein Regionalzug auf dem Bahndamm vorbei, und Lu konnte den Passagieren trotz Hecke in die Augen blicken. Den Fahrplan sollte sie also kennen.

Fürs Erste begnügte Lu sich mit Katzenwäsche drinnen und frischer Mascara. Dann wuchtete sie den ausladenden Deckchair nach draußen auf die kleine Terrasse vor der Laube, um sich nicht noch einen blauen Fleck am Schienbein zu holen. Sie stellte auch das Fußteil dazu. Ein klares Zeichen für die Frau mit dem Hund, dass sie zu bleiben gedachte. Dann trat sie in die Küche und fand tatsächlich Kaffeebohnen und eine Kaffeemühle im Büfett. Vor allem jedoch eine ganze Sammlung Arzberg Bastdekor. In Grau, Hellblau, Rot ... Das Service war auf dem Flohmarkt ein Vermögen wert, ebenso wie die geschwungenen Sessel mit den schräg stehenden Holzbeinchen.

Lu rechnete. Klar, wenn die Vorpächter irgendwas um die achtzig gewesen waren, als sie das Zeitliche gesegnet hatten, stand sie hier vor dem, was sie sich in den frühen Sechzigerjahren als junges Paar angeschafft hatten und was irgendwann in die Laube gewandert war.

Ein Stich durchfuhr sie. Ein Bis-dass-der-Tod-euch-scheidet hatte sie mit Tobias auch haben wollen. Aber Tobias, das war ihr gestern klar geworden, der wollte geschäftlich sehr hoch hinaus, und seine Partnerin war dem untergeordnet. Und – das musste sie ihm zugestehen – sie hatte diese Rolle angenommen.

Konzentrier dich, ermahnte sie sich, ehe die Tränen kommen konnten.

Energisch füllte sie den Wasserkocher, griff nach dem Porzellanfilter, der neben einer Mokkakanne stand, setzte eine Filtertüte hinein, die sie einem etwas klammen Karton entnahm, und mahlte Bohnen. Als sie das heiße Wasser in den

Trichter goss und darüber nachdachte, dass die letzte Hand, die eine Filtertüte aus dem Karton gezogen und das Kästchen der Kaffeemühle hineingeleert hatte, die Hand einer Toten war, ging die Haustür.

Na super, dachte Lu. Das mit der Reviermarkierung musste sie wohl noch verbessern. Fürs Erste war sie ein Geistergast in Schulzes Laube. Und Anklopfen schien hier nicht üblich zu sein.

»Wie ich sehe, haben Sie alles gefunden.« Die Nachbarin war in der Küchentür erschienen.

»Die Laube ist so verlassen worden, als hätte Frau Schulze demnächst wiederkommen wollen, nicht wahr? Es ist irgendwie berührend«, nahm Lu ihren Gedankengang von eben auf.

»Ist das Einbrecherromantik?«, fragte die Frau. Doch dann seufzte sie. »Schulzes waren gebildete Leute, ruhig und bescheiden. Ich stell mal den Gartentisch raus, sonst wird Knorke unleidlich.« Dann wies sie auf ein Tablett mit Korbhenkel, das auf dem Buffetaufsatz stand. »Damit können Sie alles raustragen, wenn der Kaffee durch ist.«

Lu stellte Tassen, Untertassen, die halb gefüllte Zuckerdose und die Mokkakanne auf das Tablett und legte noch einen Löffel dazu, falls die Nachbarin Zucker wollte. Kurz schoss ihr die Vorstellung ihres morgendlichen Latte aus der Luxusespressomaschine zu Hause durch den Kopf. Ex-Zuhause, ermahnte sie sich, zog sich ihre Steppjacke über und trug das Tablett auf die Terrasse, auf der inzwischen der Gartentisch und zwei Stühle standen. Auf einem davon saß die Frau, daneben Knorke. Der Deckchair war auf den Rasen gewandert.

Aha, so war das also bei Schulzes, dachte Lu, setzte sich und goss Kaffee ein.

»Sie sind also zu Hause abgehauen«, sagte die Frau und zog ihren Hoodie über dem Bauch glatt.

»Ich geh auch nicht mehr zurück«, sagte Lu.

»Wie sind Sie überhaupt hier reingekommen? Das Schloss sah nicht aufgebrochen aus.« Die Frau rührte Zucker in ihren Kaffee.

»Mit einem Pick.«

»Mit was?«

»Einem Einbruchswerkzeug. Frei erhältlich. Mein Denkmalschutzprofessor hat mal gesagt, ein Architekt müsse in alte Gemäuer kommen, und seinen Schlüsselbund dazu hochgehalten. Daran hing ein Dietrich. Die meisten haben gelacht. Ich nicht. Mir ist irgendwie das Herz aufgegangen.« Sie griff nach ihrer Tasse. »Als nach der Veranstaltung alle weg waren, habe ich mich an der Seminarraumtür unterweisen lassen und noch am selben Tag mein Werkzeug bestellt.«

»Und wie oft gebraucht?«

Die Frage kam wie aus der Pistole geschossen. Lu, die gerade ihren ersten Schluck Kaffee trinken wollte, hielt inne.

»Selten. Nur einmal heimlich. Gestern Abend.«

»An krimineller Energie scheint es Ihnen jedenfalls nicht zu fehlen.«

Lu schwieg und trank. Sie wusste nicht, was sie sagen sollte. Die Leute hier würden sie wohl nicht so einfach in der Laube wohnen lassen. Ihr Blick schweifte Richtung Fluss und blieb an den Zäunen hängen. An alle waren irgendwelche Banner geknüpft. Bestimmt mit Aufschriften wie *Wir weichen nicht! Kampf der Betonmafia. Gärten sind Seelenfutter.*

»Ich kenne mich zumindest ein wenig mit der kriminellen Energie derer aus, die Sie hier vertreiben wollen. Und mit dem Baurecht.«

»Wie gut?«

»Ausreichend vermutlich nicht, aber das kann ja noch werden.«

Das war gelogen, aber eine Lüge war an dieser Stelle klug, fand Lu. Denn die Kolonie hatte, weil sie nur aus sechs Parzellen bestand, nicht die Argumente, die das Entpachten größerer Kolonien erschwerten. Und Tobias, ihr seit gestern Ex-Partner, der hier einen dicken Riegel mit Wohnungen hinsetzen wollte, hatte ein schlagendes Argument, nämlich die Wohnungsnot in der Stadt. Und er hatte beste Beziehungen, allerbeste sogar, wie sie nun wusste. Auch die ausgebuffteste Kenntnis der Lage würde nicht ausreichend sein, um die Kolonie zu erhalten. Das aber wollten die Leute hier vermutlich nicht wahrhaben. Noch nicht jedenfalls. Und in so einer Situation wäre es Selbstmord, die Botin mit der schlechten Nachricht zu sein.

Die Nachbarin lehnte sich in ihrem Stuhl zurück und streckte die Beine aus. Ihr Terrier nahm das offenbar als Anzeichen, dass Freizeit angesagt war, zog los und schnüffelte um die Bäume herum.

»Sie wollen also hier unterschlüpfen und uns im Gegenzug in unserem Kampf gegen das Plattmachen unserer Lauben helfen.«

»Ich wäre blöd, wenn ich das nicht täte.«

»Ich frag die anderen. Heute Abend dürften alle da sein. Ich bin übrigens Kati.«

»Danke, Kati. Das wäre toll.« Lu zog die Steppjacke fröstelnd zusammen und bemerkte bei ihrem Gegenüber so etwas wie den Ansatz eines wohlwollenden Lächelns, das etwas überraschend Mädchenhaftes hatte.

Kati erhob sich. »Mein Mann wartet. Der Laubenschlüssel ist hinten. Klebt an einem Magneten unter der Seifenschale der Dusche.«

Sie rief ihren Terrier und drehte sich kurz vor dem Gartentor noch einmal um. »Rasenmähen könnte nicht schaden für die Entscheidungsfindung. Nicht vor acht. Nicht zwischen eins und drei.« Dann ging sie.

»Korke!«, hörte Kati Lina-Marie rufen, als sie das ehemals Schulze'sche Gartentor schloss. Die kleine Tochter von Jana und Florian huschte mit ihrem Frühstücksrucksack auf den Kiesweg, der vor den Schrebergärten am Fluss entlangführte.

Kati fand es bedenklich, dass eine Dreijährige noch kein »Kn« aussprechen konnte. Glücklicherweise hatten die Kinder von Jana und Florian nie Wurstbrote in ihren Rucksäcken, so dass sie entspannt zusehen konnte, wie ihr Terrier und das kleine blonde Mädchen sich begrüßten.

Jetzt kam auch Jana aus dem Schuppen und schob das klobige Kasten-E-Bike heraus. Der fünfjährige Philipp hing an ihrem Jackenzipfel. Der Junge mit seinen braun glänzenden Locken sah aus wie sein Vater, die weißblonde Lina-Marie war ihrer Mutter wie aus dem Gesicht geschnitten. Als ob es bei ihnen keine Vermischung der Gene gegeben hätte.

»Hallo, Kati.« Jana war mittlerweile am Gartentor angekommen. »Magst du mir das Tor aufhalten, Philipp?«, fragte sie ihren Sohn. Und während sie das schwere Gefährt auf den Weg schob: »Wohnt da drüben doch wieder jemand?«

»Eine Architektin. Illegal. Könnte uns nützlich sein. Ich trommle alle zusammen, heute Abend bei uns um sieben«, antwortete Kati.

»Was ist illegal?«, fragte Philipp.

»Die darf da gar nicht sein?«, Jana schaute befremdet hinüber in den Garten, wo Lu gerade den Tisch abräumte und grüßend die Hand hob. Die junge Mutter schreckte zurück.

Philipp drängte sich an ihr Bein. »Mama, ist illegal was Schlimmes?«

Vom übernächsten Grundstück zur anderen Seite hin ertönte ein Pfiff. Knorke warf Lina-Marie um, als er losstürmte. Das Mädchen kreischte begeistert auf.

»He! Also das …« Protestierend erscholl Florians scheppernde Männerstimme vom Schuppen her. Oje, dachte Kati.

»Besprechen wir alles heute Abend«, sagte sie schnell zu Jana. »Florian, heute um sieben eine Runde bei uns, ja?«, rief Kati zu dem jungen Vater, der sie mit seinem affigen Fahrradhelm in der Hand missbilligend ansah. Sein Fünftausendeuro-Bike lehnte an seiner Hüfte. Ihr Mann hatte es gestern bewundern dürfen, als die Familie zum ersten Mal in diesem Jahr für ein paar Tage die Laube bezogen hatte. Es wog angeblich weniger als eine Harke. »Ich muss nach Hause. Maxe wartet.«

Kati dachte gar nicht daran, sich zu entschuldigen, nur weil der kleine Pupswindelpopo auf dem Kies gelandet war. Lina-Marie trug tatsächlich nachts noch Windeln, mit drei! Das wusste Kati vom Müllwegbringen, ihre Tonnen standen auf dem Parkplatz hinter der Brücke.

»Mama, was ist illegal?«, quengelte Philipp.

»Ich will in den Kindi.« Lina-Marie stand neben dem Transportkasten, wollte offenbar hineingehoben werden und in den Kindergarten.

»Bis später dann.« Kati machte sich davon. Die junge Familie war vor einem Jahr nachgerückt, als die Parzelle frei geworden war. Er Tierarzt, sie Restauratorin. Vollblutökos. Wenn sie gewusst hätte, was das hieß, hätte sie auf der Vereinssitzung, in der ihre Aufnahme beschlossen worden war, ihr Veto eingelegt.

»Na endlich«, begrüßte sie ihr Mann an ihrem Gartentor, nachdem sie noch an Rudis Grundstück vorbeigegangen war. Da war alles ruhig. Rudi war Spätaufsteher.

»Wo warst du denn so lange?«

»Ich mach uns Toast, dann erzähle ich es dir.«

Mühsam quälte sich Rudi aus der Waagerechten hoch und blickte Richtung Bahndamm. Ein metallisch schabendes Geräusch hatte ihn geweckt. Seine Augen waren nicht mehr die besten, aber dass sich der stabilisierende Querdraht an seiner Bohnenstützenreihe gelöst hatte, sah sogar er. Um einen neuen Draht zu spannen, würde er seinen Enkel Ole brauchen. Seinen Nachbarn, der sonst gern aushalf, konnte er nicht fragen. Dem war sein Hanf, den die Bohnen im Sommer zum Bahndamm hin halbwegs verbargen, ein Dorn im Auge. Glücklicherweise hatte sein Enkel da keine Berührungsängste.

Rudi schlurfte zur Küchenecke in seinen großen Raum, stellte den Wasserkocher an, schaufelte Kaffee und Zucker in seinen buntgeblümten Pott, goss auf, schnappte sich sein Feuerzeug sowie die Zeitung vom Vortag und legte sich für seinen Morgenjoint noch mal ins Bett. Jana, die ihm die Zeitung abends meistens über den Zaun reichte, hatte im Lokalteil eine Nachricht umkringelt.

STREIT UM WOHNPROJEKT AM FLUSS

Sechzig neue Wohnungen sollen im Zuge der Innenstadtverdichtung auf dem Gelände der Schrebergartenkolonie Flusseck zwischen Bahndamm und Fluss südlich der Altstadt entstehen. »Es sind Wohnungen unterschiedlicher Größe für Familien und kleine Haushalte geplant, im Erdgeschoss behindertengerecht«, berichtet der Projektentwickler Tobias S.

Der Kleingartenverein Flusseck e.V. hat Beschwerde gegen das Bauvorhaben eingelegt. »Die Wohnungen werden viel zu teuer für Durchschnittsfamilien. Statt die grüne Lunge für Luxuswohnungen zu versiegeln, sollten erst einmal die Kriegsbrachen am Südring bebaut werden«, schlägt der Vereinsvorsitzende Max B. vor.

Rudi nahm einen tiefen Zug von seinem Joint und blickte aus dem Fenster zum Foliengewächshaus. Dort standen, geschützt vor den letzten Frösten, die Setzlinge seiner diesjährigen Hanfzucht. Ob die überhaupt noch blühen würden?

Unruhig drückte er seinen Joint aus und schlug die Decke weg. Er musste was tun. Er war der Einzige, der noch kein Protestbanner am Zaun hatte. Dabei hatte er die beste Idee. Maxes *Flusseck-First*-Plakat war schon ein bisschen peinlich. Dieser entenschopfige US-Expräsident, dem der Slogan entlehnt war, hätte hier ohne mit der Wimper zu zucken ein pompöses Glas-Stahl-Hochhaus hingestellt, für einen Golfplatz war das Gelände schließlich zu klein. Da musste er gegenhalten.

Also holte Rudi seinen Ersatzkopfkissenbezug heraus und legte ihn auf den Tisch am Fenster. An einen halb eingetrockneten orangefarbenen Filzer knotete er ein Stück Schnur, hielt ihr anderes Ende in der Mitte des Kissens mit dem Daumen fest und zog einen schönen großen Kreis. Da hinein schrieb er in fröhlich runden Großbuchstaben zum Ausmalen *Flower Power*. Die Wörter untereinander, die mittleren Buchstaben jeweils größer, so dass der Slogan den Kreis ausfüllte. Und darunter: *Stell dir vor, die Planierraupe steht da, und keiner steigt ein.*

Ein bisschen passte das Banner sogar zu Majas, das am letzten Zaun der Reihe ihrer sechs Grundstücke hing:

Wenn Eisschollen schmelzen, verhungern Eisbären.

Wenn unsere Scholle wegmuss, verhungert die Seele.

Die Vorlage würde er heute Nachmittag Jana geben, die sich erboten hatte, die Protestbanner mit Stofffarbe auszugestalten. Wenn Lina-Marie und Philipp die Sache noch mit fröhlichen Blumen verzierten, würde es werden, wie es eigentlich hatte werden sollen, aber nicht geworden war.

Rudi legte den Filzer weg und schaute aus dem Fenster durch seinen Garten zum Fluss. Er hatte Lina-Marie kennengelernt, da war sie so alt gewesen wie seine Tochter Joan, als sie aus seinem Leben verschwunden war, nämlich zwei.

Diesen schwärzesten aller Tage würde er niemals vergessen, aber er wollte auch nicht an ihn denken. Rudi faltete den Kissenbezug zusammen, zog seine verwaschenen Jeans und einen Norwegerpullover an und flüchtete in sein Gewächshaus. Komme, was wolle, er würde jetzt seine Setzlinge gießen.

»Hallo, hier ist Alina. (Husten.) Hab Fieber. (Husten.) Kann heut nicht kommen. (Pause. Husten.) Melde mich.«

Mist, dachte Florian, als er den Anrufbeantworter seiner Kleintierpraxis abhörte. Ohne seine Sprechstundenhilfe war er aufgeschmissen. Alina konnte etwas, das er hätte können müssen. Sie konnte zupacken.

Florian war Tierarzt geworden, weil seine Eltern einen respektablen Beruf von ihm erwartet hatten, er dagegen hatte sich danach gesehnt, gebraucht zu werden. Erwartungsgemäß hatte sein Vater die Nase gerümpft. Wenn es schon ein schnödes Handwerk sein müsse und nicht etwas Geistiges, dann hätte er doch bitte richtige Medizin studieren sollen. Florian hatte sich jedoch wohlweislich schon im Stillen beworben, und sein Vater arrangierte sich schließlich mit dem Satz: »Mein Sohn ist Veterinär.« Stets so wegwerfend geäußert, dass keiner weiter nachfragte.

Florian war empathisch, er merkte den Tieren ihr Leid an, aber er hatte eines nicht bedacht. Die Tiere sahen, dass er mitlitt. Und noch schlimmer, sie spürten, dass er zögerte, ihnen Leid zuzufügen, zum Beispiel in Form einer Impfung oder beim Aufschneiden eines Abszesses. Sie wehrten sich, und Florian brachte es nur unter Mühen fertig, diese Gegenwehr zu durchbrechen. Seine Verzagtheit stand ihm im Weg. Ohne Alina, die beherzt zupackte, ehe ein Tier sich's versah, war er aufgeschmissen.

Die Handtuchwickeltechnik, mittels derer man eine halbwegs zahme Katze sanft außer Gefecht setzen konnte, war bei der ersten Patientin seine Rettung. Es gelang ihm, der älteren Katzendame ins Ohr zu sehen und ihr Tropfen zu verabreichen. Aber der Rottweiler mit einer eiternden Vorderpfote brachte ihn bereits an seine Grenzen. Sein Frauchen war mit dem Fixiergriff überfordert, der Hund biss zu, Florian musste auch die Besitzerin verarzten und wusste, Hund und Frauchen hatte er das letzte Mal gesehen. Und das alles nur, weil er den Fixiergriff nicht furchtlos hatte vormachen können.

Am frühen Nachmittag hängte er ein Schild *Wegen Krankheit geschlossen* an die Tür und verließ die Praxis, um einen weiteren Exodus abzuwenden. Alle Termine hatte er verschoben. So verlor er hoffentlich wenigstens nur die Notfallpatienten an die Konkurrenz. Gut, dass morgen Samstag war. Am Montag war Alina bestimmt wieder fit.

Er radelte zu einem Café, das gegenüber ihrer Kolonie am anderen Flussufer lag, und rief einen Kollegen an, der als Großtierarzt einige der Pferde betreute, die regelmäßig auf den Rennbahnen der Umgebung liefen. Er tauschte sich mit ihm aus, sah sich noch ein paar Videos der letzten Rennen an und notierte sich seine Wetten fürs Wochenende. Wenigstens bei seinem heimlichen Nebeneinkommen nützten ihm die Kenntnisse der Körpersignale von Tieren etwas.

Dann schaute er hinüber zu den sechs Gärten auf der anderen Seite der Flussschleife.

Friedlich lagen sie da, mit dem ersten Frühlingsgrün überzogen. Maxes und Efkans Pflaumenbäume blühten schon, die Knupperkirsche bei Maja und Merle auch. Birnen und Äpfel hatten Knospen angesetzt. Nur die Banner an den Zäunen ließen darauf schließen, dass die Idylle in Gefahr war. *Kinder brauchen Gärten* stand an ihrem Zaun. Es war Janas Idee gewesen. Florian war sich nicht sicher, ob das stimmte, aber eingewendet hatte er nichts. Besonders Philipp wollte lieber mit seinem Freund auf dem Spielplatz jenseits der Bahngleise spielen, als mit seiner kleinen Schwester im Garten buddeln, die gestern mal wieder eines seiner mühsam errichteten Bauwerke mit einem ungeschickten Plumps zerstört hatte.

Sein Handy klingelte. Jana.

»Schatz, würde es dir was ausmachen, noch schnell im Bioladen vorbeizufahren nachher?«

Er sah geradezu vor sich, wie Jana sich ihr helles Haar hinters Ohr strich. Ihre verlegene, an sich selbst zweifelnde Art hatte ihn sofort angezogen. Vielleicht weil er ein Zauderer war und sich bei ihr sicher fühlte: Sie würde ihn nicht überfahren.

»Was soll ich denn holen?«

»Also auf jeden Fall Brot. Die Erdbeeren sind bestimmt aus Spanien eingeflogen, die nimm noch nicht. Aber Rhabarber müsste schon gehen. Tofubratlinge brauchen wir auch. Sojacreme für den Rhabarber. Ansonsten Standard.«

»Gut«, sagte Florian. »Mach ich.«

»Hab dich lieb.«

»Ich dich auch.«

Jana schon, aber ihre Ansprüche ... Denn der »Standard« im Bioladen kostete locker dreimal so viel wie der Standard woanders. Für vier Personen wohlgemerkt. Und Jana schien zu denken, dass sein Tierarzteinkommen dem eines gut gestellten Humanmediziners entsprach. Ihr eigenes war leider vernachlässigbar. Im Moment pinselte sie in irgendeiner Villa Gips in Marmor um. Bloß gut, dass seine Wetten verlässlich liefen und die Saison gerade begann.

Florian warf noch einen letzten Blick auf die Banner. Dann stutzte er. In Schulzes Garten mähte jemand Rasen. Eine zierliche blonde Frau. Wo kam die denn her? Dann erinnerte er sich. Kati hatte was von einer Runde bei ihr heute Abend gesagt. Die junge Frau war irgendwie illegal dort.

Florian seufzte. Er sollte die Zeit nutzen und ebenfalls Rasen mähen. Aber er hatte keine Lust. Zwei Stunden Radtour raus aus der Stadt waren gut und gern noch drin. War sowieso besser. Musste keiner wissen, dass er nicht in der Praxis war. Er zahlte und setzte sich umständlich den Helm auf.

»Die türkischen Tomaten schmecken schon richtig süß und gehen gut weg, davon müssen wir morgen mehr holen.«

Efkan erschien in der Tür des kleinen Kontors hinten in

dem Supermarkt seiner Familie, den er mit seinem Bruder Mert führte. Er reichte ihm eine der roten Früchte. Mert biss hinein und schlürfte den Saft. »Hmm. Ich schmecke Omas Tomatensüppchen.«

Efkan lächelte. Er hatte eine Runde durch den Laden gemacht und besprach nun mit seinem Bruder, was er am nächsten Tag in aller Frühe vom Großmarkt holen sollte. Er selbst würde das Geschäft dafür bis spätabends offen halten wie meistens, denn anders als sein Bruder hatte er keine Kinder zu versorgen.

Das war sein größter Kummer. Sara und er konnten keine bekommen.

»Ich weiß nicht, was zwölf durch drei ist«, rief Elif aus, die neben ihrem Vater saß. Und was siebenundzwanzig durch neun ist, auch nicht. Geht das überhaupt?« Entnervt warf sie ihren Gelschreiber auf den Tisch. »Geteilt ist kacke.«

»Elif!«, mahnte Mert.

»Elif hat ›kacke‹ gesagt!«, kreischte ihre jüngere Schwester Leyla, die Wörter mit zwei L in ihr goldenes Schreibheft eintrug. »Leyla hat auch zwei L.«

»Ja, aber nicht hintereinander«, ätzte Elif.

Das Klingelsignal, um die zweite Kasse zu besetzen, ertönte.

»Geh du«, sagte Efkan zu Mert. »Ich mach das hier.« Und während er seine ältere Nichte in die Geheimnisse der Division einführte, nebenbei darauf achtete, dass das goldene Schreibheft der jüngeren sorgfältig geführt wurde, und parallel die Lagerbestände der Milchprodukte sichtete, trauerte er darum, dass ihm dieses Management nur als Onkel beschieden war.

Er und Sara hatten alles versucht, sogar zwei erniedrigende künstliche Befruchtungen, aber es sollte eben nicht sein. Als Sara nach dem ersten Mal gehört hatte, dass er vor

Postern hatte wichsen müssen, hatte sie sich beim zweiten Mal mit in die Kabine gequetscht. »Schau mich an«, hatte sie gesagt, seine Hose geöffnet und begonnen, ihn zu massieren. Mit einem Geschick, das ihn erstaunt hatte. Es war ihm geradezu professionell vorgekommen. Aber obwohl er deswegen leicht irritiert gewesen war, hatte er, als er danach wieder denken konnte, gedacht: Wenn es etwas wird, dann ein in Liebe gezeugtes Kind. Es war nichts geworden.

Immerhin hatten sie den Garten und seit letztem Jahr sogar Hühner, deren Eier besonders seine Mutter liebte, die Geflügel noch von ihrer Großmutter aus Ostanatolien kannte. »Es gibt nichts Besseres als ein vier Tage altes Ei von einem gut gefütterten Huhn.« Als sie eines der ersten sachgerecht abgelagerten Eier gegessen hatte, hatte sie Efkan fast so liebevoll angesehen wie Mert, als er ihr erzählt hatte, dass er Vater werden würde. Aber natürlich nur fast, und Efkan hatte die Trauer in ihren Augen gesehen.

Du hast eine wunderschöne Frau, du hast Hühner und du bist für deine Familie da, ermahnte sich Efkan. Sei nicht undankbar.

»Zweiunddreißig durch vier müsste acht sein, stimmt's?«, fragte Elif hoffnungsvoll.

»Richtig«, sagte Efkan.

Elif sprang auf und rannte in den Supermarkt. »Baba, Baba, ich kann's!«

Baba, Papa. Das würde nie jemand zu ihm sagen. Efkan wollte auf einmal nur noch weg. Das Gefühl verstörte ihn.

… siebentausendvierhundertfünf. Merle saß auf der Terrasse und ließ die Finger tanzen. Beim Rechnen mit dem Chisanbop, dem koreanischen Fingerabakus, bildeten ihre Stellungen nach einem zweifachen Fünfercode Zahlenwerte ab. Merle faszinierte diese Technik, deren System auch den ersten Computern zugrunde lag. Sie war schneller als ein Taschenrechner, und weil sie beide Gehirnhälften miteinander verband, löste sie Denkblockaden. Zum Beispiel solche, wie sie Merle beim Verfassen ihrer Masterarbeit immer wieder überkamen.

... siebentausendsechshundertvierundachtzig. Achttau... Merle entdeckte Maja auf dem Weg.

Endlich. Sie ließ ihre Hände sinken und klickte den Zahlengenerator auf ihrem Handy weg. Endlich kam Maja. Jetzt konnte sie mit ihr den Tag durchsprechen, und so blass, wie Maja unter ihren feuerroten Haaren wirkte, als sie durch das schief hängende Gartentor trat, war das wohl auch nötig.

Merle selbst hatte seit dem Morgen drei Seiten ihrer unseligen Masterarbeit in Finanzmanagement gelöscht und zwei neue geschrieben. Erleichtert, die Arbeit beenden zu können, stand sie auf und wickelte sich aus der Decke, die sie sich umgeschlagen hatte. In letzter Zeit half das Chisanbop immer weniger. Sie ging ihrer Partnerin über die Rasenfläche entgegen, auf der mehr Löwenzahn als Gras wuchs.

Sie umarmten und küssten sich innig zur Begrüßung. Merle fühlte Majas warmen, lebendigen Leib an ihrem, spürte, wie sich ihre Partnerin nach dem Kuss gesehnt hatte, und es beglückte sie. Hier unter den Kleingärtnern störte sich kein Mensch daran. Sara war libertär und Efkan ein viel zu stilles Wasser, um irgendwelche Lesbensprüche loszulassen. Maxe interessierte nur, dass sie sich an die Kleingartenregeln hielten, und Kati war nichts Weltliches fremd. Rudi hatte den Freigeist der Siebziger im Herzen, und Florian und Jana waren political überkorrekt.

Dagegen waren sie und Maja in ihrem Freundeskreis beim Eintritt in den Verein auf Unverständnis gestoßen – was wollt ihr bei den alten Spießern? Aber die Kleingartenwelt war vor allem eine, in der jeder bei sich auf alle Freiheiten der Welt pochte und sie den anderen zugestand. Hier waren sie einfach M&M – und fertig war die Laube.

»Wie war dein Tag?«, fragte Maja.

Merle winkte ab. »Minus eins.«

»Shit.« Maja strich ihr eine Strähne ihres mausbraunen Haars aus dem Gesicht, die sich aus dem wirren Knoten auf ihrem Kopf gelöst hatte. Ihre Freundin fragte immer, wie sie mit ihrer Masterarbeit vorankam, und Merle berichtete stets, wie viele Seiten sie geschafft hatte. Zum Inhalt schwieg sie lieber und ließ Maja in dem Glauben, die Materie sei für Laien sowieso zu kompliziert.

Merle war in eine altehrwürdige Privatbankiersfamilie hineingeboren worden. Das und ihr mathematisches Talent hatten sie zu ihrem Finanzmanagementstudium geführt. Es schien abgemachte Sache, dass sie den Erfolg ihrer Mutter fortführen würde. Aber seit die berufliche Praxis sich hinter der Theorie hervorschob, schwante Merle, dass es vielleicht nicht reichte zu tun, was sie konnte. Dass sie Position beziehen musste. Nur wie? Kürzlich erst war sie mit Maja auf einer Demo gegen das Gender Gap gewesen – und ihr war der Gedanke gekommen, dass die Vermögen der Frauen, die Merles Mutter in ihrer Bank betreute, höchstens am Rande in Verbindung mit einer eigenen Arbeitsleistung standen. Es war Quatsch, das zusammenzudenken, aber irgendwie …

»Und bei dir?«, fragte Merle zurück, um von ihrem Versagen abzulenken.

»Tod durch den Strang und Mehrfachvergewaltigung.«

»Ich mach uns Tee.« Merle ging zurück über die Bruchsteinterrasse und die große Glasflügeltür in ihre Laube. Gleich rechts am Ostfenster standen an der L-förmigen Verlängerung ihrer Küchenarbeitsplatte zwei Stühle mit Blick nach draußen. Weil ihre Parzelle die letzte in der Reihe war, schauten sie von dort über ihre Beerensträucher hinweg auf eine Gebüschecke. Seitlich kam der Fluss ins Bild, von den Gleisen her, wo vor der Schleife, die ihren Gärten Raum bot, nur Platz für den Weg war, der am Ufer entlangführte.

Gegenüber der Flügeltür, zum Bahndamm hin, war ihre Küchenzeile, und dort bereitete Merle nun einen belebenden weißen Tee zu. Maja hatte glücklicherweise keine Ahnung, wie teuer der war, aber er weckte nach einem anstrengenden Arbeitstag zuverlässig ihre Lebensgeister. Während er zog, machte sich Merle noch schnell mit einer Subtraktion der Preise auf der Tee- und der Frühlingsrollenpackung locker, denn sie ahnte, was kam.

»Vergewaltigung?«, fragte sie, als sie Maja draußen auf einem kissengepolsterten Korbstuhl eine Teeschale in die Hand drückte. Sie selbst setzte sich gegenüber, beide legten ihre Beine auf den Stuhl der anderen, und Merle breitete eine Decke über sie.

Maja nickte. »Eine junge Südsudanesin. Bevor die Schlepper sie in das Boot gelassen haben.«

Merle sog die Luft durch die Zähne ein. Maja arbeitete in einer Kriseninterventionsstelle für Geflüchtete. Sie ratterte ihren Bericht herunter.

»Ich habe sie für eine Traumatherapie angemeldet, aber du weißt ja, die Plätze sind rar. Es kann ewig dauern, bis sie einen bekommt. Außerdem glaube ich, dass sie eigentlich noch ein Kind ist. Sie war zu dünn für eine Frau, die immerhin seit zwei Wochen im Erstaufnahmelager regelmäßig isst und trinkt. Sie ist nicht schwanger geworden. Das kann

Glück gewesen sein, Unterernährung, oder ... Sie hatte bis aufs Blut abgekaute Nägel, ich hab es mit dem bitteren Zeug zum Aufstreichen probiert, um ihr Vertrauen zu gewinnen und ihr Alter rauszukriegen, denn wenn sie noch ein Kind ist, geht es mit der Therapie schneller ...« Maja musste Luft holen und trank dann hastig einen Schluck Tee.

Merle konnte bei dem Runtergeratter kaum folgen, aber sie wusste, dass Maja bei weiblichen Klienten eine Strategie der »Verschwesterung« anwendete. Dazu gehörten kleine Hilfen wie das Nagelfluid, das den Frauen half, wieder ein wenig schöner auszusehen und die äußeren Zeichen des Elends loszuwerden. Solche Sachen kaufte Maja von ihrem ohnehin kärglichen Salär, und Merle liebte sie dafür.

»Trink langsam.«

Aber Maja sprach schon weiter. »Leider hat sie sich nicht geöffnet, ihr richtiges Alter hab ich nicht rausgekriegt. Ich habe sie im Aufnahmelager zu einer Frau mit Säugling stecken können, deren Mann erschossen worden ist. Beide werden nachts von Albträumen gequält und wachen schreiend auf, was in Sammelzimmern immer schwierig ist.«

Maja brach ab, wischte sich über die Stirn und schaute in den Garten.

»Ein Star!« Sie zeigte mit der Linken auf die Rasenfläche. »Und da noch einer. Sie sind wieder da.«

Merle guckte in die Richtung, und tatsächlich, zwei der gepunkteten, schillernden Vögel pickten auf dem Rasen herum. Mit ihren kurzen Schwänzen sahen sie niedlich aus.

Maja war überdreht. Vielleicht wäre Baldriantee besser gewesen. Aber sie mussten am Abend noch zu Maxe, weil sich in Schulzes Laube irgendjemand eingenistet hatte. Da wäre es nicht so gut, wenn ihre Liebste auf dem Gartenstuhl einnicken würde vor Erschöpfung.

Maja seufzte, aber dann richtete sie sich wieder auf. Ihr durchgedrückter Rücken ist königlich, dachte Merle. Schon ging es weiter mit dem Geratter. »Und dann war noch ein Iraner da, dessen Partner wegen seiner Homosexualität hingerichtet wurde. Er selbst hat entwischen können. Heute Morgen wollte er sich selbst erhängen.«

»Echt schlimm.« Merle ergriff Majas Hand. Sie war eiskalt. »Wir haben es so gut hier.« Maja musste unbedingt runterkommen. Sie verstrickte sich immer tiefer in all das Elend, das sie täglich zu hören bekam, und das machte Merle Sorgen.

»Ja«, sagte Maja rau. »Ich hab ihn höflich reingebeten, aber …« Sie zog ihre Hand aus Merles, setzte ihre Füße auf ihren eigenen Stuhl und umfasste ihre Knie. »Ich hab gedacht, hau ab.« Sie riss die Augen auf und sah Merle an. »Ich hab einfach gedacht, hau ab. Und das, obwohl wir es so gut haben.«

Merle setzte ihre Teeschale ab und nahm auch Maja ihre aus der Hand, stellte sie ebenfalls auf den Tisch. Dann beugte sie sich hinüber und umarmte ihre zusammengekauerte Partnerin, die sich Tag für Tag solchen Horrorgeschichten aussetzte. Dieses Geratter. Sie gestand es sich ungern ein, aber ihr Getippe an der Masterarbeit war auch so ein Geratter, nur viel unbedeutender. Merle, da musst du durch, ermahnte sie sich. Während sie ihre Freundin im Arm hielt, meldete sich jedoch eine Frage in ihrem Hinterkopf, die immer öfter auftauchte in letzter Zeit. Musste sie wirklich?

»Kriegst du das Glas auf?«

Kati war mit einem Glas in Knoblauch eingelegter Auberginen auf die Terrasse getreten, wo Maxe gerade die Klappstühle aus dem Schuppen aufstellte.

Ihr Mann fasste mit seinen Schaufelhänden einmal kurz zu, und schon ertönte das leise Knacken, mit dem der Unterdruck sich löste.

Es war ihre eigene Ernte vom letzten Jahr. Also Maxes Ernte und Katis Zubereitung. Das Arrangement ihrer Rentnerehe war so unspektakulär wie funktionell: Maxe schuftete im Garten, er zog alles, was ihre Scholle hergab, und brachte es Kati dar. Kati verwertete es geduldig und routiniert. Jeder war beschäftigt, sie kamen sich nicht in die Quere. Eigentlich alles gut, dachte Kati manchmal, aber eben wenig spannend. Und mühsam. Denn Maxe hatte nicht nur große, kräftige Hände, er hatte auch zwei grüne Daumen, und seine Erträge waren schier nicht zu bewältigen.

Der Toaster warf die Scheiben aus, Kati versenkte die nächsten zwei und gab Auberginenhaschee auf die fertigen. Dann schnitt sie sie in Dreiecke und legte sie auf eine Platte. Bei ihren Vereinsrunden brachte jeder etwas mit. Häppchen hatten sich eingespielt – Fingerfood nannte Merle die –, man konnte einfach zugreifen.

»Ich hol kurz bei Sara noch ein paar Stühle«, rief ihr Mann ins Haus.

»Wieso bringt Efkan die nicht mit?«, fragte Kati alarmiert zurück.

»Der kommt ein bisschen später, ist noch im Laden«, sagte Maxe und ging.

Kati angelte die nächsten Toasts aus dem Schlitz, wiederholte die Prozedur, diesmal mit Kohlrabi-Kerbel-Creme, steckte noch zwei Scheiben in den Toaster und griff dann nach einem Küchenmesser. Damit huschte sie schräg durch den Garten bis zur Südostecke. Dort hatte sie zwischen die Astern Schnittlauch gesät. Maxe gegenüber hatte sie behauptet, er hätte sich allein ausgesät, könne aber bleiben, denn die Astern störe er nicht.

Schnittlauch konnte man fast das ganze Gartenjahr jederzeit unauffällig holen, und von dieser Ecke aus konnte Kati ein Stück um Efkan und Sara Kuzus Laube herumsehen, an deren abgewandter Seite ein Schuppen angebaut war. Maxe und Sara verschwanden gerade dort gerade. Sara in Skinnyjeans und engem mintfarbenem Shirt, beides billig, aber die Frau mit der Sanduhrfigur und den dicken glatten, fast schwarzen Haaren konnte es tragen. Sara war sexy, das ließ sich nicht leugnen. Und wie Kati wusste, nutzte Sara ihre Vorzüge gewinnbringend.

Kati zählte bis zehn und wollte gerade rufen, ob Sara Schnittlauch bräuchte, da kam sie mit einem Klappstuhl in ihr Sichtfeld, dahinter Maxe mit fünfen.

Kati schnitt ein paar Alibihälmchen ab, winkte Sara zu und ging wieder ins Haus.

Wenig später versammelten sich Vertreter aller Parzellen auf ihrer Terrasse.

Auf zusammengeschobenen Tischen lagen neben Katis Toastecken in Schinken gerollte Petersilienkartoffeln von Rudi, mit Hanf umwickelt. Sara hatte einen Teller Sucuk in dicken Scheiben aus Efkans Supermarkt hingestellt, dazu Sesamringe und halbierte Eier. Maja und Merle waren mit einer Glasschale Frühlingsröllchen erschienen, die nach Tiefkühlkost aussahen, aber mit frischen Keimlingen überstreut waren. Florian verteilte dazwischen gerade Rhabarbercreme in essbaren Pappschälchen, die aussahen wie Eierkartonteile. Jana hatte den Rhabarber bestimmt mit irgendeinem widerlichen Sojaschmandersatz angerichtet. Sie würde hinzustoßen, wenn die Kinder im Bett waren.

Kati winkte Lu heran, die pünktlich auf die Minute als Letzte durch das Gartentor kam. Mit einer Flasche Weißwein in der Hand – teurem aus dem französischen Laden in der Altstadt, das sah Kati sofort. Ohne High Heels, dafür mit exklusiven Sneakers, einer Freizeithose sowie einem Pullover einer Luxus-Damensportmarke. Das schnittige Cabrio auf dem Parkplatz hinter den Gleisen, das am Morgen da, am Mittag weg und am Nachmittag wieder da gewesen war, als Kati Knorke ausgeführt hatte, musste ihres sein.

»Knorke, bei Fuß!«, befahl sie dem Terrier, der schon auf dem Weg zum Gartentor gewesen war und aufs Kommando brav wieder abdrehte. »Kommen Sie«, rief sie dann und griff nach der Lehne des Stuhls zu ihrer Rechten. Der Neuen wollte sie auf die Finger sehen.

Das musste Katis Laube sein. Auf der Terrasse waren sieben Leute versammelt. Ein Meeting, bei dem sie umstandslos herausgekickt werden konnte, vielleicht aber auch ein Kickoff-Meeting für ein Projekt, von dem noch keiner der Kleingärtner etwas ahnte.

Als Lu die Klinke des Gartentors niederdrückte, verfluchte sie zum ersten Mal ihren Kleiderschrank, der eine sehr beschränkte Anzahl Teile beherbergte, die alle exklusiv waren. Sie lebte generell nach dem Spruch: Billig ist mir zu teuer. Mit wenigen hochwertigen Kleidungsstücken war sie bis jetzt immer passend angezogen gewesen und sparte Zeit, weil sie weder morgens die Qual der Wahl hatte noch ausgiebige Shopping-Runden absolvieren musste.

Hier kleidete man sich nach der Devise: möglichst bequem und grasfleckenresistent. Bis auf die unscheinbarere der beiden jungen Frauen, die hatte eine Edeljeans an. Die andere, eine Rothaarige mit Sommersprossen und verkniffenem Zug um den Mund, begrüßte Lu mit dem Satz: »Du bist also unsere Obdachlose. Dafür siehst du aber ziemlich betucht aus.«

»Noch.« Lu lächelte freundlich. »Einen Absturz sieht man nicht sofort.«

»Du wirst schon weich fallen.«

»Ich bin für jede Hilfe dankbar.« Lu dachte, was für eine Zicke, und streckte die Hand aus. »Ich bin Lu. Und du?«

»Maja.« Ein kurzer, fester Griff. Immerhin.

Da stellte sich ein kompakter älterer Mann neben Lu. Er trug robuste Jeans, ein kurzärmeliges olivfarbenes T-Shirt und nur eine beige Baumwollweste mit vielen Taschen darüber, obwohl es an diesem Aprilabend höchstens zwölf Grad waren. »Wir sind heute hier, weil diese junge Dame in Schulzes Laube untergekrochen ist.« Er sah Lu an, und nur weil sie nicht wie gewohnt High Heels trug, waren sie nicht auf Augenhöhe. »Ich bin Maxe und der Vereinsvorsitzende unserer Kolonie. Kati«, er wies über den Tisch, »ist meine Frau.« Dann zeigte er auf einen Mann, den Lu so alt schätzte, wie sie selbst war, nämlich Mitte dreißig. »Die Laube neben deiner gehört Florian und Jana. Jana bringt noch die Kinder ins Bett.«

»Hallo.« Florian hatte sattbraune Locken und stand mit eingezogenen Schultern neben dem Ältesten der Runde, auf den Maxe jetzt wies. »Die Laube zwischen Florians Familie und uns gehört Rudi.«

Der große Mann mit vielen Falten und schütterem grauem Zopf hob kurz die Hand und nickte knapp. »'n Abend.« Er war früher bestimmt kräftig gewesen, aber jetzt im Alter schien die Haut eine Nummer zu groß für ihn zu sein.

Maxe wies auf den Garten östlich von seinem. »Dann kommen Efkan und Sara.«

»Ich bin Sara.« Eine Frau mit wunderschönem langem ebenholzfarbenem Haar hob die Hand und lächelte Lu an. »Mein Mann kommt später. Er ist noch arbeiten.«

»Und ganz am Ende unserer Kolonie wohnen M&M, Maja und Merle.« Maxe zeigte auf die beiden jungen Frauen. Die unscheinbarere in der Edeljeans – mausbraunes Haar in einem wirren Knoten auf dem Kopf aufgetürmt, langes, schmales Gesicht, wenig Körperspannung – sagte: »Willkommen, Lu.« Die andere, zickige, sagte natürlich nichts.

»Danke«, antwortete Lu, ehe eine Stille entstehen konnte. Sie stellte die Flasche Wein auf den Tisch. »Ich bin Marie-Louise, aber bitte sagen Sie Lu. Ich bin Architektin und seit heute arbeitslos, denn ich war im Büro meines Lebensgefährten tätig, habe ihn gestern bei einem Seitensprung ertappt und ihn kurz entschlossen verlassen.«

Bei dem Wort Seitensprung spürte Lu, wie Maxe, der dicht bei ihr stand, zusammenzuckte. Im Augenwinkel sah sie, wie sein Blick zu Sara flackerte. Oje, dachte Lu. Das passt ja gar nicht vom Alter her. Dann redete sie weiter.

»Ich habe auf einem Spaziergang am Fluss Ihre Banner gesehen und auch, dass die erste Laube offenbar schon unbewohnt ist. Ich kenne die Pläne, hier einen Betonklotz hinzustellen. Und ich finde sie städteplanerisch absolut von gestern. Na ja, vielleicht kann ich helfen, die Kolonie zu erhalten …« Lu hatte den letzten Satz möglichst bittend und bescheiden ausgesprochen und ließ die Worte im Raum stehen.

»Tja, dann setzen wir uns doch mal«, sagte Kati. »Lu, kommen Sie an meine Seite und greifen Sie zu.«

Lu ging um den Tisch herum und setzte sich neben Kati vor das große Panoramafenster der Laube. Auch die anderen ließen sich nieder, die Rothaarige neben Lu, so dass sie zwischen Kati und der zickigen jungen Frau eingekeilt war. Bierflaschen wurden geöffnet, Lu nahm sich auch eine.

»Und wie stellen Sie sich das mit dem Helfen vor?«, fragte Florian, der Lu gegenübersaß. Nach einem prüfenden Blick hinter sich auf den Weg steckte er sich schnell eine Scheibe Sucuk in den Mund.

»Es wird nicht ganz einfach«, gab Lu zu. »Die Kolonie ist zu klein, um mit dem Argument ›Grüne Lunge‹ zu kommen. Auch als Frischluftschneise ist sie nicht zu deklarieren, da reicht der Fluss völlig aus. Ein Plus ist ihr Nutzen als Überschwemmungsfläche, wenn es Hochwasser gibt. Das klingt natürlich nicht gerade toll, aber darum geht es nicht. Es könnten die entscheidenden Meter sein, die ein Überfluten der Altstadt auf der anderen Flussseite verhindern.«

»Vor dreißig Jahren hatten wir hier Hochwasser«, sagte Rudi. »Ist gerade so nicht in die Lauben geflossen.«

»Und drüben?«, fragte Lu, obwohl sie sich die Höhenkarte mittags im Stadtarchiv schon angesehen hatte.

»Stand es fast bis oben an die Kaimauer.«

»Das ist der Punkt. Die Kolonie ist im Notfall eine Schwemmfläche und damit wichtig für die Stadt.«

»Ach«, machte Sara.

»Echt. Hochwasser?«, fragte Florian und beäugte die Schinken-Petersilien-Kartoffeln.

»Ist dreißig Jahre her. Eure Räder solltest du dann allerdings aus dem Schuppen holen und hinters Haus stellen«, sagte Rudi und legte Florian eine der Schinkenkartoffeln auf den Teller.

Florian blickte erneut zum Weg, langte zu und wollte das

Hanfbindeband gerade in seiner Hosentasche verschwinden lassen, als Rudi es ihm aus der Hand nahm und auf seinen Teller legte.

»Wir finden, jedes Grün zählt«, sagte Merle und beugte sich zu Lu vor. Sie saß zwei Stühle weiter auf ihrer Seite.

Maja legte ihren Arm um Merles Stuhllehne. »Eine Stadt ist kein Wohnregal.«

Da sind wir uns einig, dachte Lu.

»Wir bauen hier Obst und Gemüse an«, sagte Maxe. »Die alten Obstbäume sind …« Er unterbrach sich und schaute bekümmert zu einem seiner perfekt geschnittenen Bäume.

Lus Blick wurde in der mitfühlenden Stille, die entstanden war, auf Merles Hände gelenkt. Sie beobachtete ein hastiges Fingerspiel.

»Ihre Tragleistung kann von Juni bis Oktober neben uns allen noch ein bis zwei Menschen komplett mit Obst versorgen. Die darf man nicht fällen«, ergänzte die junge Frau, als sie das Fingerwackeln beendet hatte. »Beerenbüsche nicht eingerechnet.«

Total der Nerd, dachte Lu.

»Und es ist alles bio. Der Boden ist nicht versiegelt, oder jedenfalls nur ein bisschen, wo die Lauben stehen. Das muss doch zählen«, sagte Florian.

»Vielleicht.« Nein, kein bisschen, du Träumer. »Irgendjemand hier hat Hühner, oder?«

»Wir«, sagte Sara, die an der Tischecke Maxe gegenübersaß.

»Legen die auch Eier?«

»Na klar. Und weil wir sie gut füttern, schmecken die viel besser als gekaufte. Probier mal.« Sie reichte Lu den Teller mit halbierten Eiern.

»Danke.« Lu nahm sich eins und biss hinein. »Wirklich gut.

Man könnte das im Sachkundeunterricht mal einer Grundschulklasse zeigen und einen Lokaljournalisten dazuholen. Nach dem Motto: naturnaher Sachkundeunterricht oder so.« Sie lächelte Sara an. »Wir erwecken Aufmerksamkeit für ein erhaltenswertes Biotop.«

»Ääh«, machte Maxe und wand sich. Die anderen äußerten sich nicht dazu. Okay, dachte Lu. Die wissen also alle, dass Tierhaltung in Kleingärten verboten ist.

»Jana, meine Liebe. Schlafen die Kleinen?«, grätschte Kati aufgeräumt in das entstandene Schweigen. Sie sah einer im Gegensatz zur gefärbt blonden Lu eindeutig echtblonden Frau entgegen, die durch den Garten kam. Florian stellte sich schnell ein Rhabarbercremetöpfchen auf den Teller.

»Ja.« Jana wedelte mit ihrem Smartphone, setzte sich auf den freien Platz neben Florian und legte das Gerät auf den Tisch.

Offensichtlich fungiert es als Babyfon, dachte Lu. Bestimmt gab es da Apps. »Ich bin Lu«, stellte sie sich kurz vor.

»Jana.« Dann schaute die Frau in die Runde. »Hallo.«

»Wir reden gerade über Möglichkeiten, wie wir unsere Kolonie retten können. Unsere Laubenbesetzerin hier ist Architektin und will helfen«, erklärte Kati.

»Ich weiß, wie die baurechtlichen Abläufe sind und wo man eingreifen muss. Wie weit ist denn das Aufstellungsverfahren für einen Bebauungsplan?«, wandte sie sich an Maxe, obwohl sie es natürlich wusste. Die Nutzungsänderung der Grundstücksfläche der Kleingartenanlage Flusseck zum Zweck des Wohnungsbaus war beschlossene Sache.

»Der Satzungsbeschluss für den Bebauungsplan liegt vor, aber wir haben Klage erhoben.«

»Schon begründet?«, fragte Lu.

»Reichen wir nach«, sagte Maxe.

»Super. Vielleicht kann ich die noch schärfen.«

»Das hört sich jetzt mal gut an«, sagte Kati.

»Wir brauchen so was wie die Kleine Hufeisennase.« Maja zog ihre Jacke fester um sich.

»Die Fledermaus, die den Bau der Waldschlösschenbrücke in Dresden gestoppt hat«, warf Lu ein, um mit Wissen zu punkten. Mist, dachte sie dann.

»Genau«, sagte Merle und rieb kurz den Kopf an der Schulter ihrer Freundin. »Tolle Idee.«

Lu war alles andere als begeistert, denn ein schützenswertes Tier konnte nicht nur den Plan von Tobias, sondern auch ihren eigenen, den sie in der Nacht ausgeheckt hatte, torpedieren. Dann aber erinnerte sie sich an einen erstaunlichen Fakt aus dem Sachkundeunterricht in der Grundschule. »Der Feldhamster steht auf der Roten Liste gefährdeter Arten.«

»Wenn wir hier also einen Feldhamster hätten ...«, sagte Rudi langsam, und sein Gesicht fältelte sich neu in Lächelfalten.

»Wenn wir hier einen Feldhamsterbau hätten«, konkretisierte Lu.

»Jaaa?«, machte Rudi.

»Das könnte klappen.«

»Versteh ich nicht«, sagte Sara.

Maja erklärte ihr, wie der Schutz bedrohter Arten Bautätigkeiten verhinderte.

»Ist ja komplett verrückt.« Maxe schüttelte den Kopf. »Wegen so einem Vieh.«

»Aber schlau«, sagte Kati.

»Und subversiv.« Rudi nahm sich von Katis Toasts.

»Und wo kriegen wir einen Feldhamster her?«, fragte Lu und sah an Katis hochgezogenen Augenbrauen, dass ihr taktisches »Wir« nicht unbemerkt geblieben war.

Alle schauten auf Florian.

Der wehrte ab. »Also in meine Praxis kommen höchstens Goldhamster. Feldhamster werden nicht als Haustiere gehalten.«

»Dann kaufen wir irgendwo einen schwarz«, sagte Rudi.

»Oder gleich ein Pärchen, wenn wir einen Bau brauchen«, sagte Sara. »Florian, du musst die ansiedeln.«

»Ja, Flori, das sollten wir wirklich probieren.« Jana lehnte sich an ihren Mann.

»Also ich biete an, Getreide anzubauen«, sagte Lu. »Das ist seine Hauptnahrung.«

»Wir sollten in allen Gärten etwas haben, was er gern frisst«, sagte Merle.

Sara war schon am Googeln. »Rudi, er mag sowohl deine Bohnen als auch Hanfsamen.«

»Soll er haben«, brummte Rudi.

»Gerne alle«, murmelte Kati.

»Ansonsten Getreide, wie Lu schon erwähnt hat, Wildkräuter ...«, fuhr Sara fort.

»Wildkräuter säen wir aus«, sagte Jana.

Auf dem Kiesweg am Fluss erschien ein schwarzhaariger Mann mit leicht olivfarbenem Teint. Knorke lief zum Gartentor.

»Efkan kommt«, sagte Merle zu Sara, die mit dem Rücken zum Weg saß.

Sara stand auf und ging ihrem Mann entgegen. Sie trafen sich am Gartentor. Efkan umarmte seine Frau, wobei seine Hand auf ihren runden, in einer engen Jeans steckenden Hintern rutschte, und küsste sie auf den Mund. Dann ließ er sie los und beklopfte Knorke zur Begrüßung. Schwanzwedelnd folgte der Hund den beiden zum Tisch.

»Was hab ich verpasst?«, fragte Efkan und griff nach einer Frühlingsrolle.

Sara erzählte es ihm, und Efkan nickte Lu zu. Er hatte leicht schräg stehende Augen, und sie fand, dass Efkan und seine Frau ein schönes und auch verliebtes Paar waren. Das mit Maxe und Sara musste sie sich eingebildet haben.

»Tja, also was machen wir mit Ihnen?«, fragte Maxe, und sein Blick ruhte auf ihr. Es war ein amtlicher Blick, ein Vereinsvorsitzenderblick.

»Wir stimmen ab«, sagte Rudi.

»Moment. Worüber genau?«, wollte Kati wissen.

»Ob sie hierbleiben kann, auf eigenes Risiko. Über mehr können wir ja nicht abstimmen«, erwiderte ihr Mann.

»Genau«, sagte Florian.

»Nur, wenn Sie unser Bauamtsbollwerk werden«, sagte Kati.

Lu musste sich beherrschen, nicht zu grinsen. Sie halbes Hemd als Bollwerk. »Geht klar.«

»Gut, dann stimmen wir ab. Wer ist dafür, dass Lu auf eigenes Risiko bleibt?« Maxe guckte in die Runde

Neun Arme hoben sich. Selbst Majas, was Lu erstaunte.

»Na dann«, sagte Maxe. »Wir sagen hier übrigens Du.«

»Ich bin berührt.« Das war Lu wirklich. Ihr gefiel diese kleine Gemeinschaft. Und in diesem Augenblick fand sie es ausgesprochen schade, dass sie anders als die Traumtänzer um sie herum keine Chance sah, die Kolonie zu erhalten. »Danke. Darf ich den Wein aufmachen?«

Sie durfte. Und dann wurde mit vier Weingläsern, vier Wassergläsern und zwei Senfgläsern angestoßen. »*Hamster gegen Hamstern*«, sagte Lu, als die Gläser klirrten. »Das schreibe ich auf mein Banner. Und darunter: *Kampf der Baumafia*.«

Das Letzte war sogar ehrlich. Halbwegs jedenfalls.

Dann unterhielten sich die Kleingärtner noch über Aroniabeeren, die Jana pflanzen wollte. Kati meinte, sie solle lieber eine Schwarze Johannisbeere nehmen, wenn sie was besonders Aromatisches haben wolle. Aber Maja klärte sie darüber auf, dass Aronia Superfood sei und gegen Grippe, Corona und vorbeugend gegen Krebs helfe. Merle fragte Jana, ob sie nicht mal nach einem Bild aus dem Sommerhaus ihrer Eltern schauen wolle, das müsse restauriert werden. Lu hörte zu. Das Geplauder quer über den Tisch war unbedeutend, und in ihre übliche Verachtung für diese Form der Muße mischte sich Erschöpfung. Sie riss sich zusammen, lobte Katis Kohlrabi-Kerbel-Creme, fragte Rudi, ob er ihr zeigen könne, was in ihren Beeten Unkraut sei und was Blumen. Doch irgendwann fröstelten alle, und man trennte sich.

Lu ging mit Rudi, Florian und Jana in ihre Richtung.

»Wie funktioniert das überhaupt in einem Kleingarten? Kati und Maxe wohnen richtig hier, oder?«

»Ich auch«, sagte Rudi. »Ich sogar im Winter. Kati und Maxe ziehen dann in ihre Wohnung. Die sind erst seit drei Wochen wieder da. Im Winter bin ich hier die Stallwache.«

»Aber man muss irgendwo eine richtige Wohnung haben«, sagte Jana.

»Also zumindest eine Meldeadresse«, sagte Rudi.

»Verstehe.« Lu dachte: Was mach ich dann bloß mit dem Alten?

»Na dann, Nacht«, sagte der, hob die Hand und trat in seinen Garten.

»Wir sind im Sommer halbe-halbe hier«, sagte Jana. »Wir wohnen nicht weit. Wie soll es denn jetzt eigentlich bei dir weitergehen?«

Lu zuckte die Schultern. »Weiß ich noch nicht. In das Büro meines Ex geh ich jedenfalls nicht zurück.«

»Konsequent«, sagte Florian, und es klang bewundernd.

»Wird schon. Gute Nacht«, wünschte Jana und zog ihren Mann in den Garten.

Die letzten Meter bis zu ihrem Grundstück ging Lu allein. Eins zwanzig, bis zu zwei Meter, dachte sie. So weit reichten Feldhamsterbaue in die Erde. Dass ein kleines Tier so tief buddelte, hatte sie im Sachkundeunterricht der vierten Klasse dermaßen beeindruckt, dass es hängen geblieben war. Hier am Fluss war der Grundwasserspiegel hoch. Das würde dem Hamster nicht zusagen. Denn wer wohnte schon gern feucht?

2

UNRUHE

»Das mit dem Hamster ist ein Ding, oder? Genial.« Sara saß auf dem Ecksofa und kämmte sich das Haar.

Efkan, der gerade hinter ihr den Ofen anfeuerte, lachte. »Wenn ich das Mutter erzähle, die glaubt es nicht.« Während Efkan komplett in Deutschland aufgewachsen war, war seine Mutter als Kind oft monatelang in der Türkei bei der Familie gewesen, weil beide Eltern arbeiteten und Geld ins arme Ostanatolien schickten. Seine Mutter fand die Deutschen in vielerlei Hinsicht verrückt, und Efkan konnte es nachvollziehen – jedenfalls was den Hamster betraf.

Sara ließ die Haarbürste in ihren Schoß fallen und griff nach ihrem Handy. »Du, dieses Elbtal wurde wegen der Brücke von der Weltkulturerbeliste gestrichen.«

»Also ist sie doch gebaut worden«, sagte Efkan, schloss die Ofentür und stand auf.

Sara scrollte. »Aber es war eine knappe Sache. Und wegen dieser Fledermaus, dieser Hufeisennase, dürfen die Autos im Sommer nur dreißig fahren.«

Efkan setzte sich neben seine Frau und schob den Arm hinter ihrer Taille durch. Sie trug schon ihr Nachtshirt. Es war zwar langärmelig wegen der kalten Frühjahrsnächte am Fluss, aber weich, und vor allem störte nichts, als er seine Hand daruntergleiten ließ.

»Und wie findest du Lu so?«, fragte sie.

»Diesen Hungerhaken?« Efkans Hand rutschte hoch an

den üppigen Busen seiner Frau. Ihre Haut war weich und warm und glatt wie der Hefeteig seiner Großmutter für die sesambestreuten Butterringe.

Sara wand sich aus dem Griff. »Nein, im Ernst.«

»Ich bin ja erst so spät gekommen, weiß nicht«, sagte Efkan und arbeitete sich wieder vor.

»Ich glaube, sie wird tun, was sie kann. Aber irgendwie traue ich ihr nicht.«

Efkans Hand sank herab. Sara war konzentriert. Aber nicht auf sein Streicheln. Sondern wegen etwas, woran er nicht erinnert werden wollte. Deshalb blieb er mit dem, was er sagte, an der Oberfläche. »Wahrscheinlich ist Lu unsere letzte Hoffnung. Ich meine, der Garten, es ist immer so schön sonntags mit der Familie. Und die Hühner ...«

»Ich weiß«, sagte Sara und schmiegte sich an ihn. Aber nicht verliebt, sondern tröstend, was Efkan nun ernsthaftes Unbehagen bereitete. Er wollte nicht getröstet werden, weil er gern für die Seinen da war, aber selbst keine Kinder zum Umsorgen hatte. Er wollte stark sein. Aber was war er schon, stark jedenfalls nicht ...

Sein Garten war das, was er seiner Familie bieten konnte. Das Einzige, dachte er bitter. Alle kamen sonntags, die Kinder tobten auf dem Rasen, und Mert und er grillten.

»Wollen wir es noch mal mit einer künstlichen Befruchtung versuchen?«, fragte Sara plötzlich.

Efkan schüttelte den Kopf. »Mein Samen ist nicht gut genug. Aber wenn du willst, also ...« Er schluckte. »Wenn du willst, versuchen wir es mit einer Samenbank.«

»Was? Was sagst du da?« Ihr Oberkörper ruckte zurück, und sie sah ihn gekränkt an. »Wenn ich ein Kind will, dann will ich es von dir. Ich will kein Kind von einem anderen. Auch keinen Samen.«

Er musterte sie im Licht der Stehlampe. »Du willst nicht unbedingt ein Kind?«

»Um den Preis nicht. Ich will mit dir sein, Efkan. Mit dir.«

Das hätte er nicht gedacht. Er dachte immer, jede Frau wolle Kinder. Kinder waren das Lebenselixier der Familie.

»Efkan?«

Sie sah ihn an. Erwartungsvoll.

»Du bist wunderschön«, murmelte er überwältigt. Und dann machte er das, was er schon die ganze Zeit tun wollte. Er küsste sie und verlor sich in dem Kuss, bis er sie nach hinten beugte und seine Hände endlich wieder unter ihr Shirt schob, um es ihr über den Kopf zu ziehen. Der Ofen hinter ihnen sorgte dafür, dass sie sich beim Sex nackt ansehen konnten, was für Efkan auch nach Jahren noch eine kribbelnde Erfahrung war.

Merle kam mit zwei Tassen Baldrian-Orange-Gutenachttee zu dem Kunstfell, dem Pouf und den Kuschelkissen vor dem Kamin. Er war in die Außenwand gebaut und konnte von drinnen und draußen befeuert werden. Zum Zimmer hin hatte er Glastüren. »Was hältst du von Lu?«, fragte sie Maja, die an dem Pouf lehnte und die Beine von sich gestreckt hatte.

»Mit Vorsicht zu genießen«, antwortete diese und nahm eine Tasse in Empfang. »Danke.«

»Hast du gesehen, wie sie den Birnenschnaps runtergeschüttet hat, den Maxe zum Schluss noch geholt hat?«

Maja trank einen Schluck. »Nee.«

»Sah nach Alkoholproblem aus.«

»Wenn du das sagst ...«

Merle schnaubte leise. Sie wusste die Zeichen zu deuten.

Maja stellte ihre Tasse mit dem Gutenachttee beiseite. »Wir könnten ja mal gucken, was Lu an diesem wunderschönen Frühlingsabend so macht. Lust auf einen Spaziergang?«

Merle stellte ebenfalls ihre Tasse weg. »Mit Fernglas?«

»Mit Fernglas.«

Sie hatten eins, Merle hatte es Maja geschenkt, weil sie öfter im Garten saß und Vögel beobachtete. Es entspannte sie, sie war dann viel gelöster und schien das ganze Elend ihrer Arbeit vergessen zu können. Vögel beobachten – eigentlich lebten sie hier wie alte Leute, obwohl sie selbst erst Anfang dreißig war und Maja neunundzwanzig. Vögel beobachten als Ventil war ein Offenbarungseid, und so richtig schien es nicht zu helfen. Wie denn auch, wenn jeden Tag von Neuem Überdruck in Majas Kessel kam.

Bei ihr selbst war durch ihre Masterarbeit ebenfalls mehr Druck da, als sein sollte. Es lag nicht am Thema, wie sie Maja immer weismachte, Derivathandel empfand sie als kinderleicht. Es lag an einem Faktor, der Merle tief verunsicherte, nämlich einem menschlichen Faktor. Dem, dass man irgendwann an den Weg, den man eingeschlagen hatte, glaubte. Weil man nicht mehr anders konnte. Weil man sonst sein ganzes Leben in die Tonne treten musste. Sie verdrängte den Gedanken jedoch schnell und schloss energisch die Glastüren am Kamin.

Sie nahmen ihre mit künstlichen Daunen gefüllten Mäntel, die für kühle Abende draußen immer in der Laube bereithingen, und Merle griff nach dem Fernglas. Sie gab Maja einen verschwörerischen Kuss und dehnte ihn ein wenig aus, dann machten sie sich auf den Weg. Majas Lippen, die sich in letzter Zeit nur selten weich anfühlten, waren beim Küssen schön fluffig geworden. Gut gemacht, dachte Merle und trat aus dem Haus.

Die Flussschleife, an der ihre Kolonie lag, war unregelmäßig gerundet. Hinten verlief schnurgerade der Bahndamm. Heran kam der Fluss von Osten her in einer sanften Biegung von den Gleisen weg, und die Tiefe der Parzellen nahm stetig zu. Ihre war die kleinste. Bei Rudi erreichte der Abstand zwischen Fluss und Damm sein Maximum, sein Garten wies die größte Tiefe auf. Dann wurde die Windung stärker, bis der Fluss fast senkrecht unter der Brücke verschwand.

»Guck mal«, sagte Merle, als sie bei Jana und Florian vorbeikamen, und zeigte auf ein aufgerolltes Blechband mit abgeknickter Kante, das am Schuppen lehnte. »Die haben ein Schneckenblech. Wenn die armen Tiere drüberkriechen, schneiden sie sich bei lebendigem Leib den Bauch auf und verenden elendiglich. Das ist totale Tierquälerei.« Merle schüttelte sich.

Bei Lu brannte noch Licht. Hinter der breiten Doppelglastür, die auf die Terrasse führte, stand ein Couchtisch, und darauf ein Laptop, dessen Bildschirm sie leider nur von hinten sehen konnten. Lu saß im Fersensitz davor und trug eine Brille mit dickem schwarzem Hornrand. Ein richtiges Architektenstatussymbol, dachte Merle und fand es cooler, als sie wollte.

»Guck mal, ob sich der Bildschirm in den Brillengläsern spiegelt«, forderte Maja sie auf.

»Schon dabei.«

In diesem Augenblick beugte sich Lu aber neben den Laptop und skizzierte etwas auf einen Bogen Papier, der dort auf dem Tisch lag. Dann schaute sie wieder auf den Bildschirm.

»Ein Foto von einem Haus mit einem Gründach«, sagte Merle.

»Und kannst du sehen, was sie skizziert?«

»Kann ich nichts mit anfangen.« Merle reichte das Glas an Maja weiter.

»Irgendwelche Linien auf dem Papier, ein Raster«, kommentierte diese, was sie sah. »Keine Ahnung, was das sein soll. Sieht nach was Architektonischem aus«, mutmaßte sie. »Merkwürdig. Sie wird ja wohl kaum über Nacht eine neue Arbeitsstelle gefunden haben, wenn sie bei ihrem Ex nicht mehr weiterarbeiten will.«

»Wer weiß«, sagte Merle. »Jedenfalls steht eine Flasche von Schulzes Himbeerlikör auf dem Sideboard. Halbleer.«

»Lass uns nach Hause gehen. Ich glaub, ich muss ins Bett«, sagte Maja, legte den Arm um Merles Schulter und trat mit ihr den Rückweg an.

Als sie ihr Gartentor hinter ihnen schloss, entdeckte Merle, dass der Mond aufgegangen war. Sie zeigte ihn Maja.

Die seufzte. »Voll friedlich.«

Merle öffnete ihre beiden Steppjacken und zog Maja an sich. Deren Lippen waren immer noch fluffig. Der gemeinsame Spionageausflug war schön gewesen. Sie standen noch eine ganze Weile da, Brust an Brust, weich und kribbelig, Mund an Mund, warm in der Kühle, umhüllt von ihren Kunstdaunenkokons, und der Mond stieg am Himmel empor.

Zielgerichtet hatte Lu gewirkt. Engagiert und fokussiert. Erstaunlich für jemanden, der gerade aus der Bahn geworfen worden war, dachte Merle, als sie schließlich aufs Haus zugingen.

Zielgerichtet. Engagiert. Fokussiert. Alles, was sie selbst sein müsste und nicht war.

»Ob Lu uns tatsächlich helfen kann?«, fragte Florian, als er mit seiner Frau ins Bett schlüpfte. Sie kam vom Zähneputzen, er hatte noch nach den Kindern gesehen.

»Also den besten Einfall hat jedenfalls Maja gehabt«, erklärte Jana und kuschelte sich an Florian. Ihre Füße waren wie Eisklötze, und er musste sich beherrschen, nicht wegzuzucken. »Woa. War ganz schön kalt noch, so abends draußen. Wenn wir ein Haus bauen, muss das Fußbodenheizung haben«, sagte sie.

»Soll ich uns noch ein Feuer machen?«, fragte Florian schnell, um von dem leidigen Thema des Hausbaus abzulenken. Die Vorstellung eines Einfamilienhauses mit Garten hatte sich bei Jana festgesetzt wie eine Zecke.

Er wusste, dass sie bei ihrer Restauratorinnenausbildung darunter gelitten hatte, aus einfachen Verhältnissen zu kommen. Die meisten anderen jungen Frauen dort waren aus gutem Hause gewesen. Wie auch er selbst aus einem solide bürgerlichen Haushalt kam. Und manchmal beschlich ihn die Angst, dass sie ihn nur deshalb erwählt hatte.

Er hatte zwar mit seinen Pferdewetten trotz seines teuren Rades und den verhassten Biomarkteinkäufen eine niedrige fünfstellige Summe zurückgelegt, aber für ein Einfamilienhaus würde er eine sechsstellige brauchen. Das war nicht zu schaffen. Und außerdem wollte er kein Haus mit Garten haben. Er hasste Gartenarbeit. Viel lieber würde er Ausflüge machen. In den Zoo. In die alte Kiesgrube im Stadtwäldchen. Zelten.

Der Schrebergarten war ein Kompromiss gewesen, und er hatte im Stillen gehofft, dass Jana damit zufrieden wäre. War sie aber nicht. Und die Gartenarbeit blieb größtenteils an ihm hängen, während Jana in ihrem »Atelier« – ein winzig kleiner abgeteilter Raum im Schuppen – schwarz Privataufträge erledigte, deren Erlös in fair produzierte Kindernaturkleidung ging. Schließlich musste man mithalten.

»Ach ja. Vielleicht zwei Scheite. Zum Einschlafen«, antwortete Jana auf sein Angebot einzuheizen.

Also stand Florian noch einmal auf und machte Feuer in dem kleinen Ofen mit der Glasscheibe. Das mochte er. In ihrer Laube war alles überschaubar. Im Wohnraum stand das Schlafsofa unter zwei Fenstern über Eck. Gegenüber der runde Tisch. Im hinteren Bereich gingen links das Bad mit Toilette und Waschbecken, in der Mitte die Küche und rechts das Kinderzimmer mit Doppelstockbett ab. Bad und Küche waren nur schmale Schläuche, aber es genügte, auch wenn er verstand, dass Jana oft stöhnte, weil die Küche bei vier Personen aus den Nähten platzte.

Während er Feuer machte, fragte Jana vom Bett aus: »Diese Klage gegen den Bebauungsplan, weißt du, wie lange sich so was hinzieht?«

»Nee. Ich wusste auch gar nicht, dass wir da noch eine Begründung nachreichen werden.«

»Wenn die Klage abgeschmettert wird, gilt das rückwirkend, oder?«

Sie hatten Anfang Februar die Kündigung von der Stadt erhalten, zu Ende November. Sie mussten sich darauf einrichten, dass dieses Jahr das letzte in ihrem Garten sein würde. »Glaub schon. Umso besser, dass wir jetzt eine Fachfrau haben.«

»Sie hat sogar Rasen gemäht. Dann haben wir nicht die ganzen Löwenzahnsamen auf unserem Rasen. Der fängt schon an zu blühen. Wir müssen auch mähen.«

Florian sagte nichts. Dieser Kleingarten machte ihn noch wahnsinnig. Als das Feuer anheimelnd prasselte, legte er sich wieder zu Jana und zog sie an sich.

Gefühlt zehn Minuten, nachdem Feuer und Begehren erst hochgezüngelt und dann verglüht waren, wurde Florians Bettdecke angehoben.

»Papa? Machst du den Gartenslauch an, Papa?«

Lina-Marie drängte auf das Schlafsofa.

Warum haben Frauen nur immer so kalte Füße, dachte Florian. »Wir müssen erst mal gucken, wie warm es heute wird.«

»Auf jeden Fall malen wir zusammen Rudis Banner aus«, sagte Jana schlaftrunken.

»Was?«, fragte Philipp und schlüpfte bei seiner Mutter unter die Decke.

»Wir malen heute Rudis Banner aus.«

»Och nö. Ich will auf den Spielplatz.«

»Wir machen den Slauch an«, krähte seine Schwester. »Stimmt's Papa?«

Florian sah auf den Wecker. Sechs Uhr achtundzwanzig. Er öffnete gerade den Mund, um zu erzählen, dass in der Stadt ein Zirkus plakatiert hatte, da fragte Jana: »Kannst du nachher Rasen mähen, Schatz? Merles Mutter hat irgendein Bild zum Aufarbeiten, das ich mir ansehen soll.«

Florian kapitulierte.

Efkan liebte es, als Erster aufzuwachen und seine schlafende Frau zu betrachten. Ihr dunkles Haar war über das Kissen hingegossen. Er hielt die Nase hinein und schnupperte.

Atatürk krähte. Aber irgendwie nicht stolz, sondern aufgeregt. Und dann ging ein aufgebrachtes Gegacker los. Helene und Carmen ... Maite? Andrea? Nein, Maite. Von Andrea kein Mucks.

Efkan stützte sich auf, reckte sich und sah aus dem Fenster. Ihr Schlafzimmer hatte zwei. Eins nach hinten Richtung Hühnerhof und Bahndamm raus, eins zu Katis und Maxes Garten hin.

Auf dem Hühnerhof rannten Helene, Carmen und Maite aufgescheucht herum, schlugen mit den Flügeln und gackerten. Atatürk stand verstummt auf der Hühnerleiter und guckte nach Westen. Efkan setzte sich auf und guckte aus dem anderen Fenster in dieselbe Richtung. Die Hecke zwischen beiden Grundstücken versperrte ihm die Sicht zum Nachbarn. Jedoch nicht auf den Kükendraht, mit dem sein Hühnerhof eingehegt war. Und der war an einer Stelle neben der Hecke hochgebogen, und darunter war ein Loch gewühlt.

Efkan sprang aus dem Bett, griff nach seiner Hose und lief ohne Schuhe und barbrüstig aus dem Haus. Als er die Laubentür öffnete, meinte er, einen leisen Pfiff zu hören – so wie Maxe immer nach Knorke pfiff, aber genau in dem Moment rauschte ein Zug durch, und er war nicht sicher. An der Hecke entlang hastete er nach hinten, betrat den Hühnerhof und sah sich um. Helene und Carmen rannten zu ihm, und er strich zart über ihr Federkleid. Maite hatte sich ins Hühnerhaus zurückgezogen und gackerte dort vor sich hin. Atatürk stand nach wie vor auf der Leiter und guckte starr nach Westen, als hätte ihn der Schlag getroffen. Von Andrea keine Spur, weder im Hühnerhaus noch im Auslauf.

Als Efkan zu dem Loch ging, trat er barfuß in warme Hühnerkacke und fluchte. Er hockte sich hin und bemerkte Krallenspuren im Boden. Das Loch hatte ein Hund oder Fuchs gescharrt. Als er seinen Blick wie Atatürk nach Westen richtete, entdeckte er in der Hecke mehrere abgebrochene

Zweige sowie eine schwarz-weiß gebänderte Feder. Eine Hühnerfeder eines Tiers der Sorte Plymouth Rock. Andreas Feder.

Andrea war geholt worden. Vom Fuchs. Oder einem maximal mittelgroßen Hund. Einem Terrier vielleicht. Einem Terrier wie Knorke.

Efkan kamen die Tränen. Er konnte es nicht verhindern. Erst flossen sie leise, aber dann wurde es schlimmer. Er schluchzte und wimmerte und hörte sich sogar noch, als oben auf dem Bahndamm der Gegenzug vorbeirauschte. Er landete mit dem Hintern im erdigen Gras seines Hühnerhofs, und als er sich mit einer Hand abstützte, erneut in Hühnerkacke. Sein Kopf sank auf seine angezogenen Knie, und er heulte wie ein Schlosshund.

Irgendwann legte sich ein Arm um seine Schultern, und seine Frau schmiegte sich an ihn.

»Efkan«, sagte Sara sanft.

»Andrea.« Efkan hickste. »Andrea ist weg.«

»Ein Fuchs hat sie geholt, oder?«

Efkan weinte, und er verstand es nicht. Er heulte hier vor seiner Frau, als ob ... als ob sein Kind tot wäre. Efkan schnappte im Schreck der Erkenntnis nach Luft und verschluckte sich. Er musste husten, die Tränen schossen erneut in seine Augen, er bekam Atemnot. Sanft klopfte Sara ihm auf den Rücken, bis es besser wurde. Als er sich die Augen wischen wollte, nahm sie schnell seine Hand weg.

»Nicht.«

Er schaute auf die Hand. Hühnerkacke klebte daran. Vielleicht die von Andrea. Er schniefte.

Dann rappelte er sich auf.

»Oder Knorke.«

»Wie bitte?« Auch Sara hatte sich erhoben.

Efkan wies auf die Hecke und die Feder. »Knorke hat Andrea geholt. Atatürk hat wie wild gekräht, da bin ich rausgerannt und hab gehört, wie Maxe Knorke reingepfiffen hat. Glaub ich jedenfalls. Es kam grad ein Zug.«

»Wenn er es war, wäre Maxe längst hier«, sagte Sara.

»Du glaubst, er würde zugeben, dass sein Hund Hühner klaut?« Efkan schaute Sara an. Merkwürdigerweise wurde seine Frau rot.

»Pff. Vielleicht auch nicht. Mist.«

»Geh rein«, sagte Efkan. »Ich mach das hier.« Er war von seinem Ausbruch immer noch so verstört, dass er erst einmal allein damit fertigwerden musste.

Sara trat zu ihm und umarmte ihn. Er legte unbeholfen die nicht mit Kacke verschmierte Hand um ihren Rücken.

»Ich mache uns Kaffee«, sagte Sara.

Efkan nickte an ihrer Schulter, dann trat sie aus dem Hühnerhof, und er machte sich daran, die Zaunstelle notdürftig zurechtzubiegen und das Loch wieder zu verschließen. Danach ging er ins Bad, zog die verdreckte Hose aus und wusch sich.

Als er fertig war und aus dem Fenster über dem Waschbecken sah, das auf den Hühnerhof hinausging, krähte Atatürk. Mit geschwollenem Kamm lief er Helene hinterher und bestieg sie.

Efkan wandte sich schnell ab, ging ins Schlafzimmer, von dem ihr Bad abging, und schüttelte grimmig die Betten auf. Ich bring dich um, dachte er und schüttelte wie Frau Holle, schüttelte und schüttelte, dann murmelte er keuchend: »Ich bring dich um. Bei Gott, ich leg Gift aus.«

»Kaffee ist fertig«, rief Sara aus ihrem schönen großen Raum. Der Hauptraum mit dem hellen Ecksofa am Ofen und der Küchenzeile an der östlichen Wand, deren Arbeitsplatte nach vorn hin zu einem Essplatz für zwei Personen auslief. Einen Mann und eine Frau. Ein kinderloses Ehepaar.

»Knorke! Aus! Gib!« Kati fixierte ihren Terrier.

Maxe hatte Knorke am Schlafittchen gepackt, aber der Hund hielt das schlaffe Huhn im Fang und knurrte.

»Ist es hin?«, fragte Maxe.

»Das Huhn ist tot. Knorke ist ja kein Idiot«, sagte Kati und starrte ihren Hund nieder. Der ließ das Huhn zwar fallen, aber nicht aus den Augen.

»Wir müssen ihn bestrafen«, fügte Kati hinzu.

Maxe nickte. Er zog den Hund vom Huhn weg, suchte seinen Blick, murmelte: »Tut mir leid« und schlug ihn. Das hatte er erst zweimal getan, einmal als Knorke eine Amsel gebracht hatte, und ein weiteres Mal, als er einem Kätzchen nachgestellt hatte, das Maxe gerade so hatte retten können.

»Ab!«, sagte er und zeigte auf das Hundekörbchen. Dort würde Knorke heute bis auf das notwendige Ausführen an den Bahndamm bleiben müssen.

Kati trug das Huhn in die Küche, deren Fenster glücklicherweise zu Rudi hinausging, nicht zu Efkan und Sara. Denn dass Federn flogen, würde sich nicht vermeiden lassen. Sie nahm ihr Handy zur Hand, überflog eine Anleitung zum Hühnerschlachten und griff dann nach ihrem dicksten Küchenbrett.

Ihr Mann hatte ihr mit hängenden Schultern zugesehen. »Was sagen wir denn jetzt Efkan?«

Kati drehte sich um und sah ihn lange an. In ihren Blick legte sie Verachtung und Strenge. »Maxe, ich brauch das kurze Beil.« Mehr sagte sie nicht.

Aber sie sah etwas Ängstliches in Maxes Augen. Sie hätte die Hand dafür ins Feuer gelegt, dass es Verunsicherung darüber war, ob sie hinter sein kleines schmutziges Geheimnis gekommen war. Und richtig, Maxe wandte sich ab. »Ich geh es holen«, sagte er.

Nein, in das Verhältnis zu Efkan und seiner Frau durften sie keine weitere Unwucht bringen als die, die Maxe und Sara riskierten. Schlimm genug, dass Sara Maxe bezirzt und er Efkan die Hühnerhaltung erlaubt hatte. Dass ihr korrekter Maxe darauf eingegangen war, hatte bei ihr alle Alarmglocken klingeln lassen, und sie war der Sache auf den Grund gegangen.

Kati seufzte und füllte ihren großen Einmachtopf mit Wasser, dass es spritzte.

»Na, Opa, spielst du Hexe?«

Rudi saß in der Morgensonne auf dem Tisch vor seiner Laube und zwirnte Hanffasern mit einer Handspindel zu einer rustikal wirkenden Schnur. Er sah auf.

Sein Enkel Ole kam über den Gartenweg auf ihn zugeschlendert. Seine dabei etwas weiter als gewöhnlich ausgestellten Füße erinnerten Rudi an Dorle, Oles Großmutter. Er hatte früher immer gedacht, Dorles Gang käme vom Ballettunterricht, zu dem sie als Kind genötigt worden war, aber offensichtlich war es eine Haltung, die in der Familie lag. Auch wenn es ihm einen Stich versetzte, wenn er an Dorle dachte – er sah diesen Schlenderschritt gern. Er wirkte frei und offen.

»Morgen. Kaffee? Brötchen?«

»Klar«, sagte Ole, der immer Hunger hatte. Wie Rudi selbst als junger Mann.

Rudi rutschte vom Tisch, steckte die Spindel in den Sack zu den Fasern, stellte ihn beiseite und trat in die Laube. Hexe! Na, ein bisschen hat Ole recht, dachte er, während er den Wasserkocher anstellte. Ich lebe hier wie ein eigenbrötlerischer Waldschrat.

Ole war ihm gefolgt. »Hmmm«, machte er. »Riecht gut.«

Rudi lächelte still in sich hinein, so dass seine vielen Falten sich umfältelten. Er war frühmorgens schon beim Bäcker gewesen, und zwar bei dem guten in der Altstadt, weil er wusste, wie gern Ole dessen schwere goldgelbe Brötchen mochte, die nach Hefe dufteten.

»Trägst du das Tablett raus?« Rudi hatte schon Butter und Honig zu den Brötchen gestellt und legte noch eine Packung Mortadella dazu. »Ich komme mit dem Kaffee nach.«

»Ist doch viel zu kalt«, moserte Ole.

»Nimm dir die Sofadecke.« Wenn man hier draußen lebt, merkt man irgendwann die Kälte nicht mehr so sehr, dachte Rudi.

»Wer versorgt jetzt eigentlich Schulzes Bienen?«, fragte Ole, als er sich draußen am Gartentisch ein Brötchen mit dem Honig der verstorbenen Nachbarn bestrich.

»Ich hab nach ihnen gesehen. Aber da wohnt jetzt eine junge Frau. Ich sollte es ihr wohl beibringen.« Lu sah zwar nach einem Dämchen aus, aber tatkräftig schien sie zu sein. Und motiviert sowieso.

Oles Honigbrötchen verharrte vor dem Mund. »Eine junge Frau? Allein? Aber hast du nicht gesagt, die verpachten das Grundstück nicht mehr?«

Rudi erklärte seinem Enkel die Lage.

»Cool«, sagte der. »Und wo kriegt ihr die Hamster her? Ich meine, wenn die auf der Roten Artenliste stehen, könnt ihr die doch sicher nicht einfach so kaufen.«

»Florian wird schon irgendwelche schwarzen Quellen für verbotene Tiere kennen. Solche Viecher landen bestimmt ab und zu bei ihm in der Praxis.« Rudi kaute. Florian war viel zu brav. Der kriegte die Flatter bei so was. Da würde wohl er, Rudi, ranmüssen.

»Wollen wir?«, fragte er, als sowohl die Packung Mortadella, der Brötchenkorb sowie Oles Kaffeepott – er hatte wie immer Dorles bunt geblümten bekommen – leer waren.

»Klar«, sagte Ole.

Also gingen sie zum Schuppen, Rudi holte eine Rolle Draht und einen Seitenschneider, und dann machten sie sich daran, den oberen Spanndraht für die Bohnenreihe am Bahndamm zu erneuern.

Gut, dass ich noch nichts ausgepflanzt habe, dachte Rudi. Sonst würden sie das jetzt zertrampeln. Die Hanfplantage lag hinter seinem Haus und reichte noch ein Stück um beide Ecken herum. Zum Weg am Fluss hin kaschierte sie ebenfalls je eine Bohnenreihe.

Für die Tarnung am Bahndamm hatte Rudi an den Pfählen seines Maschendrahtzauns höhere befestigt, auch noch welche in die Zaunfelder gesetzt, sie oben mit einem Spanndraht verbunden und die Eckpfähle mit schräg angelegten Stützstangen stabilisiert. Die Fahrgäste der vorbeifahrenden Züge blickten so auf eine vier Meter hohe Bohnenwand, und es fiel nicht groß auf, dass die Blätter dahinter eine andere Form hatten.

Ole entfernte mit dem Seitenschneider den alten Draht, Rudi sammelte die Stücke ein. Dann zogen sie den neuen durch die Führungen.

»Rudi, willst du wirklich dieses Jahr auch Hanf anpflanzen?«, erscholl Maxes Stimme von nebenan.

Rudi drehte sich auf der Leiter um. Maxe stand mit einer

Hacke unter seinem Apfelbaum. Er hielt die Baumscheiben immer frei, damit seine Obstbäume nicht mit anderen Pflanzen um Wasser und Nährstoffe konkurrieren mussten.

»Warum nicht?«, fragte Rudi.

»Na weil das ein gefundenes Fressen für die Stadtverwaltung ist, uns hier wegzukriegen. Dein Hanf könnte das Zünglein an der Waage sein.«

Rudi stieg von der Leiter und trat an den Zaun, der seine Parzelle von Maxes trennte. »Das Zünglein an der Waage«, wiederholte er, und seine Falten im Stirn- und Augenbereich wurden zu Klüften.

»Sei doch vernünftig«, sagte Maxe.

»Der Hanf ist meine Rente. Er ernährt mich. Das weißt du.« Rudi war nach seinem schwarzen Tag als junger Mann nicht mehr so recht auf die Beine gekommen, hatte sich mit Gelegenheitsjobs durchgeschlagen.

»Das nützt dir dann auch nichts mehr.«

Rudi überlegte. Er hätte jetzt etwas sagen können, was Maxe überrascht und beruhigt hätte, aber er wollte nicht. »Wenn das Ordnungsamt aufmarschiert, reiß ich alles raus. Unangekündigt dürfen die gar nicht auf meine Parzelle.«

»Mensch ...«

»Reg dich ab. Ihr könnt doch nicht haftbar gemacht werden dafür«, sagte Rudi leichthin.

»Natürlich. Wir hängen da als Verein mit drin. Es ist absolut unglaubhaft, dass ich als Vereinsvorsitzender Zaun an Zaun mit deiner Plantage davon nichts gewusst haben soll.«

»Finde ich nicht«, mischte sich Ole ein. »Woher bitte sollen Sie denn wissen, wie Hanf aussieht? Dagegen würde ich mich an Ihrer Stelle aber vehement verwahren.«

Maxe schüttelte den Kopf und war einen Moment sprachlos.

Rudi musste sich ein Grinsen verkneifen und nutzte den Augenblick. »Lass gut sein, Maxe. Ich muss jetzt mit Ole weitermachen. Der Junge hat noch was vor heute.« Damit zog er Ole zurück zum Drahtspannen.

»Ich red mit den andern«, rief Maxe ihm hinterher.

Du solltest lieber mal einen ordentlichen Joint rauchen, da kommst du runter, dachte Rudi. Aber er musste sich eingestehen, dass Maxe von seiner Warte aus nicht ganz unrecht hatte.

Das dachte sich offenbar auch Ole. Denn nachdem er den Draht über die ganze Länge des rückwärtigen Zauns gespannt hatte – was die Kraft eines Mittsiebzigers definitiv überstiegen hätte –, nachdem sie an den Gartentisch zurückgekehrt waren und Rudi Mineralwasser mit einem Schuss selbst gemachtem Waldmeistersirup hingestellt hatte, sagte er: »Das kann wirklich heikel werden, Opa.«

Rudi zuckte die Schultern. Einen Augenblick lang dachte er an seine stille Reserve, die hinter seinem Schuppen vergraben war. Die er nie angerührt hatte, weil sie ihn an seinen schwarzen Tag erinnerte. Aber er schob den Gedanken beiseite, wie immer.

»Zur Not knipse ich alle Blüten und junge Triebe ab. Ich sage, dass ich aus den Stängeln Hanfschnur herstelle – stimmt ja auch. Und dass wir sie im Verein für das Anbinden und Ziehen von Pflanzen nutzen. Stimmt ebenfalls.« Ole sollte bloß nicht gleich den Schwanz einziehen. Hatte er in dem Alter auch nicht gemacht. Nur einmal wäre es besser gewesen, wenn doch.

Sie tranken schweigend.

Irgendwann ging Rudi ins Haus, klinkte eine flache Kiste unter seinem Bettkasten aus, zog sie hervor und holte einen Block Haschisch heraus. Er füllte etwas davon in ein Tütchen ab und ging wieder nach draußen.

»Hier, reicht das?«

»Klar, danke«, sagte Ole und steckte das Tütchen für den Eigenbedarf ein.

Ole hatte sich im letzten Jahr als Kleindealer betätigt. Als seine Mutter Joan Wind davon bekommen hatte, war sie bei Rudi aufgetaucht – was sie sonst nie tat. In ihren Augen war ihr Vater ein Loser, und Rudi konnte da nicht widersprechen. Jedenfalls hatte Joan Rudi die Pistole auf die Brust gesetzt. Sollte er Ole je wieder Shit zum Dealen geben, würde sie zur Polizei gehen.

Sie war genau drei Minuten da gewesen. Drei schreckliche bittersüße Minuten.

Rudi riss sich zusammen. »Noch Hunger?«, fragte er Ole.

»Nee, ich muss los.«

»Danke, mein Junge.«

Ole umarmte seinen Großvater. »Soll jetzt wärmer werden. Darf ich dann wieder …?«

»Klar«, sagte Rudi. Ole kam im Sommerhalbjahr manchmal abends mit zwei, drei Freunden. Sie saßen auf dem Rasen, kifften, daddelten mit ihren Handys und hörten Rudis alte Platten. Rudi setzte sich dann immer in einen Biergarten an der gegenüberliegenden Flussseite in der Altstadt. Es waren Oles Freihaus-Abende, wie sie sie nannten. Teenager brauchten so was, fand Rudi. Das Beste daran war aber, dass er gebraucht wurde, wenn auch nur seine sturmfreie Laube und sein Haschisch.

Nee, seinen Hanf würde er schön auspflanzen. Und seine stille Reserve würde da bleiben, wo sie war. Nicht dran denken, wozu er sie vielleicht brauchen würde. Nicht dran denken.

Gar nicht schlecht, dachte Lu, als sie ihre Schreibtischplatte samt Beinen aus dem Büro Starcke in den Carsharing-Kombi packte. Mit ihrem neuen Vertrag konnte sie Autos ganz verschiedener Größen ausleihen. Ihren Sportwagen hatte sie bereits zum Verkauf annonciert.

Auch der Schreibtischstuhl passte noch in den Kombi, daneben schob sie einen der leistungsstarken Bürorechner sowie Bildschirm und Tastatur. Sie polsterte alles mit dem frisch erworbenen hellen Billigteppich aus – ungewöhnliche Situationen erforderten ungewöhnliche Maßnahmen. Der qualitativ fragwürdige Teppich würde, wenn alles gut ging, nur ein halbes Jahr halten müssen. Für eine Frau, die so wenig auf den Rippen hatte wie sie, war es einfach zu fußkalt in der Laube.

Kurz hatte sie wieder ihre zerknickte 3-D-Darstellung mit dem Pumps darauf vor Augen und stopfte energisch die neuen leichten Gardinen vor den Bildschirm. Schulzes verschlissene karierte Vorhänge waren das Einzige in der Laube, was wirklich nicht zu ertragen war, fand sie. Die hatte sie abgenommen. Aber Gardinen würde sie brauchen. Ihr war nicht entgangen, dass Maja und Merle am Vorabend über den Zaun gelugt hatten – mit einem Fernglas.

Jetzt noch ein Eimer Wandfarbe, und schon würde sie in der Kolonie den Eindruck erwecken, als richte sie sich auf länger ein. Das würde hilfreich sein. Bestimmt konnte sie sich von Kati und Maxe eine Schubkarre ausleihen, um ihre Sachen vom Parkplatz zur Laube zu transportieren. Dann war es gleich rum unter den Kleingärtnern.

»Was machst du da?«

Mist. Tobias. Samstagvormittags joggte der doch eigentlich immer. Was wollte er hier? Wahrscheinlich Buchhaltung machen, gab sie sich selbst die Antwort. Bisher war das ihre

Aufgabe gewesen. Lu schloss die Kofferraumklappe und drehte sich um. Da stand er vor ihr, in knackigen Jeans, Rollkragenpullover und sportlicher Jacke. Es versetzte ihr einen Stich.

»Aus deiner Büroeinfahrt fahren«, sagte sie und wollte um das Auto herumgehen.

Tobias hielt sie am Arm fest. »Es kommt mir eher so vor, als beklaust du mich gerade.«

»Lass mich los.«

Das tat er, und dann standen sie sich gegenüber.

Lu hatte seine Anrufe seit ihrer Flucht alle weggedrückt und auf Nachrichten, wo sie sei, nicht reagiert. Sie hatte ihm lediglich eine Textnachricht mit zwei Sätzen geschrieben. *Du hast mich betrogen. Ich bin weg.*

»Ich ziehe die Konsequenzen, Tobias.«

Tobias kniff leicht die Augen zusammen. »Louise ...«

»Ich will mein mieses Gehalt bis Monatsende.« Sie holte Atem. »Und ich will zweihundertsechsundvierzig Überstunden bezahlt haben. Das da im Auto« – sie wies auf den Kofferraum – »betrachtete ich als abgearbeitet in Anbetracht meines schlechten Einkommens.« Ihre Stimme klang fremd in ihren Ohren. Aber irgendwie gar nicht schlecht. Voller. Gewichtiger. Vielleicht weil sie wusste, dass auch ein USB-Stick mit allen aktuellen Planungsunterlagen eines gewissen klobigen Wohnriegels zu dem gehörte, was sie als »abgearbeitet« betrachtete.

»Was willst du denn jetzt machen? Ich meine, es war doch nur, weil ...«

»Weil du es als nützlich erachtet hast. Ich weiß.«

»Es hat nichts bedeutet«, setzte Tobias nach.

»Darüber wird sich Frau Schlägel sicher sehr freuen, wenn ihr das dämmert. Oder wird es ihr nicht dämmern?« Lu legte den Kopf schräg und lächelte bedauernd. »Es wird ihr erst mal nicht dämmern, nicht wahr?«

Er zuckte die Schultern.

»Und was war der Plan? Dass ich, wenn du geschäftlich erreicht hast, was du willst, dahinterkomme, du ihr dann sagen kannst, ich hätte dir die Pistole auf die Brust gesetzt und leider, leider müsstest du die Liebschaft nun beenden, weil ich sonst womöglich noch ihren Mann einweihe? So was in der Art? Da wärst du doch fein raus gewesen.«

»Nein!«

»Kein Plan? Nichts für ungut, aber das sieht dir nicht ähnlich, Tobias.« Sie ging zur Fahrertür.

»Was willst du denn jetzt machen? Und wo wohnst du überhaupt?«

Lu öffnete die Tür und sah ihren Ex-Lebensgefährten noch einmal an. Ihren gut aussehenden, erfolgreichen Partner für alles. Ein wenig schmal vielleicht, aber kein Hänfling. Große, gerade Nase, lange, feingliedrige Finger. Dunkles Haar mit einem schwungvollen Stirnwirbel. Der schwarze Architektenrollkragenpullover stand ihm wie keinem anderen. Dieser Mann war ein schöner Traum, aber in der Realität war sie für ihn ein Wegwerfprodukt gewesen wie der zusammengeknüllte Ball, als der ihre zerknickte Zeichnung vermutlich im Papierkorb gelandet war. Statt partnerschaftlich mit ihr zu verkehren, war sie sein Beiwerk geworden, beruflich, und irgendwann auch privat. Sie hatte ihn selbstvergessen unterstützt, nur um nicht allein zu sein. Diese Erkenntnis tat fast noch mehr weh als die, dass ihre Beziehung gescheitert war.

»Was ich jetzt mache? Mir ein eigenes Leben aufbauen. Wo ich wohne? Das geht dich nichts an.«

Lu setzte sich hinters Lenkrad und zog die Tür zu. Wo sie

wohnte, durfte er auf keinen Fall wissen. Das war ihr einziger Trumpf. Und den würde sie ausspielen.

Sie brauchte zwei Versuche, bis das Auto ansprang. Konzentrier dich, befahl sie sich, und setzte mit tränenverschleierten Augen aus der Einfahrt. Weg hier. Einfach weg, Lu.

»Tach, Florian!«

Florian schaute von der Leiter hinunter. Er brachte gerade in dem großen Apfelbaum vorn rechts auf dem Grundstück ihre neue ölbehandelte Holzschaukel an. An der Hecke stand Rudi.

»Zuerst darf ich«, sagte Philipp, der unter dem Baum saß und hochguckte.

»Nöö, ich!« Lina-Marie neben ihm machte einen Schmollmund. »Stimmt's, Papa?« Sie sprang auf.

»Erst ich«, sagte ihr Bruder entschieden und zog sie wieder runter. »Wir dürfen nicht rumlaufen, sonst bekommen wir die Schaukel ab.«

»Hallo, Rudi«, begrüßte Florian den Nachbarn.

»Papa, ich will zuerst«, quengelte Lina-Marie.

»Wir beide sollten uns vielleicht mal um den Hamster kümmern«, sagte Rudi.

»Krieg ich einen Hamster?« Jetzt sprang Philipp auf und wich der Schaukel um Haaresbreite aus, die Florian in diesem Augenblick vom Baum herunterließ.

»Philipp! Ich hab dir doch gesagt …« Florian war ungehalten, wurde aber von Lina-Marie unterbrochen.

»Was ist ein Hamsser? Wenn Philipp einen kriegt, will ich auch einen.«

»Es dreht sich nicht um einen Goldhamster, Philipp«, sagte Rudi. Er kratzte sich am Kopf. »Es geht um …«

»Einen anderen Hamster, einen Feldhamster. Wir haben hier einen gesehen, und sie sind sehr selten. Sie dürfen nicht gestört werden.« Florian warf Rudi einen vielsagenden Blick zu, und der verstand offenbar, dass er die Kinder von ihrem Plan lieber nichts wissen lassen wollte, damit sie nicht irgendetwas Falsches ausplauderten.

»Dann will ich jetzt ssaukeln«, sagte Lina-Marie und versuchte, das Schaukelbrett zu erklettern, das aber noch zu hoch hing. Sie landete im Gras.

»Ich bin Erster«, rief Philipp und schnappte sich die Schaukel.

»Ich bin Erster«, sagte Florian und stieg von der Leiter. »Zur Sicherheit.«

Philipp ließ die Schaukel los, und da Lina-Marie sich gerade wieder aufrappelte, wurde sie davon am Kopf getroffen. Sie startete ihr Sirenengeheul.

»Das hilft nicht, Linchen«, sagte Rudi seelenruhig von der anderen Seite der Hecke. »Lauf mal zum Gartentor. Ich komm rüber und guck nach, ob es eine Beule wird.«

Lina-Marie verstummte perplex. Aber Rudis Kopf hinter der Hecke war schon verschwunden. Also machte sich Lina-Marie auf zum Gartentor.

»'tschuldigung«, sagte Philipp zu niemand Besonderem.

»Du musst aufpassen, so was kann böse ausgehen.« Florian stellte die Schaukel auf eine Höhe, dass Lina-Marie gerade so heraufklettern konnte und Philipps Beine nicht auf dem Boden aufkommen würden beim Durchschwingen. Dann schaukelte er selbst ein wenig. Ast und Schaukel hielten.

»Das mit Lina-Marie hast du gut hingekriegt«, sagte Florian wenig später zu Rudi, als sie am Gartentisch auf der Wiese saßen und Rhabarberschorle tranken. Die Kinder waren mit Philipps Montessori-Zählspielzeug zur Schaukel gezogen, und Lina-Marie steckte Ring für Ring auf die Zehnerleiste, immer einen, wenn Philipp bis vorn durchgeschwungen war. Zwei Durchgänge lang durfte Philipp hochschaukeln, dann musste er sich ausschaukeln lassen, und sie war dran.

»Hm«, machte Rudi, und Florian bemerkte, wie zärtlich sein Blick auf seiner Tochter ruhte.

»Du hast auch eine Tochter großgezogen, oder? Oles Mutter ist dein Kind, nicht?«

»Joan«, sagte Rudi und dachte: Großgezogen. Nein, großgezogen habe ich sie nicht. Dafür fast erschossen.

»Ein englischer Name«, wunderte sich Florian.

Rudis Gesicht fältelte sich zu einem schmerzerfüllten Lächeln. »Joan wie Joan Baez. Die Sängerin.«

Florian machte ein ahnungsloses Gesicht, und Rudi half ihm auf die Sprünge. »Woodstock. Vietnamkrieg. *Be not too hard for life is short / And nothing is given to man*«, sang er leise mit eingerosteter Stimme.

»Aah«, machte Florian. »Tut mir leid. Kenne ich nicht.«

»Ist auch lange her.« Fast ein ganzes Leben. Ein langes Leben, das doch kurz war, wenn er an den Song seines Idols dachte. In seinem Fall kurz mit seiner kleinen Joan. Rudi trank einen Schluck Rhabarberschorle. »Hast du eine Idee, wo wir ein Feldhamsterpärchen herkriegen?«

Zu seinem Erstaunen antwortete Florian: »Vielleicht.«

Dann widmeten sich beide wieder der Schorle. Rudi trank meistens Leitungswasser oder selbst gemachten Kräutertee, weil er sparsam war. Diese Rhabarberschorle aus dem Bioladen war gar nicht schlecht. Erstaunlich süß für Rhabarber.

Florian drehte sein Glas hin und her. »Muss nicht jeder wissen, okay?«

Rudi nickte.

»Ich kenne einen Händler. Handelt mit Bengalkatzen. Ist heikel. Aber ich meine, wenn die Tiere schon mal in Deutschland sind, soll ich sie dann verrecken lassen? Der hat gute Beziehungen nach Nordindien, und da ist auch der Feldhamster heimisch.«

»Frag den doch mal.« Sieh an, sieh an, der brave, vertrottelte Florian, dachte Rudi.

»Ob das was wird ...«

»Florian, ich werd obdachlos, wenn das hier«, Rudi machte eine ausladende Bewegung zum Wasser hin, »den Fluss runtergeht sozusagen.«

Florian wurde blass. Er stand auf und holte umständlich sein Handy aus der Hosentasche. Dann trat er ein Stück zur Seite und telefonierte kurz.

»Nächste Woche geht eine Lieferung in Indien ab. Mit Katzenfutter«, sagte er kryptisch, offenbar weil Philipp über den Rasen auf sie zukam.

»Lina-Marie hört einfach nicht auf. Können wir in den Zirkus? Ben darf heute hin.«

»Ich muss Rasen mähen«, sagte Florian. »Hol dir doch deinen Bagger.«

»Katzenfutter« war lustig gewesen, fand Rudi. Aber froh hatte es nicht gerade geklungen.

»Hallo!«

Super, die kommt mir gerade recht, dachte Lu. Sie hatte den Kombi mit dem Umzugsgut auf dem Parkplatz hinter der Kolonie abgestellt und lief den Kiesweg am Fluss entlang, um sich bei einem der Nachbarn eine Schubkarre auszuleihen. Da sah sie Jana mit ihrem Lastenfahrrad, das sie gerade durch das Gartentor schieben wollte.

Jana zuckte zusammen, als sei sie ertappt worden.

»Entschuldige, ich wollte dich nicht erschrecken«, sagte Lu, trat zu ihr und hielt das Gartentor auf. Dabei bemerkte sie in der Kiste des Rades einen in Noppenfolie und Packpapier eingeschlagenen Gegenstand, vermutlich ein Bild, fünfzig auf sechzig Zentimeter vielleicht. »Ich wollte dich fragen, ob du mir vielleicht kurz helfen könntest.«

»Jetzt?«, fragte Jana, und ihr Blick huschte zu dem eingepackten Gegenstand.

»Geht ganz schnell. Ich müsste eine Tischplatte und einen Schreibtischstuhl vom Parkplatz aus zu mir in die Laube transportieren. Und einen Farbeimer vielleicht noch.«

Jana strich sich eine ihrer weißblonden Strähnen aus dem Gesicht. Wenn du ein bisschen braune oder schwarze Mascara auftragen würdest, sähest du nicht ganz so farblos aus, dachte Lu.

»Papa will den Slauch nicht anmachen.« Lina-Marie kam zum Gartentor gerannt, stolperte aber unterwegs über Philipps Bagger und schlug hin.

Ihr Bruder, der im Buddelkasten gerade beim Straßenbau war, schrie: »Maaaaann.«

»Philipp, das ist ein Männerwort, das wird bitte deiner Schwester gegenüber nicht verwendet«, sagte Jana, ging an Lu vorbei in den Garten und half ihrer Tochter auf.

Lu blieb die Luft weg. Männerwort? Wie bitte?

»Papa will den Slauch nicht anmachen, Mama«, wiederholte Lina-Marie vorwurfsvoll.

»Es ist noch zu kalt. Morgen vielleicht«, sagte Florian, der mit dem Auffangkorb des Rasenmähers, den er offensichtlich gerade geleert hatte, hinter der Laube hervorkam.

Lu wartete am Tor und schaute sich das Lastenrad näher an. Da bekäme sie auch noch den Bildschirm und den Rechner rein, alles mit einer Ladung.

In diesem Augenblick kam Jana zurück und hob den Gegenstand unter ihrer Nase weg aus der Radkiste. Fast ein wenig, als solle sie nicht so genau hinsehen.

»Ich bringe nur das Bild ins Atelier, dann können wir deine Sachen gern holen«, sagte Jana, und Lu merkte, dass es eher widerwillig war.

»Du hast ein Atelier hier?«, fragte Lu, als sie wenig später gemeinsam auf dem Weg zum Parkplatz waren. Sie wollte gut Wetter machen.

»Ich bin Restauratorin, und manchmal übernehme ich auch privat Aufträge. Und du bist also Architektin?«

Okay. Das Atelier war also nicht Janas Lieblingsthema. »Ja. Was machen die anderen hier so?«

»Mein Mann ist Tierarzt, Rudi, Maxe und Kati sind Rentner. Efkan hat mit seinem Bruder einen Supermarkt, und Sara arbeitet in einem Beauty-Salon. Merle schreibt ihre Masterarbeit, irgendwas mit Finanzen, und Maja arbeitet in einem Krisenzentrum für Geflüchtete. Da muss man ganz schön engagiert sein und Kraft haben«, sagte sie versonnen.

Lu merkte auf. Janas Ausstrahlung ließ wenig auf »engagiert« und »Kraft« schließen. Die Frau kam ihr eher verkniffen vor. Also war Loben eine gute Strategie. »Ich finde bewundernswert, wie ihr das mit den Kindern schafft.«

»Echt?«

»Klar.«

Angesichts Janas zart geröteter Wangen dachte Lu, loben ist so einfach. Sie selbst war selten gelobt worden. Ihre Mutter, die sie allein aufgezogen und lange Arbeitstage gehabt hatte, hatte sie stattdessen eher angetrieben: *Du musst etwas erreichen im Leben. Dir schenkt keiner was.* Lu hätte so gern einmal etwas geschenkt bekommen. Wie später von Tobias, der sie zwar schlecht bezahlt, aber mit Luxus umgeben hatte.

Sie waren am Kombi angekommen. Lu öffnete die Kofferraumklappe und dachte bitter: Von wegen geschenkt. Gekauft hat er mich damit. Und ich hab mich kaufen lassen.

Gemeinsam luden sie aus und bekamen tatsächlich alles auf das Rad. Die Tischplatte obendrauf hielt Lu fest, während Jana schob.

»Willst du von hier aus arbeiten?«, fragte Jana unter der Brücke in Lus Rücken.

»Erst mal schon. Bis ich was Neues gefunden habe«, sagte Lu.

Jana half ihr noch, das Sideboard von der Wand abzurücken. »Es passt unter die Arbeitsplatte, und weil die breiter ist als das Schränkchen tief, kann ich trotzdem gut sitzen, ohne mit den Beinen anzustoßen. Dann hab ich ein richtiges Büro mit Stauraum. Wenn ich einen der Sessel in den Schuppen stelle, reicht der Platz«, erklärte Lu und merkte, dass eine leise Freude bei der Vorstellung aufkam, während sie plapperte wie sonst nie.

»Gefällt mir.« Jana warf einen Blick durch den Raum. »Ich beneide dich ein bisschen darum, dass du alles für dich allein hast.« Dann riss sie ihre wasserblauen Augen auf. »Entschuldige. Du hast grad eine Scheißtrennung hinter dir …«

Lu winkte ab. »Nach vorn gucken. Immer schön nach vorn gucken.«

»Gute Devise.«

Jana verabschiedete sich, und Lu strich an diesem Nachmittag das Zimmer, räumte ein, entsorgte die Schulze'schen Gardinen, die beim Streichen noch einmal gute Dienste als

Spritzschutz geleistet hatten, und brühte anschließend Filterkaffee in der kleinen rostroten Bastmuster-Mokkakanne.

Neues Leben, neue Kaffeezubereitung, dachte sie, stellte Kanne, Milchkännchen und Tasse auf ihren Schreibtisch und fuhr den Rechner hoch. Sie überspielte alle Dateien ihres USB-Sticks in einen Ordner *Schrottimmobilie*. Sodann bereitete sie Mails vor, in denen sie den Baufirmen absagte, die sie selbst als Tobias' Mädchen für alles im Rahmen der Ausschreibung zur Errichtung der »Flussresidenz« kontaktiert hatte. Die würden am Montagmorgen rausgehen.

»Flussresidenz«, murmelte sie vor sich hin. Majas Bezeichnung »Wohnregal« traf eher, was genau da entstehen sollte, wo sie jetzt saß. Was diese Spaßbremse wohl zu ihrer Idee sagen würde, die gerade zu einem ersten Entwurf reifte? Wohntreppe? Könnte ich mit leben, dachte Lu. Nur leider würde sie so leicht nicht davonkommen. Maja würde wohl eher von Grabhügel reden. Und nicht nur die ...

Lu stand auf. Sie brauchte unbedingt etwas zur Stärkung. In der Küche genehmigte sie sich das letzte Gläschen Himbeerlikör. »Ein Grabhügel ist besser als ein Grab ohne Hügel«, murmelte sie und stellte das Glas ab. »So.«

Entschlossen, sich nicht noch einmal beirren zu lassen, ging sie wieder an ihren Schreibtisch. Sie goss sich eine zweite Tasse Kaffee ein, und dann beschäftigte sie sich mit einer interessanten Finanzierungsmöglichkeit größerer Projekte. Dabei wusste sie nicht, ob sie vom Kaffee zittrig war, von der Angst vor der eigenen Courage oder vom prickelnden Handeln auf eigene Rechnung.

Maja war auf dem Kunstfell vor dem Kamin eingeschlafen. Es war gerade mal acht. Aber so ausgebrannt, wie ihre Liebste war, war das kein Wunder. Merle deckte sie mit der Bettdecke zu, legte noch zwei Scheite im Kamin nach, damit es nicht zu kalt wurde in der Laube, und schrieb einen Zettel. *Bin bei Lu. Will sie aushorchen. Kuss. Merle*

Sie legte den Zettel vor Maja hin, dann holte sie in der Küche eine Flasche Whisky aus dem Schrank. Sie tranken wenig Alkohol, auch wenn sie mit Freunden feierten nur selten. Maja war zu streng mit sich, und Merle war ein gebranntes Kind. Der Whisky war lediglich ihre »Wärmflasche«, wenn die Laube zu ausgekühlt war. Jetzt konnte er Merle jedoch gute Dienste leisten. Man musste immer im Auge haben, wie die Aktien standen. Leise schlüpfte sie hinaus.

Im Vorbeigehen sah sie Efkan mit Einmalhandschuhen Fleischbällchen kneten, daneben stand eine rote Flasche, die eher nach Reinigungs- als nach Lebensmittel aussah. Sara war offensichtlich nicht da. Vermutlich bereitet er schon irgendwas fürs Grillen vor, morgen schlägt bestimmt wieder seine ganze Familie auf, dachte Merle. Es würde wie immer laut werden, und abends würden Rauch und Grilldünste herüberwehen. Sie mochte das fröhliche Familienleben der Kuzus gern. Ihr eigenes war steifer gewesen.

Kati und Maxe sahen offenbar fern. Rudi saß in der beginnenden Dämmerung vor seinem Haus, und der süßliche Geruch, der Merle in die Nase stieg, war definitiv nicht der von Tabak. Sie hob die Hand, und Rudi grüßte freundlich wie immer. »'n Abend.«

Bei Jana und Florian duftete es nach frisch gemähtem Rasen, und Merle sah, dass sie das Schneckenblech eingegraben hatten, hinten rechts neben dem Haus bei den Kinderbeeten, die offenbar neu angelegt werden sollten. Widerlich.

Aus der Laube erscholl Lina-Maries Gequake, als Jana heraustrat. Sie sah sich um und wirkte ein wenig, als hätte sie etwas ausgefressen. »Oh, hallo«, sagte sie, als sie Merle entdeckte, und ohne eine Antwort abzuwarten, verschwand sie hinter der Pergola, die den Gartenweg zur Westseite hin zwischen Schuppen und Haus säumte. In dem Schuppen war ein Atelier für Jana abgeteilt, wusste Merle. Dort wollte sie offenbar hin und schien es eilig zu haben an diesem Samstagabend, so eilig, dass ihr Verhalten an Unhöflichkeit gegrenzt hatte, was gar nicht zu ihr passte.

Irgendwie empfand Merle die junge Mutter ungreifbar. Ihr langweiliger Beruf – irgendwo Gold aufpinseln oder Farben auffrischen – und ihr missionarischer Ökotick passten nicht recht zusammen, aber jetzt hatte sie einen energischen Schritt gehabt. Hatte sie nicht heute eine Van-Gogh-Kopie von ihrer Mutter abholen wollen? Egal. Merle ging weiter.

In Schulzes Laube hatte sich an einem Tag eine Menge getan, das sah sie sofort. Ein neuer luftiger Vorhang war rechts ein Stück zugezogen und wehte durch die geöffnete Terrassentür heraus. Beim Blick hinein war zu sehen, dass das Zimmer offenbar gestrichen worden war, und ein Teppich lag auch da. Ziemlich fix, dachte Merle und spürte, wie sie Lu um ihren Elan beneidete, während sie gerade das Gefühl nicht loswurde, mit angezogener Handbremse zu leben.

Sie trat durch das Gartentor, ging auf die Laube zu und klopfte an die offen stehende Terrassentür. Dann warf sie einen Blick an der Gardine vorbei.

Ja, es hatte sich tatsächlich eine Menge getan. In der durch den Vorhang vom Weg her nicht einsehbaren Zimmerecke versteckte sich das alte Sideboard unter einem großen Schreibtisch, auf dem ein nicht minder überdimensionierter Bildschirm stand. Dahinter saß Lu. Mit ihrer mordsmäßig sexy schwarzen Hornbrille. Sie schaute erschrocken auf, dann zuckte ihr Blick auf den Tisch, und sie klappte hastig eine Kladde zu. »Hallo. Einen Moment«, sagte sie, klickte zweimal auf ihrer Maus, setzte die Brille ab und stand dann auf.

»Entschuldige, wenn ich dich erschreckt habe.« Als ob ich dich bei etwas Verbotenem überrascht habe, fügte Merle in Gedanken hinzu.

»Ich muss mich erst daran gewöhnen, dass hier offenbar alle Türen offen stehen. Aber ich find's schön. Du bist ... Merle, nicht wahr?«

»Genau, von ganz hinten. Ich hab uns was mitgebracht zum Anstoßen auf die neue Nachbarschaft.« Merle nahm die Flasche aus einer von ihrer Mutter geerbten sündhaft teuren Ledertasche. »Hast du Zeit, oder musst du noch arbeiten?«

Lu guckte auf die Flasche und leckte sich die Lippen. »Hab Zeit. Ich hol Gläser.« Sie verschwand in der Küche und kam gleich darauf mit zwei alten Schnapsgläsern aus hauchdünnem getöntem Glas wieder. »Ich habe hier die tollsten Flohmarktschätze.«

Merle lachte. »Ja, wir auch. Wir haben ein geschliffenes Bowlenset mit zwölf Gläsern, alle noch heil.«

Lu holte einen Gartenstuhl herein und bot Merle den Sessel an. Dann schloss sie die Terrassentüren. »Es wird kalt. Ich mach schnell Feuer. Holz war glücklicherweise noch im Schuppen.« Sie machte sich am Ofen zu schaffen, während Merle einschenkte. Sich selbst ein wenig, Lu deutlich mehr.

Als sie saßen, bemerkte Lu: »Die Lauben hier sind alle ziemlich schick. Sogar beheizbar.«

Merle zog die Augenbrauen zusammen. Woher wusste Lu das? In ihrer Laube war sie schließlich nicht gewesen. »Woher weißt du das?«

»Schornsteine?«, sagte Lu in die plötzlich angespannte Atmosphäre hinein.

»Stimmt, du siehst so was, du bist ja Architektin.« Merle ohrfeigte sich innerlich, lachte verlegen und prostete Lu zu. »Auf eine gute Nachbarschaft.«

»Auf eine gute Nachbarschaft. Danke, dass du vorbeigekommen bist.«

Merle wollte die Stimmung wieder auflockern und sagte: »Als Rudi hier eingezogen ist, haben noch Leute hier gewohnt, richtig gewohnt, weil sie im Krieg ausgebombt worden waren. Gleich nach '45 lebte in unserer Laube ein Ofenbauer und in Rudis ein Glaser. Deswegen haben wir alle super Öfen oder Kamine und tolle Fenster oder Glastüren nach draußen.«

»Verstehe«, sagte Lu. »Deshalb wohnt ihr auch im Sommer alle mehr oder weniger hier.«

Merle zuckte die Schultern. Sie hätte auch mit einem muffigen Schuppen vorliebgenommen, damit Maja sie jeden Abend von ihrer Masterarbeit erlöste. In der Stadt hatten sie jede eine eigene Wohnung.

Lu trank einen kräftigen Schluck. »Was gutes Bauen so bewirkt ...«

Merle beobachtete Lu, während die offenbar über gutes Bauen nachsann. Ein ganz leichtes, verträumtes Lächeln lag auf ihrem markanten Gesicht mit dem Schönheitsfleck seitlich über der Oberlippe. Lu war nicht hübsch, der Mund zwar groß, aber unharmonisch gerundet, die blondierten Haare recht dünn, aber sie wusste etwas aus sich zu machen. Ihre knochige Figur zeugte von Disziplin, die nach einem Tag, an dem sie renoviert hatte, offenbar frisch rot lackierten Nägel ebenfalls.

»Was wirst du denn jetzt bauen?«, fragte Merle in dem Moment, in dem Lu ihr Glas erneut ansetzte.

»Ich?« Lu verschüttete beinahe den Whisky und sah erschrocken aus.

Na, so ungewöhnlich ist die Frage jetzt aber nicht, dachte Merle.

Lu räusperte sich, während Merle nachgoss. Lu einen ordentlichen Schuss, sich selbst drei Tröpfchen.

»Weiß noch nicht. Kann alles sein. Krankenhaus, Schwimmbad, Wohnungsbau, Büros. Kommt drauf an, wo ich Arbeit finde.«

»Aber du machst doch jetzt auch was, oder?« Merle nickte zum Bildschirm hin.

»Ich beschäftige mich ein bisschen mit ökologischem und sozial verträglichem Bauen, halte mich auf dem Laufenden. Und du? Jana hat erzählt, du schreibst deine Masterarbeit.«

Wenn »ein bisschen beschäftigen« stimmen würde, hättest du eben nicht so einen Schreck gekriegt, dachte Merle. Dummerweise musste sie nun auch etwas von sich preisgeben. Was nicht so einfach war, wenn man an dem zweifelte, was man leidenschaftlich gern machte.

»Ja, also, ich studiere Finanzmanagement. Finden die meisten ziemlich trocken.«

»Ich nicht.« Lu lehnte sich vor. Offenbar fand sie es wirklich spannend. »Wie bist du denn auf so ein Studium gekommen?«

»Liegt in der Familie«, sagte Merle und überlegte krampfhaft, wie sie von sich ablenken konnte. »Meinst du, die Stadt dreht uns einen Strick daraus, dass Rudi eine Hanfplantage hat?«

»Hanfplantage?«

»Ja, der baut Hanf an.«

»Stimmt«, Lu hob einen Zeigefinger. »Als wir über den Hamster gesprochen haben, hat irgendjemand so was erwähnt.«

»Unser Rudi ist ein richtiger Althippie«, sagte Merle. »Ich mag ihn, aber wenn uns das das Genick bricht …«

»Du meinst wegen der Entpachtung?«, fragte Lu.

Merle nickte und trank nun auch einen großen Schluck.

Lu schwieg. Der gute Whisky wärmte Merles Magen und ihr Herz. Sie lehnte sich zurück.

»Maja und ich proben hier das Zusammenwohnen. Es ist schön.« Im Vorjahr hatten sie zum ersten Mal den Sommer über hier draußen zusammengelebt. Als sie im Spätherbst wieder in ihre Wohnungen zurückgezogen waren, hatte Merle sich ziemlich verloren gefühlt, auch wenn sie die Hälfte der Nächte zusammen verbracht hatten. Es war doch etwas anderes, wenn es kein Zu-mir-oder-zu-dir gab.

Merle blickte durch den dämmrigen Garten auf den Klarapfelbaum. Von dem hatten alle in der Kolonie immer essen dürfen, weil diese Sorte nur frisch vom Baum schmeckte. Die Schulzes hatten dafür später von den anderen Herbstäpfel bekommen. Janas Boskop, Rudis Ananasrenette, Maxes Cox Orange, Efkans Berlepsch und ihre Goldparmäne. Maxe hatte Maja und sie im letzten Sommer in diesen Koloniebrauch eingeweiht.

»Schrecklich, wenn hier die Bagger kommen«, murmelte Merle tief in Gedanken versunken.

»Erst mal kommt kein Bagger«, sagte Lu, und Merle entgingen ein beinahe gehässiges Kräuseln ihrer Lippen sowie ein schneller Blick zum Schreibtisch nicht. Lu trank ihr Glas aus und kicherte. »Erst mal garantiert nicht.«

Das klang sehr zufrieden. Merle hatte das Gefühl, dass Lu irgendetwas damit zu tun hatte, dass kein Bagger kommen würde. »Wie kannst du dir da so sicher sein?«

»Was?« Lu schaute sie irritiert an. »Na«, sie stockte kurz und fuhr dann fort: »Ihr habt doch gegen die Entpachtung geklagt. Ehe darüber nicht entschieden ist, passiert hier gar nichts.« Sie beäugte ihr leeres Glas. »Wer ist eigentlich euer Anwalt? Weißt du das?«

Merle nickte. »Florians Schwester Sabrina. Ist auf Immobilien- und Eigentumsrecht spezialisiert.«

»Ah.«

Das klang wenig begeistert, fand Merle. »Sie hat genau die richtige Spezialisierung«, sagte sie ein wenig beleidigt.

»Gut. Klar«, murmelte Lu. »Toll«, setzte sie hinterher, als müsse sie es bekräftigen, aber es klang lahm. »Ich glaub, ich bin ganz schön müde.« Lu rollte mit den Schultern. »Entschuldige, war ein langer Tag.«

Merle fand, dass sie erst einmal genug in Erfahrung gebracht hatte. Fakt war: Lu interessierte sich mehr für die Kolonie, als das bei einem vorübergehenden Fluchtort zu erwarten wäre. Außerdem wollte sie nicht über ihre gegenwärtigen Aktivitäten sprechen. Sollte beides miteinander zu tun haben, war das ein Ungewissheitsfaktor.

»Ja, du hast hier echt geschuftet.« Merle erhob sich. »Muss schwer sein, aus allem herauskatapultiert zu werden. Das möchte ich mir gar nicht vorstellen.«

»Schritt für Schritt. Den direkt vor dir liegenden kannst du meistens leicht entscheiden«, sagte Lu.

Wenn du wüsstest, dachte Merle und verabschiedete sich. Die halb volle Whiskyflasche ließ sie stehen.

Auf ihrem kurzen Weg den Fluss entlang ging ihr das Letzte nicht aus dem Kopf. Der erste Schritt, der einen aus allem herauskatapultierte, war der, der am schwierigsten zu gehen war. Definitiv. Jedenfalls für sie. Es könnte gut und gern der Schritt in den Abgrund sein.

Diese blasse Merle mit ihrem Pferdegesicht ist gedankenschneller, als ich ihr zugetraut hätte, dachte Lu, als sie am Sonntagmorgen in ihrem Alkoven aufwachte. Auch er hatte einen neuen Vorhang bekommen, der aber ein Stück offen stand, so dass sie vom Bett aus einen direkten Blick auf ihren Schreibtisch hatte. Er war so nah herangeschoben, dass er auch als Nachtablage diente. Darauf stand die Whiskyflasche, in der nur noch eine Neige war. Aber von Kopfweh keine Spur. Das Zeug war gut gewesen.

Lu stand auf und ging ins Bad. Sowohl hier als auch in der Küche hatte einmal Durchputzen gereicht, die alte Frau Schulze hatte fleißig entkalkt und offensichtlich auch mit Toilettenreiniger nie gespart. Während Lu beim Zähneputzen in den Spiegel schaute, überlegte sie, was sie gestern alles gesagt hatte. Merle war misstrauisch geworden, als sie von den Öfen und Kaminen geredet hatte. Lu hatte ihre Kenntnis mit den vom Weg aus sichtbaren Schornsteinen begründen können, aber sie musste aufpassen. Die anderen durften nicht herausbekommen, dass sie mehr wusste, als sie vorgab.

Gleich als Tobias ein Auge auf dieses Stück Land am Fluss geworfen hatte, hatten sie geprüft, was vielleicht bei der Kleingartenanlage nicht mit rechten Dingen zugehen könnte. Und eins war offensichtlich: Nach Paragraph drei des Bundeskleingartengesetzes durften Lauben nicht zum dauerhaften Wohnen ausgebaut sein – diese sechs hier hatten jedoch sowohl Strom als auch Klärgruben, und sie waren beheizbar. Allerdings waren alle so alt, dass sie Bestandsschutz hatten. Es war klar, dass Tobias das nicht als Hebel hatte einsetzen können. Und die Hühner auf der einen Parzelle hätten für eine Kündigung der Pacht nicht ausgereicht. Dass Rudi Hanf anbaute, hatten sie nicht gesehen, es war bei ihrer

Begehung vor mittlerweile über einem Jahr Winter gewesen.

Lu spuckte die Zahnpasta aus, spülte nach und zog sich ihr Schlafshirt über den Kopf.

Sie trat nach draußen. Damals im diesigen Winterlicht waren ihr die Lauben zwischen nackten grauen Ästen und Zweigen alt und feucht vorgekommen. Alles andere als attraktiv. Heute allerdings war sie gegen vier Uhr vom Gesang einer Nachtigall aufgewacht, der sie verzaubert hatte. Sie hatte dem Tirilieren und Klagen eine Weile zugehört, und es hatte sie mit tiefem Glück erfüllt. In der frischen, wasserweichen Nachtluft, die durchs Fenster kam, war sie bald wieder eingeschlummert.

Es war ein anderes Hochgefühl gewesen als das an Tobias' Seite, trotz des kraftvollen Vogelgesangs ein stilles Glück, eines zum tief Ein- und Ausatmen. Bei Tobias war es eher sein Ehrgeiz gewesen, der sie mitgerissen und bezaubert hatte, ein Glück zum Luftanhalten. Nun musste sie selbst Elan aufbringen, und das würde sie auch, wäre ja gelacht.

Lu stellte die Dusche an und trat darunter. Um den heißen Strahl wallte in der Morgenkühle sofort Dunst. Tja, Edellaube eben, dachte sie und seifte ihren mageren Körper ein.

Sie hatte sich gerade mit einem Kaffee und einem Müsli an ihren Schreibtisch gesetzt, um an ihrem Entwurf weiterzuarbeiten, da sah sie Maxe durch das Gartentor treten. Kurze Hosen, T-Shirt, Funktionsweste. In seiner Pranke – die Hände schienen viel zu groß für den eher kleinen Mann zu sein – hielt er zwei Paar Gartenhandschuhe und zwei Blumenscheren.

Lu seufzte und schloss ihre Datei. Morgenstund hat Gold im Mund, dachte sie. Eindeutig Maxes Devise. Dummerweise war heute Sonntag, da konnte sie sich nicht mit Arbeit rausreden, schon gar nicht als Arbeitslose. Also stand sie auf, schlüpfte in ihren Wollpullover und ging Maxe durch die Haustür entgegen.

»Guten Morgen«, grüßte sie ihn.

»Guten Morgen«, erwiderte er und hob die Hand mit den Handschuhen und Scheren. Dann nahm er eine davon in seine Linke und reichte sie ihr. Sie griff zögernd danach.

»Das ist Schulzes Rosenschere. Ich hab sie aus dem Schuppen geholt, als Waltraud dann auch gestorben war.« Er wies mit einem Nicken auf die Schere in Lus Hand. »Ein Spitzenprodukt.«

Das sah sogar Lu auf den ersten Blick. Der Stahl schimmerte sanft anthrazit, und die Griffe waren mit schmeichelndem Buchenholz eingelegt, anders als die der Schere, die Maxe noch in der Hand hielt. Die waren mit rotem Plastik bezogen.

»Ich zeig dir, wie du die Rosen schneiden musst. Dafür sind wir spät dran, aber die kommen schon noch mal, und dann schön kräftig.«

»Danke«, sagte Lu gerührt. »Und ich soll mit der guten Schere ...?«

»Ist für zaghafte Anfänger die beste Möglichkeit, die Triebe nicht zu schädigen. Außerdem gehört sie zu diesen Rosen.« Maxe hob die Schultern. »Irgendwie.«

Lu war gerührt. Maxe liebte das Flusseck. Alle Gärten zusammengenommen. Er liebte auch das, was seine Nachbarn kultivierten. Na ja, vielleicht nicht alles. Sie hatte mitbekommen, wie er Maja wegen ihrer »Löwenzahnzucht« rundgemacht hatte, deren Flugsamen bis zu ihm flogen. Die beiden waren sich auf dem Weg vor Lus Garten begegnet. »Ich hab mir letztes Jahr eine Sehnenscheidenentzündung beim Ausstechen geholt. Das will ich nicht noch mal erleben«, hatte Maxe gewettert.

Maja hatte patzig geantwortet, dass auf ihrem Rasen wachsen dürfe, was wolle, das sei ganz natürlich. Woraufhin Maxe geschimpft hatte, dann solle sie sich irgendwo in die Pampa setzen und dort ihren Piepmätzen nachgucken.

»Vögel beobachten solltest du auch mal, da wärst du entspannter«, hatte Maja zurückgeblafft.

»Das soll entspannen?« Maxes Stimme hatte sich fast überschlagen. »Das ist der Witz des Jahrhunderts. Wenn irgendjemand unentspannt ist, dann ja wohl du. Vielleicht solltest du es wirklich mit Löwenzahnstechen versuchen. Das ist langweilig, und langweilige Dinge entspannen den Geist.«

»Fangen wir an?«, fragte Maxe jetzt.

Lu sah aus ihren Gedanken gerissen von der Schere auf. Für Maxe gab es offenbar keine Frage, was die Beschäftigung in einem Kleingarten anbetraf. Gartenarbeit, sonst nichts.

Lu nickte.

Er gab ihr das kleinere Paar Gartenhandschuhe und streifte das andere über. Dann wies er auf die vielen Rosenbüsche, die rund um die Terrasse standen. »Waltraud liebte englische Rosen. Hans hat schon vor Jahrzehnten, als die in Deutschland noch nicht so leicht zu bekommen waren, Stecklinge aus englischen Gärten mitgebracht, wenn er dienstlich dort war. Die da«, er wies auf einen knorrigen Busch, »ist vermutlich ein halbes Jahrhundert alt. Eine Charles Austin. Ein unvergleichliches Apricot, das voll aufgeblüht zu Hellrosa wechselt. Hat der berühmte englische Züchter David Austin seinem Vater gewidmet.« Max zeigte auf eine andere. »Eine Geoff Hamilton. Duftet nach Apfel. Im Juni hast du hier eine Sinfonie aus Zartgelb, Lachs, Rosé, Cremeweiß, Orange, Pink, Samtrot – das kriegt nur die Natur so hin.« Maxe räusperte sich. »Immer über dem zweiten Auge«, sagte er, als müsse er sich zur Ordnung rufen.

»Wie bitte?« Lu sah ihn irritiert an. Auge? Sie kam nicht ganz mit. Als Architektin war sie geübt im Zusammenstellen von Farben. Allerdings kühlen, wie Weiß, Schiefergrau, Sand … Die pralle Farbkaskade, die Maxe eben vor ihrem Auge hatte erstehen lassen, erinnerte sie eher an einen Sonnenuntergang in der Südsee. Im Juni würde sie den also am helllichten Tag vor dem Glitzern des Flusses haben. Ihr wurde flau im Magen, während Maxe erklärte, was »Augen« waren und wie man die Schere ansetzen musste. Sie würde das alles hier zerstören.

»Wie tief wurzeln Rosen eigentlich?«

»Tief. Wieso?«, fragte Maxe und zeigte ihr die nächste Schnittstelle.

Mist, dachte Lu. »Aber sie wachsen doch auch in Kübeln.«

»Klar, sie sind eigentlich anspruchslos, gegen Mehltau und Rost kann man spritzen. Ansonsten halten sie sowohl starken Frost als auch Hitze aus.«

Sie waren bei der Charles Austin angekommen. Maxe stand nachdenklich davor. Seine Schultern sackten ein Stück herab. »Ich glaub, ich nehm mir vorsichtshalber einen Steckling mit. Falls das hier …« Er schluckte.

»Wir schaffen das schon«, schwindelte Lu und kam sich furchtbar vor. Sie war die schlimmste Lügnerin aller Zeiten.

Maxe nickte und schnitt von dem dicksten Trieb ein Teilstück ab.

»Was macht man mit dem Steckling?«, fragte Lu.

»In schlammige Erde stecken. Nass halten, bis er wurzelt.« Maxe nahm seinen Steckling und ging zum Schuppen. Er verschwand darin, kam gleich darauf mit einem Plastikblumentopf heraus und machte sich auf den Weg hinters Haus, wo der Komposthaufen war.

Blitzschnell zog Lu aus jedem Haufen Rosenschnitt den

dicksten Trieb, huschte in die Küche, steckte den Bund in Waltrauds Milchtopf, ließ Wasser hinein und stellte den Topf in den Flurschrank.

Sie trat gerade wieder aus der Laube, als Maxe mit dem in Komposterde gebetteten und am Gartenwasserhahn getränkten Steckling um die Hausecke kam. Erst mal würden die Wurzeln dieser Stecklinge nicht so tief reichen, dachte Lu, und im Kübel ...

»Die Kletterrose muss anders geschnitten werden«, verkündete Maxe, der nicht wieder auf die Terrasse gekommen, sondern am Schuppen stehengeblieben war, an dessen Südwand eine riesige Kletterrose rankte.

Eine Viertelstunde später saß Lu mit Maxe am Gartentisch. Die Sonne war im Osten hoch genug über die Flussschleife gestiegen, dass sie wärmte. Auf dem Tisch standen frisch gebrühter Kaffee, Lus matschig gewordenes Morgenmüsli, Kekse für Max und eine Schale Erdbeeren, die Lu am Vortag gekauft hatte.

»Aus Spanien vermutlich«, sagte Maxe und nahm sich eine. »Halb grün geerntet. Erdbeeren gibt's in Monaten ohne R. Wenn du deine Senga Sengana erntest« – er wies auf eine Stelle am westlichen Zaun – »willst du keine anderen mehr.« Er steckte sich die Beere trotzdem in den Mund. »Geht sogar. Aber kein Vergleich.«

»Austern gibt's in Monaten mit R«, sagte Lu, die sich ärgerte. Man konnte es mit dem Gartentick auch übertreiben.

»Ach«, machte Max, der ihren säuerlichen Tonfall offenbar nicht bemerkt hatte. »Wusste ich gar nicht. Merk ich mir.«

Lu konnte sich geradeso daran hindern, die Augen zu verdrehen. »Wie lange seid ihr eigentlich schon hier?«, fragte sie.

»Wir sind genau wie Florian und Jana als junge Eltern hergekommen. Vor vierzig Jahren haben wir hier die Nachfolge meines Onkels angetreten. Der ist nicht alt geworden, hatte eine schlimme Verwundung.«

»In der Nachkriegszeit waren die Lauben hier ganzjährig bewohnt, hat Merle erzählt.«

»Das war echter Luxus damals.« Maxe nickte. »Ein Dach über dem Kopf, Strom vom Stellwerk oben und was zu beißen aus dem Garten.«

»Und Klärgruben.«

»Genau. Die kamen auch nach dem Krieg, vorher waren hier Plumpsklos.« Maxe sah sie nachdenklich an. »Gibt inzwischen Kleinkläranlagen, die machen das Wasser so sauber, dass du es wieder trinken kannst. Hab mich schon informiert, weil ich dachte, mit unseren alten Dingern gibt es Ärger wegen des Flusswassers. Dass uns da keiner einen Strick draus dreht.«

Doch, dachte Lu bei sich. Genau das würde passieren. Gleichzeitig kam ihr eine Idee, der sie in den nächsten Tagen unbedingt nachgehen musste.

»Mir ist kalt«, sagte sie. »Ich versteh gar nicht, wie du das in kurzen Hosen aushältst.«

Maxe lächelte sie an und rieb sich mit seinen großen Händen die Knie. »Wenn ich so sitze, ist mir auch kalt. Aber eigentlich gibt es immer was zu tun. Na ja, ich werd dann mal.«

»Danke für deine Hilfe«, sagte Lu.

»Die Schere lasse ich dir hier.« Er schob ihr die mit dem Holzgriff über den Tisch.

»Die gute?«

»Die ist hier zu Hause.«

Lu war, als hätte er ihr mit der Schere ins Herz gestochen.

Sie spürte, wie sie rot wurde, und täuschte einen Hustenanfall vor.

Nachdem Maxe weg war, topfte sie die Stecklinge sämtlicher Strauchrosen ein. Während sie am Komposthaufen hockte, die hässlichen Plastiktöpfe mit Erde füllte und mit Wasser aus dem Schlauch durchmatschte, wurde ihr allmählich wieder besser. Sie hoffte, hoffte inständig, dass ihre Stecklinge Wurzeln schlugen. Dass sie gediehen. Dass etwas Neues mit ihnen beginnen konnte. Sorgsam schnitt sie mit der Rosenschere, die hier zu Hause war, die Stecklinge zurecht, wie sie es bei Maxe gesehen hatte. Zum Schluss holte sie auch noch einen Trieb von der Kletterrose, den sie mit einer Schleife aus Hanfschnur kennzeichnete, die genauso krumpelig aussah wie die um Rudis Schinken-Kartoffel-Röllchen neulich.

Dann stellte sie die Töpfe in Schulzes Anzuchtgewächshaus aus Glas, das die Größe einer Hundehütte hatte und westlich ihres Gartenwegs stand, neben dem Senga-Sengana-Erdbeerbeet.

Unfassbar, dachte sie. Ich will hier alles plattmachen und züchte Rosen. Ihr war wieder flau im Magen, aber dazu gesellte sich ein zartes Flattern, die Vorfreude auf etwas, das gut war.

3
STREIT

Was macht die denn da, dachte Florian am späten Sonntagvormittag. Ist sie nicht arbeitslos?

Er schnitt gerade die ewig lange Hecke zwischen Lus und seinem Garten und war auf der Höhe von Lus Laube angekommen. Durch das Ostfenster sah er ihren blondierten Hinterkopf. Sie saß an ihrem Schreibtisch, vor sich einen Bildschirm, auf den er einen direkten Blick hatte. Sie stapelte in einem Zeichenprogramm Quader übereinander wie Bausteine, verwarf, stapelte neu. Ihre schmalen Schultern und der große Bildschirm davor, irgendwie fand Florian es sexy.

»Philipp! Was machst du denn da?« Janas Stimme war schrill, und Florian fuhr herum. Seine Frau hatte die Kinder bei M&M abgeholt und kam gerade durchs Gartentor. Philipp war nicht zu sehen, Jana schloss das Tor hinter sich, ließ Lina-Maries Hand los und rannte quer über den Rasen. Philipp musste zu den Kinderbeeten östlich der Laube gelaufen sein.

»Nicht! Du schneidest dich!«, rief Jana. »Flori!«

»Komme schon.« Florian verschloss eilig die Heckenschere und legte sie weg. Rechts von sich hörte er ein leises Scharren und sah, wie die neue Gardine von Lus Ostfenster ganz langsam zugezogen wurde.

Jana war inzwischen hinter der Hausecke verschwunden. Lina-Marie stolperte ihr hinterher.

Geschrei ertönte. »Lass mich!«, zeterte Philipp.

Mit seinen langen Beinen brauchte Florian nur wenige Schritte, dann sah er, was los war.

Philipp zerrte an einem der Schneckenbleche, und Jana zog an Philipp. Aus ihrem Zopfgummi hatte sich eine weißblonde Strähne gelöst und wirkte hell auf ihrer vor Zorn geröteten Wange.

»Au!«, schrie Philipp verzweifelt.

Florian war bei Frau und Sohn angelangt, schob Jana zur Seite und löste Philipps Hände von dem Schneckenblech, das er herausgerissen hatte. Dann ließ er sich auf die Knie fallen und barg seinen strampelnden Jungen in einer Art Armzange fest an Brust und Bauch. Merkwürdig, was ich bei Tieren nicht kann, krieg ich bei meinen Kindern hin, dachte Florian.

»Philipp butet!«, rief Lina-Marie, die inzwischen auch da war.

Von Philipps Daumen tropfte Blut. Er hatte sich tatsächlich an dem idiotischen Schneckenblech geschnitten. Florian hatte es von Anfang an als Gefahr gesehen. Wenn Lina-Marie darüberstolperte ... Aber Jana hatte gemeint, ohne Schneckenblech würden die Kinder hier am feuchten Flussufer gar nichts ernten, und ohne den Lohn der Mühe ginge die Selbstanbauerziehung nach hinten los. Alternativ könne er ja Hochbeete bauen. Aber Florian wollte keine Hochbeete bauen. Er wollte überhaupt keine Beete anlegen.

Philipp zappelte und weinte bitterlich. »Ihr ... ihr ... ihr seid ...« Philipp hickste. »Merle hat ... gesagt ... ihr seid ...«

»Sneckenmörder«, ergänzte Lina-Marie stolz.

»Was?« Jana riss die Augen auf.

Philipp erschlaffte in Florians Armen, und der legte seine Wange gegen die nasse seines Sohnes. Der schluchzte. »Merle sagt, wenn die ... Schnecken da drüberkriechen, dann ...

dann schneiden sie sich … den Bauch auf, und dann sterben sie qualvoll.«

»Nein!« Jana strich sich die Strähne aus dem Gesicht. »So dumm sind die nicht. Die kriechen da nicht drüber.«

»Ich mach das sauber und ein Pflaster drauf.« Florian richtete sich auf, nahm seinen Sohn auf die Arme und ging mit ihm ins Haus.

Als sie aus dem Bad kamen, saß Lina-Marie am großen runden Tisch und malte. Philipp setzte sich dazu. Florian tat zwei neue Scheite in den Ofen, damit sie nicht froren. Warum auch immer sie an einem so kühlen Apriltag schon in der Laube sein mussten statt in ihrer Wohnung mit Zentralheizung, ging ihm nicht in den Kopf. Er könnte friedlich im warmen Kinderzimmer zwischen Bauklötzen hocken und müsste sich nicht mit Hecken und Schneckenblechen herumschlagen.

Er hatte Hunger. Von Jana keine Spur. Wahrscheinlich war sie im Atelier. Er trat durch die Pergola zur hinteren Schuppenseite. Sie hatte zwei Glastüren, der kleine Raum war als Winterquartier für Oleander- und Zitruskübel gedacht gewesen. Man konnte sich kaum darin drehen, aber Jana hatte den Verschlag drinnen hellblau gestrichen und eine Staffelei hineingestellt, vor der sie jetzt stand. Auf einem der Borde mit Farben befanden sich ein paar neue Fläschchen, Wattestäbchen wie ihre im Bad, nur in groß, ein Karton mit einer Sprühpistole. Sie starrte das Bild auf der Staffelei an und kaute dabei an ihrem Zeigefinger.

So konzentriert sah Florian seine Frau selten. Hübsch war sie, besonders ihre kecke Nase im Profil, die ihn immer aufheiterte. Er öffnete eine der Türen, und Jana fuhr herum. Sie errötete, was man bei ihrer blassen Haut sofort sah.

»Wieso arbeitest du hier drinnen?«, fragte er. Jana stellte

die Staffelei, außer wenn sie neuen Firnis auftrug, eigentlich immer in den Garten. Er betrachtete das Bild genauer. Es zeigte eine Frau mit schwarzen Haaren und markanten Wangenknochen an einem Tisch sitzend, den Kopf auf eine Hand gestützt. Sie schaute offen, freundlich, aufmerksam. Dass ihre Nase etwas plump war, fiel deshalb erst auf den zweiten Blick auf.

»Draußen fliegen zu viele Pollen rum.«

»Kochst du was? Ich mach die Hecke weiter«, sagte er.

Jana seufzte leise. »Klar.« Dann deckte sie das Bild vorsichtig mit einem Laken ab und trat mit ihm aus dem Atelier.

»Merle spinnt. Hetzt die Kinder auf. Wir müssen mit ihr reden«, sagte Jana draußen. »Wenn sie was gegen Schneckenbleche hat, soll sie es gefälligst uns sagen.«

Florian nickte müde und ging zur Hecke zurück.

Doch er hatte kaum angefangen, da rannte seine Frau schon wieder aus der Laube. »Du musst unbedingt kommen«, sagte sie atemlos, als sie bei ihm anlangte. »Lina-Marie malt was ganz ... Maja muss ihr das erzählt haben.«

Florian verschloss die Schere erneut und hängte sie an einen hohen Zweig. Gemeinsam mit Jana ging er ins Haus. Lina-Marie zeichnete hingebungsvoll.

»Was ist das?«, fragte Florian seine Tochter.

»Da kriegt einer die Fingernägel rausderissen.«

»Wie kommst du auf so was?«, fragte Jana, und Florian merkte, wie sehr sie sich anstrengte, harmlos zu klingen.

»Hat Maja erzählt«, erklärte Philipp. »Das hat einer gemacht. Damit der andere irgendwas sagt, was er nicht sagen wollte.«

»Mit einer Zanne.«

»Zange«, verbesserte Philipp.

»Und es tut doll weh.« Lina-Marie hob ihren Stift.

»Fast so, wie wenn sich Schnecken den Bauch aufschneiden«, ergänzte Philipp und besah sich seine verpflasterte Daumenbeuge.

»Iih!« Lina-Marie malte energisch weiter.

»So was machen nur ganz schreckliche Menschen. Und hier bei uns nicht«, stellte Jana mit zitternder Stimme klar.

»Weißt du was, Lina-Marie? Zeichne doch die blauen Blumen neben dem Gartenweg.« Florian zeigte auf ein paar Traubenhyazinthen.

»Nee, die sind langweilig. Ich geh buddeln.«

»Ich auch.« Philipp warf seinen Stift auf den Tisch.

»Ich geh rüber zu M&M«, sagte Florian, als die Kinder draußen waren. »Die spinnen ja wohl.«

Jana umarmte ihn und gab ihm einen Kuss. »Danke. Ich mach Essen.«

Als Florian an der letzten Parzelle ankam, legte Merle gerade Decken über die beiden Korbstühle auf der Bruchsteinterrasse. Auf dem Tisch dazwischen standen eine bauchige Teekanne sowie zwei Teeschalen. Außerdem ein Obstteller und ein Körbchen mit kleinen Brioches, die selbst gebacken aussahen.

Florian wusste, dass Merles Familie in der Provence ein Haus besaß, woher Merle das Briocherezept hatte. M&M verschwanden im Sommer wochenlang – zum Ärger von Maxe, denn dann verdorrte die ohnehin ziemlich verwilderte Parzelle.

Wegen des Hausvorsprungs im Westen – ein dreiseitig verglaster Raum, wo das Himmelbett der beiden stand, auf dem sich Kissen türmten – lag die Terrasse in einer geschützten Ecke. Sie sah idyllisch aus, und Florian sehnte sich unwillkürlich nach so einem stillen Plätzchen. Aber idyllisch war bei diesen durchgeknallten Mädels gar nichts. Er öffnete das schief in den Angeln hängende Gartentor und marschierte auf die Terrasse zu. Maja kam mit zwei Büchern aus dem Haus.

»Florian.« Sie legte die Bücher auf den Tisch. Merle guckte nur.

»Hallo«, sagte Florian. »Tut mir leid, aber ich muss mit euch reden. Vorhin kam Philipp völlig außer sich nach Hause. Habt ihr uns als Schneckenmörder bezeichnet?«

Merle verschränkte die Arme. Eine Brioche bekam er nicht angeboten, obwohl seine Nachbarin normalerweise eine ausgesprochen aufmerksame Gastgeberin war.

Ruhig bleiben, befahl sich Florian. So besonnen wie misstrauischen Tierbesitzern gegenüber, die befürchteten, er würde ihrem Liebling etwas antun. »Schnecken können nicht kopfüber kriechen. Sie fallen dann ab. Deshalb haben Schneckenbleche einen Überhang. Die Tiere kommen gar nicht bis zur Kante.«

»Aha«, machte Merle. »Da hab ich aber anderes gehört.«

Wirken lassen, befahl sich Florian. Seine Strategie bei schwierigen Tierhaltern.

»Es ist nicht zielführend, die elterliche Autorität bei Kindern zu untergraben«, sagte Florian sanft. »Zielführend« war eines der Lieblingsworte seiner Sprechstundenhilfe Alina. »Es ist nicht zielführend, Ihrer Katze jeden Tag ein Schälchen Sahne zu geben«, konnte sie in aller Schlichtheit sagen, und kam damit um jede konkrete Anschuldigung wegen des Durchfalls, an dem das Tier chronisch litt, herum. Florian dagegen biss auf Granit.

»Autorität haben Menschen nicht per se, das führt zu Unterdrückung. Wir sind nicht mehr im zwanzigsten Jahrhundert«, sagte Maja. »Autorität muss man sich erarbeiten.« Sie maß Florian mit einem Blick, und obwohl sie einen halben

Kopf kleiner war als er, schaffte sie es, so zu wirken, als schaue sie von oben nach unten.

Wie Putin, dachte Florian wider Willen fasziniert, und konzentrierte sich auf sein zweites Anliegen.

»Und dann habe ich noch eine Bitte: Kann ich mich darauf verlassen, dass ihr euch nicht über Folter unterhaltet, wenn die Kinder bei euch sind?«

»Ach. Sollen sie im La-La-Land aufwachsen?«, fragte Maja und sah ihn abschätzig an.

Florian faltete Lina-Maries Zeichnung auf und präsentierte sie der Rothaarigen. Der verkniffene Zug um ihren Mund schien sich von Woche zu Woche tiefer einzukerben.

»Gut.« Maja zuckte die Schultern.

»Nicht gut«, widersprach Florian. »Dreimal. Sie hat es dreimal hintereinander gemalt, um es zu verarbeiten.«

»Was für ein Quatsch. Sie musste es ja nicht erleben. Weißt du, was der Mann verarbeiten musste, der …«

»Das interessiert hier nicht«, unterbrach Florian Maja brüsk, die offenbar zu einer Brandrede hatte ansetzen wollen. »Mich interessiert meine Tochter, und die ist zu klein, um mit so was konfrontiert zu werden.«

»Tja, dann musst du ihnen verbieten hierherzukommen. Mit rosaroter Brille kann ich nicht dienen. So ist nun mal die Welt.«

»Ja, so ist die Welt«, sagte Florian und schaute Maja in die grünlichen Augen. »Aber vielleicht kannst du verstehen, dass wir unseren kleinen Kindern das Grauen noch ersparen wollen.«

Maja holte Atem.

»Und wenn nicht«, fuhr Florian schnell fort, »dann wenigstens akzeptieren. Es würde dir vielleicht auch guttun, mal eine Pause davon zu machen.«

»Das stimmt«, sagte Merle trocken. »Das Letzte jedenfalls.«

»Schlaf, Kindchen, schlaf.« Maja drehte sich um und ging ins Haus.

»Du verletzt sie mit deiner heilen Welt.« Merle folgte ihrer Freundin.

Florian stand da, und ihm fiel unwillkürlich die zweite Zeile des Schlafliedes in seiner verballhornten Fassung ein: *Der Vater ist ein Schaf.* Genauso fühlte er sich.

Es war warm geworden, fast zwanzig Grad. Zeit für die Bienen. Rudi drehte zwei milde Joints, falls Lu nicht abgeneigt sein sollte, und ging durch seinen Garten. »Schlosspark« hatte Dorle immer gewitzelt, weil er so regelmäßig angelegt war und kein bisschen nach Hippie aussah, nicht mal mit ungemähtem Rasen. In der Mitte waren alte Bahnschwellen als Tritte bodenbündig in den Rasen gelegt worden. Schnurgerade lief dieser Bohlenweg auf Rudis verglaste Doppeltür zu. Rechts und links des Weges gab es vorn jeweils ein längliches Beet. Dorle hatte beide mit niedrigen Buchsbaumhecken eingerahmt, die Rudi bis heute akribisch schnitt. Sie gaben den wild durcheinanderwachsenden Blumen, Kräutern und Gemüsepflanzen darin einen ordnenden Rahmen. Hinter den Beeten stand ein Baumpaar, Birne und Apfel, im Westen eine Gute Luise, im Osten eine Ananasrenette. Die U-Form der Hanfplantage hinter dem Haus nahm die Regelmäßigkeit auf, nur der Schuppen fiel aus dem Rahmen. Aber bloß deswegen, weil es als Pendant auf der anderen Seite keine Hollywoodschaukel mehr gab, die war irgendwann durchgerostet.

Dorle hatte den »Schlosspark« geliebt, den Rudi snobistisch fand. Aber er hatte ja seinen »Hinterhof« mit dem Hanf. Und der Schlosspark lenkte vom Hinterhof ab, was Rudi in diesem speziellen Fall begrüßte.

Als er jetzt auf den Weg am Fluss trat, sah er Efkan und Lu an ihrem Gartentor stehen. Efkan hatte zwei Säcke Grillkohle in der Hand. »Ich komme gern«, hörte Rudi Lu sagen, als er sich den beiden näherte. Bestimmt hatte Efkan sie zum abendlichen Grillen eingeladen. Seine Familienkarawane war vorhin schon auf dem Weg vorbeigezogen, und Kinderkreischen erfüllte die Luft wie jeden Sonntag im Sommer.

Rudi hatte bereits dicke Bohnen eingeweicht, die er im Überfluss besaß und nachher kochen würde. Die brachte er meistens mit, Sara mischte sie mit Kräutern und Knoblauch, zum Fleisch fanden sie immer Abnehmer.

»Wir wollen nach den Bienen gucken«, erklärte Lu, als er zu ihr und Efkan trat. Sie hatten das am Vortag abgesprochen, als die junge Frau mit Renovieren beschäftigt gewesen war. »Hoffentlich überlebe ich das.« Sie lachte gezwungen, und dabei zitterte der Schönheitsfleck über ihrer Oberlippe.

»Wirst du. Unversehrt«, beruhigte Rudi sie.

Nachdem Efkan weitergegangen war, steuerte Rudi mit Lu als Erstes den Schuppen an. Sie holten die Schutzanzüge und sonstige Utensilien heraus. Die Bienen waren eine Leidenschaft der letzten Pächter gewesen. Lu zierte sich nicht und schlüpfte umstandslos in den unförmigen Anzug, was ihn ein wenig überraschte.

Dann gingen sie nach hinten zu den drei Bienenstöcken, und Rudi erklärte Lu, was es mit Futterrahmen und Brutrahmen auf sich hatte, und warum sie jetzt Ende April bei der Baumblüte leere Rähmchen einsetzen mussten.

»Willst du auch?«, fragte er, als er einen der Joints anzündete, um ein wenig Rauch über die Rähmchen blasen zu können, damit die Bienen auswichen und er sie besser kontrollieren konnte.

Lu schüttelte den Kopf, und Rudi hatte nicht den Eindruck, dass es abwertend war. Gelehrig war sie auch, das musste er ihr lassen.

Wenig später lehnten sie nebeneinander an der Hauswand und sahen zu, wie sich die Bienen beruhigten. Rudi rauchte seinen Joint.

Lu nahm ihre Kapuze mit dem Schutznetz ab. »Ich glaub, jetzt will ich doch mal.«

Rudi reichte ihr den Joint.

Sie inhalierte und gab ihn zurück. »Du wohnst am längsten hier, oder?«

Er nickte.

»Wie bist du eigentlich zu dem Garten gekommen?«

»Ich bin hier aufgewachsen. Nach dem Krieg, die Familie meiner Mutter war ausgebombt. Als meine Eltern eine richtige Wohnung bekamen, haben sie den Garten behalten, waren aber kaum noch hier. Sie waren froh, wieder in der Stadt zu sein, mit Heizung und so. Ich war auch eine Weile weg.« Er sah auf ihren Kopf neben sich hinab. Im Blond zeichnete sich ein dunkler Ansatz ab. Ungefähr Dorles Haarfarbe. Er reichte ihr den Joint wieder.

»Ich bin gleich nach der Schule auf dem Landweg nach Indien, über Afghanistan. Es war wie im Mittelalter. Aber der Schwarze Afghane ...«

Lu lachte und gab ihm den Joint zurück. Sie hatte ein tiefes Lachen, das eigentlich gar nicht zu der kleinen Frau passte. Seine Girls, wie er Dorle und Joan zärtlich genannt hatte, hatten ein helles, perlendes Lachen gehabt. Das von Dorle hatte er das erste Mal in Goa am Strand gehört. Sie war mit einer schwäbischen Hippietruppe unterwegs gewesen, aber nicht mit ihr zurückgekehrt, sondern mit Rudi.

»Jedenfalls habe ich Hanfsamen eingepackt. In der Folge hatten meine Freundin und ich hier zu Hause die Hütte voll.«

»Weil der Hanf gut gedieh«, sagte Lu, wollte aber keinen Zug mehr, als Rudi den Joint erneut hinüberreichte.

»Weil der Hanf gut gedieh. Und weil wir auf dem Grundstück ungestört Demonstrationen vorbereiten konnten. Gegen den Vietnamkrieg, gegen den Imperialismus. Ich hab hier geheiratet, 1975, in einer Jurte, die wir auf die Wiese gestellt haben.«

»Muss schön gewesen sein«, sagte Lu, und er meinte, einen Hauch Sehnsucht in ihrer sonst eher grellen Stimme zu hören. Wie konnte er nur so unsensibel sein. Sie war gerade betrogen worden und Hals über Kopf ausgezogen bei ihrem Kerl. »Entschuldige«, sagte er.

»Ach. Stell dir vor, ich hätte geheiratet, und dann das Desaster.« Lu winkte ab.

Er schwieg. Das Desaster. Bei ihm hatte es auch ein Desaster gegeben, keinen Betrug, sondern einen Schuss.

»Und wie ging es dann weiter?«, fragte Lu.

»Unsere Tochter Joan war schon unterwegs. Joan, wie Joan Baez.«

»Die kenn ich«, sagte Lu.

»Wirklich?«

»Hatte meine Oma im Plattenschrank. Sang zum Steinerweichen schön.«

»Ist nicht gut gegangen«, sagte Rudi, weil er nicht wusste, was er sonst sagen sollte. Wusste es auch nach fast einem halben Jahrhundert noch nicht. Seine Gedanken erstarrten an dem Punkt seines Desasters, einem Frühsommertag 1977.

Nach den Vietnamkriegsgegnern, den Imperialismusgegnern, den Anti-Atomkraft-Aktivisten waren Antifaschisten auf ihrer Hippiescholle aufgetaucht. Die Waffen hatten. Hätte er doch nur auf Dorle gehört, der das als Pazifistin zu weit ging. Hätte er auf Joan Baez gehört. Aber er hatte sich an die Gewehre in Afghanistan erinnert und auch an seine Erfahrungen mit Machtstrukturen als Sozialarbeiter gedacht, der er mittlerweile geworden war. Er hatte eine Schießscheibe im Garten aufgebaut.

Lu schwieg neben ihm.

»Meine Frau hat sich von mir getrennt, als unsere Tochter zwei war.«

Joan war immer so glücklich auf ihn zugelaufen.

Lu schwieg weiter. Sie lehnte sich nur ganz kurz zu ihm hinüber, streifte mit ihrem Arm seinen.

Wenn die wüsste, dachte Rudi, bückte sich von ihr abgewandt, drückte den Schwarzen Afghanen im Gras aus und schälte sich aus dem Schutzanzug. »Ist lange her. Ich muss dann mal. Bohnen aufsetzen.« Hängen mir zum Hals raus, die Dinger, dachte er auf dem Rückweg. Hängt mir alles zum Hals raus.

»Und? Wie weit bist du mit deiner Masterarbeit?«, fragte Merles Mutter, während sie ihrer Tochter ein Stück provenzalischen Lavendelkuchen auf den Teller legte.

Die beiden Frauen saßen in einem Erker von Merles elterlicher Villa. Es war kuschelig warm, und die Tulpen standen in einem üppigen Strauß auf dem Tisch, nicht vereinzelt im Beet daneben wie in Merles und Majas Garten. In der Villa begann die Gartensaison erst, wenn die Temperaturen draußen seidenblusentauglich waren. Dann erwarteten schneeweiße Liegestühle auf samtigem Rasen sonntägliche Gäste.

»Kurz vor der Zusammenfassung«, log Merle und nahm schnell einen Bissen von dem nach mediterranem Sommertag duftenden Kuchen. Mit vollem Mund sprach im Lagier'schen Hause keiner.

Ihre Mutter rührte ihr eigenes Stück nicht an. »Kind, das glaube ich dir nicht.«

»Ich bin kein Kind. Und es ist mein Studium, nicht deins«, rutschte es Merle doch mit vollem Mund heraus. Sie starrte ihre Mutter kampfeslustig an.

Die legte den Kopf schräg. Merle kam sich machtlos vor neben dieser dezenten Eleganz, auch in der Erscheinung: eine cremefarbene Bluse wie frisch vom Kleiderbügel einer Edelboutique, geschminkt wie ungeschminkt, nur frischer, dazu ein erlesener Ring. Sie hatten die gleichen mausbraunen Haare, allerdings waren die ihrer Mutter wegen der sich mehrenden Silberfäden in Asch abgetönt und wohlfrisiert im Nacken zusammengenommen. Sie schien sich ihrer vollkommen sicher zu sein, und vielleicht war sie das tatsächlich, nachdem sie in Merles Kindheit durch eine Hölle von Verzweiflung und Alkohol gegangen war. Aber Merle sah ihre Mutter auch mit Majas Augen. Sah, wie abgehoben diese finanziell weich gepolsterte Sicherheit war, wie weit jenseits dessen, was in der Welt brodelte. Es bereitete ihr Unbehagen, ja sogar Angst. Dieses System des alten Geldes und seiner Vermehrung, weiter und weiter abgekoppelt von realen Wirtschaftswerten, würde es bestehen bleiben?

Ihre Zweifel mussten ihr anzusehen sein, denn ihre Mutter seufzte. »Ach, deine Revoluzzer-Maja. Wiegelt dich auf. Es ist ehrenwert, was sie tut, aber bewegen kann sie nicht viel. Und das ist auf Dauer alles andere als befriedigend. Als ihr das letzte Mal hier wart, sah sie schrecklich verhärmt aus. Ich möchte, dass du …«

»Du bist elitär ohne Ende, Mama.« Die hat doch keine Ahnung, was Maja bewegt, dachte Merle.

Ihre Mutter ging darauf nicht ein. »Ich möchte, dass du wirkmächtig wirst in deinem Beruf. Das ist Glück. Und das geht nur mit einem gut abgeschlossenen Studium. Also, wo hakt es? Kann ich helfen?«

»Kannst du nicht.« Merle faszinierte das moderne globale Finanzmanagement, ein System, das verzweigt, ausgeklügelt intelligent und gerissen war. Dessen wirtschaftliche, technische und psychologische Komponenten sich in Gleichungen abbilden ließen, die sie mit ihren zehn Fingern blitzschnell lösen konnte. Sie wusste, irgendwann einmal in die elterliche Privatbank einzutreten war das Beste, was ihr passieren konnte. Was sie am liebsten tun würde – und was sie innerlich zerriss. Denn die eine Seite dieses Systems war die elterliche Villa, die Kehrseite Majas Beratungsraum in der Kriseninterventionsstelle.

»Ich muss aufs Klo.« Sie ließ ihre Gabel fallen. Während sie aufstand und sich ihr Telefon grabschte, sah sie noch, wie ihre Mutter die Augenbrauen leicht hochzog. Bei den Lagiers sagte man nicht: »Ich muss aufs Klo«, sondern: »Ich bin gleich wieder da« oder Ähnliches. Merle ging durch den getäfelten Salon – die Täfelung war hell und licht, aber sie blieb eine Täfelung –, das große Esszimmer mit dem Intarsienparkett und dem langen Tisch darin, trat in die Halle – ebenholzfarben getäfelt als eleganter Kontrast zum lindgrünen Anstrich darüber – und öffnete eine unauffällige Tür in der Wandverkleidung, die zu einem »Kabinett« führte. Dort ließ sie sich auf die Klobrille fallen und starrte auf den schwarzweiß gefliesten uralten Boden. Es war viel zu schön hier. Ihre

Familie würde ihr jede Unterstützung zukommen lassen, nach der sie fragte. Aber Merle spürte, dass sie daran erstickte. Sie musste weg.

Sie zog ihr Telefon heraus. »Maja, gehen wir feiern heute? Ich meine, so richtig?«

»Klar«, sagte Maja. »Müllt sie dich wieder voll?«

»Ach.« Merle wusste es nicht. Irgendwie ja, irgendwie nein. »Lass uns tanzen gehen.«

»Bin dabei. Treffen wir uns vorher in der Stadt? Von Efkan wehen schon die Grillschwaden rüber.«

»In meiner Wohnung zum Fertigmachen?«, schlug Merle vor. Maja stimmte zu, und sie beendeten das Gespräch.

Merle ging zurück zu ihrer Mutter, setzte sich jedoch nicht, sondern blieb mit den Händen auf ihrer Stuhllehne stehen.

»Mama, ich bleibe nicht.«

»Schade, Papa hat sich auf dich gefreut. Er wird bald hier sein.«

»Fahr du lieber zum Golfplatz und unterstütze ihn im Klubhaus beim Damenprogramm.«

Aber statt dass ihre Mutter sich nun aufregte, kräuselten sich bloß ihre Lippen. »Da hatte ich doch glatt gedacht, deine Pubertät sei vorbei. Komm, ich bringe dich noch zur Tür.«

Merle hätte ihre Mutter ermorden können, denn sie ließ sie abperlen wie Salzsäure von einem Diamanten. Aber gleichzeitig nötigte ihr dieses Verhalten auch Respekt ab. Sie wusste nur nicht, was schlimmer war: die Mordlust oder der Respekt.

»Wo bleibt eigentlich Maxe?«, fragte Mert, als sie das Grillgut wendeten. Sobald es anfing zu duften, kam Maxe meistens rüber.

Efkan schluckte. »Wenn du mich fragst, schlägt der sich heute den Bauch mit Andrea voll.«

»Hä? Andrea?« Mert hielt mit einem fetttriefenden Nackensteak in der Grillzange inne. »Seine Frau heißt doch Kati.«

Efkan löschte mit Bier ab, nahm einen kräftigenden Schluck aus der Flasche, dann erzählte er seinem Bruder, was passiert war.

»Hm. Also Maxe wäre doch bestimmt rübergekommen, wenn Knorke dein Huhn geholt hätte.« Mert drückte kurz seine breite Schulter, um die er kaum herumlangen konnte. Während Efkan eine eher sportliche Figur hatte mit kräftigem Brustkorb und schmalen Hüften, war Mert rundlich und ein wenig kleiner. Efkan konnte sich geradeso bremsen, die Hand seines Bruders nicht wegzuschlagen.

»Aber vielleicht war Kati dagegen, die ist ja ein bisschen kratzbürstig, und ob sie freiwillig zugeben würde, dass ihr Hund …«, mutmaßte Mert.

Efkan wollte diese Überlegungen nicht hören. Wie leichthin Mert sie äußerte! Er nahm seinem Bruder die Zange aus der Hand und wendete die Bratwürste. »Wallah, Auge um Auge«, murmelte er. Eigentlich gebrauchte er solche Ausdrücke wie »Ich schwöre« nicht, aber jetzt war ihm danach. Er musste sich einfach selbst bestätigen in dem, wie er Andrea gerächt hatte.

»Ach komm, ist ja nur ein Huhn.«

»Hm«, machte Efkan und dachte mit gemischten Gefühlen daran, wie ihn der Verlust umgehauen hatte. Auge um Auge. Er verbot sich weiterzudenken und ließ seinen Blick durch den Garten schweifen. Sein Vater und Rudi saßen nebeneinander in Lehnsesseln. Rudi hatte Lina-Marie auf dem Schoß und blätterte mit ihr in einem Bilderbuch. Leyla und Philipp fuhren mit dessen neuem Kipplaster Gemüseabfälle zum Komposthaufen, während Elif mit seiner Mutter noch Eier in den Kartoffelsalat schnitt. Es war so, wie er es mochte.

Unwillkürlich glitt sein Blick zu Sara, die mit seiner erneut schwangeren Schwägerin Petersilie kleinhackte. »... diesmal hoffentlich ein Junge«, hörte er die Schwägerin gerade sagen, während Sara mit etwas mehr Schwung als nötig Petersilie über Rudis Bohnen schüttete.

Efkan verkniff sich ein Stöhnen. Seine Schwägerin war ein Trampel. Und er? Wie beschränkt war er eigentlich? Scham wallte in ihm auf. Das war nicht neu. Aber zum ersten Mal verspürte er sie nicht wegen seiner Untauglichkeit, sondern weil er damit nicht fertigwurde. Sara seine Trauer darüber zu zeigen, dass sie keine Kinder haben würden, war das eine. Aber er bürdete ihr seine Hilflosigkeit im Umgang damit auf, und das war etwas anderes.

»Wir haben Kinokarten für morgen, Mert müsste die Abendschicht übernehmen«, wechselte Sara das Thema, ließ ihre dichten, glänzenden Haare wie eine Gardine zwischen sich und die andere Frau schwingen und nahm sich eine Knoblauchzehe vor.

Das mit den Kinokarten stimmte nicht, das wusste Efkan, aber er beschloss sofort, welche für die Liebeskomödie zu kaufen, die gerade angelaufen war und die Sara garantiert sehen wollte. Als er den Neid in den Augen der Schwägerin erblickte, die vermutlich ewig nicht mehr im Kino gewesen war, musste er lächeln. Auch wenn er seine Familie wirklich liebte, sein Herz, das spürte er an einem innerlichen Anschwellen der Brust, das seine Scham überwallte, sein Herz gehörte Sara.

Da sah er aus dem Augenwinkel, wie Kati nebenan zum Gartentor strebte, ihr energischer Schritt ließ ihren dicken, in dunkelblaue Jeans gepressten Hintern gefährlich hin und her schwanken. Scham und Liebeswallung verpufften.

»Wo bist du denn mit deinen Gedanken? Gib mal einen Teller rüber, die Steaks sind fertig«, drang Merts Stimme an sein Ohr.

Efkan riss sich zusammen. Grillabend. Familie. Der Höhepunkt seiner Woche.

»Florian, du musst mal kommen.«

Zögerlich schielte der junge Mann über seinen Handybildschirm. Als sie sich näherte, hörte Kati die plärrende Stimme irgendeines Sportkommentators. Florian hob kurz die Hand – »Gleich!« –, sah noch fünf Sekunden mit zusammengezogenen Brauen zu, stoppte die Übertragung, machte sich eine Notiz auf dem Block, der vor ihm auf dem Gartentisch lag, und schaute auf. »Was ist denn? Hat Lina-Marie irgendwas angestellt?«

Kati schüttelte den Kopf. Hinter den Kinderbeeten spross ein Brennnesselfeld. Jana und Florian würden bestimmt wieder Jauche machen, um ihr Gemüse zu düngen. Der Bottich stand vor dem Schuppen, und auf dem Weg würde es bestialisch stinken, wenn man vorbeiging. Wenn sie wenigstens Sud machen würden gegen die Blattläuse, aber die ließen sie leben. »Knorke geht es nicht gut.«

»Was hat er denn?«, fragte Florian und stand auf.

Kati zuckte die Schultern. »Er ist irgendwie schlapp. Will

nicht mal Gassi gehen. Da stimmt was nicht. Kannst du vielleicht nach ihm sehen?«

»Klar«, sagte Florian. »Ich sag nur schnell Jana Bescheid.« Er verschwand hinter der Pergola und lugte in Janas Atelier. Kati beneidete die junge Frau um diesen Raum, auch wenn er noch so klein war. Sie hatte letztes Jahr bei Maja Virginia Woolfs Buch *Ein eigenes Zimmer* gesehen, es sich ausgeliehen, und seitdem war Kati der Zusammenhang zwischen einem Zimmer für sich und geistiger Unabhängigkeit sowie Raum für Kreativität nicht aus dem Kopf gegangen.

Sie hatte nie ein eigenes Zimmer gehabt. Als Mädchen hatte sie es sich mit ihrer Schwester geteilt, und Maxe und sie waren nach dem Ausfliegen der Kinder in eine kleinere Wohnung gezogen – Schlafzimmer, Wohnzimmer, Küche, Bad. Doch mittlerweile drückte es Kati irgendwie, vielleicht weil sie Rentner und immer nur zu Hause waren. Und weil sich etwas in ihr bewegte, von dem sie selbst noch nicht sagen konnte, was es war. Eine Unzufriedenheit jedenfalls, die sie aufseufzen ließ, als sie wenig später mit Florian ihren Garten betrat und an den Gemüsebeeten vorbeiging, die sich von der Hecke am Flussweg bis zur Terrasse vor ihrem Haus erstreckten. Sie sah vor ihrem inneren Auge die Galerie an Eingemachtem in ihrem Keller und die vielen kleinen Tüten in ihrem extragroßen Tiefkühlschrank in der Stadt, in denen mühevoll geputztes und klein geschnittenes Gemüse auf den Kochtopf wartete.

Knorke lag zwischen den Beerensträuchern und zwei von Maxes Gartenzwergen auf dem Rasen und machte herzerweichende Hundeaugen, als sie sich näherten, was sehr ungewöhnlich für den temperamentvollen Terrier war. Schlapp schlug sein kupierter Schwanz auf den Boden. Die Gartenzwerge lächelten stoisch zu diesem Bild des Jammers.

Florian hockte sich vor den Hund, sprach ihm leise zu,

streichelte ihn sanft, fühlte seine Schnauze, seinen Puls, sah ihm in den Schlund und drückte auf seinem Leib herum. Dabei jaulte Knorke leise.

Maxe war hinzugetreten. »Ist gut, Knorke, ist gut«, sagte er so sanft, dass Kati das Herz aufging.

Florian richtete sich auf. »Ich kann so erst einmal nichts feststellen. Die Schnauze ist ein bisschen warm, aber der Leib nicht verhärtet. Vielleicht hat er irgendwas Schlechtes gefressen. Gebt ihm viel zu trinken.

»Er will nicht«, sagte Maxe und strich mit seinen Händen an den Hosenbeinen entlang. Als wüsste er nicht wohin damit, dachte Kati. Das kam selten vor.

»Tut ein paar Bröckchen Hundefutter ins Wasser. Dann duftet es köstlich und schmeckt nach was. Das wird er mögen«, riet Florian.

»Gut.« Kati ging in die Laube und kam wenig später mit dem Trinknapf herbei, in dem unappetitliche Stückchen Fleisch schwammen, und tatsächlich trank Knorke ein wenig.

»Guter Hund«, sagten Florian und Maxe wie aus einem Munde.

Guter Hund, dachte Kati. Ein guter Hund, bin ich das nicht auch?

Es war kaum was zu hören gewesen, nur ein Stolperschritt, der Efkan auf den Weg hatte schauen lassen, der vor ihren Parzellen am Fluss entlangführte. Ein Mann war zu Boden gegangen und blieb liegen.

Efkan sprang auf und sprintete zum Gartentor. »Da draußen ist einer umgekippt«, rief er, ohne sich um die anderen zu kümmern. Dann war er auch schon auf dem Weg. Direkt vor ihrem Banner *Wiesengrün statt Betongold* lag ein dicklicher Herr im Joggingdress, die aus dem Kopf quellenden Augen auf den Schriftzug gerichtet, und lief gerade blau an.

Efkan kniete sich neben ihn, ansprechbar war er nicht mehr. Trotzdem murmelte er etwas Beruhigendes, man wusste ja nie. Er drehte ihn auf den Rücken, so dass er ausgestreckt dalag, bog den Kopf nach hinten, strich dabei leicht über Stirn und Halbglatze und begann mit der Herzdruckmassage. Von selbst ging da gar nichts mehr.

Ah ha ha ha stayin' alive, stayin' alive ...

Efkan hatte einen umfänglichen Erste-Hilfe-Kurs gemacht, weil einmal eine alte Frau einen Kreislaufkollaps in ihrem Supermarkt erlitten hatte und er ziemlich hilflos gewesen war. Erschrocken hatte er sich geschworen, dass seine Kunden bei ihm auch in gesundheitlicher Hinsicht gut aufgehoben sein sollten, und war umgehend zur Tat geschritten.

Sara tauchte als Erste neben ihm auf. Sie hatte das Telefon am Ohr. »Kolonie Flusseck, wenn Sie vom Parkplatz kommen hinter der Wegbiegung.« Offenbar tätigte sie gerade den Notruf.

»Herzstillstand«, sagte Efkan.

»Herzstillstand, machen Sie schnell«, gab Sara weiter.

Ah ha ha ha stayin' alive, stayin' alive ...

Als Schlagerfan war Efkan die Rhythmushilfe des Bee-Gees-Songs bei der Herzdruckmassage im Gedächtnis geblieben. Nach vier Mal Refrain beatmete er den Mann zwei Mal. Es ging gleitend ineinander über, und Efkan hatte das Gefühl wohltuender Harmonie in seinem Tun, obwohl er um ein Leben kämpfte.

Ah ha ha ha stayin' alive, stayin' alive ...

Sara schirmte ihn ab und sorgte dafür, dass andere Sonntagsspaziergänger nicht gafften. Der Mann rührte sich weiterhin nicht. Er starrte blicklos in den Himmel, Efkan schloss ihm die Lider sanft beim Beatmen, damit die gleißende Sonne keinen Schaden anrichtete. Mert kam heraus.

»Geh du auf den Parkplatz, dass die Sanitäter den Weg finden«, wies Sara seinen Bruder an.

Aus dem Augenwinkel sah Efkan, wie seine Schwägerin und sein Vater mit Elif, Philipp und Leyla am Walnussbaum auftauchten. Das ist doch kein Anblick für Kinder, dachte er. Offenbar war nur Lina-Marie als zu klein für einen mit dem Tod ringenden Mann erachtet worden und bei seiner Mutter am Haus geblieben.

Ah ha ha ha stayin' alive, stayin' alive ...

Irgendwann kamen die Sanitäter und übernahmen mit einem mobilen Defibrillator und einem Sauerstoffgerät.

Sara eilte zurück in den Garten und scheuchte den Großvater mit den Kindern weg. Efkan sah an dem Verblassen des Blaus in der Haut des ungefähr Sechzigjährigen, dass die Geräte Wirkung zeigten, erstattete kurz Bericht, half beim Betten auf die Trage, strich dem Mann zum Abschied über den Arm und drückte seine Hand. Der Mann drückte, wenn auch nur schlaff, zurück.

Efkan sah den Sanitätern nach. Erst dann trat er wieder in den Garten, und sein Blick fiel auf Sara, die mit ausgebreiteten Armen und Beinen, zwischen denen sich Philipp und Leyla an sie kuschelten, im Gras saß. Sie sprach leise auf die Kinder ein, die jeder einen Schokoladenriegel in der Hand hielten.

In einer solch plötzlichen und schmerzlichen Heftigkeit, wie dem Mann draußen vermutlich das Herz stehen geblieben war, ging Efkans Herz auf. Ich liebe sie, dachte er, und hörte im gleichen Moment hinter sich Janas Stimme: »Wenn ihr uns hintergeht, können unsere Kinder nicht mehr zu euch.« Dann schrill: »Philipp, tu sofort die Schokolade weg. Dafür werden Tiere gequält.« Und wieder leiser, als Efkan sich entsetzt zu ihr umgedreht hatte: »Was ist eigentlich passiert?«

»Siktir git!«, murmelte Efkan – verpiss dich.

»Wie bitte?«, fragte Jana und zog ihre hellblonden, kaum sichtbaren Augenbrauen hoch.

»Philipp braucht Trost, auf dem Weg hatte ein Jogger einen Herzinfarkt. Efkan hat ihn gerettet«, sagte Sara von der Wiese her, schob den Jungen in Richtung seiner Mutter, erhob sich und schickte Leyla zu ihrer Schwägerin.

Philipp stopfte sich außer Reichweite Janas noch schnell den Rest Schokolade in den Mund und nuschelte: »Er sah ganz blau aus.«

Seine Mutter nickte ihm nur zu und schaute dann zu Sara. »Über die Schokolade sprechen wir noch.«

»Was für eine Hexe«, flüsterte Sara Efkan zu, als Jana ihre Kinder aus dem Garten zerrte.

Was für eine tolle Mutter du dagegen wärst, dachte er und hielt sich kläglich an seiner Frau fest.

»Ich bin stolz auf dich«, sagte sie an seiner Halsbeuge. Efkan dachte daran, wie der Mann, wenn auch nur schlaff, seine Hand gedrückt hatte. Und bei all der Kläglichkeit fühlte er diesen Stolz auch in sich.

Hmm, wie feinstes Biofleisch, dachte Florian. Das aß er manchmal heimlich bei Bekannten, die ernährungstechnisch genauso bewusst drauf waren wie Jana, aber keine Veganer, sondern Flexitarier. Als Biomarktkundin hatte er Kati eher nicht eingeschätzt. So konnte man sich täuschen.

»Schmeckt hervorragend. Wo habt ihr das gekauft?«, fragte er.

»Ach, das ist alles eine Frage der Zubereitung«, sagte Kati schnell. »Klappt es mit dem Hamster?«, wechselte sie das Thema.

»Ich hab die Sache in Gang gebracht und nichts mehr gehört. Das ist ein gutes Zeichen«, antwortete Florian und schaute hoch. Auf dem Weg gab es irgendeinen Aufruhr, aber Bauers hohe, dichte Hecke ließ keinen Durchblick zu. Florian schob sich einen großen Bissen Hühnerbrust in den Mund, kaute und ließ den Blick durch den Garten schweifen. Vor ihm erstreckten sich quadratische Gemüsebeete, dazwischen ein sorgfältig abgestochenes Rasenkaro in Mäherspurbreite.

»Ihr seid richtig Selbstversorger – das reicht das ganze Jahr, oder?«

Maxe nickte. »So ziemlich.«

»Toll«, sagte Florian und dachte: Wie im finstersten Mittelalter. Jeder sorgt für sich, Kultur, Technik, Fortschritt bleiben auf der Strecke.

Maxe erklärte, was er anpflanzte und wie er manche Flächen zweifach nutzte, was an Florian routiniert vorbeiging. Er hatte gelernt, scheinbar aufmerksam zuzuhören, wenn Tierbesitzer alle möglichen Geschichten erzählten und er sich auf seinen Patienten konzentrierte. So wie jetzt auf sein Huhn, eine verbotene Delikatesse.

Da blitzte Katis Gabel vor seinen Augen auf, und das letzte Stückchen Fleisch verschwand von seinem Teller und landete auf Maxes, als das Gartentor aufschwang und Jana mit den Kindern erschien.

»Korke!«, rief Lina-Marie und flitzte auf ihren kurzen Beinchen los.

Florian fing sie ab, ehe sie zu dem Hund unter den Beerenbüschen gelangen konnte. »Knorke geht es nicht so gut heute, der muss mal ein bisschen für sich sein.«

»Hat er auch Herz… Herz… Herzinfakt?«

»Was? Nein. Wer hat einen Herzinfarkt?«, fragte Florian erschrocken.

»Ein Jogger auf dem Weg. Efkan hat Erste Hilfe geleistet.« Jana war herbeigekommen und küsste ihn.

»Nee.« Sie trat zurück und leckte sich angewidert über die Unterlippe. »Das ist jetzt nicht wahr. Du müsstest doch am besten wissen, wie sehr Tiere gequält werden beim Schlachten. So funktioniert das mit dem Vorbild-sein nicht«, schimpfte sie. Philipp stand daneben und glotzte.

Ärger schoss in Florian hoch. Er hatte es satt. Er hatte es satt, immer ein unbeflecktes Vorbild zu sein. Brav. Gebildet. Korrekt. Er holte schon Atem, um diesem Ärger Luft zu machen, da sagte Kati: »Wir essen Fleisch, Maxe und ich. Und wir möchten das nicht madiggemacht bekommen.«

»Was hat Korke denn?«, mischte sich Lina-Marie ein.

»Ein bisschen Bauchweh«, sagte Maxe.

»Tja«, sagte Jana schnippisch. »Es gibt inzwischen übrigens Veggienahrung für Hunde. Sehr gesund. Da würde es ihm jetzt sicher besser gehen.«

Ist die übergeschnappt, dachte Florian.

»So wie euren Blattläusen«, knurrte Maxe. »Denen geht es vermutlich prächtig.«

»Eure Schädlingsvernichter werden noch unsere Hamster killen. Und dann?« Janas wasserblaue Augen vereisten förmlich, als sie Maxe niederzustarren versuchte.

»Eure Mutter ist ein bisschen überlastet«, sagte Kati zu

Philipp, der inzwischen nicht mehr glotzte, sondern ein weinerliches Gesicht machte. »Sie sollte jetzt dringend nach Hause und sich mal hinlegen.« Damit griff sie sich Janas Oberarm und eskortierte sie energisch zum Gartentor.

Florian blieb nichts übrig, als seine Kinder einzusammeln und hinterherzugehen.

Als das Gartentor hinter ihnen ins Schloss schepperte, brach Jana in Tränen aus.

»Mama«, flüsterte Philipp entsetzt.

»Mama weint«, krähte Lina-Marie, aber im nächsten Moment schien es ihr unheimlich zu sein, denn sie fasste nach der Hand ihres Vaters. »Papa, Mama weint«, wiederholte sie mit zusammengezogenen weißblonden Augenbrauen.

Florian drückte Lina-Marie kurz, dann nahm er Jana in den Arm und ging forschen Schrittes mit ihr den Weg entlang bis zu ihnen. Er hielt nicht inne, bis sie auf dem Schlafsofa saß, die Kinder hatte er mit einer Handbewegung und einem »Nicht streiten!« zum Buddelkasten geschickt, die Tür der Laube geschlossen.

Jana ließ sich rücklings auf das Sofa fallen und legte die Hände über ihr Gesicht. An einem ihrer langen Finger klebte noch irgendeine Chemikalie vom Restaurieren. »Mir ist alles zu viel«, murmelte sie.

Florian strich ihr seitlich den Leib entlang. Kein Wunder, seiner Meinung nach. Aber es hatte keinen Sinn, über Bioladeneinkäufe, Markenschuhe für die Kinder, das Hin und Her zwischen Kleingarten und Stadtwohnung im Sommer zu diskutieren. Daran hielt Jana eisern fest.

Und eigentlich war er nicht besser. Denn das Ansehen, das sie als junge hippe Familie im Bekanntenkreis hatten, wollte auch er nicht missen.

»Ich …« begann Jana, nahm die Hände von den Augen und

sah ihn an. Dann zog sie die Lippen zwischen die Zähne und blickte zur Seite. »Ääh, ich mach mir was zu essen. Sonst dürfte vermutlich keiner mehr Hunger haben.« Sie schob Florians Hand weg und stand auf.

Er sah ihr nach, wie sie in der schmalen Küche verschwand. Was hatte sie sagen wollen – und dann doch nicht gesagt? Ihn beschlich der Verdacht, dass da irgendwas »zu viel« war, von dem er nichts wusste.

Lu trat barfuß auf den taufeuchten Rasen, um mit ihrem morgendlichen Yoga zu beginnen. Nur zehn Minuten, aber die brachten sie in Schwung für ihren ersten Montag in ihrem neuen Arbeitsleben.

Wie ein Schleier lag der Tau auf dem Gras – Tau gab es immer seltener, fiel Lu auf. Das musste am Klimawandel liegen. Aber hier am Fluss strich nachts Verdunstungskühle über den Rasen. Lu machte sich eine Notiz im Kopf – morgenfeuchtes Grün am Ufer ließ sich als kleine Klimaanlage für die Stadt verkaufen.

Sie atmete die frische Luft tief ein und aus und startete den Sonnengruß mit Blick auf den Klarapfel, in dessen Krone tatsächlich die ersten Strahlen glitzerten. Baum, Katze, Hund – wo blieben eigentlich Kati und Knorke? – Krieger ...

Wenig später stand Lu geschminkt und in einer ihrer Blusen, ihren engen Hüftjeans und Heels in der Küche. Ihre Alltagsmontur brauchte sie jetzt – hier in der Laube ganz besonders –, um sich für ihre ersten Schritte zu konditionieren.

Sie füllte den Filter der Mokkakanne ganz mit Kaffeepulver, goss jedoch nur die halbe Menge Wasser auf und ging zu ihrem Schreibtisch.

Sie brachte ihren Lebenslauf auf Vordermann und schrieb zwei Architekturbüros in der nächsten Großstadt an, die Verstärkung suchten. Am Wochenende hatte sie beschlossen, freiberuflich zu zeichnen – 3-D konnten nicht viele so schnell wie sie – um Geld fürs Nötigste und genug Zeit für ihr »Rache-ist-süß-Projekt« zu haben.

Als sie damit fertig war, griff sie zu ihrer Tasse und schaute in den Garten. Es war still. Beunruhigend still. Kein Telefonklingeln, kein Tobias, der irgendetwas mit ihr besprechen wollte. Eine niedrige holzverschalte Decke. Eine Schutzhütte, abgeschnitten von der Welt. *Du musst etwas erreichen im Leben. Dir schenkt keiner was.* Rache, dachte Lu, ist keineswegs süß. Der erste Gedanke vielleicht, aber dann ... *Du musst etwas erreichen.* Mit diesem Teil des mütterlichen Mantras konnte Lu mitgehen. Der zweite war bitter. Halt dich an den ersten, ermahnte sie sich. Sieh zu, dass du etwas erreichst.

Sie trank den letzten Schluck Mokka, dann ließ sie die vorbereiteten Mails an die Baufirmen los, in denen sie die Angebote für die Errichtung von Tobias' »Flussresidenz« absagte. Anschließend griff sie zum Telefon und rief beim Baustadtrat an. Der, teilte ihr die hörbar bedrückte Sekretärin mit, sei schwer erkrankt. Lu bekam beim Trostspenden heraus, in welchem Krankenhaus er lag, dass er operiert werden müsse und vor Ende der Woche keinesfalls behelligt werden dürfe, dienstlich schon gar nicht. Sie überlegte. Im Bauamt kannte man sie als Assistentin Tobias Starckes, und als solche konnte sie einen Vorstoß machen, das war harmlos und erweckte nicht den Anschein, sie wolle einen Rekonvaleszenten geschäftlich belämmern.

»Ach, wenn es möglich ist, würde ich dann gern am Samstag mit einem Blumenstrauß vorbeigehen, nur ganz kurz, und Herrn Krämer persönlich Besserungswünsche überbringen.«

Dagegen konnte die Sekretärin nichts einwenden. Manchmal ist es gar nicht schlecht, unter dem Radar zu fliegen, dachte Lu und trug sich den Besuch bei Peter Krämer für Samstag in ihrem Kalender ein, in dem für den heutigen Tag einer im Stadtarchiv stand.

Dann bereitete sie sich ein Müsli zu und machte sich an ihren Entwurf. Sie dachte an die Kleinkläranlagen, die Maxe erwähnt hatte, als er wegen der Rosen bei ihr gewesen war. O Gott, die Setzlinge ...

Lu ging hinaus in die Morgenfrische und wässerte die kleinen Töpfchen kräftig. Dabei sank sie mit ihren Heels im Rasen ein und seufzte. War ja nett hier, zum Yogamachen wirklich toll, aber sich ständig um irgendwelche Gewächse zu kümmern, würde niemals ihr Ding sein.

Sie kehrte wieder um und ging nach drinnen, säuberte ihre Absätze mit einem Lappen und setzte sich hinter den Schreibtisch. Sie recherchierte im Netz, rief dann bei einer Fachhochschule an und fragte sich durch, bis sie bei der Siedlungswasserwirtschaft eine junge Frau am Telefon hatte. Mit einer eher tiefen, aber frischen Stimme machte die ihr Mut. »Die Klärung von Brauchwasser aus Wohnhäusern ist mittlerweile eine leichte Übung. Wir arbeiten mit den Russen zusammen, die züchten Bakterien, deren Stoffwechselprodukte sogar helfen, Schwermetallionen zu binden ... Aber was rede ich. Sie suchen was für Nullachtfünfzehnbrauchwasser. Und das Grundstück liegt an einem Fluss, sagen Sie? Interessant ...«

Während Lu mit der von ihrem Fach begeisterten Wissenschaftlerin sprach, schien etwas auf, bei dem sie sich selbst zu finden glaubte: eine Vision der Lu, die sie sein wollte. Sie merkte, wie ihr »Rache-ist-süß-Motiv« in den Hintergrund geriet und eine flattrige Aufgeregtheit sie erfasste.

Ja, sich neu aufzustellen würde wie bei einer Kläranlage sein: erst mal voller Scheiße, die zu einem Bodensatz wurde, dann mehrere Reinigungsstufen wie eine Katharsis, zum Schluss klares Wasser. Der Bodensatz, das schlechte Gewissen, würde bleiben. Aber ohne Bodensatz kein klares Wasser. So war das nun mal. *Dir schenkt keiner was.* Vielleicht hatte ihr diese erfrischende Wissenschaftlerin eben etwas geschenkt.

4

KAMPF

»Weck du die Kinder bitte«, flüsterte Florian in Janas Haar. »Ich will nach Knorke sehen.«

Seine Frau nickte verschlafen. Der gestrige Abend war schweigend zu Ende gegangen. Jana hatte sich unter der Bettdecke eingerollt und sich nicht mehr gerührt, aber Florian hatte gemerkt, dass sie lange nicht eingeschlafen war. Jetzt, beim Aufwachen, war sie entspannt, und ihre weißblonden Haare dufteten wie immer nach Kamille, aber als er eine Strähne zur Seite strich und sie auf den Hals küsste, versteifte sie sich.

Irgendwas war da, mit irgendwas kämpfte sie. Er brauchte unbedingt einmal Ruhe, um sie aus der Reserve zu locken. Doch jetzt musste er nach dem Terrier der Nachbarn sehen. Gestern hatte er ihn mit einem unguten Gefühl verlassen.

Als er aus dem Haus trat, sah er nebenan Lu im werbespottauglichen Yogadress auf einem Bein stehen, das andere angewinkelt an das Standbein gesetzt, Arme über dem Kopf. Ihre Kniescheibe stach heraus, Lu wog mindestens drei Kilo zu wenig, aber bei ihrer Größe von geschätzt eins sechzig wirkten Frauen mit Normalgewicht dick. Sie muss eine eiserne Disziplin haben, sich so zu halten, dachte Florian.

Er wollte ihre Konzentration nicht stören, trat leise auf den Weg, wandte sich nach links und ging an Rudis Grundstück vorbei.

Aus Katis und Maxes Schornstein ringelte sich eine zarte Rauchfahne in den Himmel, und Florian beschleunigte seinen Schritt. Die beiden kompakt gebauten Rentner heizten selten und schon gar nicht morgens, der Rauch konnte nur eines bedeuten: Sie machten es ihrem kranken Hund warm.

»Florian«, sagte Maxe glücklich, als er eintrat, aber dann verfiel sein rundes Gesicht. »Ach.«

Knorke lag auf seiner Decke vor dem Kamin, in dem ein kleines Feuer glomm, in der Laube war es stickig und roch leicht säuerlich.

Florian hockte sich zu dem Hund. »Hat er sich übergeben?«, fragte er.

»Er würgt immer wieder«, sagte Kati, die aus der Küche gekommen war.

Florian befühlte die Schnauze – zu warm, aber nicht heiß – und strich dem Hund über das Fell. Knorke bellte einmal leise und trocken. Florian kam eine Idee. »Habt ihr ihn hier reingetragen?«

»Laufen wollte er nicht mehr«, sagte Maxe und ließ sich auf einen Stuhl fallen.

Florian nickte und schob das Fell hinter den Vorderbeinen auseinander, da wo Maxe den Hund vermutlich ergriffen hatte, um ihn hochzuheben. Und tatsächlich: Hämatome.

»Rattengift«, sagte Florian. »Ich glaube, er hat Rattengift gefressen.«

»Wie kommt denn ...« Bei Maxes entrüsteter Stimme stellte Knorke die Ohren auf. Aber sein Herrchen brach ab und warf seiner Frau einen Blick zu.

»Vielleicht beim Gassigehen«, sagte Kati und schaute Maxe unverwandt an, als wolle sie ihm irgendwas übermitteln. Florian hatte zum zweiten Mal an diesem Morgen das Gefühl, dass etwas nicht stimmte.

»Wird er das überleben?«, fragte Maxe.

»Ich gebe ihm Vitamin K, das hilft«, sagte Florian ausweichend. Ob Knorke es überleben würde, kam darauf an, wie viel Rattengift er gefressen hatte.

»Bloß ein Vitamin? Das hilft doch nie.« Maxe zog die Augenbrauen zusammen.

Florian unterdrückte ein »Doch«. Billiger Widerspruch untergrub die Autorität, und die versuchte er als Tierarzt mit Zupack-Handicap wenigstens in allen anderen Dingen zu wahren. Er informierte stattdessen schlicht. »Es stört die Blutgerinnung. Rattengift verursacht innere Blutungen, an denen die Tiere zugrunde gehen. Ich hole eine Infusion, die bekommt er als Erstes. Später können wir auf Tabletten umsteigen, die er mit dem Futter kriegt. Gebt ein wenig Öl dazu, das Futter soll schön fettig sein.«

Beim Wort »Infusion« waren Maxes Augenbrauen wieder auf ihre normale Position gerutscht. Eine Infusion war etwas Handfestes, etwas Vertrauenerweckendes, ein Vitamin war was für Quacksalber.

Maxe stand auf. »Hast du alles dafür in der Praxis?«

Florian nickte.

»Dann los«, sagte Maxe. »Wir nehmen das Auto.«

Florian hockte sich noch einmal vor Knorke, schloss zur Beruhigung die Lider fast ganz und strich ihm über den Kopf. »Bis gleich, mein Guter. Wir helfen dir.« Er war überzeugt, dass Tiere Hoffnung brauchten wie menschliche Patienten, und die vermittelte er ihnen, wann immer er konnte.

Knorke gab einen leisen Wohllaut von sich. Er hatte verstanden, und das würde ihm Kraft und Zuversicht geben, da war sich Florian sicher. Diese Kommunikation gehörte zum Schönsten seines Berufs. Tiere waren da ganz klar und unverstellt, und das gefiel ihm.

Florian richtete sich auf und folgte Maxe, der ihm bereits ungeduldig die Tür aufhielt. Tiere waren unverstellt, ja, aber seine Frau?

Kaum waren Maxe und Florian weg, schnappte sich Kati Maxes feste Gartenhandschuhe, rief Knorke ein »Bleib!« zu und trat ebenfalls aus der Laube.

Auch sie machte sich Richtung Parkplatz auf. Rudi schlief noch, wie immer so früh am Morgen, Jana und die Kinder saßen am Frühstückstisch. Lu hockte in Hose und Bluse auf dem Sessel und zog sich gerade Schuhe mit Mörderabsatz an. Kati beschleunigte ihren Schritt und ging unter der Brücke hindurch zum Parkplatz. Dort steuerte sie die Müllcontainer an, zog Maxes Gartenhandschuhe über und öffnete den Container für Wertstoffe.

Sie musste nicht lange suchen. In drei grüne Gemüsebeutel – solche wie Efkan sie in seinem Supermarkt hatte – war eine einzelne rote Flasche gewickelt, die die Anmutung von WC-Reiniger hatte.

»Du Schwein!«, flüsterte Kati nach einem Blick darauf. »Du blöder …« Sie rief sich zur Ordnung. Lu konnte jeden Augenblick hier auftauchen, und die musste nicht gleich alles wissen.

Sie wickelte die Flasche wieder ein und machte sich auf den Rückweg. Lu saß inzwischen an ihrem Schreibtisch, den sie in die Laube geräumt hatte, eine alberne schwarze Brille auf der Nase, Mokkakanne und Tasse neben sich und tippte konzentriert.

Die zieht zu Hause Stöckelschuhe an! Hm. Kati stellte sich vor, warum sich eine Frau das antat. Weil sie vor sich selbst nicht zugeben will, dass sie arbeitslos ist. Das konnte sein, aber zu Lu passte es nach Katis erstem Eindruck nicht. Lu war ein energisches Persönchen. Weil sie es braucht, um in Kampfhaltung zu kommen. Ja, durchaus möglich. Weil sie immer auf alles gefasst sein wollte. Vielleicht ein bisschen. Weil sie schön sein will? Weil sie so erzogen ist? Spielte vielleicht auch mit rein.

Kati liebte diese Denkspielchen, sie hatte sich früher im Bürgeramt bei der Sprechstunde schon immer ausgedacht, was besonders merkwürdige Besucher für Typen sein und im Schilde führen könnten. Aber jetzt sah sie auf die eingewickelte Flasche in ihren Händen und dachte an Knorke. Wie konnte sie sich nur an diesem Morgen, während ihr Terrier vielleicht im Sterben lag, in ihren Denkspielen verlieren?

Kati legte einen Schritt zu und wollte gerade in ihre Laube treten, da sah sie Efkan hinter der Hecke zu seinem Hühnerhof gehen. Wut schoss in ihr hoch. Sie lief auf ihn zu. »Efkan!«

Der Mann drehte sich um, gerade rechtzeitig, um sich wegzuducken, ehe ihn die Rattengiftflasche am Kopf treffen konnte.

Kati blieb schwer atmend stehen. Es dauerte einen Moment, bis Efkans Kopf wieder auf der anderen Seite der Hecke erschien.

Der Nachbar sah sie schweigend mit geschürzten Lippen an. Schmerz in den schräg stehenden Augen, obwohl die Flasche ihn verfehlt hatte.

Diese offenkundige Trauer über den Tod seines Huhns brachte Kati in innere Bedrängnis, aber ein Terrier war nun mal ein Terrier. Und Vergiften, nein, Vergiften eines unschuldigen Hundes …

Durch das der Hecke zugewandte Schlafzimmerfenster der

Kuzus sah Kati Sara ins Bad gehen, nackt, vollbusig, jung. Da übermannte sie die Wut.

»Weißt du was, Efkan, du Giftmischer?«, zischte sie. »Googele doch mal den Salon, in dem deine Frau arbeitet, und gib in der Suchmaske *Massage plus* ein.«

Dann wandte sie sich ab und stapfte in ihre Laube. Knorke lag unverändert vor dem Kamin, wollte sich jedoch aufrichten, als sie eintrat.

»Platz, bleib«, sagte Kati schnell. Sie zog die Gartenhandschuhe aus, wusch sich vorsichtshalber auch noch die Hände und setzte sich zu Knorke. »Dummer Hund«, sagte sie liebevoll. »Ich hab dich gerächt.« Sie streichelte ihn. »War auch nicht besonders klug, aber was soll's.«

Wenig später ging sie in die Küche, wusch die Kaffeetassen ab und malte sich aus, was so ein Giftanschlag für Folgen haben könnte. Am Ende ihrer Phantasiegeschichte waren fast alle tot: sämtliche Hühner, die Hühnerbesitzer, der Hund, die Hundebesitzer. Nur der Hahn lebte noch und bekrähte das Massaker.

Du bist unmöglich, schalt sie sich. Aber statt Scham beschlich sie ein Gefühl von Trotz.

Efkan saß auf der Hühnerleiter und googelte, während im Bad Wasser plätscherte.

Unsere Massage plus *löst Verspannungen in Schultern, Rücken und Lenden ... Spezielle Öle und Gele, auch duftfrei.* Wahrscheinlich, damit die Frau zu Hause nichts riecht, dachte Efkan voller Bitternis. Die Sache war eindeutig. Und auch wenn auf dem Foto nur die Hände der Masseurin auf einer knackigen Männerbrust zu sehen waren, für den Ehemann war die Sache eindeutig. Und dieser Ehemann war er, in Jogginghose und Hoodie dahockend und mega unentspannt.

Er ließ das Handy sinken und schaute über den Hühnerhof. Maite, Carmen und Atatürk scharrten ein Stück entfernt, Helene pickte gleich neben ihm die frisch ausgestreuten Körner. *»Du, ich glaub dir hundert Lügen. Viel zu schön, um wahr zu sein«*, sang er traurig aus einem Lied ihrer Namensgeberin. Die Stimme versagte ihm. »Warum machst du das?«, flüsterte er. »Warum?«

Führte sie ihn hinters Licht? Nein, so war das nicht. So war Sara nicht – so waren er und sie nicht. Ob sie es irgendwie brauchte? Ihr gemeinsamer Sex war schön, doch in der Phase, in der sie verzweifelt versucht hatten, Kinder zu zeugen, hatten sie sich verkrampft. Inzwischen waren sie wieder gelöster, aber Efkan musste zugeben, dass ihn jedes Mal Trauer überkam. Ob Sara das merkte?

Ich will mit dir sein. Das hatte sie ihm gesagt, eindringlich. Das war keine Lüge gewesen.

Ja, es gab reichlich Gründe, ihm erotische Massagen zu verschweigen. Allen voran natürlich, weil kein Mann wollte, dass seine Frau so etwas machte.

In der Küche hörte er den Wasserkocher blubbern. Gleich würde Sara seinen Inhalt in die doppelwandige Kanne zum Durchdrücken gießen. Darin blieb der Kaffee während ihres ausgiebigen Frühstücks warm – ihre Ehemahlzeit, denn abends arbeiteten beide lange, sie im Beautysalon, verdammt, wo auch immer. Ob sie das auch im Salon machte? Im Hinterzimmer?

Aber vielleicht verschwieg Sara ihm die erotischen Massagen auch, weil er ihr viel zugemutet hatte mit seiner Unfähigkeit, Kinder zu zeugen, und zu viel mit seinem drängenden Kinderwunsch. Vielleicht brauchte sie diese Sache, um damit fertigzuwerden. Vielleicht wollte sie einfach Männer glücklich machen. Nicht traurig.

Da taten sich Abgründe auf. Efkan seufzte. Er beschloss, seine Kenntnis erst einmal für sich zu behalten. Es sacken zu lassen. Woher wusste Kati das überhaupt? Ob Maxe … aman Allahim … o Gott!

Das Küchenfenster ging auf, und Sara beugte sich heraus.

»Frühstück ist fertig«, sagte sie. Ihre ebenholzfarbenen Haare ließen den lichten Frühlingshimmel darüber noch mal so blau erscheinen.

»Komme«, sagte Efkan und beugte sich hinunter zu Helene. »Weißt du, Massagen allein sind genau genommen gar kein Sex, oder?«

Helene gackerte.

… elf, zwölf, dreizehn … minus zwei, zwei einhalb … Merle scrollte und stöhnte. Plus vier. Die wöchentliche Bilanz ihrer Masterarbeit – die Differenz zwischen geschriebenen und verworfenen Seiten – ergab plus vier. Zeige- bis kleiner Finger der rechten Hand. Nicht mal eine Seite pro Tag. So würde sie nie fertig werden.

Sie lehnte sich zurück und verschränkte die Arme hinter dem Kopf. Der Blick von ihrem Schreib- und Essbord fiel auf ihre Beerensträucher am östlichen Gartenzaun, die in unauffälligem Hellgrün blühten und sich auf ihr jährliches Früchtetragen vorbereiteten. Die erledigten effizient, was ihre Aufgabe war. Warum gelang ihr das nicht? Feiner Sprühregen benetzte die Scheibe. Merle fühlte ihn wie kleine Nadelstiche in ihrer Brust. Es half auch nicht, dass sie ein zehn Zentimeter im Quadrat großes Feld mit Tropfen auszählte und dann auf die Gesamtscheibe sowie die Millilitermenge hochrechnete.

Abrupt wandte sie sich ab. Weg vom Zeugnis ihres Versagens auf dem Laptop. Das Bett war noch ungemacht. Sie öffnete ein Fenster an der windabgewandten Seite und schüttelte es auf. Dann fegte sie die Asche aus dem Kamin, brachte sie auf den Komposthaufen. Hände waschen. Bett machen und Patchworkdecke drüberlegen. Die hatte Maja zum Dank von Flüchtlingsfrauen bekommen, die sie im Rahmen eines Workshops gefertigt hatten, in dem neben den Stoffen auch tiefe innere Verletzungen verarbeitet worden waren.

Auf der kunterbunten Decke verteilte sie einladende Kissen, so dass Maja einen kuscheligen Ort vorfände, wenn sie später nach Hause käme. Sie zog die Ärmel ihres Wollpullovers über die Handgelenke und gestand sich in der klammen Luft in der Laube ein, dass sie sich nur zu etwas nutze fühlte, wenn sie für Maja sorgen konnte. Wie eine Hausfrau vor Jahrzehnten. Sie kam sich uralt vor.

Unwillkürlich musste sie an ihre Mutter denken, damals, als sie und ihr Bruder Falk Kinder gewesen waren und ihre Mutter in die Rolle der schönen und klugen Begleiterin ihres Mannes und Vaters gedrängt worden war. Die Aufgaben der jungen, aufstrebenden Finanzmanagerin hatten ansonsten nur noch darin bestanden, ein Au-pair sowie Hausmädchen zu beschäftigen. Ihre Mutter war fast daran zugrunde gegangen. Sie hatte getrunken bis zum Exzess. Bis ihr im Krankenhaus der Magen ausgepumpt werden musste.

Als sie ein paar Tage später entlassen worden war, hatte Merle abends an der Tür der elterlichen Bibliothek gelauscht. Ihre Mutter hatte darauf bestanden, die Vermögensverwaltung sämtlicher neuen Kundinnen zu übernehmen, ihr Portfolio persönlich zu betreuen, sonst ließe sie sich scheiden und verschwände mit den Kindern in das Ferienhaus in der Provence.

Der damals vierzehnjährigen Merle hatte das Herz ausgesetzt. Mit ihrer labilen Mutter und ihrem kleinen Bruder ins französische Hinterland, ohne ihre Freundinnen – ein Horror.

Doch ihre Mutter setzte sich durch, und die Renditen ihres Kundinnenstammes übertrafen schon bald die der Kunden ihres Vaters und ihres Mannes.

Die Dame des Hauses war seitdem wie ausgewechselt, und es war abgemachte Sache, dass Merle in ihre Fußstapfen treten würde.

Wobei »Stapfen« der falsche Ausdruck war. Merles Mutter trug gewöhnlich zierliche Kitten Heels und stapfte nie. Merle schaute hinab auf ihre Füße, die in High Fashion Sneakers steckten. »Ich habe andere Füße. Größere. Breitere. Und einen anderen Kopf«, murmelte sie trotzig. Aber das half ihr auch nicht weiter. Und das Letzte war gelogen. Sie hatte keinen anderen Kopf. Wie ihre Mutter faszinierte es sie, dass Vermögensverwaltung, egal ob mittels Tages- oder Trendspekulation, Hebelgeschäft oder Derivathandel, Long- oder Short-Spekulation immer eine Wette auf Erwartungen war. Merle konnte sich keinen spannenderen Beruf vorstellen. Aber es war eben auch ein Spiel mit Wirtschaftswerten und im Endeffekt mit den Menschen, die sie schufen.

Mach jetzt, mach, was du kannst, was du richtig gut kannst. Dazu bist du da. Krieg dich wieder ein, blöde Kuh. Sie setzte sich wieder vor den Bildschirm.

Als Maja ihr am späten Nachmittag eine Nachricht schickte, dass sie im Anflug sei und eingekauft habe, klappte Merle bei plus sieben den Laptop zu und ging ihr entgegen.

Sie begegneten sich vor Maxes Garten. Der kniete vor

einem seiner quadratischen Gemüsebeete – genau zwei Armlängen breit – und jätete Unkraut.

»Wie geht es Knorke?«, fragte Merle, nachdem sie Maja geküsst und dabei gemerkt hatte, dass deren Lippen ganz verspannt waren. Es würde noch einige Küsse brauchen und ausgiebiges Streicheln, um das einigermaßen zu beheben.

»Wieso? Was ist passiert?«, fragte Maja und fuhr sich durch ihre rote Mähne.

»Er hat sich den Magen verdorben«, erklärte Merle, die am Morgen Florian und Maxe mit der Infusion begegnet war. »Er hängt am Tropf.«

»Ein Hund. Am Tropf. Weil er sich den Magen verdorben hat. Weltuntergang.« Das letzte Wort flötete Maja theatralisch und verdrehte die Augen.

Jetzt richtete sich Maxe ächzend auf. »Du …« Er ballte die riesigen Hände, durch seine gedrungene Gestalt wirkte er bullig, ließ dann aber die Schultern sacken und öffnete die Fäuste wieder. Seine Augen waren feucht. »Dass eine junge Frau so lieblos sein kann, habe ich noch nie erlebt. Aber vielleicht ist das ja kein Wunder.«

»Ach, das ist kein Wunder? Weil ich eine Kampflesbe bin vielleicht?« Maja kniff die Augen lauernd zusammen.

»Quatsch. Du hattest einen stressigen Tag«, beeilte sich Merle, die Wogen zu glätten.

»Maxe? Ich höre?« So leicht wollte sich Maja eine Möglichkeit zu explodieren offenbar nicht entgehen lassen.

»Wie du in den Wald hineinrufst, so schallt es heraus.« Maxe hielt Majas provozierenden Blick, wandte sich aber dann an Merle. Betont freundlich. »Danke der Nachfrage, Merle. Es geht ihm schlecht.«

»Ich drücke die Daumen, dass er bald wieder auf die Beine kommt«, sagte Merle. Dann zog sie Maja weg.

»Was sollte das denn?«, zischte sie ein paar Meter weiter auf dem Weg.

»Heult wegen seinem Köter rum. Der sollte mal sehen, wie es aussieht, wenn ein ausgepeitschter Rücken während drei Wochen Flucht geeitert hat«, sagte Maja und stiefelte weiter.

»Süße, wir müssen doch hier alle zusammenhalten.« Merle hastete Maja hinterher, öffnete das Gartentor, nahm ihrer Freundin die Einkäufe aus der Hand und stellte sie auf den Rasen. Dann umarmte sie sie fest und wurde einen Moment später auch umschlungen. Das brauchte sie jetzt, denn sie empfand Majas Haltung zum ersten Mal irgendwie als selbstgerecht. Hatte ihre Mutter mit ihrer Einschätzung vielleicht nicht ganz unrecht?

»Komm, wir gehen rein.«

Nicht lange danach lagen sie unter der Bettdecke, gewärmt vom Liegen Haut an Haut, vom Tupfen auf Majas vielen Sommersprossen, vom Streicheln und Necken überall, von Begierde und Befriedigung.

Zusammenhalten ... Als Maja kurz in ihrem Arm eingeschlummert war, kamen Merle ihre eigenen Worte vorhin auf dem Weg in den Sinn. Den Zusammenhalt brauchte Merle. Den mit Maja, den in der Kolonie und den ihrer Familie. Aber welchen Preis durfte Zusammenhalt haben? Ihre Mutter hatte er fast das Leben gekostet, ehe sie damals das Ruder herumgerissen hatte. Sie hatte den Familienzusammenhalt mit dem Rücken an der Wand auf die Probe gestellt. Aber sie war letztlich den Werten der Familie treu geblieben und diente ihrer Bank mit dem, was sie richtig gut konnte.

Das war das Wichtigste, und damit haderte Merle. Wie konnte es einen offenen, gemeinschaftsorientierten Zusammenhalt – im Unterschied zur Wagenburgmentalität einer Familie – geben, wenn man sich im Haifischbecken der Finanzwelt tummelte, in dem jeder jeden zu fressen versuchte?

»Ich bin Sabrina.« Florians Schwester reichte Lu die Hand. Sie war fast so groß wie ihr Bruder, so dass Lu selbst mit High Heels ein ganzes Stück kleiner war als sie. Sabrina hatte das gleiche braun gelockte Haar wie Florian, doch anders als er zog sie die Schultern nicht ein. Sie trug einen bequemen Hosenanzug aus einem elastischen Stoff, darunter ein Shirt. Lu mochte die Anwältin des Kleingartenvereins Flusseck auf Anhieb mehr, als sie wollte.

Maxe und Sabrina waren zu einem Strategiegespräch zu ihr gekommen, um Knorke nicht zu stören, der am Tropf hing und neben Vitamin K auch schleimlösende Mittel bekam.

Nach dem gestrigen Nieselregen war dieser Dienstag Ende April der erste richtig warme Frühlingstag, und Lu empfing die beiden draußen auf der Terrasse vor der Laube – drinnen hätte sie umräumen müssen, um neben dem großen Schreibtisch Platz für drei zu haben. Sie trug ähnlich wie Sabrina ihr Businessoutfit, in ihrem Fall gestärkte Bluse, Hüftjeans und Blondmähne, nur die Heels hatte sie gegen Plateaus getauscht, ein Zugeständnis an ihren Rasen. Als sie Kaffee auf dem kippligen Gartentisch servierte, dachte sie wehmütig an den schicken Besprechungsraum in Tobias' Büro. Aber dann wehte ein laues, nach Blüten und Fluss duftendes Lüftchen ihr die Haare aus dem Gesicht, und sie fand es gar nicht mehr so schlecht.

»Kati hat Rhabarberkuchen gebacken«, sagte Maxe und stellte eine Platte mit mehreren kleinen Stücken in die Mitte. Tja, dachte Lu, wirklich nicht schlecht. Jedenfalls appetitlicher als die Keksmischung bei Tobias.

»Hmm«, machte Sabrina, nahm sich gleich im Stehen ein Stück, biss ab und sagte: »Es wäre wirklich ein Verbrechen, wenn dieser Rhabarber einem Haus weichen müsste.«

Maxe nickte zufrieden, dann setzten sie sich.

»Mein Bruder will also einen Feldhamster besorgen.« Sabrina klang amüsiert.

»Traust du ihm das nicht zu?«, fragte Lu, denn das Kolonieduzen schloss anscheinend Anwälte und Familie mit ein.

»Eigentlich nicht. Ist ja verboten, die einfach zu fangen. Aber stille Wasser sind tief. Und Flori kann nicht Nein sagen. Er verarztet manchmal irgendwelche Viecher von einem Typen, der mit Haustieren handelt, die eigentlich keine Haustiere sind, wenn ich das richtig verstanden habe. Und der ...« Sabrina ließ ihre Finger in der Luft flattern.

»Umso besser«, brummte Maxe, der von Sabrinas fröhlicher Gesprächigkeit unberührt schien. »Wenn nicht jeder Hinz und Kunz einen Feldhamster beschaffen kann, kommt niemand so leicht auf die Idee, wir hätten uns den extra besorgt.«

Ja, dachte Lu, diese trockene Reaktion passte zu dem unbestechlichen Maxe in seinen Gartenhosen und der Funktionsweste. Und dummerweise mochte sie nicht nur Sabrina, sondern auch Maxe in seiner Art mehr, als ihr lieb war.

Sabrina grinste. »Ist jedenfalls ein super Einfall.« Dann wandte sie sich an Lu. »Und du hast noch mehr Argumente für die Anfechtung des Bebauungsplans? Wir müssen die Begründung dieser Tage einreichen.«

Lu nickte. »Nach einem extremen Hochwasser Anfang des letzten Jahrhunderts wurde der Bahndamm als Deich ertüchtigt. Es genügen ein paar Sandsäcke auf dem Weg unter der Brücke als Anschluss zur Kaimauer am Parkplatz, die ihn schließen. Ursprünglich war dort eine mobile Spundwand geplant, die aber kriegsbedingt nicht mehr ausgeführt wurde.« Sie zog einen alten Deichbauplan aus dem Stadtarchiv aus ihrer Tasche, legte ihn vor Sabrina, tippte auf die Fläche der Kolonie Flusseck und fuhr fort: »Wenn hier ein Wohnhaus hinsoll, muss es an die Kanalisation angeschlossen werden, und dafür müsste der Deich untertunnelt werden, und einen Deich zu untertunneln …«

»Verstehe.« Maxe sah sie anerkennend an, und Lu bekam ein schlechtes Gewissen.

Sie räusperte sich. »Außerdem dient die Kolonie bei moderatem Hochwasser als Schwemmfläche. Bis zwei Drittel kann sie volllaufen, dann erst wird die Kaimauer auf der Altstadtseite überflutet, wie Rudi schon erzählt hat.«

Sie schob Sabrina eine Karte mit Höhenlinien zu, und die machte sich Notizen. Lu hoffte, dass sie nicht allzu viel Ahnung hatte, denn nachdem flussaufwärts ein Wasserkraftwerk mit kleinem Stausee gebaut worden war, würde die Schwemmfläche selbst bei einer Monsterschneeschmelze plus Dauerregen niemals nötig sein, weil kontrolliert abgelassen werden konnte – dafür hatte Tobias ein Gutachten erstellen lassen, denn sonst hätte kein Mensch in ein Haus investiert.

»Deine Rosen treiben jetzt schön aus, siehst du?«, sagte Maxe, während Sabrina schrieb, und zeigte auf kleine rote Auswüchse an den Augen.

Lu hatte gerade von einem Stück Rhabarberkuchen abgebissen und konnte nur nicken. Normalerweise aß sie bei

Meetings nie etwas, um nicht in diese Verlegenheit zu kommen, vor allem jedoch, um konzentriert und beschäftigt zu wirken. Du verlotterst hier in deinem Garten, dachte sie, schluckte den Bissen herunter und sagte hasserfüllter als gewollt: »Außerdem ist bei der Planung für den Wohnriegel, diese ›Flussresidenz‹, hier nicht alles mit rechten Dingen zugegangen. Die Geschossanzahl …«

»Ist für uns nicht relevant«, unterbrach sie Sabrina.

»Wieso nicht?«, fragte Lu. »Da wurde gemauschelt!«

»Woher weißt du das?«, fragte Maxe.

Scheiße. Verquatscht.

Glücklicherweise redete Sabrina schon weiter. »Es ist völlig egal, ob da etwas nicht mit rechten Dingen zugegangen ist. Wenn der Grund und Boden der Kolonie Flusseck rechtskräftig als Bauland für Wohnungen ausgewiesen ist, wird jemand bauen, und wenn nicht dieser Starcke, dann jemand anders.«

Genauso wird es kommen, dachte Lu und wandte sich an Maxe, der sie immer noch misstrauisch ansah. Nervös strich sie sich ihr langes blondes Haar aus dem Gesicht. »Dass da gemauschelt wird, hab ich von einem Bekannten gehört. Aber gut, egal.« Sie biss schnell von ihrem Kuchen ab und nuschelte zur Ablenkung: »Sag Kati, dass ihr Kuchen der beste Rhabarberkuchen ist, den ich je gegessen habe, ja?«

Maxe nickte. Aber Lu gefiel nicht, wie er sie ansah. Als könne er ihr hinter die Stirn blicken. Oder ins Herz. Wahrscheinlich eher ins Herz, so schlicht wie Maxe gestrickt war. Und ihr Herz klopfte schnell, weil sie ein falsches Spiel spielte.

»Noch mehr neue Argumente außer die, die wir anfangs schon besprochen hatten?«, fragte Sabrina Maxe.

Der wandte seinen Blick endlich von Lu ab und schüttelte den Kopf. »Nee, mehr haben wir nicht. Grünfläche, nicht versiegelt, Bienen, Finanzierungszusage für Abwassersammelgruben und so weiter, das hast du alles schon.«

»Ja, dann werd ich mal«, sagte Sabrina.

»Nimm noch von dem Kuchen mit. Hast du was zum Einpacken, Lu?«

In Schulzes Küchenbuffet standen mindestens zehn Tupperdosen. »Klar.« Lu war froh, dass sie aufstehen konnte.

Tobias hat recht, dachte sie, als sie im Küchenschrank kramte. Ich habe viel zu viele Skrupel, um in der Baubranche bestehen zu können. Denn auch wenn sie ein falsches Spiel spielte, so gewissenlos wie ihr Ex war sie nicht. Oder doch? Ihr wurde schwindelig. Sie hockte sich vor den Schrank. Wie schlimm war ihr falsches Spiel für ein bestmögliches Ergebnis? Spielte sie hier nicht Gott? Oder vielmehr Teufel? Sie schüttelte den Schwindel ab, suchte eine Dose heraus, ging nach draußen, packte Sabrina Kuchen ein und verabschiedete ihre Gäste.

Warum bist du hier, fragte sie sich, als sie den Tisch abräumte. Klar, ihr war nichts Besseres eingefallen. Sie hatte keine enge Freundin, bei der sie hätte unterschlüpfen können. Sie hatte ihr Leben komplett auf Tobias ausgerichtet. Außerdem hatte sie sich wegen ihres Scheiterns verkriechen wollen. Nur, warum war sie immer noch hier?

Sie schaute zum Fluss. Weil du dir beweisen willst, dass du etwas kannst. Dass du über den eigenen Gartenzaun zu blicken vermagst. Besser als deine Nachbarn. War das hochmütig? Und kam Hochmut nicht vor dem Fall? Vielleicht. Aber Wohnungen wurden gebraucht. Lu ließ sich erschöpft auf einen Stuhl fallen. Hieß es nicht, große Entscheidungen seien einsam? So langsam verstand sie, warum das so war. Wer wollte schon wirklich Verantwortung übernehmen? Mit Fallrisiko?

Sie lachte auf. Tja, Lu, gefallen bist du schon, einsam auch. Was soll dir noch passieren?

In den frühen Morgenstunden des Mittwochs begann Knorke zu röcheln. Maxe ging Florian holen. Der warf nur einen Blick auf den Hund und sagte: »Tierklinik. Er muss intensivmedizinisch behandelt werden. Rattengift braucht ein paar Tage, ehe es richtig wirkt, und Knorke hat offenbar mehr gefressen, als ich zuerst angenommen habe«, sagte Florian und klang schuldbewusst.

Maxe klopfte Florian auf die Schulter. »Du hast es immerhin richtig diagnostiziert.« Kati und er hatten sich inzwischen belesen und herausgefunden, dass das gar nicht so einfach war.

»Ich fahre erst mal mit«, sagte Kati. »Ich regel das.« Maxe nickte, was Kati einen Moment erstaunte, aber dann dachte sie: Wir sind ein eingespieltes Paar. Maxe weiß, dass ich das besser besprechen kann und nicht in Tränen ausbreche.

Zu dritt transportierten sie Knorke samt Infusionsbeutel in einer Decke zum Auto, dann fuhr Kati allein mit ihrem Hund zu der Adresse, die Florian ihr gegeben hatte. Er hatte auch versprochen, sie dort anzukündigen.

Nett, dass er vorsichtshalber geblieben und nicht in die Stadtwohnung gezogen ist wie sonst unter der Woche, dachte Kati, während sie zur Tierklinik fuhr. Es war schon ein toller Zusammenhalt in der Kolonie.

In der Klinik wurde Knorke ins künstliche Koma versetzt, geröntgt und unter einen Inhalator gelegt.

»Er hat Einblutungen in der Lunge. Vor morgen holen wir

ihn nicht wieder zurück«, sagte ein Arzt. »Sollte sich sein Zustand verschlechtern, melden wir uns.«

Also fuhr Kati allein zurück, und das fiel ihr schwer. Aber wenn sie einen nicht alleinlassen konnte, dann war es Maxe, nicht Knorke. Ihr Terrier würde es schon machen. Maxe dagegen ... Seit er Rentner war, war er nicht mehr der Alte. Das Lebenselixier ihres Mannes war es, gebraucht zu werden. Das hatte Kati immer gefallen. Gab es etwas zu tun, hatte sie sich auf ihn verlassen können. Sie dachte an ihre Entscheidung, dass sie Knorke in die Klinik bringen würde. Vor ein paar Jahren hätte das noch Maxe gemacht, aber sein Selbstbewusstsein hatte einen argen Knacks bekommen, seit er »aufs Altenteil aussortiert« worden war, wie er es selbst bitter bezeichnet hatte. Er traute sich immer weniger zu, es war ein Teufelskreis.

Inzwischen war sie die Patente, und das misshagte ihr. Ja, ich kann patent sein, aber ich will nicht, dachte Kati und fuhr auf den Parkplatz an der Brücke. Eigentlich wollte sie träumen, zuschauen, sich etwas ausphantasieren. Früher hatte sie manchmal Geschichten erfunden, wenn Maxe und sie eine Landpartie machten.

Sie hatte zwei Wildschweinen, die sie zu einer Vollbremsung gezwungen hatten, Namen gegeben: Waldemar und Diethard. Zwei Draufgänger, Waldemar trottelig, Diethard nassforsch. Kati hatte auf Maxes Schreck hin eine Geschichte ersonnen, dass die beiden gerade unterwegs gewesen seien, um einen Jäger auf einem nahen Anstand aus dem Weg zu räumen, der nur darauf wartete, dass sie sich auf dem Kohlrübenfeld sehen ließen. Jedenfalls endete es nicht gut für den Jäger, und Maxe hatte den Schock vergessen, sich herrlich amüsiert und immer neue Erlebnisse der beiden Schwerenöter hören wollen.

Für eine Landpartie war bei all dem Obst und Gemüse, das ihr Garten hervorbrachte, seit Maxe tagaus, tagein verbissen darin ackerte, keine Zeit mehr. Mit dem Rhabarber war das Küchenkampfhalbjahr, wie Kati es nannte, eingeläutet worden. Aber war nicht eine Landpartie das Schönste am Land, dachte Kati, als sie an den frühlingserwachten Gärten und dem glitzernden Fluss zu ihrer Parzelle schlenderte, in der sie am liebsten gar nicht ankommen wollte?

Doch dann war sie schneller im Kleingartenalltag zurück, als sie gedacht hätte, denn als sie bei Rudi um die Biegung kam, sah sie Maxe mit einem Kärcher aus dem Gartentor von Maja und Merle auf den Weg treten.

»Was hast du denn bei M&M gemacht?«, fragte sie, als sie sich vor ihrem eigenen Garten begegneten.

Ihr Mann grunzte. Es klang böse. »Wie geht es Knorke?«

»Wenn wir nichts hören, geht es ihm gut«, sagte Kati und zog sicherheitshalber ihr Handy aus ihrer alten Kunstledertasche. Keine Nachricht. »Was hast du mit dem Ding da bei M&M gemacht?«

Maxe sah sie an. »Es Maja gezeigt.«

»Wie bitte?« Maja war doch in ihrer Kriseninterventionsstelle.

»Ich bring den Kärcher zurück.«

Damit schob sich Maxe an ihr vorbei. Er sah so grimmig aus wie das letzte Mal vor einem Vierteljahrhundert, als ihr halbwüchsiger Sohn beim CD-Klauen erwischt worden war. Kati folgte Maxe mit einigem Abstand und sah, wie er den Kärcher bei Jana und Florian in den Schuppen stellte und den Schlüssel in sein Versteck auf das Verschalungsbrett an der Schuppenecke legte. Sehr mysteriös, dachte Kati und trat den Rückzug an.

Als Maxe kam, gluckerte die Kaffeemaschine, und zwei

Bockwürste schwammen im Topf. Ein schnelles Mittagessen musste jetzt sein, fand Kati, schnitt Brot ab und stellte Senf und Teller auf ein Tablett, dazu noch ein Glas Möhren-Lauchzwiebel-Creme.

»Ich brauch jetzt ein Bier«, sagte Maxe und öffnete die Kühlschranktür.

Als sie wenig später auf ihrer Terrasse saßen, erzählte Kati erst einmal, wie es in der Tierklinik gewesen war, was sich Maxe stupide Wurst kauend anhörte. Als sie fertig war, schwieg er weiterhin und kaute nun Brot mit Möhren-Lauchzwiebel-Creme.

»Maxe«, sagte Kati. »Was hast du bei M&M gemacht.« Es war keine Frage.

Ihr Mann legte Messer und Gabel beiseite und sagte: »Den Löwenzahn weggekärchert.«

Da die ganze Wiese der beiden jungen Frauen fast nur aus Löwenzahn bestand, hatten sie jetzt verbrannte Erde. Denn ein kochend heißer Wasserstrahl tötete alles ab, was wuchs.

»Ich nehme an, weder Maja noch Merle waren zugegen.«

Maxe schnaubte. »Weißt du, was sie gesagt hat? Diese Schnepfe, diese Verrückte.«

Kati wartete.

»Sie hat darüber gespottet, dass Knorke am Tropf hängt. ›Weltuntergang‹ hat sie gesagt und mit den Augen gerollt. Sie hat unmissverständlich klargemacht, wie idiotisch sie das findet.«

»Oje.« Das Mädchen hatte gefühlstechnisch einen an der Klatsche, das hatte Kati längst gemerkt. Sie fand, dass Majas Nervenkostüm viel zu fragil für die Arbeit war, die sie machte. Kinderlos und mit Ende zwanzig hatte sie die nötige mentale Stärke einfach nicht.

»Na ja, sagte Maxe, da hab ich ihnen gezeigt, wie es ist, wenn etwas Geliebtes zugrunde geht. Aber ich hab den Kärcher genommen, keinen Unkrautvernichter. Wegen dem Hamster.«

Kati erinnerte sich, wie Jana Maxe auf diese Gefahr hingewiesen hatte. Und obwohl es eine heikle Streitsituation gewesen war, hatte Maxe sich das zu Herzen genommen. Das erfüllte sie mit Liebe für ihren Mann. Sie seufzte und legte ihre runde, weiche Hand auf Maxes Pranke.

Aber der zog sie weg. »Ich bin noch nicht fertig.« Er stand auf, querte ihre Rabatte auf den Trittsteinen, die von der Terrasse zum Weg führten, und stiefelte zum Schuppen.

Kati trank einen Schluck Kaffee und sah ihm sorgenvoll hinterher. Mit einem Seitenschneider kam ihr Mann wenig später aus dem Schuppen heraus und wandte sich mit vorgerecktem Kopf dem Gartentor zu.

Das sieht gar nicht gut aus, dachte Kati, stellte ihre Kaffeetasse ab und eilte Maxe hinterher.

»Maxe, was willst du mit dem Seitenschneider?« Diesmal war es eine Frage. Kati stellte sich ihrem Mann am Tor in den Weg.

»Kükendraht aufschneiden.«

»Du willst Efkans Hühner verscheuchen?«

»Auf den Bahndamm. Am besten auf die Gleise. Ich könnte Futter dort ausstreuen.«

Hätte ich Maxe bloß nicht gesagt, dass ich die Rattengiftflasche gefunden habe. Kati dachte daran, wie sie sich gerächt hatte.

»Maxe, es reicht«, sagte sie kühl und so bestimmt, wie sie noch nie mit ihrem Mann gesprochen hatte. Der sah sie erstaunt an.

»Wenn wir uns hier bekriegen, wenn der Vereinsvorsitzende seinen Verein angreift, werden wir die Kolonie nicht retten können. Wir müssen zusammenhalten. Efkan hat inzwischen sicher gemerkt, dass er einen Fehler gemacht hat. Jeder macht dumme Fehler, nicht wahr?« Sie sah Maxe eindringlich an.

»Aber man vergiftet doch keinen Hund nur wegen einem Huhn. Das ist völlig ...« Maxe stockte.

»Efkan liebt seine Hühner mindestens so wie wir Knorke. Mindestens«, wiederholte Kati leise.

»Ja.« Maxe hatte offenbar bereits in eine ähnliche Richtung gedacht, wie sein nächster Satz zeigte. »Und so wie Maja will ich nicht sein. Leben unterschiedlich bewerten. Ach, Kati.«

Er umarmte sie, und sie hielt ihn fest.

Einen Moment lang war alles gut. Bis Maxe sagte: »Ich werd dann mal die Radieschen säen.«

Da hätte Kati Radieschen, Rhabarber und was auch immer sonst in ihre Küche wandern würde, liebend gern mit dem Seitenschneider massakriert und auf den Gleisen ausgestreut, damit der nächste Zug alles plattfahren konnte.

Erst ein kurzer, spitzer Schrei. Dann: »Papi!« Überrascht. Und dann ein Sirenengeheul mit dem Unterton tiefster Verzweiflung, der innerhalb von Sekunden im Zusammenbruch des Urvertrauens mündete.

Rudi fuhr aus dem Schlaf hoch. Das Sirenengeheul gellte in seinen Ohren. Es war dem Lina-Maries nicht unähnlich, bis auf das Entsetzen, das sich hineingemischt hatte. Nicht nur Schreck, sondern Entsetzen und Verlassenheit.

In letzter Zeit träumte er Joans Schreien immer wieder.

Er stand ächzend auf. So bald würde er nicht mehr einschlafen können. Also griff er nach Jeans, Norwegerpullover, Joint und ging in den Garten hinaus.

Barfuß schritt er über die alten Bahnschwellen, die sich klamm anfühlten. Kurz vor dem Gartentor blieb er stehen und zündete sich den Joint an. Dunkel lag der Fluss vor ihm, es war bedeckt, Sterne waren nicht zu sehen. Sanfte Feuchte stieg von ihm auf. Sanft und feucht waren auch Dorles Augen gewesen, bevor sie sie das letzte Mal – für immer – von ihm abgewendet hatte. Rudi stand da, rauchte, dann ging er ein paar Schritte zurück unter seine Gute Luise. Er blickte zur Schuppenwand, dorthin, wo die Schießscheibe gewesen war, und dann zur Terrassentür.

»Ach, Dorle. Du bist gegangen.«

Rudi zog an seinem Joint.

»Du hast mich gehasst. Aber hast du mich nicht auch geliebt? Bist du gegangen, weil du nicht wolltest, dass unser Kind jeden Tag daran erinnert wird, dass sein Vater es fast erschossen hätte? Und ich auch nicht?«

Rudi rauchte.

»Lag das in deinem letzten feuchten, sanften Blick? Der Blick nach dem, in dem Zorn loderte?«

Die klamme Kühle der Nacht am Fluss umhüllte Rudi. Durch den Wollpullover drang sie noch nicht, aber durch seine Jeans und die schütteren grauen Haare.

»Dorle, meine schlanke Dorle. Hast dir in Süddeutschland eine Fettschicht angefressen, Jahr für Jahr eine dickere. Hast du damit dein Herz umhüllt, damit du Joans Herz gegen mich verhärten konntest? Damit für sie alles klar und leicht und getrennt in Gut und Böse war? Bis du selbst an Herzverfettung gestorben bist?«

Rudi rauchte.

»Es war ein Fehler, Dorle, ein Versehen, ein Unglück. Joan war noch so klein. Hätte sie es nicht vergessen?«

Vielleicht, dachte er. Vielleicht hätte sie das.

Aber er, er hätte es nie vergessen können. Und vermutlich hatte Dorle das gewusst. Vielleicht hatte diese Erkenntnis in ihrem feuchten, sanften Blick gelegen. Die Erkenntnis, dass er damit nicht fertigwerden würde.

»Nein, Rudi, viel schlimmer: dass du damit nicht fertigwerden wolltest.«

Er stand noch lange in seinem nächtlichen Garten, so lange, bis die Kälte sogar durch das Wollfett seines Norwegerpullovers in sein Herz drang.

Gestern, als sie von der Uni wiedergekommen war, hatte ihr Rasen schon irgendwie merkwürdig verwelkt ausgesehen. Aber als Merle heute Morgen aufwachte, sich auf die Ellenbogen stützte und aus dem Fenster sah, war so gut wie alles vertrocknet. Sie spähte hinüber zu Efkans und Saras Garten, aber da war alles in Ordnung, obwohl die beiden ihren Rasen nie sprengten. Merle verstand die Welt nicht mehr.

»Maja?«

»Hmm«, machte ihre Freundin schlaftrunken.

»Irgendjemand hat einen Anschlag auf unseren Rasen verübt.«

Maja war sofort hellwach. Ich hätte nicht »Anschlag« sagen dürfen, fiel Merle ein. Das Wort triggerte Maja, denn wenn sie es in der Kriseninterventionsstelle hörte, saß sie jemandem gegenüber, der entweder Familienangehörige oder Gliedmaßen oder beides durch einen Bombenanschlag im Jemen, in Syrien oder wo auch immer verloren hatte.

Ihre Freundin stützte sich nun ebenfalls auf die Ellenbogen. Dabei fiel eine dicke Strähne ihres ungebärdigen roten Haars auf Merles Schulter. Ihr Mausbraun und Majas Rot sahen toll aus zusammen, das Mausbraun allein leider weniger, fand Merle. Sie schauten nun beide aus den drei großen Fenstern, die ihr Bett am Kopf und beiden Seiten rahmten. Zu Efkan hin stand eine Mauer, die ihren Kaminplatz abschirmte, nach Süden ging es zum Fluss hinaus und gen Osten gab es hinter ihrem Garten nur noch eine Ecke Wildwuchs. Wenn nachts keine Spaziergänger und Radfahrer mehr den Weg am Fluss entlangkamen, zog Merle oft den Baldachin ihres Himmelbetts auf, und dann blickten sie in den Sternenhimmel.

»Pff«, machte Maja, als sie die verdorrte Rasenfläche eine Weile betrachtet hatte. »Warte.« Sie stand auf, wickelte sich nackt, wie sie war, an der Terrassentür in ihren Kunstdaunenmantel und trat hinaus. Merle sah, wie sie an verschiedenen Stellen am Gras roch, Erde zwischen ihren Fingern zerrieb und auch daran schnüffelte.

Dann strich sie sich die Krumen von ihrer Hand und kam wieder zurück. Sie schlüpfte aus dem Mantel und unter die Bettdecke. In dem Moment dazwischen konnte Merle einen Blick auf Majas Figur werfen, vor allem auf ihre festen, runden Brüste und den leicht gewölbten Bauch. Maja war wunderschön, und ihre Sommersprossen …

»Maxe war es nicht. Es ist kein Unkrautvernichter im Spiel. Den hätte ich gerochen.«

»Vielleicht hat er gekärchert?«, fragte Merle, die gedanklich lieber bei Majas Brüsten geblieben wäre. Aber die hatte sich wieder bäuchlings neben sie gelegt und die Stirn in Falten gezogen. Deshalb erklärte Merle: »Unser Gärtner zu Hause, also bei meinen Eltern, kärchert ein paarmal im Jahr das Pflaster der Auffahrt, das Unkraut dazwischen sieht hinterher genauso aus.«

»Jana und Florian haben einen Kärcher.« Maja kaute auf ihrer Unterlippe. »Und das zarte Janalein haben wir neulich mit dem Schneckenblech und dem Folteropfer ziemlich verärgert.«

»Ich sprech sie drauf an«, sagte Merle. »Sie kommt jetzt jeden Nachmittag und macht irgendwas in ihrem Atelier.«

»Mach das.«

Kurz vor drei zog Merle Bilanz. Ihr Blöde-Kuh-mach-was-du-kannst-Mantra hatte ihr schnell vier Seiten beschert. Aber jetzt drückte sie auf Löschen. Plus zwei, der Rest war Mist gewesen. Sie klappte den Laptop zu und ging hinüber zu Jana. Deren unförmiges Lastenfahrrad stand tatsächlich vor dem Schuppen. Also betrat Merle das Grundstück. Sie hielt sich die Taktik ihrer Mutter vor Augen – hart in der Sache, freundlich und bestimmt im Ton – und wurstelte zwei Strähnen in ihren Knoten, die sich gelöst hatten.

Jana war in ihrem Atelier und pinselte mit irgendeiner Flüssigkeit über eine schadhafte Stelle an dem Bild aus dem Lagier'schen Sommerhaus in der Provence. Merle klopfte an die Fenstertür, und Jana zuckte zusammen.

»Hast du mich erschreckt«, sagte sie, guckte gehetzt zwischen Bild und Merle hin und her und tupfte mit einem Läppchen über die Stelle. Dann trat sie aus dem Miniatelier und schloss die Tür hinter sich, als wolle sie nicht, dass Merle den himmelblauen Verschlag betrat.

»Brauchst du was?«

»Der Rasen«, sagte Merle.

»Hä?«, machte Jana.

»Hör mal, wenn du sauer bist, dann kannst du mit uns reden. Hat ja Florian auch schon gemacht.«

»Ich bin nicht ... also ...« Jana bekam rote Flecken. »Okay, ich war ziemlich sauer, Lina-Marie hatte in der Nacht darauf Albträume wegen Majas Geschichte. Aber, also, wenn noch Redebedarf ist, können wir das gern ausdiskutieren.«

Ausdiskutieren. Ja, das war eigentlich eher Janas und Florians Art als ein Terroranschlag mit dem Kärcher.

»Ihr habt unseren Rasen nicht weggekärchert?«

»Was? – Nein!«

»Hm.«

»Euer Rasen ist weggekärchert? Wie geht das überhaupt?«, fragte Jana.

»Verbrühen? Pflanze, Wurzel, alles tot?« Ganz genau wusste es Merle auch nicht, aber so musste es gewesen sein.

»Ach du Scheiße.«

»Dann war es wohl doch Maxe.«

»Ich versteh gar nichts mehr«, sagte Jana. »Willst du einen Kaffee? Oder eine Bionade?«

Warum eigentlich nicht, dachte Merle. Plus zwei. Das musste gefeiert werden. »Gern Bionade.«

Jana trat durch die Pergola zur Laube und schloss sie auf. Offensichtlich war sie noch gar nicht drin gewesen. Die Restaurierung schien ihr sehr wichtig zu sein.

»Hat es meine Mutter eilig mit dem Bild?«, fragte Merle, als sie auf Gartenstühlen auf der Wiese saßen.

In Janas Augen trat schon wieder dieser gehetzte Ausdruck. Die Frau war echt sensibel. Wie machte sie das nur mit zwei Kindern? »Nein, hat sie jedenfalls nicht gesagt.«

»Würde mich auch wundern.« Merle trank einen Schluck Bionade – Mate-Pfirsich, was es nicht alles gab.

»Wieso?«, fragte Jana, statt selbst zu trinken. Ihre Flasche verharrte in der Luft.

»Sie mag es gar nicht so besonders. Meine Mutter mag

Plein-air viel lieber. An die Stelle, wo das Bild in unserem Sommerhaus in der Provence normalerweise hängt, muss irgendwas, und ich glaube, sie kommt nicht dazu, sich etwas auszusuchen, was ihr gefällt.«

»Ah«, machte Jana und trank nun doch. »Vielleicht ein französischer Plein-air-Maler, das würde doch passen«, sagte sie nachdenklich.

Merle zuckte die Schultern. »Meine Mutter ist einfach zu beschäftigt, aber wenn du jetzt die Farben wieder auffrischst, wird es schon besser aussehen.«

Sie tranken beide und sahen über die Wiese, den Buddelkasten und den Apfelbaum mit der Schaukel zum Fluss.

»Wär schon Scheiße, wenn hier die Bagger kommen, oder?«, fragte Merle.

»Mh«, machte Jana, aber es klang eher erschöpft als zustimmend.

»Wie schaffst du das eigentlich alles?«, fragte Merle. »Kinder und Beruf und Nebenbeiarbeit und dann immer das Pendeln und alles mit dem Rad ...«

»Ehrlich gesagt komme ich genau wie deine Mutter nicht zu dem, was ich eigentlich will. Immer nur das Notwendigste.«

»Meine Mutter macht einfach *nur* das, was sie will.«

Jana lachte. »Auch eine Variante. Muss man sich erst mal trauen.«

»Trauen sich die meisten Männer und kommen damit durch.«

Die beiden jungen Frauen sahen sich an, und Merle fühlte so etwas wie Solidarität. Sie erzählte Jana, wie ihre Mama zunächst als »nur Frau« in die Mutterrolle geschickt worden, daran fast kaputtgegangen war und sich dann einen eigenen Bereich in der Bank der Familie aufgebaut hatte.

»Da hat sie sich bestimmt ganz schön durchsetzen müssen«, sagte Jana leise.

»Aber hallo.« Merle dachte an den Streit, den sie als Teenager vor der Bibliothekstür belauscht hatte. »Was willst du denn eigentlich?«

Jana schnaubte. »Ich komme nicht mal dazu, darüber nachzudenken.«

Merle ging es genauso, aber das sagte sie lieber nicht. Wie sah das denn aus, sie musste nur ihr Studium auf die Reihe kriegen, sonst nichts. Bei ihr lag es daran, dass sie das Denken scheute aus Angst davor, ihr ganzes Studium sei eine Fehlentscheidung gewesen. *Blöde Kuh, mach, was du kannst.*

»Und wieso sollte Maxe euren Rasen weggekärchert haben?«, nahm Jana das Thema auf, weswegen Merle gekommen war.

»Er regt sich immer furchtbar über unseren Löwenzahn auf.«

»Na ja. Wenn ihr im Sommer weg seid, habt ihr eine einzige Pusteblumenwiese, und Löwenzahn hat tiefe Wurzeln, das ist mühsam beim Unkrautzupfen«, gab Jana zu bedenken. »Aber wegkärchern ist echt ein Ding. Passt gar nicht zu ihm. Obwohl ...«

Merle wartete.

»Vielleicht ist er ausgetickt. Hier sind ja alle nervös wegen der Entpachtung. Rudi tapert nachts durch den Garten wie ein Gespenst und brabbelt vor sich hin. Maxe ist seine Scholle sowieso sein Ein und Alles. Und jetzt ist auch noch Knorke in der Tierklinik.«

»Was hat er denn bloß?«, fragte Merle betroffen.

»Hat Rattengift gefressen. Flori sagt, es sieht nicht gut aus.«

»Neiiin! Der Süße. Das ist schlimm.«

»Wird schon wieder.«

Jana blickte zu ihrem Atelier hinüber. Offensichtlich wollte sie weiterarbeiten. Sie musste bestimmt bald die Kinder abholen.

»Und was mache ich jetzt mit unserem Rasen?«

»Ist wirklich alles tot?«

»Komplett verdorrt. Bis auf ein paar Hälmchen.«

»Ich kenne mich nicht so gut aus, aber ich würde den Rasenmäher so tief wie möglich einstellen und die Reste abschneiden. Dann kräftig vertikutieren, dann neu aussäen. Bei Lu im Schuppen steht bestimmt noch ein Vertikutierer. Schulzes hatten einen.«

»Danke. Das mach ich. Ich lass dich dann mal weiterarbeiten.«

Jana stand auf und hob die Hand. »Warte. Nimm Kleesamen mit. Wir haben Wildkräuter für den Hamster ausgesät, und Klee gab es nur in einer Riesenpackung.«

»Dann mach ich ein Kleefeld. Das müssen wir erst mal gar nicht mähen.«

Anderthalb Stunden später schwitzte Merle wie noch nie, als sie mit dem Vertikutierer auf der Rasenfläche erst längs, dann quer mit der tiefsten Einstellung ihre Bahnen zog. Es war eine nicht motorisierte Rolle, und sie hatte mittlerweile Blasen an den Händen. Aber irgendwie tat es gut. Ihre Bluetooth-Box stand auf dem Terrassentisch, und sie riss den Boden im Rhythmus der Songs ihrer Playlist auf.

Maja kam mit zwei Beuteln Rasensamen aus der Stadt zurück, als Merle gerade dabei war, die nun erdige Fläche kräftig zu wässern. Sie küsste ihre Freundin am Gartentor, bedeutete ihr, Schuhe und Strümpfe auszuziehen, wie sie selbst es getan hatte, und zog sie barfuß über den Schlamm zur Terrasse. Dort öffnete sie die Klee- und Grassamentüten, drückte Maja das Gras in die Hand, nahm selbst den Klee, tanzte im Matsch und streute die Samen aus. Gerade lief *Levitating* von Dua Lipa, und Merle sang mit ihrer dünnen Stimme mit: *»We can go wherever, so let's do it now or never …«*

Maja lächelte und kam nach. »Du siehst aus wie eine Furie«, rief sie Merle zu, deren Haarknoten sich gelöst hatte. Dann fiel sie mit ihrer vollen Stimme ein.

»But whatever, let's get lost on Mars.«

Sie tanzten, dass der Schlamm spritzte, sangen, grölten, und als die Samentüten leer waren, zog Merle Maja ins Haus, schob ihren Laptop auf dem Tisch beiseite und schloss die Gardine, wobei beide braune Schlammspuren bekamen, drängte ihre Liebste an die Tischplatte, zerrte ihr die Hose herunter und fiel küssend über sie her. »Ich werd dir zeigen, was eine Furie draufhat. Du wirst dich winden.«

So geschah es, und danach wand sich auch Merle auf der Tischplatte und wäre aus der Schlammorgie am liebsten nie mehr aufgewacht.

Später, im Bett, als der Schlamm abgewaschen war und Maja schon schlief, sang sich Merle mit Blick in den Sternenhimmel über ihrer Scholle ganz leise das Ende des Dua-Lipa-Songs vor.

»I need you all night, come on, dance with me.
I'm levitating.«

Ich schwebe. Ja, schweben wäre schön.

»Louise? Was für eine Überraschung.«

Wie konnte ich nur so blöd sein und in unseren Bürotechnikladen gehen, dachte Lu. Sie drehte sich um.

»Tobias.« Schwarzer Rollkragenpullover, Jeans, Nobeltrench, weil es draußen regnete. Ja, er gefiel ihr, sie passten kleidertechnisch gut zusammen. Sie selbst trug eine ausgestellte Regenjacke mit großer Kapuze, enge Jeans wie immer, Boots mit hohem Absatz, Bluse.

»Was machst du hier?«, fragte er und schaute an ihr vorbei, wo der einfachste und billigste A4-Laserdrucker stand, der hier zu haben war.

»Das Gleiche wie du wahrscheinlich«, sagte sie, wobei es da vermutlich doch einen erheblichen Unterschied gab.

»Du suchst nach einem Plotter?«, fragte er süffisant, aber das unsichere Flimmern in seinen Augen war nicht zu übersehen. Ein Plotter kostete das Zehnfache ihres Druckers, mindestens, eher das Zwanzigfache. Er diente zum Ausdrucken großer Pläne und Modellbilder von Bauprojekten.

»In Zeiten von 3-D-Animation?« Was er konnte, konnte sie schon lange. Sie war die Einzige in seinem Büro gewesen, die mühelos mit 3-D-Zeichenprogrammen zurechtkam und auch räumliche Visualisierungen perfekt beherrschte.

»Ich sollte dich verklagen«, sagte er beiläufig. »Aber erst mal gehen wir einen Kaffee trinken.« Er legte ihr die Hand auf den Rücken, trat hinter sie und übte ganz leichten Druck aus. »Wir kommen gleich noch einmal wieder«, sagte er zum Verkäufer hinter der Ladentheke.

Mist, dachte Lu. Der Verkäufer wunderte sich nicht. Er kannte sie zusammen. Es wäre albern gewesen, jetzt eine Szene zu machen. Also gab sie dem Druck nach und setzte sich Richtung Ladentür in Bewegung. Die Lage prüfen war nie verkehrt.

Wenig später stand sie mit Tobias im Coffeeshop auf der anderen Straßenseite. An dem Bartisch längs des Fensters, jeder hatte einen Espresso vor sich, sie macchiato.

»Arbeitest du wieder?«, fragte Tobias.

»Den April zahlst du mir noch.«

»Also nicht.«

Lu schwieg.

Tobias trank einen Schluck. »Dass du dich in meinem Büro am Equipment bedienst, ist schon ziemlich kleinkariert. Aber die Mails an die Firmen? Die Absagen der Angebote, die Montag rausgegangen sind? Das ist Sabotage, Louise. Geschäftsschädigung.«

Es war ihm schnell hinterbracht worden. Wahrscheinlich hatten sich ein oder zwei seiner Best Buddies, die er sonst immer beschäftigte, gewundert. Sie tauchte den Löffel in das Tässchen und fuhr einmal am Milchschaumrand entlang. Dann trank sie einen Schluck, einen halben nur. Moment, diese langen, glänzenden Haare, die Billigjeans ... war das nicht Sara? Ehe Lu es über ihren Tassenrand hinweg richtig sah, war die junge Frau um die Ecke verschwunden. Wahrscheinlich war sie es nicht gewesen, und wenn doch, hat sie mich hoffentlich nicht mit Tobias gesehen.

»Ich höre«, platzte Tobias genervt in ihre Gedanken.

Konzentrier dich. »Bist du zurückgerudert?«

»Ich mach mich doch nicht zum Affen.«

Genau das hatte Lu gehofft. Männliche Eitelkeit. Wieder angekrochen kommen ging gar nicht. Zugeben, dass einem die Ex eins ausgewischt hat, noch viel weniger. »Das war meine letzte gute Tat für dich. Du wirst mir noch dankbar sein. Der Satzungsbeschluss für den Bebauungsplan wird gekippt werden. Wir waren ein bisschen schnell, Tobias.«

»Was? Woher weißt du das?«

Seine Tasse, die er mit seinen wunderbar feingliedrigen Fingern hielt, blieb in der Luft schweben. Lu sehnte sich nach diesen Händen. Und das taktische »Wir« in ihrem letzten Satz hatte ihr einen Stich ins Herz versetzt. Es war schön gewesen, dieses »Wir«. Ungefähr so idyllisch, wie ihr Kleingarten vermutlich im Sommer sein würde. Und genauso trügerisch.

»Es war wie gesagt meine letzte gute Tat für dich. Und jetzt geh ich mir einen Drucker kaufen. Und ja, den billigsten. Sei so nett und lass mir den Vortritt im Geschäft.«

Lu trank ihren Espresso aus, der sie noch draußen auf der Straße im Regen wärmte. Bastmusterservice hin, Bastmusterservice her, ein richtiger Espresso war einfach unschlagbar.

Als sie eine Stunde später mit einem halb durchweichten Druckerkarton in ihre kalte, feuchte Laube trat, konnte sie nicht umhin zu denken, dass ein Sportwagen, eine Tiefgarage und eine stets angenehm temperierte Wohnung mit warmem Holzfußboden auch unschlagbar waren. Sie stellte den Einkauf ab und holte einen billigen Obstbrand aus dem Küchenschrank. Sie schenkte sich ein, dann noch einmal und noch einmal. Die Sehnsucht nach ihrem alten Leben wollte einfach nicht verschwinden.

»Jetzt hat sie den richtigen Drall«, lobte Rudi Philipp, der am ersten Samstag im Mai neben ihm auf dem Tisch vor der Laube saß und lernte, wie man mit einer Handspindel Garn herstellte.

Der stille Junge hatte geschickte Finger und rettete sich hin und wieder zu Rudi, wenn seine ständig herumkrähende Schwester ihm zu viel wurde.

Das Gartentor öffnete sich, Jana kam. »Philipp, Abendessen«, rief sie schon auf dem Weg zu ihnen.

Philipp hörte sie gar nicht, so konzentriert war er bei der Arbeit. Rudi war beeindruckt. Die entstehende Schnur war ebenmäßiger als seine, und er spann bereits seit Jahren. Dorle hatte es ihm gezeigt.

»Was machst du denn da?« Jana war bei ihnen angekommen und klang schrill. »Philipp, gehst du schon mal rüber? Ich komm gleich nach.«

Schwupp, schon war eine Verdickung in der Schnur, weil Philipp die Fasern nicht mehr gleichmäßig aus dem Vorrat gezogen hatte. Rudi beugte sich hinunter und hielt die Spindel an. Jana sah zwar aus wie eine Fee mit ihrer durchsichtigen Haut und ihren hellen Haaren, aber sie war ein Trampeltier. In letzter Zeit jedenfalls. »Das hast du wirklich toll gemacht, Philipp«, lobte er den Jungen. »Warte, ich nehme deine Schnur noch von der Spindel ab.«

»Philipp, das Essen wird kalt, und du musst dir noch die Hände waschen«, mahnte Jana. »Geh schon, ich komm mit der Schnur nach.«

Sie sah ihrem Sohn hinterher, wie er zum Gartentor lief. Rudi löste inzwischen die Fasern von der fertigen Schnur und verzwirnte das Ende fest mit der Hand.

»Bist du verrückt?«, fuhr Jana ihn an, als Philipp außer Hörweite war.

»Wieso? Setz dich doch.« Rudi klopfte neben sich auf den Tisch. Beim Spinnen mit der Handspindel brauchte man Platz nach unten, um nicht ständig aufwickeln zu müssen.

Aber Jana blieb stehen. »Wenn Philipp rumerzählt, dass er bei dir Hanf spinnt, dann haben wir hier schneller die Drogenfahnder am Hals, als wir gucken können.«

»*Ich* habe die Drogenfahnder am Hals, nicht wir.«

»Rudi, in der jetzigen Situation ...« Jana ließ den Satz in der Luft hängen und sah ihn verzweifelt an.

Rudi betrachtete seine Nachbarin. Sie hatte Ringe unter

den Augen. Sie machte sich zu viel Stress. Dorle und er hatten es damals mit Joan viel lockerer gesehen. Das Kind war einfach mitgelaufen. Was immer easy gewesen war, bis zu dem einen speziellen Tag, an dem es lieber nicht unbeachtet hätte mitlaufen sollen.

»Wenn hier die Drogenfahndung kommt, zünde ich einfach die Laube an.«

Jana fiel die Kinnlade herunter. Als sie sich wieder gefangen hatte, sagte sie: »Wie bitte?«

»Ich zünde die Laube an. Das lenkt sie ab. Und dann brennt auch gleich der Hanf mit nieder.«

»Rudi …«

»Geh abendessen. Wird kalt.« Rudi würde den Teufel tun und Madame Superkorrekt sagen, was es dieses Jahr mit dem Hanf auf sich hatte, jedenfalls mit den meisten der Pflanzen. Er rutschte vom Tisch, schnappte sich die Spindel und trat mit ihr ins Haus.

In der Nacht träumte er, er werde in einen Hanfkokon eingesponnen. Als sei er die Spindel, die sich immer schneller und schneller drehte. Als würde er so fest eingewickelt, dass ihm die Luft wegblieb. Keuchend wachte er auf. Wieder mal war klar, dass er so bald nicht zurück in den Schlaf würde finden können. Jeans, Norwegerpullover, Joint – Rudi trat in den nächtlichen Garten hinaus. Rechts die Gute Luise, links die Ananasrenette, davor die buchsumsäumten Beete. Gezirkelt, klar, kleingeistig.

Rudi besah sich seinen Joint und steckte ihn wieder weg. Vielleicht sollte ich weniger kiffen. Bekommt mir auf meine alten Tage wohl nicht mehr so gut.

Er ließ den Blick über die Bahnschwellen seines Gartenwegs bis zum Fluss schweifen und dachte an die Weite Asiens. An die iranische Wüste. An den Sternenhimmel über dem Strand von Goa. Schritt für Schritt folgte er den Bahnschwellen. Wenn er … Er trat hinaus auf den Weg und an den Fluss. Das mit dem Hamsterpaar war eine Schnapsidee. Seine Tage hier waren gezählt, und es war nicht schade darum. Seit Jahrzehnten nicht. Um ihn war es auch nicht schade. Wenn er ins Wasser ginge und sich einfach treiben ließe und in den Nachthimmel blickte, der über dem Fluss die gleiche Weite hatte wie der über Goa? Das Wasser war bestimmt kalt genug.

Seine Jeans saugte sich sofort voll.

»Mach das nicht.«

Rudi schaute nach links. Am Ufer kam Maja auf ihn zu, soweit er das in der Finsternis erkennen konnte. Er trat zurück auf festen Grund. Bis zu den Knien war er schon im Wasser gewesen, und es war wirklich kalt.

Kurz darauf stand Maja ihm gegenüber. »Da hab ich wohl im richtigen Moment nicht schlafen können«, sagte sie.

»Wie man's nimmt.«

»Ich bring dich rein.«

»Nee«, sagte Rudi und setzte sich auf die kleine Böschung zwischen Weg und Fluss.

Maja seufzte und ließ sich neben ihm nieder. Sie trug einen Daunenmantel, den sie vor dem Hinsetzen fest um sich schlang. »Was ist passiert?«, fragte sie.

»Nichts. Seit einem halben Jahrhundert nichts.«

»Sei froh«, sagte Maja nach einer Weile, in der sie beide auf den Fluss hinausgeblickt hatten. »Das wünschen sich die meisten Menschen auf der Erde vergeblich. Dass einfach nichts passiert.«

»Wenn die wüssten«, sagte Rudi. »Entschuldige, mir ist schon klar, was du meinst, wir haben es verdammt gut hier und alles.«

Maja winkte ab. Nach einer Pause sagte sie rau: »Ich will kein Normaloleben. Ich hab Angst davor.«

»Ach«, machte Rudi erstaunt. Als die beiden jungen Frauen sich für den Garten beworben hatten, hatte er sich gewundert. Die mussten furchtbar spießig sein. Denn ein Kleingarten war heutzutage eher nichts mehr für Aussteiger, jedenfalls nicht, wenn man eine Wohnung in der Stadt hatte – und auch nicht, wenn man sich in seiner Klause eingerichtet hatte wie er selbst.

»Ich kämpfe gegen Ausländerhasser, Ignoranten, die Rechten, die Homophoben, all diese Arschlöcher. Aber irgendwie ...« Maja fuhr sich mit der Hand durchs Haar, dessen Rot in der nächtlichen Dunkelheit aussah wie Rost.

»Irgendwie kannst du auch nicht schlafen.«

Maja nickte.

»Es ist dir zu viel.«

»Ja, aber ...«

Rudi legte seinen Arm um Majas Schulter. »Es darf einem auch mal was zu viel sein.«

Maja schwieg, und Rudi vermutete, dass es ihr nicht nur »mal« zu viel war. Aber da musste sie selbst draufkommen.

»Geh wieder zurück zu Merle ins Bett. Schmieg dich an. Dann ist das Wachliegen nicht ganz so schlimm.«

Maja lachte leise. Dann schwieg sie wieder.

»Und hier protestieren wir gemeinsam gegen das Establishment. Unsere Hamster müssten in den nächsten Tagen eintreffen. Du hast uns alle an deiner Seite.«

»Dich auch?«

»Ja«, sagte Rudi. Er würde Maja ihren Mut nicht nehmen. Und wenn es das Einzige war, wozu er gut war. »Danke fürs Retten. Ich geh wieder rein. Und du solltest auch ins Bett.«

Sie standen auf.

»Hand drauf«, sagte Maja.

»Hand drauf.« Sie schüttelten sich die Hände und sagten sich Gute Nacht. Trotzdem blieb Maja noch stehen, als Rudi über die Bahnschwellen auf inzwischen vor Kälte fast gefühllosen Füßen zurück zu seiner Laube ging. Dass sie ihm nicht traute, ärgerte ihn.

»Dann brenn ich eben doch die Laube ab«, murmelte er trotzig.

»Was?«, rief Maja ihm hinterher.

Rudi machte eine wegwerfende Handbewegung, ohne sich umzusehen. »Schon gut. Und danke noch mal.«

5

TRUGSCHLÜSSE

»Der Teilnehmer ist zurzeit nicht erreichbar.«

Merkwürdig. Jana schaltete ihr Handy nie aus. Wegen der Kinder, es konnte schließlich immer was sein.

Florian seufzte. Vor ihm auf dem Untersuchungstisch stand eine Transportbox, in der zwei Feldhamster raschelten.

Glücklicherweise war sein Händler am späten Nachmittag damit erschienen, gerade als er mit seinem letzten Patienten fertig geworden war. Er hatte Alina gesagt, dass er an diesem Tag aufräumen werde, und sie in einen frühen Feierabend geschickt. Dann hatte er das Geschlecht der Tierchen geprüft, ein paar Scheine hatten den Besitzer gewechselt, und der Händler war abgezogen.

Jetzt wollte Florian als Erstes seiner Frau die frohe Kunde überbringen. Er probierte es noch einmal. »Der Teilnehmer …«

»Ach Mann«, murrte er. Jana war für einen Auftrag zwei Tage unterwegs, irgendwo in Süddeutschland. Das kam vor. Er ließ das Telefon sinken. Wenn er es recht betrachtete, war Jana in letzter Zeit generell kaum erreichbar, auch wenn sie im selben Raum mit ihm war.

Aber darüber konnte er jetzt nicht weiter nachdenken. Er musste schleunigst die Kinder abholen, und dann sollte er die Hamster in einen größeren Käfig setzen, ehe sie sie auswildern würden. Die beiden rumorten inzwischen ordentlich herum. Die leichte Betäubung, die sie für ihre lange Reise verpasst bekommen hatten – und die Florian beim Geschlechtprüfen angesichts der Nagezähne gepriesen hatte –, klang ab.

Er ließ die Praxis, wie sie war, machte nur das Licht aus und schloss ab. Dann stellte er die Transportbox in das Lastenrad und fuhr zum Kindergarten. Philipp und Lina-Marie nahmen die Box auf ihre Beine, und schon ging es weiter Richtung Flusseck. Florian fand es schön mit dem Lastenrad und den Kindern, fast noch schöner als mit seinem Rennrad.

»Was ist da drin?«, fragte Lina-Marie schon zum dritten Mal. Aber Florian war nicht bereit gewesen, in Hörweite des Kindergartens zu antworten.

»Feldhamster«, sagte er jetzt wahrheitsgemäß. Denn seine Kinder würden sie sowieso sehen, bevor sie richtig ausgewildert werden konnten. »Aus unserer Kolonie. Die habe ich verarztet, und nun kommen sie wieder zurück.«

»Was hatten die denn?«, fragte Philipp.

»Einen sehr hartnäckigen Husten«, phantasierte Florian, weil Hamster oder Meerschweinchen öfter mal mit Atemwegserkrankungen zu ihm gebracht wurden. »Sie müssen noch ein bisschen im Käfig bleiben zur Beobachtung.«

»Machen wir den Slauch an, wenn wir da sind?«, fragte Lina-Marie. Offenbar waren Hamster, die im Käfig bleiben mussten, nicht so interessant wie der Gartenschlauch.

»Wenn wir die Hamster versorgt haben, jage ich euch damit über die ganze Wiese«, sagte Florian.

Und so geschah es. In ihrem Garten angekommen, setzte er die Hamster in einen großen, zweigeteilten Käfig, den er gleich nach der Bestellung der Tiere besorgt hatte. Philipp füllte Futter ab, Lina-Marie Wasser. Dann schauten sie den Tieren eine Weile zu, die sich mit der neuen Umgebung vertraut machten und wenig begeistert von den Gitterstäben waren.

»Ihr kommt bald wieder raus«, redete Florian ihnen zu.

»Wie heißen die eigentlich?«, fragte Philipp.

»Feldhamster.«

»Neiiin. Was für Namen die haben.«

»Oh, die müssen wir ihnen noch geben. Es sind wilde Hamster. Sie hatten bisher keine Namen.«

»Fine. Das Mädchen soll Fine heißen«, kreischte Lina-Marie so laut, dass sich das betreffende Mädchen in die hinterste Käfigecke verzog und Lina-Marie entsetzt anstarrte.

»Fine heißt das neue Mädchen in meiner Gruppe, und die hat auch solche Haare.«

»Solche goldbraunen?«, fragte Florian und strich seiner Tochter über die weißblonden.

Lina-Marie nickte.

»Du musst übrigens leise reden und darfst dich auch nur vorsichtig bewegen, sonst verschreckst du Fine.«

»Kann ich sie rausnehmen und streicheln?«

»Auf keinen Fall«, sagte Florian und beschloss, den Käfig in Janas Atelier zu stellen. Das ließ sich kindersicher abschließen – Jana hatte sogar noch ein zweites Schloss gekauft, warum auch immer –, und die Hamster hatten Licht. Außerdem war der Käfig vom Weg aus dann nicht zu sehen.

»Der Junge soll Finn heißen. Das passt zu Fine«, ließ sich Philipp vernehmen.

Florian nickte. »Tolle Namen: Feldhamster Fine und Finn. Und jetzt spritz ich euch nass.«

Philipp hatte nicht so große Lust darauf, also schickte Florian ihn zu Maxe, Bescheid geben, dass die Hamster wieder da seien. Kati und Maxe würden das »wieder« schon kapieren, die hatten selbst Kinder großgezogen.

Wenig später – Lina-Marie jagte splitternackt und unerschrocken dem kalten Wasserstrahl des Gartenschlauchs nach –, kam Philipp mit Maxe zurück. »Kati ist zu Hause geblieben«, meldete der Junge. »Bei Knorke. Der muss auch gesund werden wie die Hamster. Er ist gestern aus dem Krankenhaus gekommen.«

Das wusste Florian, er war am Morgen da gewesen, um nach ihm zu sehen. Es ging ihm wirklich schon viel besser. Der Terrier würde durchkommen, jedenfalls wenn er noch ein, zwei Wochen Vitamin K mit dem Futter bekam, und das hatte Florian ihm besorgt.

Mit Maxe machte er aus, dass sie am morgigen Freitag alle zur Runde zusammenkämen und beschließen würden, in welchem Garten das Hamsterpaar ausgesetzt werden sollte. Dann zog er Lina-Marie wieder an und fuhr mit den Kindern zur »Papa-Pizzeria«, einem Italiener, bei dem er für Lina-Marie und Philipp fettige Pizza Margherita ohne irgendein Bioprodukt bestellte und eine mit extra viel Chorizo für sich.

So lässt es sich leben, dachte Florian und bezahlte die Rechnung, die gegenüber einem Einkauf im Bioladen ein Klacks war.

Als die Kinder schließlich in ihren Betten in der Stadtwohnung lagen, rief er noch einmal Jana an. Diesmal ging sie dran, allerdings erst nach dem fünften Klingeln. Offenbar saß sie in einem Lokal, dem Lärm im Hintergrund nach zu schließen.

»Hab mich mit einer alten Freundin getroffen«, sagte sie und fragte dann gleich nach den Kindern.

Florian erzählte von den Hamstern und dass sie jetzt bei ihr im Atelier stünden.

»Aber das Bild von Merles Mutter können sie nicht anpinkeln oder annagen oder so?«, fragte Jana erschrocken.

»Nein, der Käfig steht doch auf dem Boden.«

»Prego, Signora, i fagioli all'uccelletto«, hörte Florian einen Kellner auf Italienisch sagen. Und gleich darauf im Hintergrund eine andere Männerstimme: »Mariella, tesorino, come stai?« Mariella? Tesorino? Schätzchen? War Jana nicht in Süddeutschland?

»Sag mal, wo bist du eigentlich genau?«, fragte er.

»Ach, in einem toskanischen Restaurant«, nuschelte Jana. »Du, ich muss jetzt, das Essen ist da. Wir sprechen uns morgen, ja?«

»Na dann, noch einen schönen Abend. Und schlaf schön«, sagte Florian.

»Du auch. Kuss.«

»Kuss.«

Dann war sie weg. Florian schaute nachdenklich auf das Telefon. Er hatte das Gefühl, dass seine Frau ihn belog. Wo war sie? Und mit wem?

»Fine und Finn«, sagte Florian und stellte den Hamsterkäfig auf Maxes Gartentisch.

»Ah, unsere Erdarbeiter«, sagte der.

»Voll süß!« Merles Pferdegesicht wurde noch länger, als ihr der Mund aufklappte.

»Benim kara gözlülerim.« Meine Schwarzäugigen. Efkan zog Sara an sich.

»Krass.« Maja verschränkte die Arme.

»Unsere Spontis.« Rudi ließ seinen langen grauen Zopf zufrieden durch die Hand gleiten.

»Auf euch müssen wir anstoßen.« Lu stellte eine Flasche Champagner auf den Tisch.

»Sind ja riesig, die Viecher.« Kati kannte nur Goldhamster, und die waren gerade mal halb so groß. Sie platzierte Toastecken mit Auberginencreme und frischer Petersilie neben dem Käfig. Alle waren da, bis auf Jana, die war gerade aus Süddeutschland zurückgekommen und noch bei den Kindern.

Kati sah aufmerksam in die Runde. Efkan stand ein Stück vom Tisch – und damit auch von Maxe – entfernt. So verliebt, wie Sara ihn anlächelte, wusste sie nichts von seinem Giftanschlag, den hätte sie nie gutgeheißen. Und er schien ihr Katis Eröffnung nicht hinterbracht zu haben. Feigling. Tja, sollte er es mal schön in sich hineinfressen.

Knorke lag in der Laube. Er schlief immer noch viel, aber es ging ihm besser.

Maja stand wie angewurzelt da. Ihre vor der festen, mädchenhaften Brust verschränkten Arme wiesen auf eine gewisse Abwehr hin. Eine tief verwurzelte Skepsis gegen das Glück. Ob das von ihrer Arbeit kam, in der sie ständig mit Menschen zu tun hatte, denen es entrissen worden war?

Merle dagegen hätte die Tierchen am liebsten durch das Käfiggitter hindurch gekrault. Florian hinderte sie im letzten Augenblick daran und erklärte ihr, dass es wilde Tiere seien, die erstens Angst vor solcher Annäherung hätten und deren Nagezähne zweitens mühelos ihren Finger durchbeißen könnten.

Rudi stand locker da, die Hände in den Hosentaschen. »Und die kommen wirklich aus Indien?«, fragte er Florian.

Der nickte und wirkte verlegen. So ganz koscher war der Erwerb definitiv nicht gewesen. Doch Rudi beachtete das nicht. In seine Augen trat ein sehnsüchtiger Blick, und auf einmal sah er viel weniger faltig und deutlich jünger aus. Kati wusste, dass Rudi einst auf dem Landweg nach Indien gereist war und dort seine Frau kennengelernt hatte. Von den früheren Nachbarn hatten sie gehört, dass sie urplötzlich verschwunden gewesen sei und mit ihr die Anarchos, die sich in dem Garten eingenistet hatten. Irgendwas musste da vorgefallen sein, aber Rudi hatte nie darüber geredet.

Kati schaute hinüber zu ihrem Mann, der sich zufrieden in einen Gartenstuhl gesetzt hatte und die Hamster betrachtete. Sie war froh, dass sie ihren Maxe geheiratet hatte, der war immer ruhig und zuverlässig gewesen. In den letzten Jahren allerdings zu ruhig. Zwischen ihnen war etwas eingeschlafen. Ein bisschen mehr Würze ... Na ja, die holt er sich offenbar bei der Massage, dachte Kati bitter. Und ich?

»Hast du Gläser?«, riss Lu sie aus ihren Gedanken.

Ich hätte zwei Flaschen kaufen sollen, dachte Lu, als sie für alle eingoss. Da kriegt ja jeder nur einen Tropfen.

Sie hatte sich zwar das breiteste Glas aus Katis Sammelsurium aus Trink- und Senfgläsern hingestellt, so dass nicht auffiel, dass sie etwas mehr bekam, aber auch das reichte nicht mal, um sich halbwegs zu entspannen.

Gerade als sie danach greifen wollte, schlängelte sich ein Arm an den anderen Gläsern vorbei. Merle schnappte es ihr weg. »Hier, Maxe, du als Vereinsvorsitzender kriegst das vollste Glas.«

Mist. Merles Lächeln war sehr merkwürdig, als ihre Blicke sich kreuzten. Lu konnte es nicht deuten. Aber es gefiel ihr nicht.

Maxe hob sein Glas und eröffnete die Runde mit einem Toast. »Auf unsere neuen Bewohner. Willkommen im Flusseck.«

»Wo sollen sie eigentlich hinziehen?«, fragte Merle.

»Bei mir ist es ruhig«, bot Rudi an.

Kati schüttelte den Kopf. »Von wegen. Bei deinen Freihausabenden nehmen die Viecher Reißaus.«

»Wie wäre es denn bei euch?«, fragte Lu Maja. Wenn es um gesellschaftliches Engagement ging, sagte die bestimmt nicht Nein. Und richtig. »Bei uns können sie chillen. Wenn wir feiern, gehen wir in die Stadt«, tat Maja kund.

Maxe nickte bedächtig und schaute zu Florian. Der zuckte die Schultern und hatte offenbar keine Einwände. Lu war heilfroh. Wenn die Hamster aus ihrem Garten verschwänden, nicht auszudenken …

»Warum nicht. Wir brauchen was Ruhiges und ein bisschen Wildwuchs, oder Florian?«, wandte sich Kati an den Tierarzt.

»Jepp.« Florian blickte liebevoll zum Käfig. Lu sah ihn verstohlen an. So zärtlich hatte Tobias sie nie angesehen, nicht einmal in der ersten Zeit. Und dabei galt Florians Blick nur zwei Hamstern. »Du wirst es nie leicht mit Menschen haben«, hatte ihr einmal eine Kommilitonin prophezeit, kurz bevor diese ihr Studium hochschwanger unterbrochen hatte. »Du bist zu harsch, zu ehrgeizig.« *Dir schenkt keiner was.* Tobias war auch so streng mit sich, und sie hatte gefunden, dass das passte. Hier, in dieser familiären Atmosphäre des Kleingartenvereins merkte sie, dass es vielleicht weniger zu ihr passte als gedacht. Ob ein Gang langsamer nicht auch gut war? Vielleicht, aber derzeit definitiv nicht.

»Da kommen nur Lu und M&M infrage.« Sie horchte auf, als sie ihren Namen hörte, aber Maxe zeigte auf Maja. »Ihr baut schnellstens was an, was die Hamster fressen.«

»Und wo sie blickgeschützt sind«, ergänzte Florian.

»Eine Anbaufläche ist übrigens Pflicht in einer Kleingartenanlage, nur mal nebenbei.« Maxe klang jetzt mächtig nach Vereinsvorsitzendem, stellte Lu fest und sah, wie Rudi sich mit einem Zucken des rechten Mundwinkels zurücklehnte.

»Ach, wirklich?« Maja klang dermaßen bissig, dass Lu die Luft anhielt. Da musste irgendwas vorgefallen sein.

»Wir haben Klee ausgesät, Jana hatte noch welchen übrig«, sagte Merle schnell und griff dabei beruhigend nach Majas Hand.

»Ich stifte fürs Erste Körner. Ich hab extra loses Futter für die Hühner gekauft«, warf Efkan ein.

»Unsere Wildkräuter sind angegangen«, berichtete Florian.

»Wenn die Tierchen in unseren Möhren und Kartoffeln wildern, sind sie willkommen«, sagte Kati, und Lu sah, wie Maxe entsetzt den Mund öffnete, ihn dann aber wieder schloss.

»Meine Bohnen sind ausgepflanzt«, brummte Rudi und streckte die langen Beine unter dem Tisch aus. »Der Hanf auch.« Er verschränkte die Arme.

»Mein Getreide guckt schon ein ganzes Stück aus dem Boden«, sagte Lu schnell. *Mein* Getreide. Wie sich das anhörte. Völlig fremd. Aber schön. Ihr Getreide, Janas Wildkräuter, Rudis Bohnen, Maxes Möhren, Efkans Hühnerfutter und M&Ms Klee bildeten eine lange Tafel, die sie alle gemeinsam gedeckt hatten. Bis auf den Schönheitsfehler, du Romantikerin, dass dein Beitrag eine fette Lüge ist, schalt sich Lu und wünschte sich in diesem Moment, dass es anders wäre. Wünschte sich, dass sie nicht verschlagen und allein wäre.

»Na, da haben unsere neuen Mitbewohner ein schönes Revier.« Maxe rieb sich die Schaufelhände, die bei näherem Hinsehen den kräftigen Hamsterpfoten gar nicht so unähnlich waren. Sie besprachen, dass Florian am nächsten Tag eine Begehung bei M&M machen sollte, ob Klee und Gras schon hoch genug waren, um Fine und Finn Schutz zu bieten. Und auch, dass er das Leben des Hamsterpaars fotografisch dokumentieren sollte, was Lu gar nicht behagte.

Doch dann holte Maxe endlich den Birnengeist aus dem Haus. Das wurde Zeit, fand Lu und prostete im Stillen den Hamstern zu: Auf eine erfolgreiche Bautätigkeit, Kollegen, ich am Fluss und ihr irgendwo vor der Stadt auf dem Feld. Lage, Lage, Lage – Prost.

Endlich waren alle weg, sogar Lu, die sich als ziemliche Schnapsdrossel entpuppt hatte. Nur Efkan war geblieben. Er hatte es nicht mehr ausgehalten.

Kati war mit Knorke Gassi gegangen. Jetzt oder nie. Efkan holte tief Atem. »Ich bin froh, dass Knorke noch lebt.«

Maxe saß ihm diagonal gegenüber – Efkan hatte sich so weit wie möglich von den Bauers entfernt gesetzt in der Runde – und hob bedächtig sein Schnapsglas. Es verschwand fast in seinen großen Händen. Efkan hatte auch große Hände, aber so breit wie Maxes waren sie nicht. Der untersetzte Ältere wirkte wie ein Fels. Kompakt, ruhig, vertrauenerweckend.

Efkan knetete seine Finger. »Es war ... also es war, als hätte er ein Kind von mir geholt. Ich weiß, das ist schräg ...« Er wusste nicht weiter.

Maxe stellte sein Schnapsglas weg, griff nach der Flasche und machte eine ausholende Bewegung. Efkan sollte ihm offenbar sein Glas herüberreichen. Das tat Efkan, und während Maxe mit der Rechten eingoss, zeigte er mit der Linken auf den Platz neben sich.

Efkan gehorchte auch in dieser Hinsicht und setzte sich

neben den älteren Nachbarn, allerdings mit respektvollem Abstand. So saßen sie da, mit dem Rücken zur Laube, und sahen in Maxes Garten. Über die Rabatten, die quadratischen Gemüsebeete bis zur Hecke. Sie war so hoch, dass sie den Ausblick zum Fluss versperrte. Maxes Garten, begriff Efkan, war ein Kosmos für sich. Bevölkert mit freundlichen Gartenzwergen, ein fruchtbares Land jenseits der Außenwelt. Ein Rückzugsort, ein Binnenland, abgeschnitten vom Fluss des Lebens. Eine Welt für sich, Herrchen, Frauchen, Hund. Vater, Mutter, Kind.

Efkan trank vor Schreck einen großen Schluck. Maxe goss nach, ihnen beiden.

So saßen sie und tranken, und die Dunkelheit senkte sich langsam über sie. Wo auch immer Kati mit Knorke war, sie ahnte offenbar, dass sie lieber fernbleiben sollte.

»Ich kenne mich selbst nicht mehr«, sagte Efkan irgendwann. »Ich war so voller Wut und Hass. Ich versteh das nicht.«

Maxe trank. Er ließ das Glas nicht aus der Faust, wenn er es zurück auf den Tisch stellte. Seine große Hand lag dann da wie ein Berg. Sein rundes Gesicht leuchtete in der Dämmerung, als habe es die Sonne eines langen Gartentags eingefangen, wie Efkan mit einem Seitenblick feststellte.

»Du warst nicht ganz bei dir«, sagte Maxe freundlich.

Efkan fiel ein Stein vom Herzen. Gleichzeitig bekam er einen Schreck. Maxe hatte recht. Er war nicht ganz bei sich, schon lange nicht. Und wenn das dazu führte, dass man einen Hund vergiftete ... Ihm wurde angst und bange.

Glücklicherweise schenkte Maxe nach. Er trank diesmal selbst gleich auf ex und goss das eigene Glas noch einmal voll.

Da war was, das spürte Efkan. Also wartete er ab.

»Es geht verdammt schnell, den Wald vor lauter Bäumen

nicht mehr zu sehen«, murmelte Maxe, und es schien Efkan, als spräche er zu sich selbst.

Den Wald vor lauter Bäumen nicht mehr sehen? Das große Ganze aus den Augen verlieren? Efkan dachte nach. Sein birnengeistvernebeltes Hirn signalisierte ihm, dass da irgendeine Verbindung war zwischen nicht bei sich zu sein und das große Ganze aus den Augen zu verlieren. Ihm schwante, dass es etwas mit diesem Binnenlandeindruck, diesem Abgeschlossenen zu tun hatte, das Maxes Garten ausstrahlte, mit den vielen einzelnen Gemüsebeeten vielleicht, in denen sich Maxe Tag für Tag hinter seiner Hecke verlor.

Und seine eigenen Bäume, die ihm den Blick verstellten? Tja, das waren wohl die Fruchtbarkeitsbehandlungen, die ständigen Versuche, doch noch ein Kind zu kriegen, ferner Mert, Elif, Leyla, seine Eltern, ja auch Helene, Maite, Carmen, Atatürk und Andrea – huzur içinde yatsin, Gott hab sie selig –, sie umringten ihn und verstellten ihm den Blick ins Außen wie Maxes Hecke.

Das Gartentor öffnete sich. Kati kam zurück. Knorke trottete entkräftet an ihrer Seite.

Sie sahen ihnen entgegen.

»Geh nach Hause«, sagte Maxe, und jetzt klang er zum ersten Mal böse.

Efkan machte, dass er wegkam. Nach Hause. Auf dem Weg, mit weitem Blick über den Fluss, erkannte er, was sein Zuhause war. Es waren nicht die Fruchtbarkeitsbehandlungen, es waren nicht Mert, Elif, Leyla oder seine Eltern, es waren auch nicht seine Hühner – und es war nicht der Supermarkt. Es war lediglich Sara. Aber genügte eine Frau als Zuhause? Efkan kam ins Torkeln. Die arme Frau.

»Guten Tag, Herr Krämer.« Lu schob sich durch die vorsichtig geöffnete Tür ins Krankenzimmer. In der Hand hielt sie eine Flasche, darin befand sich Mineralwasser mit Zitrone, Gurkenscheiben und einem Schuss Holunderblütensirup. Die Sirupflasche hatte sie auch dabei.

Als Mädchen für alles bei Tobias wusste sie, wie Auftraggeber ihren Kaffee tranken, und natürlich ebenfalls, was wer im Bauamt mochte. Und der Baustadtrat schwor auf dieses spezielle Erfrischungsgetränk.

»Keine Blumen, wunderbar. Ich krieg bald Heuschnupfen, wenn das so weitergeht.« Herr Krämer saß in einem Sessel am Fenster seines urinfarben gestrichenen Privatpatientenzimmers im Krankenhaus und trug Jogginghose und Shirt, keinen Bademantel, wie Lu erleichtert feststellte. Mehrere Blumensträuße standen im Zimmer verteilt.

»Wie geht's Tobias?«, fragte er umstandslos, als Lu ihm die Hand zur Begrüßung reichte.

Tja. *Wie geht's Tobias?* Marie-Louise Thaler, ihres Zeichens Tobias Starckes Anhängsel. Eine Ordnung wie aus einer anderen Zeit, und Lu merkte, dass sie ihr fremd geworden war. Allerdings nur ihr, nicht Herrn Krämer. Das galt es zu ändern.

Sie stellte die Flasche auf einen kleinen Tisch und setzte sich auf den Stuhl daneben, auf den Herr Krämer zeigte. Sie hielt ein leeres Glas hoch, das umgedreht auf einer Serviette gestanden hatte wie im Hotel, und der Baustadtrat nickte. Also goss sie ihm von dem Holundergetränk ein.

»Ich arbeite nicht mehr bei Tobias«, sagte sie und reichte Herrn Krämer das Glas.

»Nanu?«

Sie zuckte die Schultern, lächelte verhalten, und er trank.

»Und warum nicht?«

»Ich will offen sein«, log Lu. »Ich habe Bauchschmerzen bei der Flussresidenz.«

Herr Krämer senkte sein Kinn auf die Brust, nur die Augenbrauen machten die Bewegung nicht mit und blieben oben. »Interessant.«

»Ich fürchte, wir könnten vielleicht wegen des Zuschlags beim Wettbewerb um die Bebauung des Flusseckgrundstücks Schwierigkeiten bekommen, wenn sich der Konflikt mit den Pächtern zuspitzt«, sagte Lu zögerlich, als sei ihr die Antwort unangenehm.

Herr Krämer musterte sie. Sie wussten beide, dass es bei dem Wettbewerb nicht ganz mit rechten Dingen zugegangen war. Es hatte eine Win-win-Situation, wie Tobias es nannte, zwischen ihm und dem Baustadtrat gegeben, bei der ein Umschlag mit Bargeld eine Rolle gespielt hatte. Lu atmete tief und regelmäßig aus und ein, wie sie es beim Yoga praktizierte. Es half ihr, ruhig zu wirken.

»Kalte Füße gekriegt?«

»Ich würde mir Gedanken machen.«

Der Baustadtrat lachte ungläubig auf.

Wie erwartet hatte er die versteckte Drohung sofort erfasst. Das gefiel Lu. »Oh, verstehen Sie das nicht falsch. Kein Grund zur Sorge. Ich denke an eine Verbesserung der Situation für alle Beteiligten. Und an eine gute Presse.«

Er schob das Glas weg, sichtlich verärgert. »Sie haben sich mit Herrn Starcke verstritten und wollen dreckige Wäsche waschen.«

»Ich gedenke nicht, mir die Finger an dreckiger Wäsche schmutzig zu machen. Ich sehe das sportlich«, schoss Lu zurück.

Er sah sie abwartend an.

»Ich stehe nicht auf Gramfalten. Ich will Spaß haben. Und

mir ist bewusst, dass ich auf Sie angewiesen bin.« Lu schlug die Beine übereinander, so dass sein Blick auf ihre schlanken Füße in den Heels fallen musste. Sie trug wie üblich exklusive enge Jeans und Bluse, weil sie damit Sexyness, jedoch nicht Ich-bin-zu-haben signalisierte.

»Und warum sind Sie auf mich angewiesen?«

Lu schürzte kurz die Lippen. »Lassen Sie sich überraschen.«

Er seufzte. »Da bleibt mir wohl nichts anderes übrig.«

Sie zog die Sirupflasche aus ihrer Tasche und stellte sie auf den Tisch. »Diese Überraschung wird Ihnen das Leben versüßen. Versprochen.«

Er lächelte und griff nach der Flasche. »Sie sind die Erste, die mich weder bemitleidet noch gefragt hat, wie es mir geht.«

»Dafür bleibt das Gespräch unter uns, okay?«

Jetzt wurde sein Lächeln noch breiter. »Sie sehen es wirklich sportlich.«

Lu grinste zurück, dann verabschiedete sie sich. Geht doch, dachte sie auf dem Flur. Natürlich würde Krämer seinem Buddy Tobias brühwarm von ihrem Besuch erzählen. Wenn sie sich nicht sehr verschätzte allerdings nur das, was ihr Ex ohnehin wusste, nämlich dass sie sein Bauvorhaben sabotierte. Dass sie nachtrat. Der Baustadtrat würde später erleichtert feststellen, dass sie etwas ganz anderes im Sinn hatte als Nachtreten. Er würde die von ihr gebotene Möglichkeit nutzen, seine Haut zu retten.

War doch gar nicht so schwer. Und machte wirklich Spaß.

»Senkrecht runter? Da stürzen die sich doch zu Tode.« Merle wurstelte eine mausbraune Haarsträhne zurück in ihren wirren Knoten. Florian zeigte ihr gerade ein Bild eines Feldhamsterbaus. Darauf waren Fallröhren, weitere schräge Schlupfröhren und Gänge, die Vorrats-, Nest- und Kotkammer verbanden, zu sehen.

»Diese Fallröhren brauchen die Hamster, um sich vor Greifvögeln und Füchsen zu retten.«

Merle stellte sich schaudernd vor, wie sie sich kopfüber in einen Schacht stürzen würde, der länger war als sie selbst.

»Die wissen schon, was sie tun«, brummte Rudi. Maxe neben ihm nickte. Er hatte die kräftigen Arme verschränkt. Merle fand, es sah aus, als müsse er sie notgedrungen zurückhalten, endlich mit der Arbeit zu beginnen.

Sie standen in ihrem Garten und überlegten, wo sie das Auswilderungsgehege platzieren sollten. Auch Efkan war mit von der Partie, er hatte eine Rolle Kükendraht vor sich abgestellt.

»Wir könnten das Gehege zwischen Quittenbaum und Mauer setzen«, schlug Maja vor und legte den Arm um Merles Schulter. »Nah an Efkans Grundstücksgrenze. Da stören wir die Hamster nicht, wenn wir auf der Terrasse sind.«

Efkan nickte.

Merle schaute zu ihrer Quitte, die in der Südwestecke gleich vorn an der Hecke zum Weg stand. Weiter hinten grenzte eine Klinkermauer ihr Grundstück von Efkans ab. Sie bildete mit dem Schuppen und der Hauswand ein U um einen kleinen gepflasterten Platz, auf den der beidseitig zu befeuernde Kamin hinausging. Im letzten Herbst hatten Maja und sie einmal in Decken gewickelt an diesem geschützten Ort gesessen, Kartoffeln im Feuer geröstet und Raclette gemacht. Einträchtig. Sie hatten geplaudert wie der gelassen dahinziehende Fluss, und Merle stellte erschrocken fest, dass sie das schon lange nicht mehr getan hatten. Dass sie selbst gar nicht imstande war dazu vor lauter Masterarbeitsfrust. Und Maja, die war entweder steif wie ein Brett oder ging hoch wie eine Rakete.

»Wir müssen den Kükendraht tief eingraben, damit die zwei im Gehege einen Bau anlegen und sich nicht gleich drunterdurchbuddeln. Drei mal zwei Meter Fläche sollten genügen«, riss Florian sie aus ihren Gedanken.

Maxe griff nach Pflöcken und Schnur, die neben ihm im Klee lagen, und machte sich ans Abstecken.

So hat er bestimmt auch seine quadratischen Beete angelegt, dachte Merle, als sie ihm zusah. Der gedrungene Mann arbeitete schnell und effizient. Das besänftigte sie. Er brauchte keine drei Minuten, um ein akkurates Geviert abzustecken. Dann griff er zur Spitzhacke, die neben den Pflöcken gelegen hatte.

»Ich bereite eine Rinne vor, und du stichst mit dem Spaten tiefer ein«, wandte er sich an Efkan. »Dann schlagen wir das Drahtgeflecht unten um das Blatt und schieben es in die Erde.«

»Wird gemacht.« Efkan nickte.

»Wir haben auch einen Spaten, ich hole ihn.« Maja ging zum Schuppen.

»Wir fangen mit dem Spargel an«, verkündete Merle, als Sara, Kati und Lu auf dem Weg erschienen. Sie hatten sich zum Schälen verabredet. Es sollte Quiche geben, und Merle hatte Teig und Ei-Sahne-Gemisch bereits vorbereitet. Einfach arbeiten, dachte sie. Etwas tun, das nicht hinterfragt zu werden braucht. Genieße es.

Sie sah den drei Frauen entgegen, während Maxe hinter ihr mit gleichmäßigen Schlägen der Spitzhacke entlang des abgesteckten Gevierts die oberste Erdschicht lockerte und Efkan Maja erklärte, wie sie mit dem Spaten einen Schlitz fabrizierte.

Kati, Sara und Lu betraten im Gänsemarsch den Garten. Kati wie immer in dunkelblauen Stretchjeans, die ihren fülligen Hintern umschlossen. Darüber trug sie ein Ringelshirt in Pink und Weiß, das ihre grauen Haare frisch wirken ließ. Sara hatte ein lindgrünes Schlauchkleid an, das ihre sexy Rundungen betonte. Merle stand zwar auf Majas knabenhaften festen Busen, aber Efkans Frau war schon ein Knaller. Wie sie ihr dickes schwarzes Haar auf den Rücken schwang ...

Merle ließ ihren Blick zu Lu schweifen. Teure Klamotten, das blonde Haar heute mondän mit einem Tuch zurückgebunden. Lu passte überhaupt nicht in einen Kleingarten. Und wie ihr roter Nagellack das Spargelschälen überstehen sollte, war Merle schleierhaft. Aber jetzt kicherte sie gerade über etwas, das Sara gesagt haben musste, und der Schönheitsfleck auf ihrer Oberlippe rutschte ein Stück zur Seite. Sie schwenkte in einer Hand zwei Weißweinflaschen, als seien sie leer, und wirkte entspannt wie selten. Kati lachte ebenfalls. »Ich weiß auch einen«, hörte Merle sie sagen. »Sagt Fritzchen: ›Sieh mal, ich hab deinem Hamster das Tanzen beigebracht!‹ – ›Toll. Nimm das Tierchen jetzt bitte wieder von der Herdplatte.‹«

»Hi, Merle«, begrüßte Sara sie. »Wir erzählen uns gerade Hamsterwitze.«

»Ich glaube, wir müssen uns ranhalten«, sagte Kati mit einem Blick auf die Gruppe der anderen. »So wie Maxe da loslegt, sind die in einer Viertelstunde fertig.«

Also setzten sie sich in der warmen sonntäglichen Mittagssonne um den Gartentisch und schälten einträchtig die weißen Stangen.

»Ich weiß zwar keinen Hamsterwitz, aber einen Spargelwitz«, sagte Merle. »Erzählt ein Typ einem anderen: ›Hab mich gestern auf eine Anzeige gemeldet: *Guter Stecher gesucht.* Wiedergefunden hab ich mich auf dem Spargelfeld.‹«

Lu kicherte wieder, Sara und Kati nicht. War wohl nicht so gut, dachte Merle. Aber da fragte Kati: »Sag mal, ohne dir jetzt zu nahetreten zu wollen, aber wie macht ihr das eigentlich? Ich meine, Maja und du …«

Merle blieb die Spucke weg. Das hätte sie von Kati nicht erwartet. Die kannte keine Scheu, aber dass sie ihr so nahetrat … Sie hatte den Eindruck, dass Kati es wirklich wissen wollte und nicht aus reiner Klatschlust heraus fragte. Irgendwie war das schön, es schuf ein Gemeinschaftsgefühl. Aber sie konnte doch nicht …

Machte die steife Merle das überhaupt? Lu bemerkte die Verlegenheit der Jüngeren und warf eine Spargelstange auf den Haufen mit den geschälten. »Also ich finde, ohne Stecher geht das sogar besser.«

»Hm«, machte Kati. »Gut zu wissen.«

»Willst du dich trennen?« Merle riss erschrocken die Augen auf.

»Quatsch.« Kati schälte schneller.

Lu wechselte einen Blick mit Merle. Die schien genau wie sie selbst von dem »Quatsch« nicht ganz überzeugt zu sein.

»Ich schneid mal eine Ladung klein.« Sara wies mit ihrem Schäler auf die Gehegebauer. »Die versenken schon den Drahtzaun in der Erde. Wird Zeit, dass die erste Quiche in den Ofen kommt.«

Merle stand auf, holte ein großes Blech mit Teig und einen

Krug mit Ei-Sahne-Gemisch, und dann schaufelten sechs Frauenhände schnell den Spargel auf den Teig, während zwei weitere den Krug bereithielten.

Als Merle den Belag übergoss, schaute Lu zu den Männern und Maja hinüber. Es war schön, wie hier alle einträchtig zusammenarbeiteten. Das kannte sie nicht. Unter Architekten war alles ein Hauen und Stechen, und Lu hatte nie eine enge Freundin gehabt. Nicht mal in der Schule. Sie war keine Einzelgängerin gewesen, aber eine beste Freundin, der man alles sagte, hatte sie nie gehabt. Irgendwie hatte sie nur sich selbst getraut. *Dir schenkt keiner was.*

Lu begriff auf einmal, dass diese Ansicht zu dem geführt hatte, was sie in ihrem Leben am meisten gescheut hatte: allein zu sein. Wer wollte denn mit jemandem zu tun haben, der nicht glaubte, etwas geschenkt zu bekommen? Und der sich selbst auch nicht wirklich herschenkte? Höchstens einer wie Tobias, dachte sie bitter, einer, der sich auch immer ein Hintertürchen offen ließ.

Um sich abzulenken, reckte sie den Kopf und betrachtete das entstehende Gehege genauer. Tiefer als sechzig Zentimeter steckte der Kükendraht auf keinen Fall in der Erde. Das war in zweierlei Hinsicht von Vorteil. Zum einen, weil es da bestimmt noch nicht feucht war, und auf den feuchten Grund sollten die anderen vorerst möglichst nicht stoßen. Sonst würden sie vielleicht vorsichtshalber zusätzlich irgendeine seltene Kröte ansiedeln wollen und hätten Erfolg damit. Zum anderen war es gut, weil die Hamster auf jeden Fall tiefer buddeln würden und problemlos verschwinden konnten.

Ja, vielleicht war sie nicht der Typ, der einen kuscheligen Zusammenhalt herstellen konnte, war keine, die sich herschenkte, aber sie traute sich zum ersten Mal in ihrem Leben, allein etwas Großes durchzuziehen. Im Strategischen war sie hervorragend, und das verschaffte auch ein tolles Gefühl. Immerhin. Sie lehnte sich zurück und begegnete dabei Katis Blick, der ihrem gefolgt sein musste. Und der war schärfer, als ihr lieb war.

Lu sieht aus, als hätte sie eine Maus gefangen, dachte Kati unwillkürlich, als sie entdeckte, welch durchtriebenes Lächeln um Lus Lippen mit dem Schönheitsfleck spielte, während sie zu den anderen hinüberschaute.

»Ich geh kurz Schnittlauch zum Drüberstreuen holen. Bin gleich wieder da«, sagte sie und erhob sich.

Erst ging sie langsam, aber als sie auf dem Weg außer Sichtweite war, beeilte sie sich. Weiter vorn in der Kolonie war keiner da, das war ihre Chance.

Sie sah vielleicht nicht so aus, aber sie konnte schnell und wendig sein. Sie hatte Glück. Lu hatte ihre Laube nicht abgeschlossen, und ihr Computer erwachte mit einem Tastendruck zum Leben.

So, meine Dame, jetzt wollen wir doch mal sehen, was du hier treibst. Kati prägte sich ein, welche Dokumente geöffnet waren, und begann mit ihrer Nachforschung.

Was sie entdeckte, elektrisierte sie. »Du kleines betrügerisches Aas«, murmelte sie. Und etwas später: »Hut ab. Gefällt mir, Süße.«

Dann sorgte sie flugs dafür, dass alles wieder so war, wie sie es vorgefunden hatte, und eilte zu ihrem Schnittlauch.

Wenn sie eine gute Ehefrau wäre und vor allem eine gute Vereinsvorsitzendenehefrau, müsste sie die Bombe jetzt platzen lassen. Aber während sie die Halme schnitt, spürte sie, dass sie das nicht wollte.

Sie dachte daran, wie Lu in der Kolonie aufgetaucht war. Was sie wohl da schon geplant hatte? Dass sie Hals über Kopf bei ihrem Freund ausgezogen war, schätzte Kati als zutreffend ein. Stimmte es, musste Lu sehr schnell eine weitreichende Entscheidung getroffen haben. Auf jeden Fall ging sie mordsmäßig couragiert vor. Das nötigte Kati Respekt ab. So couragiert wollte sie auch sein. Es wurde Zeit. Sie musste nachdenken.

Er war satt. Er hatte den Arm um die Schulter seiner Frau gelegt. Sie saßen bei M&M auf der Terrasse, und der Frühlingswind spielte mit Saras Haarspitzen. Wenn er sich ein bisschen nach hinten beugte, konnte er um die Hausecke blicken und sah die Hamster in ihrem neuen Gehege herumlaufen. Er sollte glücklich sein. Begeistert. Aber er war es nicht.

Seine Nachbarn redeten aufgeregt durcheinander. Was sie im nächsten Jahr erneuern und anbauen wollten. Das Hamsterpaar hatte Zuversicht verbreitet. Hoffnung auf eine Zukunft der Kolonie. Efkan sah sich um und fühlte sich wie ein Betrüger. Wäre es nicht sogar befreiend, wenn hier alles den Bach runterginge? Wenn seine große Familie nicht jeden Sonntag in seinen Garten einfallen würde? Wenn er nicht mehr der kinderlose Onkel Efkan wäre, sondern einfach nur Efkan? Aber wer war »einfach nur Efkan« überhaupt? »Einfach nur Efkan« schien es nicht zu geben.

Er unterdrückte ein Seufzen und sah in die Runde. Alle außer Lu redeten über Hamsterdelikatessen, wuchernde Maiglöckchen, reifende Kirschen und Beeren. Lu beteiligte sich nicht an dem Gespräch.

Einerseits kein Wunder, sie hatte ja keinen Pachtvertrag.

Andererseits würde sie garantiert in den Verein aufgenommen werden und ihre Parzelle behalten dürfen, wenn die Kolonie erhalten blieb. Aber vielleicht suchte sie längst eine Wohnung in der Stadt – sie sah nicht so aus, als sei Gartenarbeit etwas für sie, und sie war schließlich nur aus einer Not heraus zu ihnen geflüchtet.

Sara lachte über etwas, das Rudi gesagt hatte, und legte dabei den Kopf an Efkans Schulter. Ihr Haar duftete.

»Gehen wir heute aus?«, flüsterte er in einer spontanen Anwandlung hinein. Irgendwie wollte er weg, er hätte gar nicht sagen können, warum. Seine Frau wandte sich ihm sofort zu, lächelte, raunte »Ja« zurück und biss ihm zart ins Ohrläppchen. Efkan ging es gleich besser.

Am späten Abend kamen sie aus der Stadt zurück. Sie waren in einer Bar gewesen und hatten getanzt. Als sie eng umschlungen unter der Brücke hervorkamen und auf das halblinsenförmige Land zwischen Bahndamm und Fluss traten, fühlte sich Efkan plötzlich wie auf einer Scholle. Eine Insel, die keine war. Schwankend. Abhängig von zwei Hamstern. Plätschernd leckte der Fluss am Schollenrand. Und ihm wurde klar: Wenn diese Scholle schmolz, auf die er sich geflüchtet hatte, fehlte ein Rettungsring.

Ein leichter Nieselregen benetzte den Garten und die vielen jungen Gemüsepflanzen in Maxes Beeten. Kati saß auf dem Sofa, die Beine hochgelegt, und kraulte Knorke neben sich.

Maxe war im Sportverein, Jana und Florian mit den Kindern in der Stadtwohnung, Sara, Efkan und Maja bei der Arbeit, Merle in der Uni, Lu sonst wo. An diesem Nachmittag in der Wochenmitte war es still in der Kolonie. Nur Rudi und sie waren da. Eine gute Gelegenheit ... Katis Finger bewegten sich wie von selbst in Knorkes Fell.

Der Hund gab ein unwilliges Grunzen von sich und trottete auf seine Decke vor dem Kamin.

»Hast gemerkt, dass ich mit den Gedanken woanders bin«, sagte Kati zu ihm.

Seit sie Lu auf die Schliche gekommen war, ratterte es pausenlos in ihrem Kopf. Sie hatte sich sogar beim Brotschneiden in den Finger gesäbelt, was sonst nie vorkam. Sie verstand es nicht. Einerseits hatte Lu die Sache mit dem Feldhamster ins Rollen gebracht, andererseits entwarf sie definitiv ein Gebäude auf dem Grund und Boden ihrer Kolonie. Was allerdings völlig anders aussah als der Klotz dieses Projektentwicklers Starcke. Wie passte das zusammen?

Kati zog ein Bein an und starrte in den Nieselregen. Halt dich an die Fakten und folgere, so würde es jeder gute Ermittler in einem Krimi machen, sagte sie sich. Fakt war: Irgendwas war im Verborgenen gegen die Kolonie im Gange. Das war eine Gefahr. Und zwar ganz besonders für Rudi, der kein anderes Zuhause hatte als seine Laube.

Kati schwang die Beine über die Sofakante. »Knorke?«

Aber der Hund schaute sie nur kurz an, er hob nicht mal den Kopf.

»Na gut, du willst nicht raus in den Regen. Dann bleibst du eben hier.«

Ihr Terrier war im Großen und Ganzen wieder wohlauf, aber nach wie vor nicht so temperamentvoll wie früher. Laut Florian würden Kraft und Lebenslust jedoch bald zurückkehren.

Kati schlüpfte in Gummistiefel und Regenjacke. Dann machte sie sich auf den Weg zu Rudi. Was auch immer Lu ausheckte, sie war zielstrebig und zäh, das sah ein Blinder mit dem Krückstock. Ein Stehaufmännchen. Eigentlich Stehauffrauchen. Aber Frauchen hörte sich blöd an. Männchen ging, es klang neutral, überall im Tierreich gab es Männchen. Aber Frauchen? Das war was Niedliches, Dummes. Lu jedenfalls war keins, eher schon sie selbst. Und das gefiel ihr immer weniger.

Energisch öffnete sie Rudis Gartentor. Durch die großen Scheiben sah sie ihn auf dem Sofa lümmeln, genau wie sie eben. Er las Zeitung. Gut sah er aus. Das hatte sie schon immer gefunden. Groß und schlank, die erhobenen Arme sehnig, die Schultern muskulös. Nicht so ein kompakter quadratischer Typ wie ihr Maxe, was sowohl körperlich als auch mental zutraf. Interessanter irgendwie, kantiger.

Rudi musste gehört haben, wie sie das Gartentor geschlossen hatte, er ließ die Zeitung sinken und blickte hoch. Während sie auf dem Bohlenweg näher kam, setzte er sich auf, trat zu der breiten Fenstertür, die der einzige Eingang zur Laube war, und öffnete einen Flügel.

»Komm rein.«

Wie er so vor ihr stand, überragte er sie um einen Kopf. Im Gegensatz zu Maxe, der ihr bis zum Haaransatz ging. Maxe und sie, das passte wie zwei gleich große runde Tafelmagnete, die richtig zueinander angeordnet waren. Solche, wie sie früher in der Stadtverwaltung gehabt hatten, um etwas im Schaukasten anzupinnen. Rudi dagegen ... Neben Rudis hoch aufgeschossener Erscheinung fühlte sich Kati gerade richtig dick, wie ein Formausgleich zwischen rund und lang ...

»Was führt dich her?«, fragte Rudi.

Kati kam zu sich und spürte, wie sie rot wurde. Sie musste ihn angestarrt haben wie ein Backfisch. Was war nur los mit ihr? Irgendetwas war innerlich in Bewegung gekommen, seit sie alle aufgerüttelt worden waren und um ihre Kolonie bangten, die jahrzehntelang verschlafen dagelegen hatte.

»Ich mache mir Sorgen«, sagte sie schlicht und schlüpfte aus ihren Gummistiefeln.

Bei Rudi war es warm, er hatte an diesem kühlen Tag eingeheizt. Kati zog nach der Regenjacke gleich noch ihren rosa Fleece-Kapuzenpulli aus und stellte fest, dass Rudis Blick ihren großen Busen streifte, der sich unter dem fliederfarbenen Shirt abzeichnete. Auch wenn Kati die sechzig längst überschritten hatte, wirkte sie durch die genau richtige Anzahl überschüssiger Pfunde fest und knackig, das wusste sie. Und Rudis Blick gefiel ihr. Deshalb setzte sie sich mit durchgedrücktem Rücken auf das Sofa, ohne sich anzulehnen.

Rudi holte aus einem der Küchenschränke an der anderen Seite des Wohnraums eine zweite Teeschale – dicke bräunliche Keramik, bestimmt aus den Siebzigern, aus Katis Jugendzeit – und gesellte sich damit zu ihr. Er nahm die bauchige Teekanne von dem kleinen runden Beistelltisch und goss ihr ein.

Sie trank einen Schluck. Kräutertee mit einer fruchtigen Süße und etwas Scharfem.

»Ist ein Schuss Himbeerlikör drin«, erklärte Rudi. »Mag ich gern an feuchtkalten Tagen.« Er wies auf eine Flasche mit Bügelverschluss, die neben seinem Herd auf der Arbeitsplatte stand und in ihrem ersten Leben sicherlich eine Bierflasche gewesen war.

»Du kaufst fast nichts ein, oder?«

»Brauch nicht viel«, sagte Rudi.

»Sag mal, was machst du eigentlich, wenn das hier schiefgeht?«, fragte Kati.

»Hier geht nichts schief.«

»Rudi.« Kati zog das »U« und das »I« in die Länge.

Der älteste Bewohner der Kolonie lehnte sich zurück, schlug die Beine übereinander und musterte Kati. Er überlegte offenbar, was er ihr sagen sollte.

Kati stellte ihre Teeschale weg. »Wenn du gerade darüber nachdenkst, womit du mich abspeisen willst, kannst du dir die Antwort schenken.«

Neben Rudis Augen erschienen eine Menge Lachfältchen. »Unsere Hamster sind sehr possierlich. Ich war heute Morgen da und hab mit Efkan eine Käfigecke abgedeckt, damit sie einen Unterschlupf haben. Denn bauen tun sie noch nicht. Aber er stellt ihr nach.« Rudi legte den Arm über die Sofalehne, seine Hand lag neben ihrer Schulter.

Er speiste sie tatsächlich ab. »Ach ja?« In ihren Ärger hatte sich Herausforderung gemischt, merkte Kati und lehnte sich an, direkt unter seiner Hand. Sie hob die Schulter ein Stück, und als sie seine Finger berührte, strich er darüber. Ganz leicht.

»Rudi, du musst dir einen Plan B überlegen«, sagte sie sanft.

»Was ist denn dein Plan B?«, fragte er, und seine Finger wanderten.

Auf diese Gegenfrage war Kati nicht vorbereitet. Sie hatte keinen. Maxe und sie hatten schließlich ihre Stadtwohnung. Aber ihr Mann, das wurde Kati in diesem Moment klar, würde nicht bloß todunglücklich sein ohne seinen Garten, er würde aller Wahrscheinlichkeit nach furchtbar unleidlich werden.

Sie holte tief Atem, um ihn anschließend hinauszuseufzen. Dabei geriet ihre Schulter so unter Rudis Hand, dass er sie umfasste. Fest und warm.

»Seit die Hamster da sind, ist Maxe unermüdlich. Er versucht es jetzt sogar mit Artischocken.« Sie schaute auf.

»Keine Ahnung, was er macht, wenn wir unseren Garten tatsächlich aufgeben müssen.«

»Es dir schwer vermutlich«, sagte Rudi trocken und fuhr mit dem Daumen über ihr Schlüsselbein.

Kati sah ihm in die Augen. Sein Blick war weich, verständnisvoll. Sie dachte daran, dass sie nicht mal wusste, wie sie Artischocken einmachen sollte, dachte an die Ernte, die auf sie zukam, und an ihren riesigen Tiefkühlschrank in der Stadt, den sie hasste. Auf einmal wehrte sie sich dagegen, eine Ehefrau zu sein, ein Ehefrauchen. Sie legte Rudi eine Hand auf den Oberschenkel.

»Ein Abstecher«, sagte sie.

»Nur ein Abstecher.« Er nickte, stand auf, zog sie hoch und führte sie in sein Schlafzimmer.

Als sie hinterher auf der Bettkante saß und sich wieder anzog, war Kati klar, dass es bei diesem einen Abstecher bleiben würde. Rudi war unsinnlich gewesen im Bett, und gut gerochen hatte er auch nicht. Sie war nicht auf ihre Kosten gekommen. Immerhin hatte er sie zärtlich gestreichelt danach. Deshalb wandte sie sich zu ihm um.

»Frag mich jetzt nicht, warum. Aber ich fürchte, du wirst wirklich einen Plan B brauchen.«

Rudi lächelte. »Entweder ich geh zum Wohnungsamt oder ich lass mich an den Strand von Goa treiben. Was meinst du, ist besser?«

Kati erstarrte. *»Highway to hell?«*

Rudi nickte und summte leise mit seiner tiefen, angenehmen Stimme den Refrain des AC/DC-Songs.

Kati fixierte Rudi. »Das meinst du nicht ernst.«

»Weiß nicht. Erst mal jedenfalls nicht.«

Es klang frech, gleichzeitig jedoch ehrlich. Es faszinierte Kati, aber es erschreckte sie auch, dass Rudi mit dem Gedanken spielte, sich auf eine Reise ohne Rückfahrkarte zu begeben. So etwas machte sich in ihren Phantasiegeschichten immer gut, aber in der Wirklichkeit war es nicht witzig. Sie stand auf und schloss ärgerlich über Rudi, der ihr ihre Sorge kein bisschen dankte, den Reißverschluss ihrer Jeans. »Ich gehe jetzt. Falls deine Frage, was besser ist, ernst gemeint war: Meine Kollegin im Wohnungsamt. Manuela Kluge. Müsste jetzt kurz vor der Rente sein.«

»Livin' easy, lovin' free«, sang Rudi zum Abschied.

»Ich fürchte, meine Sache ist das nicht«, sagte Kati in der Schlafzimmertür.

»Mach dir keine Sorgen.«

»Wie luftig!«, schwärmte Jana.

Sie stand neben Merles Mutter in deren Salon, an dessen Wänden mehrere spätimpressionistische Gemälde hingen. Jana war vor eine Landschaft getreten.

Merle hatte sich hinter ihnen aufs Sofa fallen lassen. Jana und sie waren zusammen zu ihren Eltern gefahren, weil ihre Nachbarin über die Van-Gogh-Kopie, die sie restaurierte, mit ihrer Mutter hatte sprechen wollen. Merle war das recht, das lenkte von ihrer Abschlussarbeit ab.

Sie betrachtete die beiden Frauen von hinten. Ihre Mutter hatte die aschblond gefärbten Haare genauso im Nacken zusammengenommen wie Jana ihre weißblonden. Allerdings glänzte im Haar der Älteren matt eine Silberspange – vom Juwelier –, Jana hatte ein schlichtes Gummiband benutzt. Und während ihre Mutter eine cremefarbene Seidenbluse trug, war Janas aus einem Baumwollgemisch. Die zwei Frauen ähnelten sich, beide waren schlank und wirkten ein wenig zerbrechlich, nur dass die exklusive Eleganz der Hausherrin Janas Geschäftsfrauenlook mühelos übertrumpfte.

»Nicht wahr?«, antwortete Frau Lagier auf Janas Ausruf. »Ich liebe diese sommerlich leichte Anmutung.«

Auf dem Bild war ein Getreidefeld zu sehen, in dessen Mitte ein Baum stand, die Blätter blaugrün, eine Farbe, wie sie ein windiger Spätsommertag hervorbrachte. Merle mochte es auch. Aber die knalligen Farben, in denen eine Klientin Majas, die aus Mali geflüchtet war, in ihrer Therapie malte – Maja hatte ein Bild von ihr in ihrer Stadtwohnung –, gefielen ihr noch besser. Weil mir das pralle Leben fehlt, das aus ihnen spricht, dachte Merle.

»Ihre Tochter hat mir erzählt, dass Sie französische Plein-air-Malerei lieben«, sagte Jana.

Ihre Tochter, als ob sie nicht im Raum wäre, dachte Merle. Offenbar führte Jana ein geschäftliches Gespräch und konzentrierte sich ganz auf ihre Mutter. Merle spitzte die Ohren.

»Das stimmt«, sagte Frau Lagier.

»Und dass Sie für Ihr Sommerhaus in der Provence gern etwas Derartiges hätten«, fuhr Jana fort.

»Ja, schon. Aber ich komme nicht dazu, mir etwas Geeignetes auszusuchen.«

»Ich habe gerade zufällig ein solches Plein-air-Gemälde auf einem Verkaufsportal entdeckt. Spätimpressionismus, wie dieses hier.« Jana zeigte auf das Landschaftsgemälde an der Salonwand. »Es hat ungefähr die Größe wie die Van-Gogh-Kopie, und es wird verhältnismäßig preiswert angeboten, weil es ebenfalls restaurierungsbedürftig ist. Wollen Sie es sehen?«

Frau Lagier nickte, und Jana zog ein Tablet aus ihrer Tasche. Sie tippte nur zweimal darauf, und dann reichte sie es weiter.

Das hat sie von Anfang an vorgehabt, ging es Merle durch den Kopf.

»O ja«, sagte ihre Mutter.

»Eine Malerin aus der Provence, es würde gut in Ihr Sommerhaus passen.«

»Hm«, machte Frau Lagier und zog einen Bildausschnitt größer.

Jana schaute zu ihr hinüber. »Eine zauberhafte Lichtsetzung. Wenn der verdreckte Firnis runter ist, wird man das noch besser sehen.«

»Das da wird ein richtig helles Blau dann, nicht?«, fragte Merles Mutter und wies auf eine Stelle.

»Wie an einem frühen Julitag«, stimmte Jana zu. »Und der Lavendel wird damit um die Wette strahlen.«

»Eine bestechende Kombination.«

Merle hockte zunehmend unlustig auf dem Sofa. Jana und ihre Mutter klangen engagiert, begeistert, und das wegen irgendeines alten Schinkens. Sie dachte erneut an das Bild der Klientin Majas. Es war nicht wertvoll, auf einfachen Zeichenkarton aufgebracht, aber es verkörperte in seiner Buntheit eine Sehnsucht nach Lebenslust, die Merle den Atem genommen hatte. Sie merkte, dass sie dieses Geplauder über Luxusgegenstände schier nicht mehr aushielt.

Nachdem sie auf die beiden streng bezopften Hinterköpfe vor ihr gestarrt hatte, googelte sie kurz die durchschnittliche Kopfhaarmenge eines Europäers – einhunderteinundzwanzigtausend – und rechnete per Fingerabakus nach, wie viele Haare ihrer Mutter grau waren, bei einer Schätzung von zwanzig Prozent und der durchschnittlichen Haarmenge minus altersbedingt zehn Prozent. Einundzwanzigtausendsiebenhundertachtzig graue Haare. Das hatte leider nur dreiundzwanzig Sekunden gedauert.

Jana fragte gerade: »Soll ich es vielleicht für Sie erwerben und statt der Van-Gogh-Kopie herrichten?«

Merle erhob sich und murmelte: »Komme gleich wieder.« Sie ging in die Küche, in der Kostja das Abendessen zubereitete. Der junge Mann war noch nicht lange bei ihren Eltern, aber von genauso weichem und liebevollem Gemüt wie die Haushälterin, mit der Merle groß geworden war. Dafür hatte ihre Mutter ein Händchen. Wie sie für alles ein Händchen hat, dachte Merle eifersüchtig und ärgerte sich über ihre Missgunst. »Ich helfe mit«, sagte sie, und Kostja fragte nicht, sondern schob ihr eine Paprikaschote zum Kleinschneiden zu.

Als sie später mit Jana zurückfuhr, plapperte die begeistert über die schöne Villa ihrer Eltern und deren Freundlichkeit.

»Wir machen einen Tausch, ich bekomme die Kopie von *Madame Ginoux*, und dafür kaufe ich deiner Mutter die Landschaft.«

»Hm«, machte Merle. Ihr waren die Gemälde ihrer Eltern egal. Und die Menschen, die von ihrer Mutter durch den Salon geführt wurden, auch. Die vor allem. Diese Frauen, die sich schamlos im Überfluss aalten. Einschließlich Jana, die heute alles getan hatte, um dazuzugehören. Die die Gräte höchst vornehm mit der Gabel aus dem Fisch geholt hatte, aber sich beim Weintrinken durch einen abgespreizten Finger als kleinbürgerlich entlarvt hatte.

Was denk ich für einen Scheiß! Merle war auf sich selbst sauer. Wer war sie denn? Kreißte mit ihrer popeligen Masterarbeit, als würde sie Sechslinge kriegen. Und profitierte dabei vom Überfluss ihrer Eltern. Sie verspürte ein inneres Taubheitsgefühl, und wenn sie die Hände nicht am Lenkrad gebraucht hätte, hätte sie jetzt irgendetwas mit flinken Fingern ausgerechnet, um dieser gefühllosen Starre zu entrinnen.

Erst nachdem sie Jana vor ihrer Stadtwohnung abgesetzt hatte und wenig später unter der Brücke zur Kleingartenanlage durchlief, ging es ihr etwas besser. Beim Anblick der frühlingsgrünen Gärten fühlte sie sich geschützt und allem enthoben, außer dem Wichtigsten in ihrem Leben: Maja. Maja, die mit ihren echten Problemen und einem Ananas-Ingwer-Getränk auf sie wartete. Sie brauchten einander, und das war gut. War es das? War es nicht eher bedenklich?

Sie schob den Gedanken weg, als sie ihr Gartentor öffnete. Bei einem Blick auf das Hamstergehege entdeckte sie ein Loch im Boden und nur noch einen Hamster auf dem Rasen. Finn, wenn sie sich nicht täuschte. Fine hatte offenbar angefangen, sich einen Bau zu graben. Zweckmäßig, nur dazu da, um Junge aufzuziehen, sich vor Feinden und Frost zu schützen. Ursprünglich. Pur. Funktionell.

Tolles Lebenskonzept. Das will ich auch.

Die Gärten am Fluss waren in der Abenddämmerung versunken. In der Laube schliefen Maja und Merle. Sie hatten den Baldachin ihres Himmelbettes zugezogen, das den ganzen südlichen Hausvorsprung einnahm. Florian saß in dicker Jacke und einem der Kunstdaunenmäntel der jungen Frauen über den Knien auf einem Stuhl unter dem Quittenbaum.

Es ging auf elf Uhr zu. Jetzt, Ende Mai, wurde es erst spät dunkel, aber nun beleuchtete nur noch der Mond den Garten. Das Hamstergehege war abgebaut, denn Fine und Finn hatten Gänge gebuddelt und auch einen Ausgang bei Efkan angelegt. Sie mussten sich unter dem Kükendraht durchgearbeitet haben.

Keiner von beiden war zu sehen, aber das Futter, das sie abends rund um den Eingang bei M&M ausstreuten, war jeden Morgen weg.

Florian prüfte noch einmal den Fotoapparat auf dem Stativ. Die Blende stand auf der kleinstmöglichen Einstellung, das Objektiv war auf das Loch in der Erde gerichtet, aus dem hoffentlich bald einer der Hamster herauskommen würde. Im Hintergrund waren ein Stück Hausmauer und Schuppen zu sehen – als Beweis, wo das Foto aufgenommen war, das Florian schießen wollte.

Es war still. Florian saß da und hatte Magengrimmen. An diesem Abend hatte Jana zum ersten Mal ein Fertiggericht zubereitet. Es war ziemlich salzig gewesen und bekam ihm offenbar nicht. Sie arbeitete, wann immer sie konnte, in ihrem kleinen Atelier und wollte gar nicht mehr in die Stadtwohnung, egal wie kalt die Abende waren – und die waren noch ziemlich kühl, wie Florian gerade feststellte.

Er zog den Daunenmantel enger um seine Beine. Sonst übernachtete Jana nur im Hochsommer gern in der Laube. Aber auch heute war helles Licht aus ihrem Atelier gedrungen, als er zu M&M hinübergegangen war, um Fotos der nachtaktiven Feldhamster zu machen. Seine Frau hatte jetzt noch ein neues Bild in der Mache, eine südfranzösische Landschaft. Sie schimpfte zwar nicht mehr ständig mit den Kindern, war aber total aufgedreht. Seiner Meinung nach übernahm sie sich.

Eine Nachtigall begann zu schlagen. Rosenduft lag in der Luft. Der Fluss strömte still vor sich hin.

Eine zweite Nachtigall antwortete ein Stück weiter flussaufwärts. Die erste – vermutlich saß sie in Efkans Pflaumenbaum – sang lauter und beendete die Sequenz mit einem langen tiefen Flötenton. Wunderschön, dachte Florian. Während er glücklich dem Trillern und einem Zwitschercrescendo aus dem Pflaumenbaum lauschte, raschelte es auf einmal in der Hecke, die Efkans Garten von M&Ms trennte.

Florian erstarrte. Er umklammerte den Fernauslöser für die bodennah aufgestellte Kamera. Vielleicht war einer der Hamster aus einem anderen Gang geschlüpft und näherte sich jetzt oberirdisch den Leckerbissen.

Es raschelte wieder. Dann huschte etwas durch den Klee. Zu klein, dachte Florian sofort, blieb aber reglos sitzen. Im Mondlicht entdeckte er den braungrauen Rücken einer Feldmaus. Sie tat sich an den Körnern gütlich, die sie ausgestreut hatten. Zwischendurch hob sie den Kopf, und Florian konnte ein dunkles Knopfauge aufglänzen sehen.

Glücklich hockte er auf seinem Stuhl. Er mochte Tiere, er mochte ihren Blick fürs Wesentliche. Fressen oder gefressen werden. Sich vermehren. Punkt. Von einer biologischen Uhr gesteuert werden, die instinktiv gespürt wurde. Wie die Feldhamster, deren Wecker anfing zu ticken, wenn die Tage im Sommer wieder kürzer wurden, und ihnen signalisierte, dass es Zeit fürs Vorräteanlegen war.

Und der pünktlich im März oder April klingelte, um sie aufzuwecken, weil die Vermehrung anstand.

Tiere fragten nicht nach der Zukunft, sie lebten im Hier und Jetzt. Vielleicht war das etwas, was er lernen sollte, wenn er in seiner Praxis ein Tier packen musste, um es zu behandeln. Dass Packen nur Festhalten bedeutete, dass das Tier nicht wusste, was kommen würde. Dass er die Angst des Patienten vor Schmerz nicht vorausnehmen durfte.

Florian seufzte. Er log sich in die Tasche. Wenn ein Tier gepackt wurde, hatte es Angst. Und er hatte Angst vor der

Angst. Was dazu führte, dass sich seine Praxis nicht rumsprach. Er hatte zu wenige Patienten, von einem Patientenstamm gar nicht zu reden.

Die Feldmaus knabberte, ihre Ohren wackelten dabei. Sie lief ein Stück weiter, fraß wieder und huschte dann blitzschnell unter die Hecke. Er blickte hoch und sah eine kleine Eule wegschweben. Ziemlich schlank, vermutlich eine Waldohreule.

»Pech gehabt«, flüsterte Florian ihr zu und freute sich, dass die kleine Maus sich gerettet hatte.

Er selbst hatte auch kein Glück. Als gegen eins immer noch kein Hamster erschienen war, dafür jedoch zwei Haselmäuse und ein Siebenschläfer, packte Florian durchgefroren Kamera und Stativ ein. Er näherte sich dem Hamsterloch und schaute hinein. Dunkel und leer gähnte es ihm entgegen.

Florian seufzte und machte sich auf den Weg nach Hause. Auch der Wohn-Schlaf-Raum seiner Laube empfing ihn dunkel und leer. Jana war immer noch im Atelier, doch er hatte nicht mal Lust, bei ihr reinzuschauen. Ihre Arbeitswut machte ihm Angst, und sein eigener Misserfolg ließ ihn still ins kalte Bett steigen.

So nimmt mich kein Mensch ernst, dachte Rudi, als er vor dem Badezimmerspiegel stand, seine grauen Bartstoppeln und das lange, schüttere Haar betrachtete.

Nahm ihn überhaupt noch jemand ernst? Mit Kati hatte er es sich fast verdorben, weil er sich in eine verletzende Flapsigkeit gerettet hatte. Weil du sie nicht hast ernst nehmen wollen, mahnte ihn eine Stimme im Hinterkopf. Aber er verdrängte sie.

Doch jetzt wollte er ernst genommen werden, er musste nämlich Ole helfen.

Gestern war dessen erster Freihausabend gewesen, aber er und seine Clique hatten missmutig dagesessen und auf ihre Biere gestarrt wie alte einsame Männer an der Bar.

Statt die Jungs alleinzulassen wie gewöhnlich, hatte Rudi sich dazugesetzt, und herausgekommen war, dass Ole und sein Freund Fabian eine Anzeige an der Backe hatten.

Joan und Ole waren in der Stadt einer Demo von Ultrarechten in die Quere gekommen. Sie waren mit einem der Glatzköpfe aneinandergeraten. Der hatte nach einem Blick auf Ole, der einen nordafrikanischen Vater und deshalb leicht dunkle Haut und schwarze Haare hatte, Joan angegiftet: »Eine Dreckshure wie du hat mir gar nichts zu sagen.« Woraufhin Ole ihm heimlich gefolgt war, sein Haus ausfindig gemacht und es noch am selben Abend zusammen mit seinem Kumpel Fabian mit Eiern beworfen hatte. Prompt waren sie erwischt worden und hatten nun eine Anzeige am Hals.

Da hatte sich Rudi auf seinen ehemaligen Beruf des Sozialarbeiters besonnen und angeboten zu deeskalieren. Und nun lag ein Zettel mit der Adresse eines Reihenhauses am Stadtrand auf seinem Tisch. Während er im Bad vor dem Spiegel stand und seine langen grauen Haare betrachtete.

Am besten wäre ja, ich würde mir eine Glatze scheren, dachte er, aber gemeinmachen war noch nie Rudis Sache gewesen. Während er sich rasierte, fiel ihm etwas ein. Er ging hinüber in seinen Wohnraum und holte eine Zeitung aus dem Holzkorb neben dem Ofen. Da war sie, die Werbung mit dem Mann mit dem Frauendutt. Einer aus Oles Clique hatte so was auch. Das Ding war gerade angesagt, und mit einem Küchengummi sollte es hinzukriegen sein.

Mit seiner besten Jeans, guten Schuhen und einem mit Dorles Bügeleisen geplätteten T-Shirt – sah aus wie neu, fand Rudi – klingelte er eine Stunde später am Gartentor des Reihenhauses, das mit Spuren von neun Eiern verziert war. Sie haben fast die ganze Packung geschafft, stellte Rudi fest und musste grinsen.

Die Tür ging auf. Im Hausflur stand ein kleiner, leicht übergewichtiger Mann mit rasiertem Schädel.

»'n Abend. Rudi Pfeiffer mein Name. Ich würde gern mit Ihnen sprechen.«

»Pfeiffer«, sagte der Mann, lehnte sich gegen den Türrahmen und fixierte Rudi süffisant. »So häufig ist der Name ja nun nicht, dass das ein Zufall sein könnte.«

Rudi hob die Hände. »Ich habe keine Eier dabei.«

Der Mann schloss von innen ab, so dass die Tür nicht zufallen konnte, und kam auf Rudi zu. Er legte seine schmächtigen Unterarme auf das Gartentor. Rudi trat brav einen Schritt zurück und ließ angesichts des Machtgehabes seines Gegenübers defensiv die Schultern sacken. »Sieht übel aus.«

Der Mann drehte sich gar nicht um, sondern grunzte nur. »Wird teuer.«

»Mein Enkel wird das sauber machen.«

»Ich lass kein Gesocks auf mein Grundstück.«

»Dann seien Sie konsequent«, sagte Rudi.

Der Mann glotzte.

»Machen Sie sich nicht die Finger mit einer Anzeige schmutzig.«

»Tss.«

Apropos Finger. Rudi warf einen Blick auf die seines Gegenübers. Nikotingelb. Gut. »Wie wär's mit einer Friedenspfeife?« Er holte einen Joint aus seiner Hosentasche.

»Hab ich noch nie probiert«, sagte der Mann.

»Hier?«, fragte Rudi forsch.

»Hinten«, antwortete der Glatzköpfige, öffnete das Gartentor und ging zum Haus.

Rudi folgte ihm durch ein helles, aufgeräumtes Wohnzimmer auf eine Terrasse mit unverwüstlichen Plastikstühlen.

Die lichte Einrichtung täuschte ihn nicht. Er hatte das Verwundetenabzeichen in Gold mit dem Hakenkreuz darauf vor dem Foto eines einbeinigen alten Mannes im Regal entdeckt und auch die eingerollte Reichskriegsflagge nicht übersehen. Trotzdem ließ er sich auf einem der Plastikstühle nieder und holte Streichhölzer aus der Tasche.

»Ihr Urgroßvater?«, fragte er und deutete mit dem Kopf nach hinten.

»Viermal verwundet. Zweimal schwer.«

Rudi zündete den Joint an und reichte ihn dem Mann, der sich auf den zweiten Plastikstuhl gesetzt hatte. Mehr gab es nicht, als Tisch diente ein auf die Seite gedrehter Bierkasten, so dass Rudi den Eindruck gewann, der Glatzkopf lebte allein.

Er zog an dem Joint, behielt ihn, zog noch einmal. »Ich merk gar nix.«

»Kommt noch.«

»Uropi hatte nur noch ein Bein, aber auf dem hat er mich als Kind gewippt. *Hoppe, hoppe Reiter.*«

»*Wenn er fällt, dann schreit er*«, führte Rudi fort. »Hab ich auch mit meiner Tochter gespielt.«

Der Mann lachte böse auf. Dann zog er die Lippe hoch und holte Luft, zweifelsohne um irgendeine abfällige Bemerkung über Joan zu machen. Rudi kam ihm zuvor. »Eine Friedenspfeife reicht man hin und her.«

Der Mann besah den Joint und gab ihn zurück.

Rudi nahm einen Zug und reichte ihn wieder dem anderen.

»Uropi hat mich immer rausgehauen als Junge. Ich war nie der Größte. Ich führe sein Andenken fort.« Der Mann rauchte, und sein Blick verharrte im Nirgendwo.

Rudi ließ ihn schweigen und schmauchen. Erst nach einer Weile meldete er sich wieder zu Wort. »Dann verstehen Sie vielleicht, dass ich meinen Enkel auch raushauen will.«

Der Mann zog an dem Joint. Er war fast aufgeraucht. »Pff«, machte er. Und dann erzählte er von seinem Uropi und seinen »Scheißeltern« und seinem »Scheißweib«, das ihn verlassen hatte, als er arbeitslos geworden war, und dann wieder von seinem Uropi. Irgendwann verstummte er und fixierte Rudi. »Kamerad. Schick eine Firma, die das sauber macht. Und sieh zu, dass mir dein Enkel nicht mehr vor die Flagge läuft.«

Rudi streckte die Hand aus. »Dann wird die Anzeige zurückgezogen?«

Der Mann schlug ein.

Auf dem Nachhauseweg dachte sich Rudi, dass er gar nicht schlecht gewesen war. Er beherrschte noch, was er vor einem halben Jahrhundert gelernt hatte. Bei solchen Aufgaben musste man seine Grenzen kennen. Den Mann hätte er nicht ändern können. Ole musste jetzt eine Menge Geld zusammenkratzen für die Reinigungsfirma, was ihn hoffentlich zu besseren Strategien führen würde. Und ihn vor einer Anzeige rettete, bei der ein Rassist als Sieger vom Platz gegangen wäre.

Beschwingt betrat Rudi den Kiesweg am Fluss, ballte die Hände zu Fäusten und skandierte halblaut: »Fällt er in den braunen Sumpf, wird er rechts und dumm und dumpf.« Dann öffnete er die Hände, als ließe er die Zügel schießen und den Reiter, statt ihn hochzuholen, im Sumpf versinken.

»Machst du Schattenboxen?«

Kati war hinter Rudi durch die Brücke gekommen. Der drehte sich erschrocken um.

»Und wie siehst du überhaupt aus?«

»Gut«, kam es herausfordernd zurück.

Oje, dachte Kati. Hätte ich bloß nicht mit ihm geschlafen. Jetzt bildet er sich was ein. Bei seinem *Mach dir keine Sorgen* beim Abschied nach ihrem Schäferstündchen hatte sie gedacht, er hätte verstanden, dass sie diesen Sex nicht wiederholen wollte. Wenn er aber nun dachte, dass sie Maxe verlassen wollte und mit ihm ... und sich deshalb diesen neumodischen Dutt ins Haar gezurrt hatte ... Der war ungefähr so peinlich, wie wenn sie in ihrem Alter ein Spaghettiträgerkleid anziehen würde.

Sie musste ein für alle Mal klarstellen, was Sache war.

»Rudi, hör mal, das neulich ...«

»War eine Eintagsfliege. Eine hübsche. Weiß ich.«

Kati nickte erleichtert.

Rudi hob die Hand. »Wenn weiter nichts ist – ich muss dringend pinkeln.« Damit verschwand er in seinem Garten.

Kati stand auf dem Weg und dachte, eigentlich sieht der Dutt gut aus. Vielleicht würde ein Spaghettiträgerkleid an ihr gar nicht so übel aussehen. Es musste ja nicht kurz sein. Mit einem Glockenrock ...

6

HALTSUCHE

Lu schritt durch die Innenstadt. Sie konnte es noch, wie schlafwandlerisch mit Mörder-Heels über das Pflaster laufen, als sei es Teppichboden. Aufgerichtet, mit wippender Haarmähne, ohne in eine Ritze zwischen den Steinen zu geraten – ein Hochgefühl.

Zu den goldfarbenen, aber ansonsten schlichten Heels trug sie ihr »kleines Schwarzes«, das sie schon ewig nicht mehr angehabt hatte. Weil sie in kurzen Kleidern für ihren Geschmack lolitamäßig aussah – zu klein und dünn –, handelte es sich dabei um einen schmalen Jumpsuit aus dezent schimmernder Seide mit amerikanischem Ausschnitt. Statt einer Jacke hatte sie eine weiße Batistbluse gewählt, ein hemdartig geschnittenes Modell, das gleichzeitig als Downgrade und Schleier für Tobias diente: Er sollte wissen, aber nicht sehen. Er kannte ihr »kleines Schwarzes« und fand den Ausschnitt, der die Schultern freiließ, sexy. Die verbarg jedoch das Hemd.

Happy Hour stand auf der Tafel neben dem Haus, in dem ein Fahrstuhl zur Turmbar führte, von der aus man einen Rundumblick auf die Stadt hatte. Happy Hour war genau richtig, als Motto sowieso, vor allem aber als Zeit zwischen einem geschäftlichen Termin und einem Abendtreffen, das zu Missverständnissen berechtigt hätte, was ihre Absichten betraf.

Lu fühlte sich beobachtet, als sie vor dem Gebäude stand

und noch einmal ihre Haare aufschüttelte. Umdrehen kam nicht infrage, falls das Tobias war. Brust raus, Schultern zurück und rein, Lu.

Wie die mit diesen Schuhen laufen kann, unglaublich! Kati folgte Lu in angemessenem Abstand durch die Altstadt. Wobei der gar nicht groß sein musste, denn kein Mensch achtete auf eine mollige Grauhaarige in Jeans und rosa-weiß karierter Bluse. Sie trug außerdem ein Käppi von Maxe und eine weiße Pilotensonnenbrille aus ihrer Zeit als junge Mutter. Die war schön groß.

Kati hatte auf dem Rückweg von einem Drogerieeinkauf durch Lus Terrassentür entdeckt, wie sie sich aufgebrezelt hatte, und spontan beschlossen, sich an ihre Fersen zu heften. Sie hatte noch nie eine Freundin bei Lu gesehen, entweder hatte sie keine oder traf sich mit ihnen in der Stadt. Aber auch ein Mann war nicht aufgetaucht, und diese goldenen, schwindelerregend hohen Stöckelschuhe wiesen auf eine Verabredung mit einem solchen hin. Weil aber noch nie einer da gewesen war, Lu andererseits jede Nacht in der Laube verbrachte, schloss Kati, dass es vielleicht kein privates Treffen war, sondern ein anderes. Eines, das mit Lus Vorhaben zu tun haben könnte, das sie kürzlich entdeckt hatte.

Jetzt betrat Lu einen alten Turm, in dessen oberster Etage sich die teuerste Bar der Stadt befand. Kati zögerte. Wenn ihre Verabredung noch nicht da war, würde Lu vielleicht suchend zum Eingang blicken. Und wenn dann sie dort auftauchte … Sie sollte ein wenig warten.

Gegenüber entdeckte sie eine Boutique, die noch offen hatte. Im Schaufenster ein Kleid der neuen Sommerkollektion. Spaghettiträger. Große rote Mohnblüten auf weißem Grund. Glockenrock. Ein Knaller.

Entschlossen betrat sie den Laden. Wenig später trat sie in dem Kleid auf die Straße, Hose und Bluse in der Tüte der Boutique. Nur Sonnenbrille, Käppi und zugegebenermaßen unpassendes Schuhwerk waren geblieben. Aber wer guckte bei dem Kleid schon auf die Schuhe, dachte Kati. Und vor allem: Wer würde sie in diesem Dress vermuten? Die Antwort war zweimal: keiner.

Was auch immer das Gefühl, beobachtet zu werden, hervorgerufen hatte, Tobias war es nicht gewesen, denn der saß schon in einem Sessel am Fenster. An einem Tisch mit einer ganz bestimmten Aussicht, den Lu auf seinen Namen reserviert hatte.

Wenn er überpünktlich ist, ist er neugierig, dachte sie und trat um seinen Sessel herum.

»Hallo, Tobias.«

Er erhob sich. Schwarzes Hemd, schwarze Jeans. Die Sommervariante zum Architektenrolli. »Hallo, Louise.«

Sein Blick glitt an ihr hinab und wieder hinauf. Kurz glomm Begehren darin auf, dann kniff er die Augen zusammen. »Du willst was von mir.«

»Schön, dass du gekommen bist«, gab Lu freundlich zurück und ließ sich ihm gegenüber nieder. Auch er nahm wieder Platz. Sein Blick hatte ihr gesagt, dass er nicht frisch verliebt war. Vermutlich jedenfalls nicht. Sie war in Zweifel geraten, ob dieser Mann überhaupt je verliebt gewesen war.

Lu bestellte einen Whisky pur für sich, als der Kellner Tobias einen *On the rocks* hinstellte.

»Neue Projekte?«, fragte sie.

Ein Lächeln umspielte seinen Mund. »Das werde ich dir vorsichtshalber nicht verraten.«

Mit der Antwort hatte Lu gerechnet, schließlich hatte sie seine Bauausschreibung für die Flussresidenz zunichtegemacht. Trotzdem schürzte sie die Lippen.

»Wie geht es dir? Hast du was Neues gefunden?« Seine Stimme klang weich. Anteilnahme schwang mit.

Reiß dich zusammen, ermahnte sich Lu im Stillen. »Ist noch nicht spruchreif.«

Der Kellner kam mit ihrem Whisky, und sie hoben die Gläser.

»Darauf, dass es klappt«, sagte Tobias.

Lu ließ das Glas klingen und verbiss sich ein Grinsen.

»Hast du schon gelesen? Beim Flusseck gibt es Feldhamster. Stand in der Zeitung.« Dass das nur der kostenlose Anzeiger mit der vielen Werbung gewesen war, verschwieg sie. Maxe war mit dem Redakteur im Sportverein und hatte die Meldung eingefädelt.

»Peter hat mir erzählt, dass du ihm gedroht hättest.«

»Was?«

Tobias hob kurz die Augenbrauen und trank dann einen Schluck. Lu war froh, es ihm nachtun zu können.

Sie tat so, als würde sie überlegen. »Ach so, Peter Krämer, wegen der Flussresidenz. Das war auch vor dem Hamster schon eine Schnapsidee von uns. So was ist heute nicht mehr zeitgemäß. Die ganze Stadt ist aufseiten der Pächter. Und Krämer kann echt keinen Ärger gebrauchen nach seinem Infarkt.«

»Warum wolltest du mich von dem Projekt abbringen?«

Er ist gut, dachte Lu. Er lässt nicht locker. Aber ich bin auch gut.

»Es war ehrlich gesagt eine Kurzschlussreaktion. Das mit der Ausschreibung.« Sie sah auf und legte Schmerz und Trotz in ihren Blick. »Als wir im vorletzten Winter da langspaziert sind und überlegt haben, was wir machen könnten, war es romantisch. Es war feucht und kalt und gruselig mit den versifften Hütten. Du hast mich in den Arm genommen und gewärmt …« Sie entließ die Luft durch die leicht geöffneten Lippen und trank dann wieder einen Schluck.

»Louise, das mit der Bürgermeisterin, das war doch nur …«

Sie hob die Hand, um ihn zu stoppen. »Ich will davon nichts mehr hören. Für mich ist das anders.«

»Es ist ein hartes Geschäft.«

»Egal.« Lu trank und hob ihr leeres Glas, als der Kellner vorbeiging. Dann sah sie aus dem Fenster und ließ ein Weilchen verstreichen.

»Guck mal, die Brachen da.« Sie zeigte mit dem Finger Richtung Südring. Die hässliche Durchgangsstraße, die halb um die Altstadt herumführte, lag direkt in ihrem Blickfeld. Dort hatte der Zweite Weltkrieg Lücken gerissen, die immer noch nicht gefüllt waren, das angrenzende Viertel war heruntergekommen. »Eigentlich gar nicht schlecht gleich neben der Altstadt.«

»Für Sozialwohnungen vielleicht. Aber damit lässt sich kein Geld verdienen, wie du weißt.«

»Klar, man müsste das städtebaulich anfassen. Groß eben.« Sie nahm ihr neues Glas vom Kellner entgegen und trank gleich einen Schluck. »Vergiss es.«

Aber sie ließ ihren Blick weiter über das vernachlässigte Viertel schweifen, und da schaute auch Tobias länger hin, griff versonnen nach seinem Glas und trank.

Sie beobachtete ihn aus dem Augenwinkel. So war es immer zwischen ihnen gewesen. Einer von ihnen hatte ein

Grundstück oder ein in die Jahre gekommenes Gebäude entdeckt, sie hatten gemeinsam überlegt, was man daraus machen könnte, und dann hatte Tobias die Besitzlage und das Interesse nach einer Verwertung geprüft oder mit ihr als Lockvogel geweckt und nach Investoren gesucht.

Jetzt strich er sich mit seinen schmalen Fingern durch die Haare, sein Stirnwirbel schwang zur Seite. Ein Zeichen dafür, dass er angebissen hatte und nachdachte, wusste Lu. Das hatte sie beabsichtigt, aber gleichzeitig versetzte es ihr einen Stich.

Sie hatte es leicht gehabt an der Seite von Tobias. Wirklich Mühe hatte sie sich nie geben müssen. Den Stress hatte er gehabt.

Und du ein Wolkenkuckucksheim, brachte Lu sich wieder auf den Boden der Tatsachen zurück.

»Wie geht es deinen Eltern?«, fragte sie, und dann unterhielten sie sich eine Weile über seinen Vater, ein unerschöpfliches Thema, denn der war ein Stinkstiefel, und Tobias konnte es ihm nie recht machen.

Schließlich sagte Lu: »Ich muss los.«

»Danke für das Friedenstreffen«, gab Tobias zurück, denn als solches hatte Lu es angeleiert.

»Den Whisky zahlst du. Weil ich dich vor einem Shitstorm bewahrt habe. Hamstermörder und so.«

Er lachte. »Aufgeschoben ist nicht aufgehoben. Eigentlich wollte ich die erste Laube schon letzten Monat abreißen lassen, da wären die Hamster vielleicht vor dem Lärm davongelaufen, ehe sie jemand entdeckt hätte. Aber du hast der Abrissfirma ja abgesagt.«

Lu trank den Rest ihres Whiskys in einem großen Schluck. Den Abrisstermin hatte sie nicht auf dem Schirm gehabt, sie hatte beim Absagen der Firmenangebote gar nicht so genau geschaut. Kurz blitzte das Bild vor ihr auf, wie Tobias vor ihrem Garten stand und sie vor der Abrissbirne aus der Laube flüchtete. Das wäre eine Kompletterniedrigung geworden.

Reiß dich zusammen, befahl sie sich ein zweites Mal. Er hat angebissen. Du wirst ihn mit dem Südring schon ablenken können. »Ups, dann muss ich wohl zahlen«, sagte sie lässig.

»Lass stecken.« Er grinste und winkte dem Kellner. »Kann ich dich noch irgendwo hinbringen?«

»Nein, lieber nicht.«

Lu sah ihm an, dass er das bedauerlich fand, es ihm aber auch runterging wie Öl. Denn er dachte, was er denken sollte: dass sie nicht schwach werden wollte.

Das mochte zwar so sein, aber der wirkliche Grund war ein ganz anderer. Denn natürlich durfte Tobias niemals erfahren, wo sie untergekrochen war. Und das, stellte sie in dem Moment fest, in dem sie sich unten auf der Straße verabschiedeten und in entgegengesetzte Richtungen davongingen, das war ein so süßes Geheimnis, wie sie nie für möglich gehalten hätte, eins zu besitzen.

Ein süßes und machtvolles Geheimnis zugleich.

Kati betrat den Fahrstuhl zur Bar. Niemals hätte sie sich getraut, dieses Mohnblumenkleid zu kaufen, wenn sie sich nicht mit der perfekten Tarnung hätte selbst überreden können. Aber sie hatte es getan. Ihr detektivisches Unternehmen und das Kleid fühlten sich wie ein neues Leben an.

Sie entdeckte Lus Blondschopf über einer Sessellehne am Fenster sofort. Ihr gegenüber saß ein schlanker Mann mit dunklen Haaren, der Kati bekannt vorkam. Sie ging hinter den beiden vorbei zu den Toiletten und spitzte die Ohren.

»Für Sozialwohnungen vielleicht. Aber damit lässt sich kein Geld verdienen ...«, sagte der Mann gerade.

Und da fiel bei Kati der Groschen. Es war dieser Baufuzzi, der im letzten Jahr bei der öffentlichen Präsentation des Bebauungsplans von der Flussresidenz schwadroniert hatte. Dieses smarte Arschloch.

Sie ging weiter zur Toilette und lehnte sich mit dem Rücken an die Tür. So richtig verstand sie es noch nicht. Aber eins nach dem anderen, sie würde in Ruhe nachdenken. Nach einer angemessenen Zeit verließ sie den Waschraum, ging schnurstracks durch die Bar zurück und betrat wenig später den Biergarten am Fluss gegenüber ihrer Kolonie. Auch dort strebte sie als Erstes die Toilette an, jedoch nur, um sich wieder umzuziehen. Sie konnte schlecht an einem beliebigen Wochentag in einem so schicken Kleid zu Hause auftauchen. Nein, das würde sie mit Maxe ordentlich einweihen. Vielleicht in dem Café ein paar Häuser weiter, in dem waren sie lange nicht gewesen. Wie sie überhaupt schon ewig nicht mehr zusammen aus gewesen waren.

Egal, sie musste jetzt über etwas anderes nachdenken. Mit einem Bier setzte sie sich an einen Tisch, von dem aus sie das Flusseck im Blick hatte.

Lu und dieser Baufuzzi. Die beiden hatten vertraut ausgesehen, wie sie so zusammengesessen hatten. Er wollte diesen hässlichen Wohnriegel auf dem Gelände ihrer Kolonie bauen. Das von Lu geplante Haus sah ganz anders aus. Kati trank einen großen Schluck Bier. Es tat gut. Sie war ganz schön weit gelaufen. Sie setzte das Glas ab und kombinierte weiter.

Vielleicht war er ihr Ex. Und sie wollte ihn hintergehen.

Kati lächelte. Das passte. Nur zu dem Feldhamster passte

es nicht, Lu war von der Idee begeistert gewesen. Hatte sie das vorgespielt?

Die Hamster … Kati trank erneut einen Schluck. Die waren schon eine ganze Weile nicht mehr gesichtet worden. Seit sie sich unter Efkans Zaun durchgebuddelt hatten. Es sah danach aus, als ob sie sich davongemacht hätten. Ob Lu sie vertrieben hatte?

Wie auch immer, zuzutrauen war der Frau jedenfalls alles.

Kati drehte das Bierglas auf dem Tisch hin und her und schaute über den Fluss. Was sollte sie jetzt mit ihren Erkenntnissen machen? Die Abendsonne schien seitlich durch die Gärten. Lus Rosen standen in voller Blüte. Philipp schaukelte. Rudi hockte auf der Bank vor seiner Laube, ein Rauchwölkchen zog über ihn. Maxe konnte sie nicht sehen, ihre Hecke war zu hoch. Efkan kam mit einem Eimer, vermutlich Hühnerfutter, neben seinem Haus in Sicht, und Maja saß mit einem Buch auf der Terrasse.

Es war so friedlich.

Und so langweilig.

Ob sie Privatdetektivin werden sollte auf ihre alten Tage? Das hatte Spaß gemacht vorhin. Oder Krimis schreiben?

Eigentlich würde sie lieber Krimis schreiben, und die heute entdeckte Geschichte war durchaus inspirierend. Auch wenn sie noch nicht wusste, was sie im wirklichen Leben mit ihren Erkenntnissen anfangen sollte. Aber was war schon das wirkliche Leben gegen eine gute Geschichte. Ihres jedenfalls nicht viel.

»Joan!«

Rudis Tochter kam über den Gartenweg. Mit einem Korb, aus dem eine Flasche Wein ragte. Das musste eine Fata Morgana sein.

»Hallo, Papa.«

Es war keine Fata Morgana. Die redeten nicht.

Rudi trat mit drei Möhren über die Buchsumrandung aus dem Gemüsebeet.

Dann standen sie sich gegenüber, Vater und Tochter. Er wusste nicht, wohin mit seinen erdverschmierten Händen, aber sie verzichtete auf die Umstände einer Begrüßung und musterte das Beet. »Hmm, Pflücksalat.«

»Ich mach dir welchen«, sagte er und ruderte gleich zurück. »Oder geb dir davon mit, wenn du willst.« Schließlich wollte er sie nicht in Verlegenheit bringen, falls sie bei ihm nichts essen wollte und die Flasche gar nicht für sie beide gedacht war.

»Ich hab Spätzleteig mitgebracht.«

Spätzleteig. Vermutlich Dorles Spätzleteig, wie er nach einem genaueren Blick in den Korb feststellte, in dem in einer Dose die gelbliche Masse neben einer Spätzlepresse ruhte. Außerdem lagen drei Zwiebeln und ein Salatkopf aus dem Supermarkt drin.

»Na dann«, sagte Rudi. »Ich freu mich, dass du da bist.« Er zeigte auf den Korb. »Salat und Zwiebeln brauchen wir nicht. Ich hab Pflücksalat, Radieschen und Lauchzwiebeln.«

»Na dann«, gab Joan zurück, und sie lächelten sich vorsichtig an.

Hübsch sieht sie aus, dachte Rudi. Bequeme Jeans, robustes Schuhwerk und aus einer geöffneten Strickjacke flatterte eine dünne gemusterte Bluse. Dazu mehrere Perlenarmbänder mit Quasten. Ein bisschen flippig, wie Dorle als junges

Mädchen, und mit genauso sattbraunen, leicht gewellten Haaren, in die sich ungeniert weiße mischten.

Er führte sie in die Laube, wo sie in der Küchenecke den Korb abstellen konnte, und spülte schnell die Erde von seinen Händen und den Möhren ab.

»Ich wollte mich bedanken«, sagte sie.

Ole hatte ihr also von dem Eierwurf-Debakel erzählt. Klar, einfach so wäre Joan nie vorbeigekommen. Dorle musste ihr sein Versagen damals eingeimpft haben, und er konnte es ihr nicht verdenken. Als Joan hergezogen war – eine alte Freundin von Dorle hatte der alleinerziehenden Mutter einen Arbeitsplatz besorgt –, hatte sich Rudi Hoffnungen gemacht. Aber es war lediglich zu einigen wenigen Treffen bei Festlichkeiten gekommen, und nur weil Ole sich in der Pubertät seines Großvaters entsonnen hatte und sie einen Draht zueinander entwickelten, gab es überhaupt noch Kontakt.

Die ersten Möhren waren so zart, dass man sie nicht zu schälen brauchte. Rudi schnitt das Kraut ab und reichte Joan eine. »Vorspeise. Hat das rechte Arschloch die Anzeige zurückgezogen?«

Joan biss in die Möhre, dass es knackte, und nickte. »Ole und sein Kumpel mussten ordentlich was zusammenkratzen für die Reinigungsfirma, aber ich hab auch was dazugegeben. Schließlich hat Ole mich verteidigen wollen.« Sie kaute. »Schmeckt gut, richtig süß. Wie hast du das überhaupt hingekriegt? Der Typ war echt hardcore.«

Rudi gab ein unbestimmtes »Mmh« von sich, kramte seinen größten Topf hervor, füllte ihn mit Wasser und setzte ihn auf den Herd. »Komm, wir gehen das Grünzeug ernten.«

Joan pflückte Salat, Rudi zog Lauchzwiebeln und Radieschen aus der Erde. Sie arbeiteten einträchtig Hand in Hand, auch in der Küche beim Schnippeln, Spätzlereiben und Zwiebeln schmelzen.

Rudi deckte den Gartentisch, und sie setzten sich nebeneinander auf die Bank mit Blick über den Rasen und den Fluss bis hin zur Altstadt. Die Junisonne wärmte sie auch am Abend noch.

»Göttlich«, sagte Joan, als sie den Salat kostete.

»Dorles Rezept«, stellte Rudi fest, der sich über die Spätzle hermachte. »Die Idee mit dem Hauch Kurkuma hat deine Mutter damals aus Asien mitgebracht und damit eure schwäbische Hausrezeptur aufgepeppt.«

»Das war wohl das Einzige, was sie mitgebracht hat.« Joan schnaubte. »Ein Hauch Kurkuma.«

»Wieso?«, fragte Rudi.

»Weißt du eigentlich, wie spießig Mama war?«

»Spießig?« Rudi legte die Gabel weg. »Dorle war doch nicht spießig.«

»Mama war so kleinbürgerlich, dass es nicht zum Aushalten war. Ich hab nie verstanden, dass sie mal als Hippie in Indien gewesen sein soll.«

»Oh.« Rudi griff wieder nach seiner Gabel, aß und überlegte. »Sie hat wohl eine Hundertachtziggradwendung gemacht«, sagte er leise.

»So hundertachtzig Grad, dass ich mich aus Protest im multikulturellen Zentrum engagiert habe, das Ergebnis ist Ole.«

»Ein sehr gutes Ergebnis.« Rudi hob sein Glas.

»Stimmt.«

Sie prosteten sich zu.

»Ich zeig dir was.« Rudi ging ins Haus, holte ein groß geblümtes Fotoalbum aus dem Schlafzimmerschrank und legte es vor Joan auf den Tisch.

Sie zog ein Taschentuch aus der Hosentasche, wischte sich

die Finger daran ab und schlug das Album auf. »Nee«, sagte sie, als sie auf ein ausgeblichenes Polaroid ihrer Mutter im Häkelbikini am Strand von Goa stieß. Sie blätterte weiter.

Rudi aß und schaute zu, wie sich vor den Augen seiner Tochter auf Schwarz-Weiß-, Farb- und Polaroidbildern eine Welt aus Lagerfeuern, Strand, schroffen Bergen, Bullis auf halsbrecherischen Straßen, Kifferrunden, turbantragenden Menschen, verwilderten Hunden und viel langem Haar entfaltete. Ihr Mund öffnete sich vor Staunen. Sie zeigte auf ein Foto, auf dem ihre Eltern von hinten zu sehen waren, wie sie nackt ins Meer rannten, und lachte ihr perlendes, helles Lachen.

Rudi hielt den Atem an. Das Lachen hatte sie von Dorle. Genauso hatte Dorle in dem Moment gelacht, in dem das Foto geschossen worden war.

»Es war also wirklich so«, sagte Joan schließlich und trank einen großen Schluck Wein.

»Deine Spätzle sind bestimmt schon kalt. Ich hätte warten sollen.« Rudis Stimme klang rau in seinen Ohren.

»Die schmecken trotzdem.« Joan schob das Album ein Stück weg und widmete sich wieder ihrem Essen. Aber dann zögerte sie. »Was ist passiert, Papa, dass sie so anders geworden ist?«

Rudis Hals wurde eng. Er räusperte sich. Und schwieg.

»Papa?«

»Etwas Schlimmes, Joan.« Ich will sie nicht verlieren, hämmerte es in Rudis Kopf. Ich will sie nicht verlieren, nicht jetzt. Nach einem halben Jahrhundert sitzt sie hier neben mir. Lacht. Ist glücklich.

Er stützte die Ellenbogen auf den Tisch und legte seinen Kopf in die Hände.

Seine Tochter strich ihm über den Rücken.

»Ich kann nicht darüber sprechen«, murmelte er zwischen seinen Fingern hindurch. »Jetzt nicht. Ein andermal, ja?«

»Ist gut, Papa.«

Er hob den Kopf. »Jedenfalls bin ich schuld.«

Joan nickte.

Dann lehnten sie sich beide gleichzeitig zurück und blickten über den Rasen zum Fluss, der friedlich in seinem Bett vor sich hin strömte. Dessen Wasser irgendwann ins Meer floss, sich in den Ozeanen verteilte und vielleicht in einem der spritzenden Tropfen auf dem Badefoto enthalten war.

Sie hat es ihr nie erzählt. Rudi konnte es kaum glauben. Dorle hatte ihrer Tochter nie gesagt, was er getan hatte. Hatte sie es ihr ersparen wollen, oder hatte sie ihn doch noch geliebt?

Rudi legte vorsichtig einen Arm um Joans Schulter, und sie ließ es geschehen. Sie tranken die Flasche Wein zusammen aus, und erst dann ging Joan.

Es war der erste Abend seit einem halben Jahrhundert, an dem Rudi auf seinen Joint zum Einschlafen verzichtete. Er brauchte keinen. Doch gegen Mitternacht wachte er mit einem Ächzen auf. Im Traum hatte er das Blut gesehen. Diesen roten Streifen in kinderblondem Haar. Den ungläubigen Blick. Ein fürchterliches Geschrei aus vielen Kehlen gellte in seinen Ohren nach.

»Ihr habt die Hamster wirklich gar nicht mehr gesichtet?«, fragte Maxe.

Sein Gesicht sieht aus wie das Leiden Christi, dachte Kati und legte ihren Arm um Maxes Hüfte. Sie standen unweit des Hamsterlochs mit M&M in deren Garten.

Die beiden jungen Frauen schüttelten synchron die Köpfe.

»Ich kann manchmal nicht gut schlafen und gucke dann lange raus – aber nichts«, sagte Maja.

»Florian hat drei ganze Nächte hier gesessen und hat sie auch nicht gesehen«, fügte Merle hinzu.

Missmutig starrte Maxe auf das Loch, atmete ein paarmal tief durch und hakte dann die Daumen in seine Gürtelschlaufen, so dass Kati erleichtert den Arm wegnahm. Ihr Mann mochte keinen Trost in der Öffentlichkeit, weshalb er sich zusammenriss, wie Kati seine nächsten Worte bewiesen. »Wir müssen eine Versammlung abhalten.«

»Aber ohne Lu.«

Kati schaute überrascht zu Maja. Das war wie aus der Pistole geschossen gekommen.

»Wieso nicht?«, fragte sie.

»Ich trau der nicht.« Die junge Frau zuckte mit den Schultern. »Neulich samstags habe ich Getreidesamen für Fine und Finn bei ihr geholt, da saß sie in voller Montur am Schreibtisch und arbeitete. Sie hat alles sofort verdeckt und von mehreren Auftraggebern gefaselt, ohne dass ich gefragt habe.«

»Maja hat ein Gefühl dafür, wenn jemand das Blaue vom Himmel erzählt«, bemerkte Merle.

»Sie hat schon am allerersten Tag hier irgendwas gearbeitet, obwohl sie doch angeblich gerade ihren Job geschmissen hatte«, ergänzte Maja.

Merle nickte dazu und zupfte nervös an ihrem Haarknoten. Die Haare sind viel zu lang, dachte Kati, überall Spliss. Zehn Zentimeter weniger und eine schöne Ei-Öl-Honigkur, dann würde die Frau gleich ganz anders aussehen. »Wir haben mal darüber geredet, dass hier irgendwann Bagger anrollen, und Lu hat richtig gehässig gesagt, dass erst mal keine kommen würden.« Sie hob den Zeigefinger. *»Erst mal.«*

Gehässig, dachte Kati. In Bezug auf Lus Treffen mit diesem Tobias Starcke war das ein interessanter Eindruck. Missgönnte sie dem aalglatten Typen sein Projekt? Wollte sie ihn ausstechen? Das passte zu dem, was Kati auf Lus Bildschirm gesehen hatte.

»Und besonders froh schien sie nicht zu sein, als ich ihr erzählt habe, dass Florians Schwester unsere Anwältin ist. Das fand ich auch komisch«, fuhr Merle fort. »Sabrina ist genau auf so was spezialisiert. Besser konnte es für uns doch gar nicht kommen.«

»Hm«, brummte Maxe, nahm eine Hand vom Gürtel und fuhr ein paarmal mit dem Finger durch die Luft, als wolle er einen Takt schlagen. »Sabrina. Besprechung. Neulich. Lu war dabei. Eigentlich hat sie gute Argumente für uns beigetragen, aber dann hat sie irgendwelche Wettbewerbsmauscheleien für diesen Wohnriegel, der hier hinsoll, erwähnt. Das ist für uns gar nicht relevant, denn es geht ja darum, ob unsere Kolonie überhaupt zu Bauland wird. Wenn dann bei der Vergabe für einen Auftrag gemauschelt wird, baut eben jemand anders. Und ein gutes Argument, nämlich das mit dem Hochwasser, wird nicht ziehen. Sabrina hat sich die Unterlagen für die Flussresidenz angesehen, und da gibt es ein Gutachten, dass der kleine Stausee flussaufwärts in solchen Fällen kontrolliert abgelassen werden kann, unser Grundstück wird als Schwemmfläche also nicht mehr gebraucht werden.«

Kati war erstaunt. Nicht über das, was Maxe gesagt hatte, das passte als Baustein in ihre Vermutungen hinein, sondern über seine Rede. Ich hab völlig vergessen, dass ich einen intelligenten Mann habe, dachte sie. Er war offenbar nicht verdummt bei seinem stupiden Herumwerkeln in der Erde.

»Gut, Versammlung ohne Lu. Ist ja sowieso kein rechtmäßiges Vereinsmitglied«, schloss Kati schnell, ehe ihr Mann womöglich einen Schritt weiterdachte und auf die Zusammenhänge kam, die ihr immer deutlicher wurden.

Die anderen nickten, und sie gingen auseinander. Kati lief innerlich zufrieden neben ihrem bedrückt schweigenden Mann zurück zu ihrer Laube. Gut, dass sie ihr Wissen erst einmal für sich behalten konnte. Denn sie war sich noch nicht sicher, wie sie es verwenden wollte.

Die Stimmung erinnerte Efkan an den Gestank vergorener Feta-Lake.

Sie saßen im Biergarten am Fluss gegenüber ihrer Kolonie. Alle waren da, außer Jana, die war bei den Kindern. Und außer Lu. Es fühlte sich an wie ein Rauswurf, hier zu hocken, gegenüber ihrer Kolonie, dabei war Lu die, die offenbar verstoßen werden sollte.

Gerade hatten Maxe und Maja von ihrem Misstrauen gegenüber der Neuen berichtet. Da rutschte Sara neben ihm auf der Bierbank hin und her. Offenbar war ihr etwas unangenehm.

»Ich glaube, ich habe sie mal mit diesem Typen gesehen, dem schwarz gekleideten Dünnen, der diesen schrecklichen Klotz bauen will, der bei uns hinsoll.«

»Dem Projektentwickler? Tobias Starcke?«, fragte Maxe.

Sara nickte. »Ja, wahrscheinlich. In dem Coffeeshop gleich neben dem Markt.«

»Das muss nichts heißen, Lu ist Architektin, und in der Branche kennt man sich sicher«, sagte Efkan und nahm Saras Hand. Er merkte, wie unangenehm es ihr war, Lu zu verdächtigen. Ihm widerstrebte es auch. Was für ein Motiv sollte sie denn haben? Sie war bei ihnen untergekommen, und er hatte den Eindruck, sie fühlte sich wohl in ihrer Gemeinschaft. Missmutig schaute er hinüber zu den Gärten.

»Wisst ihr, was mich gewundert hat?« Rudi verschränkte die Arme vor der Brust. »Sie hat Rosensetzlinge gemacht.«

»Hä?« Florians Gesicht war ein einziges Fragezeichen.

Auch Efkan wusste nicht, was das zur Sache beitragen sollte.

»Warum macht eine wie Lu Ableger, wenn sie doch Rosen im Garten hat? Richtig viele kräftige Rosen?«

»Die ich mit ihr beschnitten habe«, sagte Maxe.

»Und die blühen wie verrückt.« Maja zeigte über den Fluss.

Alle schauten hinüber zu ihrer Kolonie, wie Efkan bei einem kurzen Blick in die Runde feststellte. Dort leuchtete in Lus Garten eine Farbkaskade wie das Lichtspiel der Abendsonne auf den Wellen des Atatürk-Stausees in der Heimat seiner Vorfahren. Weiß, rosé, orange, rot …

Auf den Gesichtern seiner Nachbarn spiegelte sich etwas anderes. Auf Maxes und M&Ms Schmerz und Sorge, auf Florians Verwirrung, Kati sah nachdenklich aus. Nur Sara schaute interessiert, als säße sie im Kino. Sie scheint die Bedrohung nicht sonderlich zu berühren, dachte Efkan, und es versetzte ihm einen Stich. In diesem Moment war sie ihm erschreckend fremd. Eine leise Angst beschlich ihn. Was hatte dazu geführt? Er verdrängte den Gedanken, denn die anderen setzten das Gespräch fort.

»Gärtnern ist sonst nicht so die Sache unserer schicken Lu«, fuhr Rudi fort.

»Vielleicht will sie die Setzlinge einer Freundin schenken«, sagte Sara.

»Vielleicht.« Rudi wackelte mit dem Kopf.

»Aber der Gedanke passt nicht zu ihr«, ergänzte Merle. »Sie würde andere Sachen schenken.«

Rudi nickte.

»Rosen hin, Rosen her, vielleicht ist das einfach wie Kofferpacken, eine Erinnerung an uns, wenn Lu eine neue Wohnung findet. Für den Balkon vielleicht. Festzustellen ist: Lu kennt offenbar diesen Starcke und verhält sich uneindeutig, wenn es um den Erhalt unserer Gärten geht«, fasste Kati zusammen. »Aber das kann uns doch egal sein.«

»Außer sie hat selbst etwas mit unserer Kolonie vor«, ergänzte Rudi und trank einen Schluck Bier.

»Was? Also das kann ich mir überhaupt nicht vorstellen.« Florian zog die Augenbrauen zusammen. »Das ist doch Rufmord hier.«

Das fand Efkan auch. Seine Stimme kam ihm rau vor, als er es kundtat.

»Da wir nicht feststellen können, ob wir ein Kuckucksei im Nest haben oder nicht, sollten wir uns lieber der Sachlage widmen.« Efkan sah, wie Kati ihrem Mann einen auffordernden Blick zuwarf. Die Frau des Vereinsvorsitzenden war sehr pragmatisch. Das schätzte Efkan an ihr, aber irgendwie fehlte es ihr an Herzensgüte. Vielleicht war ihr Mann deswegen Kunde bei Sara?

Maxe setzte sein Bierglas mit einem dumpfen Klopfer auf dem Tisch ab, was Efkans Aufmerksamkeit von seinem bitteren Wissen ablenkte. »Sabrina sieht die Lage sehr kritisch. Sie meint, nur die Hamster könnten uns noch retten.«

»Und die haben wir schon ewig nicht mehr gesehen.« Sara seufzte. »Wir gehen abends immer ganz vorsichtig rein, wenn wir von der Arbeit kommen, um Fine und Finn nicht zu stören, aber wir hätten sie wenigstens weglaufen sehen müssen. Die sind ja ziemlich groß.«

»Hat irgendjemand von den anderen bei sich Hamsterlöcher entdeckt?«, fragte Maxe.

»Nichts«, sagte Rudi.

Florian schüttelte den Kopf und sah unglücklich aus.

Maxe stöhnte. »Wir brauchen irgendeine Dokumentation, dass die Hamster da sind.«

»Ich hab Fotos gemacht, aber nur im Gehege«, sagte Merle.

»Das nützt uns nichts. Im Gegenteil.«

»Ich fotografiere die Eingänge. Nur die Wanderratte hat ähnliche Eingänge, die von Mäusen sind kleiner. Und ich werde dafür einen Zollstock in die Fallröhre stoßen. Wanderrattenbaue sind nicht so tief«, verkündete Florian.

Efkans Herz klopfte. Das war doch schon mal was. Maxe nickte anerkennend. »Mach das. Am besten gleich morgen. Leitest du die Fotos deiner Schwester weiter?«

»Klar.«

»Gegenüber der Stadt tun wir so, als gebe es die Hamster. Dass wir sie mehrfach gesehen haben, soll Sabrina auch erwähnen«, ergänzte Kati.

»Sag ich ihr.« Florian nickte Kati zu.

»Ich erzähl es im Laden rum.« Efkan war froh, behilflich sein zu können. Es machte ihn zufrieden.

»Und ich im Salon.« Jetzt drückte Sara seine Hand, und Efkan hätte seine am liebsten weggezogen. Sie tut das alles nur wegen mir, dachte er bitter. Das war das Letzte, was er wollte. Seine Zufriedenheit war dahin.

Maja flüsterte Merle etwas ins Ohr, und Merle schien einen Moment zu brauchen, bis sie es verstand, aber dann grinste sie ihre Freundin an. Anerkennend. So wie Efkan von Sara gern angelächelt werden würde.

Maja wandte sich zu den anderen. »Und Lu werden wir es zeigen. Ich hab eine Idee. Wenn unser Verdacht unbegründet ist, findet sie es cool. Wenn sie aber tatsächlich was gegen uns im Schilde führt, kriegt sie vielleicht kalte Füße.«

»Aha?«, machte Maxe.

»Lasst euch überraschen«, sagte Merle. »Majas Idee ist wirklich gut.«

Kati sah aus, als wolle sie noch etwas sagen, aber da kam der Kellner und brachte eine neue Runde Bier. Und so blieb es dabei.

Efkan nahm sein volles Glas in eine Hand und zog Sara mit der anderen an sich. Ihr Haar duftete nach ihrem Kokosshampoo. Entspannt lehnte sie an seiner Brust und sah sich im Biergarten um, während die anderen ihre Blicke über den Fluss schweifen ließen. Efkan merkte, dass seine Frau gern hier war, zwischen all den Leuten.

Sie seufzte glücklich und trank einen Schluck.

Hier muss sie nicht Gastgeberin sein, dachte Efkan schwermütig. Und dann bestürzt: Wie kannst du unglücklich sein über das Glück deiner Frau?

Florian pinkelte an den Boskop, in dem die Holzschaukel hing. Nach den letzten Regenfällen sollte er sie wieder ölen, damit sie nicht spröde wurde und die Kinder sich einen Splitter einrissen. Scheißding, ein Plastikbrett wäre viel praktischer gewesen, so was gab es bestimmt längst recycelt.

Die Hanfschnur war auch zu rau. Aber ihre Freunde hätten die Nase gerümpft über eine Plastikschaukel, die die Entwicklung des ästhetischen Empfindens der Kinder in eine falsche Richtung gelenkt hätte.

Florian schloss seinen Hosenschlitz und sah über den Rasen. Aus Janas Atelier fiel Licht. Sie war in den Garten gefahren, um die Abendzeit zu nutzen, während die Kinder schliefen und Florian mit dem Verein im Biergarten saß.

Er musste unbedingt mit ihr reden, irgendwas stimmte bei dieser vielen Arbeit nicht. Daran, dass seine Frau verdruckst und reizbar geworden war. Und obwohl sich in seinem bierumnebelten Gehirn leise ein Stimmchen regte, dass das in angetrunkenem Zustand vielleicht nicht der richtige Moment sei, stapfte er mit großen Schritten stracks auf die Rückseite ihres Schuppens zu und riss die Tür auf.

Als Nächstes spürte er einen stechenden Schmerz in den Augen und hörte irgendwelche Utensilien auf den Boden poltern. Dann Janas Schrei. »Flori!«

Während er die Augen zusammenkniff und sich krümmte, weil es schrecklich brannte, spürte er, wie seine Frau ihn umfing.

Pfefferspray, dachte Florian ernüchtert. Sie hat mich mit Pfefferspray angegriffen. Sein ärztlicher Verstand signalisierte ihm sofort: Wasser. Öl. Milde Seife.

»Gartenschlauch«, japste er.

»Sofort.« Jana ließ ihn los, er kauerte sich auf den Boden und hörte, wie sie den Schlauch zu ihm zerrte.

»Sanfter Strahl«, zischte er, und gleich darauf plätscherte es. Er streckte den Arm aus und spürte, wie Jana ihm die Brause in die Hand drückte. Er nahm sie und ließ sich das Wasser übers Gesicht laufen. Es brannte und brannte.

»Olivenöl. Lina-Maries Shampoo. Schüssel zum Gesichtreintauchen. Kaltes Wasser«, wies er Jana an. Eine milde Seife würde das Capsaicin lösen. Auch in seinen Augen. Hoffentlich. Vollmilch wäre noch besser gewesen, aber sie hatten ja nur Hafermilch im Haus. Scheiße.

Fast eine geschlagene Stunde später, nach Ölduschen, mehreren Gesichtsbädern mit dem Kindershampoo, immer wieder kaltem Wasser aus dem Schlauch, tupfte er sich zum dritten Mal das Gesicht mit einem frischen Handtuch ab.

Endlich war das Brennen erträglich. Den Rest würde die Zeit heilen.

Er schlotterte in den klatschnassen Sachen, zog sie aus, ließ sie liegen, trat wortlos neben die Laube zu ihrem Zuber mit dem schwarzen Solarschlauch und duschte sich lauwarm ab.

Seine Frau sammelte schweigend seine Kleidung zusammen und trug sie hinters Haus, um sie über ihr Tennisnetz zu hängen. Der schmale Streifen dort war ihre Tenniswiese, aber dieses Jahr hatten sie bloß ein einziges Mal gespielt und sich dabei gestritten. Pingpong gelang nur unbeschwert, und ihre Leichtigkeit war weg.

Es ist fertig, dachte Lu. Sie sah sich ihr Terrassenhaus auf dem Bildschirm an, startete die Dreihundertsechziggraddrehung der Außenansicht. Bisher nur eine Grobplanung, aber räumlich und haustechnisch komplett durchdacht. Es würde sechzig bis achtzig Menschen ein neues Zuhause geben, wenn sie es bauen könnte.

Nebenan war ein unterdrückter Schrei zu hören. Dann Janas erschrecktes »Flori!«. Lu horchte auf. Sie vernahm eilige Schritte, Wasserplätschern und eine ebenso hastige Unterhaltung. Vielleicht war der Tollpatsch Florian im Dunkeln auf eine Harke getreten und kühlte jetzt seine Stirn mit dem Gartenschlauch.

Gegen halb sieben war es still geworden in der Kolonie. Alle außer Jana und die Kinder waren verschwunden, ungewöhnlich an einem so schönen Sommerabend. Verdächtig. Das Gefühl des Alleinseins hatte sich angeschlichen. Sie hatte es nahezu verdrängt in letzter Zeit, sich gesagt, dass sie das Richtige tat. Sechzig bis achtzig Menschen das ganze Jahr gegen zwölf in einer sommerlichen Idylle, vergegenwärtigte sie sich. Auch wenn du es allein besser weißt, du weißt es besser, und das zählt. Nicht das Alleinsein.

Sie dachte an ihre Kindheit, wie öfter in letzter Zeit. An ihre Mutter, die mit Arbeit, Haushalt und sich selbst beschäftigt gewesen war. Am wenigsten mit ihr. Vielleicht kam da dieses Alleinsein, dieses Alleinmachen her. Dieses Gefühl, nur etwas wert zu sein, wenn man es gut machte. Lu ging in die Küche und nahm den Klaren aus dem Schrank. Werd nicht rührselig. Wohnungen für sechzig bis achtzig Menschen mit täglichem Weitblick über den Fluss. Eine gute Entscheidung für viele tut eben einigen wenigen weh. Dazu wollte sie stehen. Sie goss eines der Schulze'schen Schnapsgläser voll. Ja, es war richtig, aber es fühlte sich schal an.

Lu trat mit dem Glas vor ihre Laube. Erst vor kurzem waren außer Sara und Efkan alle wiedergekommen – gemeinsam waren sie bei ihr vorbeigelaufen. Es hatte wohl eine Runde gegeben, eine ohne sie. Und das war nicht nur verdächtig, sondern alarmierend.

Sie trank und guckte auf ihr Schnapsglas aus hauchdünnem, getöntem Glas. Unpassend für die Menge, die sie hineingegossen hatte. Es war ein Glas für einen Digestif nach einem geselligen Essen. Schön anzusehen, eher festlich als alltäglich. Ein Glas für ein fröhliches Schlückchen, nicht für einsame Schlucke.

Sie ließ ihren Blick durch den Garten schweifen, über den sich die Nacht gesenkt hatte. Die ersten Grillen zirpten, bei den Erdbeeren raschelte es. Sie genoss das nachbarschaftliche Geben und Nehmen, einen Plausch hier und da. Das idyllische Sommerleben einer Kleingartenanlage. Sie nahm all das in sich auf. Sie ließ sich diese hellen Tage in den Gärten schenken. Und davon würde sie etwas zurückgeben. Nein, nicht zurückgeben, das widerspräche auch einem Geschenk. Sie würde etwas anderes schenken. Etwas Neues. Sie hob das Glas für sich selbst. Prost, Lu! Auf das Schenken.

Während Florian sich in der Laube eine Jogginghose und seinen wärmsten Sweater anzog, huschte Jana zwischen Ofen und Herd hin und her. Sie heizte ein und machte ihm Kindertee. Er zog das Schlafsofa aus, setzte sich ins Bett und dachte nach.

Irgendwann gesellte sich Jana in Slip und Pullover zu ihm unter die Bettdecke, sie war nur schnell aus ihrer Arbeitshose geschlüpft. Sie reichte ihm einen Thermobecher Tee, der anheimelnd nach Früchten und Fenchel roch, für Florian ein Familienduft, den er liebte.

»Entschuldige«, sagte sie zum gefühlt hundertsten Mal an diesem Abend. »Entschuldige, ich habe dich für einen Einbrecher gehalten.«

Florian schüttelte den Kopf.

»Fragt sich nur, warum du das Pfefferspray in deinem Atelier hattest und warum dort ein schweineteures neues Schloss hängt, während die Laube, in der unsere Kinder schlafen, mit jedem billigen Pick in dreißig Sekunden geöffnet werden könnte.«

»Florian …«

»Ich höre.« Er blickte seine Frau an. Ihr Gesicht und Hals waren wieder einmal rotfleckig vor Aufregung.

Jana holte tief Luft.

»Okay. Das Bild von Merles Mutter …«

Noch mal tiefes Atemholen. Florian wartete.

»Das Bild von Merles Mutter ist keine Kopie. Es ist echt.«

Florian stand auf dem Schlauch. Das musste sie bemerkt haben, denn sie präzisierte: »In unserem Schuppen steht ein echter van Gogh auf der Staffelei.«

»Und den hat Merles Mutter dir einfach so gegeben. Nicht einer großen Restaurationswerkstatt. Wie hast du den denn versichert? Ich meine, hier, in unserem Schuppen, das versichert dir doch niemand.« Florian schüttelte den Kopf. Das war noch absurder als das, was seine Nachbarn heute Abend wegen Lu abgezogen hatten. Nur weil die junge Architektin schick war und nicht in diese Kleingartenwelt passte, wollten sie ihr irgendwas anhängen.

»Merles Mutter weiß nicht, dass er echt ist.«

»Wie bitte?« Das wurde ja immer besser.

»Ich erklär's dir.« Jetzt war Janas Stimme fester, tiefer, so wie sie ihm gefiel. Wie sie war, wenn seine Frau ganz bei sich war. Er trank einen Schluck Tee und wandte sich ihr zu. Ihr Haar war wirr, sie sah sexy aus.

»Als ich das Bild gesehen habe bei Lagiers, ist mir fast das Herz stehen geblieben. Ich seh so was, Flori. Ich hab erst mal nichts gesagt, hätte schließlich sein können, ich täusche mich. Und das wäre peinlich gewesen. Merles Familie hat ja geglaubt, eine Kopie zu besitzen.«

»Aber van Gogh, ich meine …« Das konnte nicht sein. Van Gogh war einer der teuersten Maler der Welt, und diese Bankiersfamilie musste doch wissen, was sie besaß.

»Warte«, unterbrach ihn Jana. »Das Bild hängt normalerweise in ihrem Haus in der Provence. Es hängt schon ewig da, seit mehr als hundert Jahren. Da war die Familie noch gar nicht so reich. Und dass es seit mehr als hundert Jahren dort in dem Haus ist, hat meinen Verdacht bestärkt.«

Janas Augen begannen zu leuchten, so wie Florian sie

schon lange nicht mehr hatte leuchten sehen, nicht mal beim Sex. Das machte ihn neugierig.

»Warte«, sagte Jana wieder, lief leise ins Kinderzimmer und kehrte kurz darauf mit einer schmalen Mappe zurück. »Hab ich hinter dem Bett versteckt.« Sie setzte sich wieder neben ihn unter die Decke und öffnete die Mappe. Ganz oben lagen vier Abbildungen von Gemälden, die die gleiche Frau zeigten, die auch in ihrem Schuppen zu sehen war. »Das ist Madame Ginoux, die Wirtin von van Goghs Stammkneipe in Arles. Da, wo er sich mit Absinth das Hirn wegtrank. Während seines Aufenthalts in der Heilanstalt Saint-Paul-de-Mausole in der Provence malte van Gogh 1890 fünf Porträts von Madame Ginoux. Und zwar auf der Grundlage einer Zeichnung seines Kollegen Gauguin, die der zwei Jahre vorher angefertigt hatte.«

Jana zog eine weitere Kopie aus der Mappe, die eine unauffällige Zeichnung zeigte. Florian warf einen Blick darauf. Ja, die konnte gut das Vorbild für die Bilder sein, fand er.

»Vier dieser Porträts hat van Gogh verkauft, sie sind mittlerweile in der ganzen Welt verstreut, aber eines fehlt. Aus einem Brief geht hervor, dass es für Madame Ginoux selbst bestimmt war und auf der Reise nach Arles verloren gegangen ist.«

Florian wurde ganz schwindelig.

»Van Gogh hat es wahrscheinlich im Zug beim Kartenspielen verloren. Und wie es aussieht, beim Spiel gegen Merles Ururgroßvater. Es gibt einen kaum leserlichen Kontrakt auf der Rückseite einer Fahrkarte, bei dem sich van Gogh als »Kopist« bezeichnet, vielleicht wegen der Gauguin-Vorlage. Die Männer haben den Handel wohl mit Blutstropfen-Fingerabdrücken signiert. Die Abmachung soll in dem Haus in der Provence liegen. Und weil da eben kein Name draufsteht und der Ururgroßvater vielleicht auch keine Ahnung hatte, mit wem er da gereist ist, und es echte *Madames Ginoux'* gibt, die als Vorlage gedient haben könnten, muss sich die Kopiegeschichte eingeschlichen haben. Dass noch ein fünftes Bild existiert, weiß kein Mensch, nur ein paar Kunstwissenschaftler.«

Florian schwirrte der Kopf. »Jana, was erzählst du mir da für eine Räuberpistole.« Aber andererseits, die vier Bilder in der Mappe sahen alle ein wenig unterschiedlich aus, und das in Janas Atelier, die fünfte Variante, entsprach keiner der vier vorhandenen.

Jana ging nicht auf seine Worte ein. »Als ich dir erzählt habe, ich sei in Süddeutschland, habe ich dich belogen.« Sie steckte sich fahrig eine Haarsträhne hinters Ohr. »Ich war in Rom. In der Nationalgalerie, bei meiner alten Studienfreundin. Da hängt eins der vier anderen Bilder der Serie.«

»Ich hab geahnt, dass du nicht in Süddeutschland bist, als wir telefoniert haben«, sagte Florian und wusste nicht, ob er erleichtert oder sauer sein sollte.

»Ja, in dem Restaurant. Tut mir leid. Jedenfalls hat mir meine Freundin die Möglichkeit gegeben, die Leinwand und noch ein paar andere Parameter zu prüfen. Für mich steht zweifellos fest, dass die beiden Gemälde Geschwister sind.«

Mit zittrigen Händen zog Jana das letzte Blatt aus der Mappe. Es zeigte ein Gemälde von hinten. Sie fuhr mit dem Finger an einer Leinwandkante entlang und wies auf eine Unregelmäßigkeit im Riss. »Das ist das Bild aus Rom. Mein Gemälde im Schuppen hat die spiegelbildliche Risskante. Natürlich reicht das nicht aus für die Provenienz, weshalb ich auch andere Sachen geprüft habe, aber es ist eindeutig, oder?«

Janas Redefluss stockte. Florian trank einen Schluck Tee. Der Thermobecher hielt ihn heiß, und der Geschmack beruhigte ihn. Er war heimelig, ließ ihn daran denken, dass nebenan seine Kinder schlummerten. Das änderte jedoch nichts daran, dass er nach wie vor nicht mitkam bei dem, was seine Frau ihm da erzählte.

»Wieso hast du das alles heimlich gemacht? Und warum um alles in der Welt steht dieses teure Bild immer noch in unserem Schuppen auf deiner Staffelei?« Florian dachte seine Fragen weiter und wurde blass. Es gab nur eine Antwort darauf. »Du hast es den Lagiers nicht gesagt, dass das Bild echt ist.«

Jana knetete ihre langen Finger. Dann wisperte sie: »Ich habe es Merles Mutter abgekauft.«

Florian erstarrte. »Zum Preis einer Kopie.«

»Ihr gefällt es nicht besonders, sie wollte sowieso lieber ein Plein-air-Gemälde haben. Ich habe eins für sie aufgetrieben.«

»Das andere, das auch im Atelier steht.«

»Genau. Ich habe es recht preiswert bekommen, weil es in schlechtem Zustand ist. Ich restauriere es, und sie kriegt es für ihr altes.«

»Du betrügst sie also. Um wie viel?«

Jana schwieg.

»Wie viel ist der van Gogh wert?«

»Ein Einfamilienhaus in einer guten Gegend. Eine erstklassige Ausbildung für unsere beiden Kinder.«

Florian sah seine Frau an. Ihr engelgleiches Haar. Die wasserblauen Augen. Ihre kecke Nase. Ihre herausfordernd aufgeworfene Oberlippe.

»Spinnst du?«

»Die sind reich, Flori. Die haben alles. Im Überfluss.«

»Ich bin ein ehrlicher Mann. Einer, der seiner Familie ernähren kann.«

»Pff«, machte Jana, und ihre wasserblauen Augen vereisten. »Kannst du das? Deine Praxis hängt am seidenen Faden. Weiß ich von Alina. Weil du ein Weichei bist und die Tiere nicht in den Griff kriegst. Ohne mich …« Sie gab einen Schmerzenslaut von sich.

Florian hatte ihr den Becher mit dem heißen Tee in die Hand gedrückt, dass er übergeschwappt war. Er sprang auf.

»Du gibst das Bild zurück«, rief er. Das mit der Praxis … Er sah rot.

»Du erträgst doch bloß nicht, dass ich das große Geschäft gemacht habe«, schrie sie.

Im Nebenzimmer fing Philipp an zu weinen.

Florian rannte in den Garten. Seine Augen tränten, und er durfte die Tränen nicht wegwischen, weil es dann noch viel mehr brennen würde. Er konnte auf keinen Fall wieder hineingehen. Er sah hinüber zu Lu. Bei ihr war noch Licht.

Sein Arm lag um Saras runde Schulter, und bei jedem Schritt spürte er, wie sich ihre Hüfte an seiner Seite wiegte. Er hätte ewig so laufen können.

Sie spazierten die Uferpromenade auf der Altstadtseite entlang, etwas, was sie schon lange nicht mehr getan hatten, und Efkan hämmerte sich ein, dass sie glücklich miteinander waren. An diesem sommerlich warmen Juniabend saßen viele Menschen draußen vor kleinen Lokalen, die Fenster in den Häusern waren geöffnet, Töpfeklappern und Musik scholl heraus. Es war fast wie auf ihren Mittelmeerurlauben.

»Wir waren schon lange nicht mehr verreist«, sagte Efkan aus seinen Gedanken heraus.

»Seit die Hühner da sind.«

Ein kleines Holpern schlich sich in Saras Schrittrhythmus.

Er glich ihn schnell aus. »Rudi füttert unsere Hühner bestimmt, wenn wir mal wegwollen.«

Sara gab ein »Hm« von sich. Es klang, als ob sie in Gedanken war. Und kurz darauf geriet ihr Schritt wieder aus dem Takt. Efkan blieb stehen, drehte seine Frau zu sich. »Was ist, güzel gözlüm?« – Meine Schönäugige.

»Birtanem!« – Mein Ein und Alles.

Efkan wartete.

»Mir ist das alles zu viel mit der ganzen Familie und den Hühnern.«

Sein Herz zog sich zusammen, aber er strich ihr übers Haar und ließ es auf ihren Rücken schwingen. Das verschaffte ihm einen Ausblick auf ihren wunderschön gerundeten Brustansatz in ihrem Ausschnitt. Den brauchte er jetzt, um sich daran festzuhalten.

Sie legte die Arme um ihn, zog ihn zu sich und schmiegte ihre Schläfe an seine Wange.

»Ich halte es nicht mehr aus, wie Mert und deine Eltern mich bedauernd ansehen, weil ich nicht schwanger werde. Als ob das ein Makel wäre«, sagte sie leise.

Efkan hatte nun keinen Blick in ihren Ausschnitt mehr, sondern schaute an ihren dichten, nach Kokos duftenden Haaren vorbei zum anderen Ufer. Im Juniabendlicht konnte er drüben ihren großen Walnussbaum ausmachen.

»Aber es ist kein Makel, Efkan.«

Kein Makel. Er wusste nicht, was er erwidern sollte. Und sein bedrängtes Herz half ihm nicht weiter. Also strich er seiner Frau sanft über den Rücken.

»Und ich habe das Grillputzen satt«, flüsterte sie hinter seinem Ohr.

Kein Makel? Efkan hatte immer gedacht, dass Sara einen tiefen inneren Mangel wegen ihrer Kinderlosigkeit verspürte.

Noch ganz in Gedanken darüber antwortete er automatisch: »Das kann ich doch machen.«

In dem Moment, in dem er es sagte, wurde ihm klar, dass es nicht bloß ums Grillputzen ging. Sondern darum, dass er sich an die Familie, nein, an einen Familienersatz klammerte. Das hatte sie satt.

Ärger wallte in ihm auf. Er schob sie von sich und ging weiter. Warum hatte sie ihm das nie gesagt? Und warum verheimlichte sie ihm das mit den erotischen Massagen?

Schweigend setzte er einen Fuß vor den anderen. Sie blieb an seiner Seite, aber sie berührten sich nicht. Sie schwieg, aber in ihm schwieg es nicht.

Werde ich so geliebt, wie ich geliebt werden will?

Nein.

Liegt das an Sara?

Nein.

Es liegt daran, dass du schwach erscheinst und sie dich nicht verletzen will.

Innerlich fühlte es sich auf einmal so hohl an, dass er es nicht mehr aushielt.

»Ich will mit dir schlafen«, sagte er vernehmlich, griff nach ihrer Hand und strebte ihrem Auto zu, das auf dem Parkplatz am Biergarten stand. »Ich werde dafür sorgen, dass du das Grillputzen vergisst. Und alles andere.«

In dieser Nacht jedenfalls. Über alles Weitere musste er nachdenken. Er musste Zeit schinden.

Warum nicht, dachte Florian, während er auf die erleuchteten Fenster seiner Nachbarin blickte. Lu hat immer Schnaps da.

Davon konnte er jetzt ein Gläschen gebrauchen, oder auch mehr. Wenig später klopfte er leise an ihre angelehnte Terrassentür, rief: »Ich bin's, Florian« und blieb eingedenk seines Empfangs eben bei seiner Frau draußen stehen.

Drinnen hörte er ein erschrockenes Einatmen und dann Papierrascheln. »Moment«, rief Lu hektisch.

Die neue Gardine war zugezogen, aber der Abendwind blähte sie etwas, und vor Florians entzündeten Augen flatterte ein Bild von einem verschachtelten Haus auf den Teppich. Es sah aus wie solche auf Baustellenschildern mit in die Umgebung hineinmontierten Abbildungen von fertigen Gebäuden. Einen Sekundenbruchteil, bevor eine perfekt manikürte Hand das Blatt mit dem Bild vom Boden fischte, erkannte er zwei Dinge. Erstens: Bei der Umgebung handelte es sich um genau den Ort, an dem er stand, die Kolonie Flusseck. Zweitens: Das verschachtelte Haus hatte definitiv nichts mit dem Wohnriegel gemein, der hier gebaut werden sollte.

Die Gardine wurde zurückgezogen, und in der Tür stand Lu mit ihren sexy schmalen Schultern und einer schwarzen Hornbrille. »Wie siehst du denn aus?«, fragte sie erschrocken.

Florian brauchte einen Moment, bis er verstand, was sie meinte. »Meine roten Augen? Nicht der Rede wert. Jana hat mich für einen Einbrecher gehalten.«

»Oh«, machte Lu. Und nach einem verlegenen Moment noch mal: »Oh«. Sie blieb in der Tür stehen.

Florian konnte sich denken, dass sie sich zwischen dem ersten und dem zweiten »Oh« die Frage gestellt hatte, wieso er dann hier war. Und das konnte kaum ein angenehmer Grund sein.

»Brauchst du was?«, fragte sie.

Schnaps, dachte Florian und schalt sich einen Trottel. Schnaps. Es war eine Schnapsidee gewesen hierherzukommen. »Milch«, sagte er. »Wir haben keine. Und Milch lindert das Brennen. Hast du welche?«

»Hab ich«, sagte Lu und klang erleichtert. »Warte.«

Einen Moment später kam sie mit einer Milchtüte zurück.

Florian nahm sie, bedankte sich und ging. Er hatte die Nase gestrichen voll. Ohne sich noch einmal umzusehen, machte er sich mit der Milchtüte in der Hand auf zur Stadtwohnung.

Maxe und M&M hatten also recht gehabt mit ihrem Verdacht. Noch so eine, die ein falsches Spiel spielte, dachte Florian. Er kam sich missbraucht vor, gedemütigt, verkannt. Wieder stiegen ihm Tränen in die Augen, die er nicht wegwischen durfte. Ein Pärchen, das ihm entgegenkam, trat erschrocken zur Seite, als es seiner ansichtig wurde: ein verheulter Mann in schludriger Jogginghose mit einer Milchtüte in der Hand. Hoffentlich hatten sie wenigstens kein Haustier.

Florian lachte böse auf. Jana hatte recht, er war ein Versager als Tierarzt. Vielleicht war sie deshalb so gierig.

Er hatte sein Haus erreicht, stieg die Treppe hinauf und betrat die Wohnung. In der Küche goss er die Milch in einen Suppenteller und hielt sein Gesicht hinein. Eine Wohltat.

Warum auch immer Jana einen solchen Betrug begangen hat, es ist nicht zu entschuldigen, mahnte sich Florian mit dem Gesicht in der Milch.

Während er die Luft anhielt und die Augen in der Flüssigkeit öffnete und schloss, schob sich das verschachtelte Haus mit den vielen Terrassen und dem Gründach in seine Gedanken. Lu, die falsche Schlange. Was wohl genau ihr Plan war? Wenn Sara recht hatte, steckte sie mit diesem Typen, der den hässlichen Wohnriegel bauen wollte, unter einer Decke. Aber warum gab es dann zwei unterschiedliche Häuser?

Florian hob sein Gesicht aus der Milch. Scheiß drauf, kann dir egal sein.

Er atmete tief durch und nahm die seltene Stille in seiner Wohnung in sich auf, die nur wenig größer als ihre Laube war. Auch hier teilten sich Philipp und Lina-Marie ein Zimmer.

Schick war es schon gewesen, dieses verschachtelte Haus. Sehr schick.

Lu sortierte den Mailwechsel zwischen Tobias und dem Baustadtrat, den sie ausgedruckt hatte. Sie waren sich ihrer Sache ganz schön sicher gewesen, die zwei Best Buddies, dass sie im Schriftlichen nicht so vorsichtig agiert hatten, wie es angebracht gewesen wäre.

Andererseits, wenn zwei mauschelten, hatte keiner von beiden ein Interesse, den anderen auffliegen zu lassen, auch wenn sich Uneinigkeit ergeben sollte. Man hing schließlich immer selbst mit drin. Tja, aber nun hat es sich ausgemauschelt, dachte Lu grimmig.

Gerade als sie den Stapel in einen großen Umschlag ohne Absender und an die Bürgermeisterin *persönlich* stecken wollte, hörte sie das Gartentor gehen.

Sie sah auf.

Kati. Die Rentnerin sah aus wie immer, dunkelblaue Jeans, die die füllige Partie an Hintern und Oberschenkeln vorteilhaft zusammenhielten, ein Oberteil in kräftigen Farben – diesmal ein pinkfarben-türkis gestreiftes Shirt –, das den silbernen Kurzhaarschnitt zum Leuchten brachte. Lu, die selbst ein Fan von uniformierter Kleidung war, mochte die Effizienz, die in Katis Outfit zum Ausdruck kam.

Was ihr weniger gefiel, als sie aus den offen stehenden Terrassentüren trat und Kati sich näherte, war deren Gesichtsausdruck. Die Nachbarin blickte ihr entgegen wie die Katze der Maus.

»Hallo Kati. Kaffee?«, sagte Lu freundlich.

Kati nickte. »Gern, wenn du Zeit hast.«

Lu nickte. »Setz dich.« Sie wies auf den Tisch mit den Klappstühlen neben sich auf der Terrasse, trat wieder in die Laube und schob den Briefumschlag samt dem Stapel Mailkopien unter ihre Tastatur. Dann ging sie in die Küche und setzte Wasser auf. Was auch immer die will, sei auf der Hut, dachte sie.

Als sie mit dem Korbhenkeltablett mit zwei Tassen, Milch, Zucker und Keksen wieder vors Haus trat, sah sie Kati am Erdbeerbeet stehen.

»Nimm dir welche«, rief sie.

Kati wandte sich zu ihr um. Einen Augenblick sah sie verwirrt aus. Dann sagte sie: »Ich koste gern. Das ist doch noch diese alte Sorte, oder?«

»Senga Sengana.« Lu nickte. »Maxe hat mir gesagt, wie die heißen. Er hat mir auch prophezeit, dass ich keine anderen mehr will, wenn ich die mal gegessen habe. Und er hat recht. Sie sind göttlich.«

Während Kati sich zu den Erdbeeren hinunterbeugte, ging Lu wieder in die Küche und goss das Wasser durch den Filter.

Wenig später saßen die Frauen vor der Laube am Tisch unter dem Sonnenschirm. Lu schenkte ein und schob der Nachbarin die Zuckerdose hinüber. Ihr Training aus ihrer Zeit als Mädchen für alles ließ sie nicht vergessen, dass Kati ihren Kaffee gesüßt mochte. Wenn sie es so bedachte, war sie vermutlich Mädchen für alles geworden, weil sie sich durch ihre

Fürsorge hatte unentbehrlich machen wollen. Tja, das war nach hinten losgegangen.

»Du bist nicht zufällig hier«, sagte Kati in dem Moment, in dem Lu zu trinken begann.

Sie verschluckte sich und begriff hustend, dass die schlaue Rentnerin genau darauf gewartet hatte. So viel zum Thema auf der Hut sein. Lu ärgerte sich über sich selbst.

Sie stellte nach Atem ringend ihre Tasse ab, wischte mit den Zeigefingern unter den feuchten Wimpernkränzen entlang und überlegte dabei blitzschnell. Das eben war keine Frage gewesen. Es war mit Bestimmtheit gesagt worden. Kati wusste mehr, als sie sollte.

Lu räusperte sich und blickte in die wachen Augen ihres Gegenübers, die bernsteinfarben waren wie die einer Raubkatze.

»Nein. Ich bin nicht zufällig hier.«

Kati nahm sich einen Keks und lehnte sich zurück. »Ich kann übrigens schweigen.«

Interessant, dachte Lu. Warum sagt sie das? Dass Kati eine war, die schweigen konnte, war ihr klar. Hier ging es nicht um Können, sondern um Wollen. Und warum wollte Kati schweigen?

Das war nicht so ganz ersichtlich, aber fürs Erste auch nicht wichtig. Maßgeblich war, dachte Lu, *dass* sie schweigen wollte. Und dass sie selbst sich das zunutze machen konnte, indem sie die Legende von sich stricken konnte, die sie sich zurechtgelegt hatte. Also trank sie noch einen Schluck von ihrem Kaffee, um die Kehle freizubekommen, und legte los.

»Ich wusste tatsächlich von einem Spaziergang, dass diese Laube leer steht. Es war aber nicht irgendein Sonntagsvergnügen. Mein Ex ist der Projektentwickler, der hier diesen Wohnriegel hinstellen will. Ich habe im vorletzten Winter mit ihm das Gelände sondiert. Und als er mich betrogen hat – übrigens aus strategischen Gründen mit der Bürgermeisterin –, dachte ich, ich schlage zwei Fliegen mit einer Klappe. Ich habe ein Obdach, und ich versuche, mich zu rächen.«

»Indem du dich für uns engagierst.«

Lu nickte.

Kati nahm sich noch einen Keks. »Fragt sich nur, warum du uns das nicht gleich gesagt hast.«

»Ich hab mich geschämt.« Lu schlug die Augen nieder. Kati würde die Lüge darin sonst sehen, da war sie sich sicher.

»Maxe hat erwähnt, dass du von Wettbewerbsmauscheleien zwischen deinem Ex und der Stadt erzählt hast.«

»Ich kann Tobias Starcke an den Karren fahren.«

»Und das hast du auch vor.«

Lu zuckte die Schultern.

»Du rechnest nicht damit, dass wir mit unserem Kampf gegen die Entpachtung Erfolg haben, nicht wahr?«, fragte Kati.

»Du?« Gegenfragen waren immer gut.

Kati wiegte den Kopf. »Ich gehe jedenfalls davon aus, dass du nicht davon ausgehst. Denn den Starcke wegen Wettbewerbsbetrug drankriegen musst du nur, wenn er bauen darf.«

Diese unscheinbare Rentnerin war scharfsinnig. Lu nahm sich auch einen Keks und biss ab. Wenn jemand kaute, konnte man ihm schlecht etwas ansehen.

»Seit sich abzeichnet, dass das mit dem Hamster vielleicht nicht klappt, entwerfe ich selbst ein Haus. Wenn der Grund und Boden der Kolonie rechtskräftig in Bauland umgewidmet wird, baut hier jemand. Wer auch immer. Das kann genauso gut ich sein.«

»Findest du das nicht perfide?«, fragte Kati. »Unsere Gastfreundschaft ausnutzen und dann hier bauen?

Lu blickte überrascht auf. Es hatte nicht anschuldigend

geklungen, wie sie erwartete hätte, eher interessiert. Das bewog sie dazu, noch einen Schritt weiterzugehen.

»Meine Idee ist eine, bei der vielleicht der eine oder andere von euch hier ein neues Zuhause finden könnte.«

»Außer Merle kann das wohl keiner bezahlen«, sagte Kati unwirsch.

Lu wiegte den Kopf. »Ich habe eine interessante Finanzierungsidee, die ist aber noch nicht ausgegoren.«

»Aha«, machte Kati missmutig und trank von ihrem Kaffee.

»Ich nehme an, du bist sehr enttäuscht von mir«, sagte Lu leise.

Kati ging nicht darauf ein. »Diese Rosenstecklinge da hast du gemacht, weil du hier alles plattmachen willst.« Sie wies in Richtung Gewächshaus und Erdbeerbeet. Zwischen beiden stand die Reihe Töpfe mit den Stecklingen, die alle schon Blätter bekommen hatten.

»So ungefähr«, sagte Lu, die nicht alles verraten wollte. Deshalb hatte Kati vorhin gedankenverloren ausgesehen, als sie vor dem Erdbeerbeet gestanden hatte. Sie hatte sich gewundert, warum Lu Stecklinge gemacht hatte, ausgerechnet sie, die gerade mal den Rasen mähen konnte. Diese Rentnerin war wirklich nicht zu unterschätzen.

Sie schwiegen ein Weilchen.

»Muss ich mir jetzt was anderes suchen?«, fragte Lu irgendwann leise.

Kati nahm den letzten Keks, aß ihn, trank Kaffee, als hätte sie die Frage nicht gehört. Von der kannst du was lernen, dachte Lu, und machte es ihr nach. Wie zwei Frauen beim Kaffeekränzchen. Völlig harmlos. Als Katis Tasse leer war, stand sie auf.

»Du musst dir etwas Neues suchen, wenn wir alle das müssen. Für Filterkaffee solltest du übrigens kein Espressopulver nehmen. Damit wird er viel zu säuerlich.«

Dann ging sie.

Lu schaute zwischen der elegant gewölbten Bastmusterkanne und der kräftig gerundeten Hinteransicht ihrer Nachbarin hin und her.

Kann ich Kati trauen?

Eher nicht. Aber was bleibt mir übrig?

Die ist gerissen, dachte Kati, als sie das Gartentor schloss. Wider Willen war sie von Lus Strategie angetan. Dieses Kalkül, diese Kaltblütigkeit …

Versonnen lenkte sie ihre Schritte nach Hause. Wenn sie sich eine vertrackte Situation wie diese in einem Roman vorstellte, konnte sie am besten darüber nachdenken. Vielleicht weil es ihr nicht so naheging, wenn sie selbst nur eine Figur darin war. Sie konnte kühler kombinieren.

Kati ging schneller. Sie brauchte jetzt Maxes Gartenzwerge. Gut, dass er im Sportverein war.

Auf ihrem Grundstück angekommen, sammelte sie die bunten Tonfiguren aus den Gemüsebeeten. Ein paar kleinere Zwerge stellte sie zusammen vor die rote Johannisbeere. »Das sind wir«, murmelte sie. Sie hatte zwar nicht für jedes Vereinsmitglied einen, aber darauf kam es jetzt nicht an. Eher auf den Eindruck eines kleinen Grüppchens.

Sie griff nach einem größeren Zwerg mit einem Spaten. »Das ist dieser Starcke.« Sie stellte ihn ein Stück abseits neben die schwarze Johannisbeere.

»Du bist die Bürgermeisterin.« Sie nahm einen prächtigen Zwerg mit Gießkanne und gesellte ihn zu dem Spatenzwerg.

Zuletzt platzierte sie den hübschesten Zwerg so, dass ein Dreieck entstand. »Und du, mein Früchtchen, bist Lu.«

Zwei große Zwerge standen dem Grüppchen kleinerer gegenüber. Der hübsche einsam im Eck. Grübelnd verharrte Kati davor. »Wenn ich ...« Sie stellte die Bürgermeisterin ein Stück weg. »Ja, einziger Weg.« Sie nickte vor sich hin.

Dann rückte sie Lu ein Stück näher an die Bürgermeisterin. »Da kennt die nichts.« Kati kicherte.

Zuletzt besah sie sich das Grüppchen und seufzte. Sie ahnte, dass es richtig haarig werden würde.

»Da! Ich fass es nicht!«, rief Maja aus.

»Schscht«, zischte Merle und zupfte sich einen Brombeerdorn aus der Hose.

Nach ihrer Vereinsrunde im Biergarten hatte Maja es wissen wollen. Führte Lu wirklich etwas im Schilde? Aber dann war sie wieder völlig von ihrem Krisenzentrum eingenommen gewesen. An diesem Morgen, eine Woche später, hatte der Gesang des Rotkehlchens, das in ihren Beerenbüschen nistete, sie beide geweckt. Sie hatten sich geliebt und dann bäuchlings nebeneinandergelegen und beobachtet, wie die Sonne emporstieg.

»Lu schläft bestimmt noch«, hatte Maja gesagt und auf ihr Fernglas gezeigt. Und weil ihre Augen so unternehmungslustig geblitzt hatten wie schon lange nicht mehr, war Merle mit ihr aufgebrochen.

Da sie die Gardinen vorn zum Fluss hin geschlossen vorgefunden hatten, standen sie nun hinter Lus Laube auf halber Höhe des Bahndamms zwischen wucherndem Brombeergestrüpp. Den Vorhang an ihrem Schlafalkoven hatte Lu nicht zugezogen. Und weil ihr riesiger Schreibtisch genau in der Sichtachse stand, hatten sie die beste Aussicht.

»Was siehst du denn?«, fragte Merle.

Maja setzte das Fernglas ab und gab es ihr. Sie hatte es so fest ans Gesicht gepresst, dass sie Druckringe um die Augen hatte. Zusätzlich zu den Schatten darunter, die von Woche zu Woche dunkler wurden. »Guck selbst. Zwischen Tastatur und Schnapsflasche.«

Merle setzte das Glas an und suchte. Zuerst streifte sie Lus blonden Haarschopf auf dem Kissen. Wie ein Porzellanpüppchen sieht sie aus, dachte sie. Dann kam der Schreibtisch in den Blick, und weil sie erhöht auf dem Damm standen, konnte Merle erkennen, was auf dem Blatt zwischen fast leerer Schnapsflasche und Tastatur abgebildet war.

Eine Zeichnung aus verschieden großen aneinandergesetzten Rechtecken, an einer Längsseite war etwas schraffiert. Erst auf den zweiten Blick entdeckte sie, was Maja zu dem Ausruf veranlasst hatte. Die Fläche um die Rechtecke war halblinsenförmig, unregelmäßig halblinsenförmig, genau wie die Kolonie Flusseck. Diese Rechteckreihe war offensichtlich eine Grundfläche. Oder zumindest etwas in der Art. Der Grundriss eines Hauses auf ihrem Koloniegelände.

»Siehst du's?«, fragte Maja wieder viel zu laut. Ihre Stimme schnappte fast über.

Merle wollte das Fernglas gerade absetzen, da nahm sie eine Bewegung wahr. Lu regte sich.

»Ja. Weg hier«, flüsterte Merle und zog Maja mit sich.

Ihre Freundin stolperte und keuchte. »Warte.« Auf der kleinen Gestrüppecke an der Brücke blieb Maja stehen und rang nach Luft. Dann krümmte sie sich. »Scheiße.«

Merle warf einen Blick auf Lus Laube, die sich von dieser Seite verschlossen zeigte. Es ging nur eine Tür vom Bad zur

Dusche hinaus, die durch eine Hecke abgeschirmt war. Entdeckt werden würden sie also nicht. Sie schaute zu Maja und erschrak. Ihre Liebste zitterte und sah voller Entsetzen auf ihre Hände, deren Beben sie offenbar nicht im Griff hatte.

Merle legte einen Arm um Maja. »Komm.«

Maja schluchzte unvermittelt.

»Komm, Süße.« Irgendwie schaffte Merle es, ihre zitternde und schluchzende Freundin zurück in ihre Laube zu bugsieren, wo sie sich mit Schuhen auf dem Bett zusammenrollte und hemmungslos heulte.

Behutsam zog Merle ihr die Boots aus und deckte sie zu. Dann legte sie sich in Löffelchenstellung hinter sie und schmiegte sich an.

Nichts zu machen. Maja heulte und zitterte. Merle war angst und bange. Sie fühlte sich völlig hilflos.

»Mir ist schlecht«, konnte sie irgendwann zwischen zwei Schluchzern vernehmen. Sie holte eilends die Salatschüssel aus der Küche, hockte sich neben ihre Freundin aufs Bett und half ihr, sich aufzurichten. Maja würgte.

Merle nahm ihre dicken roten Haare zusammen, damit sie nichts abbekamen. Dann holte sie ein Glas Wasser zum Mundausspülen und schüttete das Erbrochene weg. Diese Verrichtungen vertrieben ein wenig ihre Beklommenheit. Schließlich legte sie sich wieder ins Bett und umfing ihre weinende Liebste. So beängstigend es war, vielleicht war es gut, dass Maja weinte und gar nicht mehr aufhören konnte. Ihre ganze Überlastung musste irgendwie raus.

Gerade als Merle den Gedanken verdrängt hatte, dass es bei ihr zwar anders, aber im Grunde nicht viel besser war, sagte Maja: »Ich will hier nicht weg. Die Stille hier. Wenn nur die Vögel singen. Die Abgeschiedenheit. Ich brauche das.« Dann begann sie wieder zu schluchzen, hörte abrupt auf und wollte aus dem Bett steigen. »Ich muss arbeiten. Ich muss arbeiten gehen.«

»Nichts musst du«, sagte Merle und hielt sie fest. »Gar nichts.«

Maja ließ sich halten, und irgendwann wurde sie ruhiger.

Nichts musst du. Die Worte zogen eine Schleife in Merles Kopf, wie ein Bumerang, der zu ihr selbst zurückflog.

»Ich … meinst du, ich hab einen Nervenzusammenbruch?«

»Definitiv.« Du hast nicht nur einen Nervenzusammenbruch, du hast einen fetten Burn-out, dachte Merle und konzentrierte sich wieder auf ihre Freundin.

Maja sank zurück auf das Bett und schloss die Lider.

Merle stützte sich auf den Ellenbogen, streichelte und betrachtete sie. Zu den dunklen Augenringen kamen jetzt noch eingefallene Wangen und knittrige Lippen. Unwillkürlich sah sie das Bild der schlafenden Lu vor sich. Größer hätte der Unterschied kaum sein können.

Porzellanpüppchen. Merle schnaubte leise. Lu war alles andere als das. Die konnte was erleben.

Der Morgenjoint schmeckte nicht.

Die Hamster waren weg. Hier würde gebaut werden. Das war immer so. Die Kapitalisten gewannen. Ende Gelände.

Rudi drückte die Tüte aus, trank einen Schluck Kaffee.

Er saß in seinem Bett und schaute durchs hintere Fenster zur Hanfplantage. Ein Fake dieses Jahr. Jedenfalls größtenteils. Du bist selbst ein Kapitalist geworden, dachte Rudi bei sich und trank noch einen Schluck kräftig gesüßten Kaffees aus Dorles geblümtem Flower-Power-Pott. Da konnte er auch gleich damit weitermachen.

Wenig später holte er einen Spaten aus dem Schuppen und ging zu dessen Rückseite. Er warf einen Blick über die Hecke zur Nachbarlaube. Jana war mit den Kindern aufgebrochen. Wo war eigentlich Florian? Den hatte er nach dem abendlichen Geschrei neulich gar nicht mehr gesehen. Na, hoffentlich machten die zwei keine Dummheiten. Aber darum konnte er sich jetzt nicht kümmern. Hauptsache, es war keiner da.

Rudi schaute von Ecke zu Ecke der Rückwand des Schuppens und trieb in der Mitte den Spaten in die Erde. Beim dritten Spatenstich stieß er auf etwas Hartes und wusste, er hatte die richtige Stelle erwischt. Er legte das Gerät zur Seite und machte mit den Händen weiter.

Die farbenfrohe Bilka-Tüte, in die er den Sack mit dem Schatz damals gesteckt hatte, schaute ihm fröhlich aus dem Loch entgegen. Plastik verrottete wirklich nicht. Er dagegen ... Rudi, der vor dem Loch gekniet hatte, musste sich setzen. Er konnte sich gut erinnern, wie gefühllos er gewesen war, als er die Tüte verbuddelt hatte. Wie abgestorben. Er zog die Gartenhandschuhe aus und verbarg den Kopf in den Händen. Was ihm in letzter Zeit ein paarmal durch den Sinn gegangen war, er aber immer wieder verdrängt hatte, gestand er sich nun ein. Er war ein halbes Jahrhundert lang wie abgestorben gewesen. Er war verrottet.

Durch seine Finger linste er in das Loch mit der fröhlichen Tüte. Schluss mit dem Selbstmitleid.

Rudi zog die Gartenhandschuhe wieder an und grub seine eiserne – oder besser gesagt goldene – Reserve aus. Das Plastik war mürber als gedacht, und von dem Jutesack war nicht mehr viel übrig. Er musste einen Topf holen, um den Schatz einzeln zu bergen. Tüten- und Sackreste wollte er erst wieder begraben, aber dann dachte er, wenn hier die Bagger kommen und es dumm läuft ... Also nahm er die Jutefetzen und stopfte sie drinnen in den Ofen. Das Erdloch schüttete er wieder zu, setzte die Grassoden obenauf, wässerte sie und trug den Topf mit dem Deckel darauf zu seiner Küchenzeile.

Am späten Vormittag lagen dreißig Barren Feingold à zweihundertfünfzig Gramm sowie zwanzig à hundert Gramm gespült, abgetrocknet und gestapelt in einem Karton in seinem Kleiderschrank, und Rudi saß mit seinem Handy vor dem Haus und machte Kassensturz. Er ermittelte den gegenwärtigen Wert der Barren und multiplizierte. Er schaute auf das Ergebnis und fühlte nichts.

Die schmalen Reifen schnurrten auf dem Überlandradweg. Das Luxusgetriebe ließ keinerlei Reibung spüren. Florian saß im Sattel seines ultraleichten Rennrades und strampelte sich die Seele aus dem Leib.

Die fünftausend Euro Hightech unter ihm machten ihm keine Freude. Viel lieber hätte er auf dem klobigen Lastenrad gesessen, mit Philipp und Lina-Marie vorn in der Kiste. Bei einer Tour wie dieser würden sie längst quengeln und sich streiten, aber es wäre immer noch besser als das, was er jetzt machte. Nämlich vor seinem Leben flüchten.

Während er in die Pedalen trat, dass seine Muskeln schmerzten, dachte er an den Garten, in dem die Kinder vermutlich gerade spielten an diesem Samstagvormittag Ende Juni. Er blickte im Geiste über den Zaun wie ein Voyeur. Lina-Marie im Buddelkasten, Philipp auf der Schaukel, er gebeugt hinter dem Rasenmäher, von Jana nichts zu sehen. Das war sein Leben.

Florian trat in die Pedalen. Links, rechts, links, rechts.

Eine Tretmühle war sein Leben. Gebeugt hinter dem Rasenmäher, geduckt hinter Hecken. Der Garten kam ihm vor wie eine Bühne, auf der sein Leben verloren gegangen war. Er war bloß der Bühnenarbeiter, ein Kulissenschieber.

Wo war sein Leben geblieben? Die romantischen Stunden mit Jana? Ihr wehendes blondes Haar, das jetzt immer in einem Zopf gebändigt wurde. Die Treffen mit Freunden, früher in ihrer kleinen Küche ohne weitere Arbeit als ein paar Spaghetti zu kochen? Stattdessen gruben sie Schneckenbleche ein und zogen Radieschen.

Was war sein Leben? Er konnte es nicht greifen. So wie er die kranken Tiere in seiner Praxis nicht greifen konnte. Wie er nichts wirklich anpackte.

Florian fuhr und fuhr und fuhr der beängstigenden Erkenntnis davon, die ihm dämmerte. Er war ein Loser.

Ihr Sex war scheiße. Es war, als würde er mit seiner Mutter schlafen. Sara war lieb und zärtlich, viel zu zärtlich. Abstoßend zärtlich.

Efkan stand im Lager seines Supermarkts und holte mit dem Fuß aus. Er kickte eine leere Kiste an die Wand. *Poff.* Für seinen Geschmack viel zu dumpf. Da, die Getränkekiste. *Poff.* Schon besser. Gleich noch mal.

Sara, seine feurige Frau, war zu einer faden Matratze mutiert. Letzte Woche. Diese Woche. Wenn sie überhaupt mal Sex hatten.

Poff. Es klirrte. In den nächsten Wasserkasten musste sich zwischen die Plastikflaschen eine Glasflasche verirrt haben.

»Efkan! Was ist denn mit dir los?« In der Tür des Lagerraums war Mert aufgetaucht. »So kenne ich dich ja gar nicht.«

Efkan betrachtete seinen Bruder. Da stand er, ein zufriedener rundlicher Mann, Vater zweier Töchter, und wenn der Ultraschall bei seiner Frau nicht täuschte, bald auch eines Sohns. Mitinhaber eines gut besuchten türkischen Supermarktes, ihres Familienbetriebs. Der Anblick seines Bruders schmerzte ihn. Er sah sich selbst an seiner Stelle stehen. Im Laden. Im kleinen Kontor. Und war sich fremd.

Sein Bruder machte einen Schritt auf ihn zu. In seinen Augen stand der gleiche Ausdruck wie in Saras neuerdings beim Sex. Mitleid. Fehlte nur noch, dass sie ihn massierte wie Maxe, den alten Sack. Efkan sah rot.

»So kennst du mich nicht? Dann wird es Zeit, dass du mich so kennenlernst.« Den nächsten Wasserkasten – einen vollen diesmal – hob er hoch und schleuderte ihn der Kiste und den anderen Getränkekästen hinterher. Es krachte satt.

Ja. Gut so, dachte Efkan und rauschte an seinem Bruder vorbei aus dem Laden. Es musste krachen. Krachen, wenn alles zusammenkrachte.

Maja schlief im Liegestuhl auf dem Kleerasen. Neben sich das Fernglas zum Vögelbeobachten. Merle hatte darauf bestanden, dass sie sich krankschreiben ließ. Maja hatte bisher nicht viel zu ihrem Zustand gesagt. Sie lag stumm herum und starrte Löcher in die Luft, wenn sie nicht vor sich hindämmerte.

Merle zog ihre Wochenbilanz. Plus vier. Ihr kamen die Tränen. In dem Moment, in dem sie leise schniefte, schlug Maja die Augen auf.

»Merle! Mausi ...«

Majas Stimme klang ganz weich und dunkel wie beim Sex.

Das gab Merle den Rest. Die ganze Misere ihrer Masterarbeit schlug über ihr zusammen. Vielleicht lag es daran, dass Maja zusammengebrochen war und sie auch bei ihrer Liebsten versagt hatte. Sie hatte ihr nicht den Ausgleich bieten können, die Kraft schenken, die sie für ihren Beruf brauchte.

»Ich bin eine Versagerin«, sagte Merle. Sie sprang auf und kickte ihren Korbstuhl nach hinten, dass er umfiel. »Ich lösch das hier alles. Ich breche ab. Ich werd irgendwo Buchhalterin, das geht auch mit dem Bachelor.«

Sie schaute auf den Fluss, der seit Jahrhunderten still vor sich hinfloss. »Ich will nicht die Nachfolge meiner Mutter antreten, und wenn sie zehnmal Frauen fördert. Nur – was denn für Frauen! Eine davon ist Witwe eines Rüstungsunternehmers. Sie lebt davon, Menschen in den Tod zu schicken. Dabei lungert sie in ihrer Villa herum und süffelt Eierlikör.«

»Du siehst aus wie die heilige Johanna der Schlachthöfe. Wunderschön.«

Merles Blick schoss vom Fluss zurück in den Garten. Maja saß auf ihrer Liege und blickte sie an. Leicht spöttisch, wie es Merle schien. Sie sah an sich herab. Ihr weites Musselinkleid hatte sich an dem Korbgeflecht des umgekippten Stuhls verfangen, war ihr dadurch über eine Schulter gerutscht und blähte sich hinten wie eine Schleppe. Ärgerlich zupfte sie es ab.

Sie waren kürzlich in einer Aufführung von Brechts *Die heilige Johanna der Schlachthöfe* gewesen, einem verstörenden Stück. Merle erinnerte sich, wie die kleinbürgerlich-christliche Johanna den in menschenverachtenden Zuständen lebenden Schlachthofarbeitern helfen wollte, Gewalt scheute, einen Streik dadurch zum Scheitern brachte, und alles nur noch schlimmer wurde.

Maja hatte gespottet: »Das ist wie bei Goethe, nur umgedreht. Eine, die stets das Gute will und stets das Böse schafft.«

Maja, die Kulturwissenschaften studiert hatte, wusste es immer besser. Merle ärgerte sich und stellte den Stuhl nicht wieder hin, wie sie es vorgehabt hatte. Sie drehte sich zu Maja um. »Ich bin nicht die heilige Johanna der Schlachthöfe. Ich bin radikal. Ich lösch das alles. Alles.« Fahrig beugte sie sich zu ihrem Laptop.

»Stopp!« Im nächsten Augenblick war Maja bei ihr und klappte den Laptop zu, dass Merle kaum Zeit hatte, die Finger wegzuziehen.

»Ach, soll ich doch lieber die brave Johanna sein?«, fragte sie kämpferisch.

»Gewalt bringt auch nichts. Ich sehe jeden Tag, was gewaltsame Umstürze zur Folge haben. Elend, zerstörte Körper und Seelen, bestenfalls andere Machthaber und eine Zeit des Wundenleckens, in der sich das neue Unterdrückernetz aufbaut.«

»Ich will kein schlechter Mensch sein«, sagte Merle.

»Tja, du und das Großkapital, das ist nichts. Deshalb bist du bei deiner Arbeit nur halbherzig dabei.« Maja legte ihre Hand auf Merles, die neben dem Laptop auf dem Tisch lag.

Merle zog ihren Arm weg. Sie hatte das diffuse Gefühl, sich verteidigen zu müssen. »Wie soll Wirtschaft ohne Profit funktionieren?«

»Reichtum ist ungerecht.« Das klang schnippisch.

»Na schön, ich zerklopp den Laptop.«

»Zerklopp doch erst mal den Stuhl. Vielleicht geht es dir dann besser.« Maja schnappte sich den Laptop und ging ins Haus.

Du verstehst es nicht. Merle griff wütend nach dem Korbstuhl. Du denkst, das Prinzesschen, die traut sich das nicht.

Die kuscht. Sie schlug den Stuhl mit aller Kraft auf die Bruchsteinterrasse. Aber es tat sich nichts. Nur ein leises Knacken. Dieser scheiß Korbstuhl war viel zu leicht.

Sie stellte ihn hin und sprang darauf herum, dass ihr Kleid wehte und ihr Haarknoten sich löste.

Dachte Maja das schon die ganze Zeit? Verachtete sie sie für ihre Arbeit? Hielt sie für eine Opportunistin?

Irgendwann gab das Geflecht nach, Merles rechtes Bein brach hindurch, und sie landete auf der Bruchsteinterrasse. Ein stechender Schmerz durchfuhr ihre linke Hand, mit der sie sich abgestützt hatte. Ihr rechtes Bein, das sie sich am zerbrochenen Geflecht aufgeschrammt hatte, brannte.

»Merle! Du sollst dich nicht selbst zerkloppen.« Maja lief herbei und wollte ihr behilflich sein, doch Merle schüttelte sie und den Stuhl ab, wobei noch ein paar weitere Schrammen am Bein hinzukamen. Na warte. Sie stapfte ins Haus, erblickte den Laptop auf der Arbeitsplatte am Fenster, griff danach und trat in die Tür. Sie hob ihn hoch, sah ihrer Freundin ins erstaunte Gesicht, zögerte einen winzigen Augenblick – wirklich, Merle? –, dann schmetterte sie ihn auf die Steinplatten.

»Alle Achtung«, sagte Maja. Merle musterte sie und stellte überrascht fest, dass die Sorgenfalten um Majas Mund, die sie in den letzten Monaten viel älter hatten aussehen lassen, als sie war, verschwunden waren. Dann griff Maja nach dem zweiten Stuhl und zerschlug ihn mit drei kräftigen Schlägen auf der Terrasse.

»So. Was jetzt?«

Sie ist viel stärker als ich, dachte Merle.

»Du verarschst mich.« Sie trat auf ihre Freundin zu und schubste sie mit aller Kraft. Aber Maja schien damit gerechnet zu haben, oder sie wendete etwas aus dem Selbstverteidigungskurs an, den sie wegen etwaigen Übergriffen in der Krisenberatungsstelle absolviert hatte, jedenfalls ließ sie sich irgendwie in den Stoß hineinfallen und blieb stehen. Merles linkes Handgelenk pochte.

Maja hingen die roten Locken in die Augen. Sie wischte sie unwirsch über den Kopf. »Ich verarsche dich? Du bist am Arsch. Ich auch. Wir sind zwei traurige Gestalten. Heulen über das Elend der Welt und kriegen nichts gebacken.« Sie kickte den Stuhl, den sie eben zerschlagen hatte, auf den Rasen. »Die anderen sind stärker. Die ohne Skrupel. Ich hab die Schnauze voll von Skrupeln. Solltest du auch haben.« Und damit warf Maja den Rattantisch um, dessen Glasplatte in tausend Scherben zersplitterte. »Los, wir machen jetzt Kleinholz aus dem.«

Und das taten sie. Einträchtig.

7

ABLÖSUNG

Niemand hat die Absicht, Luxuswohnungen zu errichten.

Lu stand vor ihrem Zaun und betrachtete missmutig das neue Banner, das dort hing. Das sie nicht angebracht hatte. Sie verstand es nur halb. Es musste irgendwie ironisch gemeint sein. Komische Formulierung. Nach Kati, der sie zumindest einen Teil ihres Vorhabens gestanden hatte, sah das eher nicht aus. Die ehemalige Verwaltungsangestellte hätte es ordentlicher geschrieben.

Lu seufzte und betrat ihren Garten. Sie kam aus dem Waschsalon sowie von einem spartanischen Lebensmitteleinkauf und musste die freudlose Billigkost verstauen. Ohne die würde ihr das Geld ausgehen, ehe wieder mehr als aus den spärlichen Aufträgen für Bauzeichnungen reinkam.

Nach dem Wegräumen von Wäsche und Einkäufen machte Lu sich ein Käsebrot und setzte sich mit einem Buch über verschiedene Formen des Crowdinvestings in ihren Deckchair auf dem Rasen. Es war heiß an diesem Tag Anfang Juli. Während sie unter Schulzes altem Sonnenschirm las, sah sie Maxe und Maja unter der Brücke durchkommen. Maja wollte an ihrem Garten vorbeigehen, aber Maxe blieb vor dem neuen Banner stehen, so dass auch sie innehielt. Er machte große Augen und gab ein ersticktes Lachen von sich. Offenbar verstand er den Spruch. Maja lächelte nur unergründlich. Dann gingen die beiden weiter.

Als ob ich gar nicht da wäre, dachte Lu. Die schneiden

mich. Und das Banner ist von M&M. Sie schaute auf ihr Käsebrot. Scheibenkäse aus der Packung, so was hätte sie früher nicht mit spitzen Fingern angefasst. Ich bin echt unten angekommen. Ich muss raus hier.

Eine halbe Stunde später schlenderte sie durch die Innenstadt. Draußen vor den Cafés waren alle Tische besetzt, die Frauen führten ihre Sommerkleider aus. Lu genoss es. Mal was anderes als die Gartenkluft ihrer Nachbarn, und überhaupt, das städtische Leben ... Beschwingt betrat sie ihren Lieblingsbuchladen mit vielen Kunstbänden und Architekturbüchern. Stöbern kostete nichts. Eine halbe Stunde später schwirrte ihr der Kopf von verschiedenen Varianten extensiver und intensiver Dach- und Terrassenbegrünungen. Sie verließ den Laden und stand einen Augenblick unschlüssig auf dem Bürgersteig. Die spätnachmittägliche Sonne streichelte ihr Gesicht und die Haut im Ausschnitt ihrer Bluse. Sie öffnete unauffällig einen weiteren Knopf, weil sie sich sexy fühlen wollte, und lenkte ihren Schritt zu dem kleinen italienischen Lokal, wo sie früher oft die Abende mit einem Aperol Spritz eingeläutet hatte.

Das Glück war ihr hold, gerade wurde ein Tisch draußen frei. Der Kellner erkannte sie – »Lange nicht hier gewesen. Wie geht's? Wo ist dein Mann?« – und verstummte verwundert bei ihrer Bestellung eines schnöden Glases Weißwein. Doch ehe er sich abwandte, hörte Lu eine wohlbekannte klangvolle Stimme: »Kein Weißwein. Wir nehmen zwei Aperol Spritz, wie immer.« Und ehe sie es sich versah, hatte sich Tobias von hinten zu ihr gebeugt und ihre Wange mit den Lippen gestreift. Es durchfuhr sie bis ins Mark. Sein Duft. Das Gefühl seiner Lippen auf ihrer Haut ... bittersüß.

Der Kellner verschwand, und sie sah auf. Tobias musste

sich angeschlichen haben. Jetzt setzte er sich zu ihr, als sei nie etwas gewesen.

Du hast es darauf angelegt. Gib es zu, sagte sich Lu. Und sie merkte, dass es stimmte. An einem Tag wie diesem, noch dazu zur Feierabendzeit, war die Wahrscheinlichkeit seines Erscheinens in ihrem Stammlokal mehr als hoch.

»Ich freue mich, dass du da bist, Louise«, sagte er.

Louise. Es klang mittlerweile ungewohnt. Weich wie das schmeichelnde Licht dieses Sommerabends. Sie musterte ihn. Entspannt saß er da, er schien sich wirklich zu freuen. Und sie selbst? Es kribbelte im Bauch. Na ja, kein Wunder bei monatelanger sexueller Enthaltsamkeit.

Der Aperol Spritz kam. Die Flüssigkeit leuchtete geradezu verboten orange in der schräg stehenden Sonne.

Lu hob ihr Glas. »Prost.«

»Prost. Warst du im Urlaub?«

»Wieso?«

»Du siehst sonnengeküsst aus. Wenn auch sonst ungeküsst. Was sehr schade ist.«

Lu trank, schwieg und genoss den Rausch von Aperol und Anmache.

»Wo wohnst du jetzt eigentlich?«, fragte er.

»Bei Freunden«, antwortete sie beiläufig. Freunde, irgendwie waren ihre Nachbarn das gewesen – bis vor kurzem. Und es war schön und traut gewesen wie noch nie in ihrem Leben. »Kannst du mit dem Spruch ›*Niemand hat die Absicht, Luxuswohnungen zu errichten*‹ etwas anfangen?«, fragte sie aus ihren Gedanken heraus.

»Wie bitte?« Er zog die Augenbrauen zusammen.

»Ach, ich bin kürzlich am Fluss spazieren gegangen, und in der Kolonie hängt ein neues Plakat. Da steht das drauf.«

»Warte. Wie war das gleich? *Niemand hat die Absicht* …? Die

Formulierung kommt mir bekannt vor.« Er zog sein Handy aus der Tasche, tippte darauf herum, und dann lachte er. »Saugut. Da hat jemand Grips im Kopf.«

»Wieso?« M&M sind nicht die Dümmsten, beide nicht, dachte Lu. Die könnten es also tatsächlich gewesen sein.

»Walter Ulbricht hat 1961 in einer Pressekonferenz gesagt: *Niemand hat die Absicht, eine Mauer zu errichten.* Und zwar zwei Monate vor Mauerbau. Guck, hier.«

Tobias rutschte neben sie und hielt ihr das Handy hin. Lu verfolgte den Clip einer Pressekonferenz vom 15. Juni 1961, in der der Staatsratsvorsitzende der DDR Auskunft gab und tatsächlich mit diesem Wortlaut behauptete, keine Mauer errichten zu wollen. Der Duft von Tobias' Aftershave stieg ihr in die Nase, gemischt mit dem Geruch seiner Haut. Jetzt wusste sie auch, was die leicht strenge Note darin war, die sie immer ganz verrückt machte: Es war Geranie, Kati hatte einen Topf auf der Terrasse. Sie sog den Atem tief durch die Nase ein und konnte geradeso ein Stöhnen unterdrücken.

Tobias legte das Handy auf den Tisch, blieb aber dicht neben ihr sitzen. »Das wird sich hinziehen mit dem Flusseck. Wäre alles längst durch, aber es muss tatsächlich noch ein Gutachter hin, weil da angeblich Feldhamster siedeln.«

»Hm«, machte Lu desinteressiert, und das Desinteresse war nicht mal vorgespielt. Sie trank einen großen Schluck. Ich hab so was von die Nase voll, dachte sie. Ich will einfach mal wieder umworben werden. Müde legte sie den Kopf an seine Schulter und trank weiter.

Niemand hat die Absicht, Luxuswohnungen zu errichten. Die Ironie des Spruches war wirklich gut. Jeder Vorbeigehende dachte, das Banner prangere die an, die den Wohnriegel bauen wollten. Nur Lu wusste, an wen die Botschaft wirklich gerichtet war – und sollte es wissen.

»Ich hab mir deine Idee mit dem Südring durch den Kopf gehen lassen. Da könnte man mit Zuschüssen von der Stadt für Sozialwohnungen arbeiten, und dann sieht es gar nicht so schlecht aus. Ist jetzt nicht die Welt, aber ...«

Er ließ den Satz in der Luft hängen und drehte den Kopf leicht zu ihr. Sie spürte es in ihrem Haar und wusste, er erwartete, dass sie aufschaute, interessiert war. Sie sah hoch, blickte in seine blauen Augen, in denen unverschleiert sein Begehren stand. Und ließ sich küssen.

»Mert, ich kann heute nicht bis spät bleiben. Ich führe Sara aus.«

Sein Bruder nickte. Über den Ausbruch vor ein paar Tagen hatten sie kein Wort verloren, aber seitdem fasste Mert Efkan an wie ein rohes Ei. Wahrscheinlich dachte er nun, er habe Stress mit Sara und wolle es ausbügeln. Sollte er doch. Es war Efkan egal, wie er erschrocken feststellte.

Sara hatte sich an diesem Nachmittag ebenfalls freigenommen. Verabredet hatten sie sich in ihrer Stadtwohnung. Sie war muffig, weil sie über einem Imbiss lag und sie deshalb nie die Fenster öffneten, nur nachts oder kurz am frühen Morgen. Efkan fand seine Frau in einem chilifarbenen Sommerkleid vor dem Badspiegel, wo sie sich die Wimpern tuschte. Am liebsten wäre er gleich über sie hergefallen, aber wenn sie sich gerade hübsch gemacht hatte, wollte sie das meistens nicht. Wenigstens einmal von hinten an ihrer Silhouette entlangstreichen. Rippenbögen – seine Fingerspitzen ertasteten ihre weichen Brüste – schmale Taille und die köstliche Rundung der Hüften.

»Meleğim.« Mein Engel.

Sie grinste.

Wenig später schlenderten sie durch eine Ausstellung, ein paar Geschäfte – sie kauften Sara sexy Riemchensandalen – und entdeckten danach an einem kleinen Platz ein Bistro, das an diesem Tag neu eröffnete. Eine Band trat auf. Weil der Abend so sommerlich war, hatten sich die Musiker draußen hingestellt, und auf dem Platz wurde getanzt.

»Das gibt es viel zu selten hierzulande«, sagte Sara.

»Dann müssen wir es nutzen.« Efkan griff nach ihrer Hand, wirbelte sie zu sich herum, fing sie ab und tanzte mit ihr, dass ihr Haar flog. Sie blieben lange dort, aßen und tranken, sprachen darüber, im Herbst eine Reise in ein Land zu unternehmen, wo solche lauschigen Plätzchen zum Chillen zum allgemeinen Lebensstil gehörten.

Efkan hatte sich verboten, über die Familie zu sprechen. Er verdrängte auch den Gedanken, dass er die Hühner eigentlich vor Einbruch der Dunkelheit in den Stall scheuchen müsste. Er hörte genau zu, wie Sara Sehenswürdigkeiten, Strandtage und Wetteraussichten abwog, und sah die Reise mit ihr bereits vor sich. Schließlich wurde es Zeit aufzubrechen, und nachdem sie im Garten angekommen und er die Hühner in ihren Stall verfrachtet hatte, konnte er seine Frau endlich aus ihrem scharfen Kleid schälen. Er hielt an sich, bis sie stöhnte und schrie, erst dann ließ auch er sich gehen.

Es wurde still zwischen ihnen. Ernst. Efkans Herz klopfte. Jetzt musste er darauf zu sprechen kommen, wovor er Angst hatte. Er ließ sich vom Sofa gleiten und hockte sich vor sie.

»Gefällt dir eigentlich irgendetwas an unserem Kleingarten?«

»Klar.« Sara schien nicht besonders erstaunt über diese Frage zu sein, und wenn doch, verbarg sie es gut.

»Was denn?«

Sie stützte sich auf einen Ellbogen, sah über ihn hinweg durch die Reihe von vier Fenstern. »Der Blick zum Fluss. Dass ich draußen in der Sonne sitzen und lesen kann. Dass hier alles klein ist, pflegeleicht und genau für uns passt.«

Efkan wusste, was sie mit dem letzten Satz meinte. In ihrem Wohnzimmer in der Stadt hatten sie eine ausladende Sitzgarnitur, wo die ganze Familie Platz fand, Sara hatte sie nie gemocht.

»Das war's?«

Sara nickte. Ihm wurde das Herz schwer.

»Dafür braucht man keinen Kleingarten.«

Sie griff nach der Sofadecke, stand auf und wickelte sich darin ein wie in ein Hamamtuch. »Komm, wir gehen noch mal raus.«

Efkan zog schnell seine Hose und das schicke Hemd für ihren Stadtnachmittag über und folgte ihr barfuß auf den Rasen. Sie wartete unter dem großen Walnussbaum am Zaun zum Flussweg. Er gesellte sich zu ihr, und dann standen sie still da und betrachteten ihre Laube, den abgedeckten Grill, die Beerensträucher vor und die Kronen der Obstbäume auf dem Hühnerhof hinter dem Haus.

»Fine und Finn haben sich davongemacht, das kommt hier alles weg, Efkan. Es ist nur eine Frage der Zeit. Wir müssen uns so oder so davon verabschieden.«

Efkan schluckte. Sie hatte recht. Aber es fiel ihm schwer. Er blickte ins Geäst über ihm, in dem wie jedes Jahr sorglich eingehüllte Nüsse heranwuchsen.

»Wir werden vielleicht einen anderen Garten als Entschädigung angeboten kriegen von der Stadt, in irgendeiner anderen Kolonie, aber es wird nicht dasselbe sein.«

Efkan verstand, was *nicht dasselbe* war. »Wir werden eine

Parzelle zwischen vielen haben, keine Hühner und wahrscheinlich eine Obstanbauquote einhalten müssen.«

Sara zuckte mit den Schultern.

»Du willst das nicht, oder?«

Im Hühnerstall gackerte es leise.

»Ich will, dass du glücklich bist, Efkan.«

Scheiße. *Ich will, dass du glücklich bist.* Kälter hätte die Dusche nicht sein können. Da stand sie neben ihm, eingewickelt in die Sofadecke, liebevoll, ausgeglichen. Geduldig. Efkan, du Idiot, mach dich selbst glücklich, schalt er sich. Nur wie?

Machte ihn der Supermarkt glücklich? Er schaute hoch in den Nussbaum. Dessen mächtige Krone vermittelte Gelassenheit und Kraft. Efkan gestand sich ein, dass er es nicht mehr aushielt im Familienbetrieb. Wann war er das letzte Mal wirklich glücklich gewesen? Ihm kam in den Sinn, wie er dem Spaziergänger Erste Hilfe geleistet hatte. Da hatte er sich gebraucht gefühlt, am richtigen Platz. Gab es nicht irgendwelche Ausbildungen dafür? Die Tochter einer Kundin, die Medizin studieren wollte, hatte so einen Kurs gemacht. Es hatte gar nicht lange gedauert, wenn sich Efkan recht entsann. Er beschloss nachzuforschen.

»Komm, wir gehen rein. Du sollst einen glücklichen Mann haben. Den verdienst du. Und *ich* werde dafür sorgen.«

Sara seufzte, und es klang eher wohlig als traurig.

Geht doch, dachte er und lief eng umschlungen mit seiner Frau zurück über den Rasen. Dass es keineswegs so einfach ging, über den eigenen Schatten und vor allem den seiner Familie zu springen, verdrängte er.

Ein satter Diesel. Ein Hydraulikpumpensurren. Poltern. Gestank. Die Müllabfuhr. Vor dem Haus. Moment, die Müllabfuhr vor dem Haus? Lu schlug die Augen auf. Sie lag in ihrem ehemaligen Bett in Tobias' Altstadtwohnung. Nicht am stillen Fluss, an dem morgens Rosenduft in ihre Laube wehte.

Sie drehte sich auf die Seite. Dabei umschmeichelte die teure Damastbettwäsche, die sie selbst ausgesucht hatte, ihre Haut. Tobias war schon aufgestanden, er war immer der Erste. Jetzt zog Kaffeeduft ins Schlafzimmer. Lu erhob sich und öffnete ihre ehemalige Schranktür. Leer. Ihr seidener Morgenmantel, den sie zurückgelassen hatte, war weg.

Kein Wunder, dachte sie. Er hatte garantiert andere Frauen gehabt, und die entdeckten ungern irgendwelche Überbleibsel von Vorgängerinnen. Sie zog sich ihre Sachen vom Vortag an. Gut so. Das hier wollte sie nicht wirklich.

Sie ging zu ihm in die Küche, wo wie früher ihr morgendlicher Latte stand und köstlich duftete.

»Guten Morgen, Louise. Gut geschlafen?«

Sie nickte und wusste nicht, was sie sagen sollte. Hübsch sah er aus, das Haar noch feucht von der Dusche.

»Der Sex war schön heute Nacht. Du könntest wieder bei mir anfangen. Für das Südringprojekt kann ich jemanden brauchen. Und wenn wir diese Laubenpieper kleingekriegt haben, sowieso.«

Diese Laubenpieper.

In Lus Kopf legte sich ein Schalter um. Nein, dachte sie. Diese Laubenpieper sollte er nicht kleinkriegen. Die hielten zusammen gegen solche wie ihn und wie sie es einmal gewesen war. Die hatten Träume, und zwar keine von Profit, sondern von Nachmittagen an frischer Luft. *Niemand hat die Absicht, Luxuswohnungen zu errichten.* Ja, das war wirklich cool – und ganz in ihrem Sinne, auch wenn ihre Nachbarn das noch nicht wussten.

»Deine Die-anderen-sind-mir-egal-Haltung ist mir fremd geworden, Tobias. Ich muss gehen.« Lu ließ den Latte Macchiato stehen und verließ die Wohnung.

»Was war das denn? Komm, sei nicht so zickig«, hörte sie noch und dachte, nein, ich bin nicht zickig. Ich bin schwach geworden.

Etwas später stand sie unter ihrer Außendusche, deren Tropfen in der Sonne glitzerten. Danach trank sie Milchkaffee aus ihrer Bastmusterkanne. Mit der neuen, sanft gerösteten Bohnensorte schmeckte er wie Creme für den Magen. Dazu gab es Müsli mit frisch gepflückten Erd- und Johannisbeeren.

Zeit, dass du dein Projekt vorantreibst, Lu. Und deinen Nachbarn präsentieren kannst. Schluss mit umworben werden. Wirb gefälligst selbst, und zwar für deine gute Idee.

Die Masterarbeit war weg. Maja war bei der Therapie. Die Küche war aufgeräumt, das Bett gemacht. Merle ließ sich am Bettende auf den Boden gleiten. Sie öffnete den Zahlengenerator auf ihrem Handy und addierte mit dem Fingerabakus, was ihr vorgegeben wurde.

Sechsundachtzig.

Was mache ich jetzt?

Hundertdreiundzwanzig.

Buchhalterin irgendwo?

Sechshundertvier.

Fünf Tage die Woche?

Neunhundertzweiunddreißig.

Ich geh in die Stadtwohnung.

Tausendeinhundertfünfundfünfzig.

Quatsch. Was soll ich da.

Viertausendsiebenhundertneunundsechzig.

Scheiße. Merle hielt die Finger der einen Hand mit denen der anderen fest. Sie verkroch sich. Verschanzte sich. Sie dachte an ihre Mutter. Was die wohl gemacht hätte? Das war leicht. A) sich betrinken oder B) mit dem Rücken an der Wand loslegen, wobei B) die Voraussetzung für C) beinhaltete, dass man nämlich wusste, womit. Merle erinnerte sich an das, was Lu vor einiger Zeit einmal gesagt hatte.

Schritt für Schritt. Den direkt vor dir liegenden kannst du meistens leicht entscheiden.

Tja, wenn man so ein Bulldozer war wie Lu vielleicht. Merle beäugte den Button mit dem Zahlengenerator auf dem Handy. Nein, alles war besser, als sich hier zu vergraben. Schritt B) kam nicht infrage, weil C) eine Unbekannte war; also A). Oder jedenfalls etwas in der Richtung. Sie stand auf, schnappte sich die restlichen Brioches, die sie am frühen Morgen gebacken hatte, und ging los.

Bei Rudi war die Laubentür noch geschlossen, die bunt bedruckten indischen Sari-Stoffbahnen dahinter zugezogen. Merle zögerte am Gartentor, sah dann aber den Alten durch einen Schlitz zwischen den Bahnen an seiner Küchenzeile stehen. Sie trat ein, ging über den Bohlenweg zum Haus und klopfte an die Terrassentür.

Rudi öffnete.

»Bin gerade ein bisschen allein.« Merle zeigte den Korb mit den Brioches vor. »Frühstücken wir zusammen?«

»Komm rein. Zoff mit Maja?«

Merle schüttelte den Kopf. »Mit mir selbst.«

Merle hielt ihm einen Korb mit duftenden Brioches entgegen wie einen Bettlerhut. Rudi hatte mit dieser verpeilten jungen Frau nie was anfangen können. Mit ihrer Freundin schon, die brannte für eine bessere Welt. Aber diese Bankierstochter? Er dachte an seine Goldbarren und sagte widerwillig: »Ich gieß mir gerade Kaffee auf. Willst du auch einen?«

»Hast du dazu einen Joint?«

Rudi grinste und ging wieder zur Küchenzeile zurück. Ganz so verpeilt, wie er immer gedacht hatte, war die junge Dame wohl doch nicht. »Hol die Butter aus dem Kühlschrank. Erst die Brioches, dann den Joint.«

Während sie nebeneinander auf der Bank vor dem Haus frühstückten – Merles Brioches mit Butter und Schulzes Honig waren göttlich –, schaute Rudi seinen Gast verstohlen von der Seite an. Verhärmt sah die junge Frau aus, die Haut grau, die Haare glanzlos. Ihr ohnehin schmales Gesicht schien mit der Zeit immer länger zu werden. Mit Joan hatte er in diesem Alter fast nie zusammengesessen, weil er keine Vater-Kind-Beziehung hatte aufbauen können. Es war ein bittersüßes Gefühl, dass Merle jetzt neben ihm hockte wie eine unglückliche Tochter.

Rudi stand auf. »Ich dreh uns eine Tüte.«

Er drehte gleich zwei.

Dann saßen sie da, kifften, und Merle schaute in die Krone seines alten Apfelbaums.

»Ich hab meine Masterarbeit geschreddert.«

»Deine was?«

»Die Arbeit für meinen Studienabschluss. Hab den Laptop auf unsere Steinplatten geschmettert. Jetzt ist alles weg.«

Stille Wasser sind tief, dachte Rudi. Aber wenn sich da eine Welle aufbaut ... »Bereust du es?«

Merle zuckte mit den Schultern. »Weiß nicht. Ich steh vor dem Nichts.«

»Das kenn ich«, rutschte es Rudi raus. Damit das Gespräch keine falsche Richtung nahm, schob er nach: »Du wolltest bei deinen Eltern einsteigen, nicht?«

»Die wollen das. Ich nicht. Schon lange nicht mehr. Maja konnte sich das mit mir und dem Großkapital noch nie vorstellen.« Merle zog kräftig an dem Joint.

Rudi lächelte. »Maja kann sich das mit dem Großkapital generell nicht vorstellen.«

Jetzt lächelte auch Merle zum ersten Mal. »Das muss doch irgendwie anders gehen, als die Reichen immer reicher zu machen.«

Rudi nahm den Joint zurück und hob ihn wie einen Zeigefinger. »Du hast gestern deine Masterarbeit geschreddert.«

»War vielleicht scheiße.«

»Aber ein klarer Schnitt.«

»Zwischen mir und meiner Familie. Ja. Und das war gut.«

Merle rauchte eine Weile schweigend. Rudi machte langsam.

»Je fester man mit etwas verwachsen ist, desto entschiedener muss der Schnitt sein«, sagte er leise und dachte dabei an Dorle, deren Schnitt radikal gewesen war. Weil wir uns sehr geliebt haben …

»Vielleicht. Vielleicht musste ich mich brachial befreien, weil ich es sonst nicht geschafft hätte«, sagte Merle in seine Gedanken hinein.

Das war wahrscheinlich richtig. Viel weiter würde Merle heute nach seiner Einschätzung nicht kommen. Ehe sie nicht mit der Endgültigkeit ihres Schnitts klargekommen war, würde sich nichts Neues für sie auftun. Bei ihm hatte es ein halbes Jahrhundert gedauert. Aber das war jetzt vorbei.

»Du kannst mir helfen.«

Merle sah ihn mit geweiteten Pupillen an.

»Ich muss Geld anlegen. Mit einem gewissen jährlichen Gewinn.«

»Wie viel?«, fragte sie, und trotz der geweiteten Pupillen war ihre Stimme klar.

»Ist das unser Bankgeheimnis?«

»Klar.«

»Moment.« Er stand auf, holte den Karton aus dem Schlafzimmer und stellte ihn zwischen die Briochekrümel auf den Frühstückstisch. »Mach auf.«

Merle hob den Deckel, stieß einen leisen Pfiff aus, griff nach einem Goldbarren und sah ihn sich genauer an. »Alt. Unnummeriert. Gut.« Dann zählte sie die Barren durch, tippte auf ihrem Handy herum, harkte merkwürdig mit ihren Fingern durch die Luft und nannte ihm Sekunden später einen Wert, der dem, den er ausgerechnet hatte, ähnelte, nur centgenau war. Sie sah ihn erwartungsvoll an. »Ein ›gewisser jährlicher Gewinn‹. Wie groß soll die Risikospanne sein?«

Rudi war platt. Merle war offenbar nicht im Geringsten beunruhigt darüber, dass vor ihr eine sechsstellige Summe in Gold lag. Sie schien sich nicht dafür zu interessieren, wo sie herstammen könnte. Auch nicht dafür, wie er dazu gekommen war. Wenn Rudi durch das Kiffen beschwingt gewesen war, war er jetzt ernüchtert. Diese junge Frau war eine Maschine.

»Du machst mir Angst«, sagte er.

Sie kicherte. Und dann lachte sie. Lachte wie irre.

Der Joint wirkte also doch. Rudi hatte schon gezweifelt.

»Voll krass.« Merle hickste vor Lachen. »Du lebst hier total unschuldig in der Laube … Warst du mal Großdealer?«

»Schlimmer«, sagte Rudi. »Panzerknacker.« Er zündete den zweiten Joint an und nahm einen kräftigen Zug.

»Panzerknacker? Sehr witzig. Ist aber auch egal, wo du die Barren herhast. Die Dinger haben noch keine Seriennummer. Und sind glücklicherweise klein. Die kannst du problemlos verkaufen.«

Merle war wirklich eine Maschine. Aber wenigstens hinterfragte sie nicht, was ihm herausgerutscht war. Irgendwie gefiel Rudi, dass Merle ihn nicht löcherte, sondern fröhlich plante. Diese Lockerheit erinnerte ihn an früher, an seine Hippiefreunde. Zum ersten Mal meinte er zu begreifen, was Maja, die überforderte Weltretterin, an ihr fand.

»Kannst du die für mich zu Geld machen?«

Merle sah ihn an, und jetzt schlich sich etwas Nachdenkliches in ihre Augen. »Nee, Rudi. Das machst du schön selbst. Aber ich erklär dir, wie es geht.«

Das tat Merle. Als sie fertig war, stand sie auf. »Danke für den Joint. Ich geh jetzt in das Café auf der anderen Flussseite. Die suchen Saisonkräfte, hab ich vorgestern gesehen.«

Rudi nickte. »Gute Idee. Und Merle ...«

»Ja?«

»Du bist eine erstklassige Finanzberaterin. Vielleicht findest du einen Weg, wie du nicht nur so reiche alte Säcke wie mich damit reicher machst.«

Merle winkte zwar ab, bevor sie sich umwandte und ging, aber Rudi hatte ein leichtes Lächeln in ihren Mundwinkeln bemerkt. Er schaute auf den Karton mit den Barren. Während Merle ihrem Problem auswich, konnte er sich das nicht mehr leisten. Und er merkte, wie er sich langsam damit anfreundete.

»Hallo, du.« Janas Stimme klang weich, versöhnlich.

Florian brachte keine Begrüßung heraus. Sie hatten sich in ihrer Stadtwohnung verabredet, um sich auszusprechen.

»Was machen die Kinder?«, fragte er, während er zusah, wie sich seine Frau im Flur die Schuhe auszog.

»Rudi hat ihnen was vorgelesen, als ich gegangen bin.«

Florian nickte. Rudi konnte mit Kindern. Er ging in die Küche, und Jana folgte ihm. Zu dem leeren Pizzakarton auf der Arbeitsplatte sagte sie nichts.

Er goss ihnen Wein ein, und dann saßen sie sich gegenüber am Küchentisch. Florian fand es merkwürdig, zu zweit ohne die Kinder in ihrer Wohnung. Es tat weh.

»Gibst du Merles Mutter den van Gogh zurück?«

»Nein, Flori, Geschäft ist Geschäft. Und die Kolonie ist bald Geschichte.«

»Dein Ernst?« Er schaute ihr in die Augen und entdeckte eine Entschlossenheit in ihrem Blick, die er nicht kannte. War sie neu, oder hatte er sie nur nie bemerkt, weil Jana eine süße, kecke Nase hatte und so ätherisch wirkte?

»Jeder muss sehen, wo er bleibt. Und ich will nicht hier in der kleinen Wohnung bleiben. Du?«

Er trank einen Schluck Wein. »Wir könnten eine größere mieten.«

Jana hob die Augenbrauen.

»Seit fünf Jahren setze ich jede Woche auf Rennpferde. Ich kann sehen, wie es den Tieren geht, wenn sie laufen, dafür habe ich einen guten Blick. Außerdem berate ich mich mit einem Kollegen, der einige von ihnen betreut. Ich fahre verlässliche Gewinne ein.«

Jana lehnte sich zurück und verschränkte die Arme. »Seit fünf Jahren machst du Pferdewetten, und ich erfahre erst jetzt davon.«

»Zuerst wollte ich dich überraschen mit der Anzahlung für ein Haus.«

»Und dann?«

»Ich will kein Haus.«

»Butterst du das Geld bei deiner Praxis zu?«

Er schüttelte leicht den Kopf. Das hatte er bis jetzt gerade so vermeiden können.

Jana trank einen großen Schluck Wein. »Ich soll mit dir in eine Wohnung ziehen, die wir mit deinen Pferdewetten finanzieren. Spinnst du?«

Florian fand das nicht abwegig, außerdem gefiel ihm die Wendung ihres Gesprächs nicht. Er schob sein Glas Wein weg. »Ich verlange, dass du Merles Mutter das Bild zurückgibst.«

Jana zog die Augen zusammen.

»Und wenn nicht?«

»Lass ich mich scheiden.« Entsetzt stellte Florian fest, dass es stimmte.

Jana verschluckte sich, und als sie hustete, landeten Rotweinspritzer auf ihrer Bluse.

»Mist.« Sie lief ins Bad. Florian fiel auf, dass sie früher fast nie Blusen getragen hatte, nur T-Shirts. Jetzt kleidete sie sich häufiger förmlich. Es stand ihr.

Er hörte sie fluchen und Wasser rauschen, nahm den Lappen aus der Spüle und wischte weitere Flecken vom Tisch, weil er nicht wusste, was er sonst tun sollte. Hatte er eben wirklich gesagt, dass er sich scheiden lassen würde?

Jana erschien wieder in der Küchentür. Schön sah sie aus mit jetzt geröteten Wangen und Augen, in denen es feucht schimmerte. Sexy. Er mochte es, wenn sie so verletzlich aussah. Warum eigentlich? Weil er selbst viel zu zaghaft war?

Schluss jetzt, du Waschlappen.

Er räusperte sich. »Ich will das alles nicht, Jana. Ich brauche das nicht. Das ganze Biozeug. Den veganen Wahnsinn. Eine Holzschaukel, die ich ölen muss. Fair gehandelte Kinderkleidung. Ein Haus mit Garten. Ich will mit den Kindern auf den Spielplatz. Auf der überfüllten Wiese im Freibad Pommes futtern. Und Bratwurst.«

Sie stand an der Tür und knetete ihre Hände. »Also dass ein Tierarzt keine Tiere essen sollte, finde ich schon richtig.« Er schüttelte den Kopf. Sie lief durch die Küche. »Wir haben gute Freunde mit tollen Kindern, wenn wir da nicht mithalten …« Jana lehnte sich an die Spüle. So war es vertrauter, sie stand dort, er saß am Tisch. Nur Philipp und Lina-Marie fehlten.

»Dann?«, fragte er.

Es gab keine Spuren eines Familienessens abzuspülen. Sie setzte sich wieder zu ihm. »Es ist nicht lustig in der Proletenecke. Da komm ich her, ich kann ein Lied davon singen. Und ich arbeite mich raus.«

Er wusste, dass sie immer aus ihren einfachen Verhältnissen herausgewollt hatte. »Hast du mich deswegen geheiratet? Den Beamtensohn?«

Sie legte den Kopf schräg und wischte sich eine Haarsträhne aus dem Gesicht. Die vertraute Bewegung versetzte ihm einen Stich. »Es wäre eine Lüge, wenn ich behaupten würde, es hätte keine Rolle gespielt«, sagte sie, und er hielt unwillkürlich die Luft an. »Aber ich habe gesehen, wie du dich mit deiner Berufswahl gegen deinen Vater behauptet hast, *das* hat mir Vertrauen gegeben. Also abgesehen vom Verliebtsein.«

»Tja, da liegst du falsch. Mir hätte Tierpfleger gereicht. Den Arztberuf habe ich nur wegen meines Vaters gewählt, auch wenn ihm nicht mal der gut genug ist. ›Bloß‹ Tierarzt«, sagte Florian bitter. »Tierpfleger wäre besser gewesen. Da müsste ich keinem Tier Schmerzen zufügen. Aber als Tierpfleger hättest du mich sicher nicht genommen.«

»Stell deinen Ehrgeiz nicht unter den Scheffel, Flori.«

Er goss ihnen nach, stellte Wasser dazu, und sie griffen gleichzeitig nach den Wassergläsern. Er sah, wie sie lächeln musste, und er lächelte auch. »Die Pizza war viel zu salzig.«

Sie tranken und schwiegen ein Weilchen.

»Unser Leben ist eine einzige Lüge, Jana. Wir leben nach den Maßstäben anderer.«

»Kann sein. Aber wir existieren nicht im luftleeren Raum.«

»Wir verleugnen uns.«

»Mir hat es Spaß gemacht, das Plein-air-Gemälde für Merles Mutter auszuwählen, es zu kaufen, zu wissen, ich kann es aufwerten und jemandem eine Freude damit machen.« Jana sah ihn kämpferisch an. »Ich glaube, ich bin eine gute Beraterin und Geschäftsfrau.«

Es war nicht zu fassen. »Du bist ei...«

Sie hob die Hand. »Sag es nicht.« Ihre Stimme klang tief, bestimmt, und deshalb verstummte Florian. »Es geht nicht um den van Gogh. Ich würde mich gern beruflich verändern. Ich weiß nur noch nicht genau, wie das gehen kann. Aber ich will durchstarten.«

Er guckte sie verständnislos an. Irgendwie war sie ganz anders als sonst. Geschickt. Fordernd. Ihm überlegen.

»Du hast ja auch gesagt, was du willst – oder nicht mehr willst«, half sie ihm auf die Sprünge. Es klang kühl, glatt, wie ein Handel. Er wusste nicht, was er erwidern sollte. Deshalb redete er aus dem Bauch heraus weiter.

»Ich will jetzt zu Philipp und Lina-Marie. Und mir geht es sehr wohl um den van Gogh. Ich werde nicht in einem Haus von erschlichenem Geld leben. Ich nehm das Lastenrad.«

Als er wenig später Rudi verabschiedet hatte, setzte er sich zu seinen schlafenden Kindern und ließ das Gespräch mit seiner Frau Revue passieren. Ihm wurde klar, dass Jana sich gerade in einem Selbstfindungsprozess befand, der sie an den Rand dessen brachte, was sie verkraften konnte. Oder besser gesagt darüber hinaus, wenn er an den van Gogh dachte.

Er erhob sich leise und ging in Janas Atelier. Als er Licht anmachte, musste er blinzeln. Jana hatte einen gleißenden Scheinwerfer aufgehängt, damit sie spätabends arbeiten konnte. Der van Gogh war verhangen, und er nahm das Laken vorsichtig ab. Gereinigt erstrahlte Madame Ginoux und blickte ihn mit wachen Augen und wissendem Lächeln an. Florian musste an sich halten, um nicht zurückzuprallen. Dieser Ausdruck ... ein Meisterwerk, mit leichter Hand erschaffen, das sah sogar er, nachdem Jana das Bild restauriert hatte – und erschauerte.

Kalte Furcht ergriff ihn, dass ihr dieser Schatz – oder vielmehr seine Entdeckung – womöglich alles bedeutete. Und was fast noch schlimmer war: In die Furcht mischte sich Neid. Sein Blick flog zwischen den Chemikalien auf den Wandborden und dem Gemälde hin und her.

Das ist doch Efkan, dachte Lu. Ja, das Profil mit der geraden Nase, diese Haltung, immer leicht vorgebeugt, als würde er sich jemandem zuwenden. Eindeutig Efkan. Wieso stand er vor seinem eigenen Supermarkt und ging nicht hinein?

Lu war ein gutes Stück entfernt. Sie hatte einen Termin bei ihrer Bank gehabt, um herauszubekommen, ob sie ihre Architektenleistung als Eigenkapital einbringen könne, um sich bei ihrem eigenen Projekt einzukaufen. Das Gespräch war positiv verlaufen. Deshalb hatte sie sich auf den Weg zu einem guten Spirituosenladen gemacht, um sich mal wieder einen feinen Tropfen zu genehmigen. Sie fand, das hatte sie sich verdient. Ohne war es bei der in der Sommerluft wabernden Feindschaft um sie herum in der Laube kaum auszuhalten.

Sie lenkte ihren Schritt in Efkans Richtung. Er war neben Florian und Jana der Einzige, der sie von ihren Nachbarn noch freundlich grüßte. Es war sicher nicht verkehrt, mit ihm ins Gespräch zu kommen. Außerdem war Lu neugierig. Er stand da wie angewurzelt, mit hängenden Armen. Starrte auf den Supermarkt. Irgendetwas stimmte nicht.

Lu kam heran und hatte den Eindruck, er bemerke sie gar nicht. Schnitt er sie jetzt auch? Mist. Wenn der ganze Kleingartenverein sie bekämpfte, würde sie ihr Vorhaben zwar vielleicht durchziehen, aber sich nicht das Image zulegen können, das sie brauchte. Von Sara wusste sie, dass ihre Stadtwohnung immer nach Bratfett stank von dem Imbiss darunter. Sie und Efkan könnten bestimmt eine Finanzierung für eine Wohnung im Terrassenhaus auf die Beine stellen. Lu musste anfangen zu werben für ihr Projekt – eine Idee, die den Geist des Flussecks retten konnte, wohlgemerkt.

Sie stellte sich neben Efkan, ebenfalls mit Blick auf den Supermarkt, und sagte leise: »Hallo!«

Sein Kopf ruckte herum. Er hatte sie tatsächlich nicht kommen sehen. Er musste wirklich tief in Gedanken gewesen sein. Lu schaute nur kurz in seine dunklen, schräg stehenden Augen und dann erneut zum Supermarkt. Auch er wandte sich wieder dorthin. Was für ein schmerzlicher Blick, dachte sie. Bei Efkan stimmte definitiv etwas nicht.

»Alle misstrauen dir«, sagte er.

»Du auch?«

Er zuckte die Schultern.

»Du stehst hier wie ein Ausgestoßener.«

Efkan stieß die Luft durch die Nase aus.

»Gehen wir was trinken?«, fragte Lu und sah ihn so lange von der Seite an, bis auch er sich ihr zuwandte.

»Um die Ecke ist ein kleines Café«, wagte sie sich weiter vor.

»Nicht hier.« Ohne eine Antwort abzuwarten, lief er mit großen Schritten los. Lu konnte ihm auf ihren Heels kaum folgen, blieb aber tapfer an seiner Seite. Fünf Minuten später hielt er ihr an einer größeren Kreuzung die Tür der gesichtslosen Filiale einer Coffeeshop-Kette auf.

Endlich. Lu verkniff sich einen Seufzer. Sie hatte sich beide kleinen Zehen in ihren Sandalen wund gescheuert.

Efkan bestellte sich einen einfachen Kaffee, und nachdem Lu einen Espresso geordert hatte, strebte er einen Zweiertisch im hinteren Bereich des Gastraums an. Er will niemandem mit mir begegnen, dachte sie verstimmt.

Er ließ sie den Platz wählen, setzte sich auf den anderen Stuhl und nickte ihr zu. »Wie geht es dir bei dem Misstrauen, das dir entgegenschlägt?«

Lu hätte mit allem gerechnet, nur nicht mit dieser Frage. Bei genauerem Hinsehen passte sie zu Efkan. Der Mann hatte ein weiches Herz, und Lu musste sich selbst mahnen, vage zu bleiben. »Darauf kommt es nicht an.« Sie holte Luft, um eine Gegenfrage zu stellen, kam aber nicht dazu.

»Ist das Misstrauen berechtigt?«

Okay. Denk an dein Image. Lu atmete tief durch. Zeit zu starten. »Wie man's nimmt. Vordergründig ja, aber eigentlich nicht wirklich.« Sie nahm einen Schluck Espresso, um sich zu sortieren. Auch Efkan trank.

»Ich sehe keine Chance mehr, die Kolonie zu retten. Ich will aber den Wohnriegel verhindern. Er ist simpel, billig hochzuziehen, lediglich für maximalen Profit ausgelegt. Ich will etwas vom Flusseck erhalten. Deshalb habe ich beschlossen, selbst ein Haus zu bauen. Ein Terrassenhaus. Mit viel Grün. Ökologisch innovativ. Und so finanziert, dass die Vereinsmitglieder Eigentumswohnungen erwerben können.«

»Wie denn das?«

»Mit Crowdinvesting. Kleinanleger und Leute, die dort ganze Wohnungen kaufen wollen, investieren so viel, wie der Bau kostet. Kommt genug Geld zusammen, wird das Haus gebaut. Wenn nicht, wird das investierte Geld zurückgezahlt.«

Efkan trank. Ihr Espresso war leider leer.

»Ich glaub dir nicht so ganz. Sara hat dich zusammen mit Tobias Starcke gesehen.«

Lu zuckte nicht mit der Wimper, obwohl sie am liebsten laut gestöhnt hätte. Sie dachte unwillkürlich zurück an den Aprilabend, an dem sie verheult in ihre Laube eingebrochen war. Enttäuscht, verletzt, aber wild entschlossen. Efkan konnte sie jetzt nicht mit Schönreden kommen. Dieser Mann hatte einen Röntgenblick, der bis in ihr Herz reichte.

»Tobias Starcke ist mein Ex. Ich will ihm an den Karren fahren. Das wird mir auch gelingen. Ich will aber auch etwas für mich erreichen. Mich profilieren in ökologischem Bauen.« Lu kaute auf ihrer Unterlippe, während sie Efkans forschenden Blick trotzig begegnete. Sollte sie sagen, dass sie sich damit auch bei ihren Nachbarn bedanken wollte? Das Beste für sie herausschlagen? Es stimmte in gewisser Weise, aber der Schachzug mit den Hamstern war ein Betrug, der blieb. Seltene Kröten hätten die Kolonie vielleicht gerettet. Angesichts Efkans Röntgenblick schwieg sie lieber.

»Wie sieht dein Haus denn aus?«, fragte er.

Lu holte ihren Laptop heraus, den sie auf der Bank mitgehabt hatte, um ihr Projekt zu beschreiben, und zeigte Efkan eine 3-D-Darstellung ihres Entwurfs.

Ihr Nachbar starrte darauf. Seine Kiefer mahlten. Sein Blick wurde immer grimmiger, und Lu griff fester nach ihrem Laptop, um ihn wegziehen zu können, falls Efkan Anstalten machte, ihn vom Tisch zu fegen.

»Ich investiere«, sagte er düster.

Lu war überrascht. Seinen Blicken zufolge hatte sie eher mit einer Anfeindung gerechnet.

»Ich verkaufe meinen Anteil vom Supermarkt.«

Efkan schwieg wieder. Da tun sich Abgründe auf, dachte Lu und wartete.

»Klein, pflegeleicht, Blick zum Fluss. So, dass Sara draußen in der Sonne sitzen und lesen kann.« Efkan klang, als würde er irgendetwas repetieren, das er sich eingeprägt hatte. »Ist so was dabei?« Er nickte zu Lus Laptop auf dem Tisch, dessen Bildschirm schwarz geworden war.

Sie erweckte ihn wieder zum Leben und suchte in den Grundrissen. »Hier zum Beispiel. Terrassenraum mit Küchenzeile, zwei kleinere Zimmer, Bad. Flussblick haben alle. Aber wenn da eure Familie kommt, wird es eng.«

»Keine Familie.«

Das war auffällig schroff gesagt. Lu dachte daran, wie sie Efkan vor dem Supermarkt aufgegabelt hatte. Es wäre hilfreich, ihn zum Reden zu bringen. »Mein Projekt wird nur an den Start gebracht, wenn die Kolonie wirklich entpachtet wird. Bitte behalte es für dich. Manche Dinge müssen sich im Stillen entwickeln, sonst wird daraus nichts. Was hast du eigentlich vorhin auf dem Bürgersteig ausgebrütet?«

Efkan schnaubte. »Die Einzigen, die bei uns was ausbrüten, sind unsere Hühner.«

Lu brauchte einen Augenblick, dann glaubte sie zu verstehen. »Und das bei einer Großfamilie, die jeden Sonntag wie eine Karawane in die Oase bei euch einfällt.«

»Ich wollte es so. Ich habe gedacht, unser Garten sei mein Beitrag. Aber das war ein Fehler.«

Tobias würde nie von einem Fehler sprechen, dachte Lu. Er würde sich lieber die Zunge abbeißen. Efkan hatte innere Größe. Sie ertappte sich bei ihrem Vorurteil – Kleingärtner gleich kleingeistig.

»Ich will aus dem Supermarkt aussteigen. Einen Kurs zum Rettungssanitäter machen. Und mich dann zum Notfallsanitäter weiterbilden.«

Efkan schob seine Kaffeetasse hin und her.

»Und du fürchtest, dass deine Familie nicht begeistert ist, wenn du eurem Geschäft den Rücken kehrst, oder?«

»Ich fürchte vor allem, dass ich es erklären muss.«

»Du musst gar nichts. Du bist ein freier Mann, Efkan.«

Er schaute auf. Unverständnis lag in seinen Augen.

»Blick nach vorn! Dein Blick nach vorn reicht zur Begründung. Du wirst ein toller Sanitäter, weil du mit dem Herzen dabei sein wirst. Das spüren die Menschen, die in Not sind.«

In Efkans Mundwinkeln spielte ein Lächeln. »Verbrannte Erde zu hinterlassen und mit dem Herzen dabei zu sein, schließt sich aus, Lu. Ich geh jetzt arbeiten. In meinen Supermarkt.«

Er drückte ihre Hand und verschwand.

Lu blickte auf ihre Finger, um die sich eben kurz Efkans warme, angenehm trockene geschlungen hatten. Der Mann hatte sie vorgeführt wie ein kleines Mädchen.

Merk dir die Lektion, dachte Lu, hol dir deinen Schnaps und geh in die Offensive.

»Wir werden beide wohnungslos, Rudi.«

Er blickte zu Lu, die neben ihm auf der Bank vor dem Haus saß. Vor ihnen auf dem Tisch stand ziemlich teurer Whisky, von dem sie mehr getrunken hatte als er. Eine ganze Menge mehr. Sie war zusammengesackt wie ein Häufchen Elend.

»Im Prinzip *sind* wir beide wohnungslos, mit dem Unterschied, dass du keine Freunde hast, wenn ich das richtig sehe«, sagte er. Irgendwie konnte er kein Mitleid mit diesem Dämchen neben ihm haben. Vor einer halben Stunde war sie erschienen, und wie es guter Koloniebrauch war, hatte er ihr einen Platz im Garten angeboten und auch etwas zu trinken, aber das hatte sie selbst mitgehabt. Er wusste nicht recht, wie er zu ihr stehen sollte.

»Weißt du was?« Lu zerrte die Ws etwas, aber nur erstaunlich leicht angesichts der Menge Alkohol, die sie intus hatte. Sie musste Übung haben im Trinken. »Ohne mich wären deine Freunde bald in alle Winde verstreut. Denn damit meinst du offensichtlich deine Nachbarn. Andere kommen ja nie vorbei.«

Sie wollte sich nachgießen, aber er schob die Flasche auf einen Platz jenseits ihrer Reichweite. Jetzt reichte es. Sie kam hierher und quatschte blöd. Wobei sie mit dem Letzten leider gar nicht so falschlag. »Was willst du damit sagen?«

Lu winkte ab. »Wir sind beide einsam, Rudi. Und Geld haben wir auch nicht. Wollen wir eine WG gründen? Dein Gras bauen wir auf dem Balkon an. Oder in einer Flutlichtkammer.«

Was bildete diese arrogante Ziege sich ein! »Ich soll mit einer verschlagenen jungen Frau wie dir eine WG gründen? Weißt du was? Betrink dich mal schön zu Hause weiter.« Er griff erneut nach der Flasche, stellte sie Lu vor die Nase und nahm dafür das Glas weg.

Sie schürzte die Lippen und nickte vor sich hin. »Eine charmante Ausladung. Aber weißt *du* was? Du bleibst auf der Strecke in irgendeiner finsteren Sozialwohnung. Und das will ich nicht. Ich will keine verbrannte Erde hinterlassen.«

Das wurde immer mysteriöser. Ihre kryptischen Andeutungen weckten Rudis Neugier. Mit einem Seufzer nahm er Flasche und Gläser weg. »Ich koche Kaffee.«

Drinnen setzte er Wasser auf, ließ kaltes in zwei Gläser laufen und schaufelte Kaffeepulver in Pötte. Wenig später kehrte er mit einem Tablett zu Lu zurück.

Sie sah ihm entgegen, hatte sich etwas aufgerichtet. Irgendwie tat sie ihm leid, immer mit diesen Blusen und engen Jeans. Das Zeug musste doch überall kneifen.

»Danke, dass du Kaffee gemacht hast.« Sie half ihm, Kaffeepötte, Wassergläser, Zucker und Milch auf dem Tisch zu verteilen.

»Trink erst mal dein Glas Wasser.«

Sie nahm es und leerte es mit Todesverachtung zur Hälfte. »Rudi, nächstes Jahr kommen hier die Bagger.«

»Und inwieweit hast du damit was zu tun?«

»Das ist noch unklar.«

»Sieh an.« Er rührte zwei Löffel Zucker in seinen Kaffee und lehnte sich dann zurück. Diesmal hatte er sich Dorles geblümten Pott selbst genommen. Sie hätte ihn seinem auf Krawall gebürsteten Gast nicht gegeben.

Lu schien zu überlegen, schaute durch seinen Garten zum Fluss. Trank Wasser. Trank Kaffee. Schließlich gab sie einen gequälten Laut von sich. »Ich war im vorletzten Winter schon mal hier. Mit Tobias Starcke. Dem Projektentwickler für den Wohnriegel. Das ist mein Ex. Dieses Gelände ist einmalig. Er hat beim Stadtrat angeregt, einen Bebauungsplan aufzustellen, weil Wohnungen dringend gebraucht werden, und die

Bürgermeisterin hat sich sehr für sein Bauprojekt eingesetzt. Warum, das weiß ich seit dem Nachmittag des Tages, an dem ich hier aufgekreuzt bin.«

Rudi schlug ein Bein über das andere. Jetzt wurde es unterhaltsam. »Du hast ihn in flagranti mit unserer Bürgermeisterin ertappt.«

»Ich habe vor allem mich dabei erwischt, dass ich mich treten lasse wie ein Hund.« Lu trank einen Schluck Kaffee. »Warum hat sich eigentlich deine Frau von dir getrennt?«

Rudi verschluckte sich an seinem Kaffee, und Lu klopfte ihm auf den Rücken. Ganz schön kräftig, dachte er, aber es half. Und diese Frauenhand auf seinem Rücken, die schmale Hand einer jungen Frau, brachte ihn aus dem Gleichgewicht. »Das ist jetzt nicht das Thema«, sagte er viel zu defensiv.

Lu sah ihn aufmerksam an. »Erzählen soll hier also nur einer.« Dann hob sie kurz eine Hand, als wolle sie eine Entgegnung seinerseits unterbinden, und fuhr fort: »Ich wollte mich rächen und den Wohnriegel verhindern. Aber nicht nur. Ich will es besser machen. Ökologisch und sozial.«

»Ich bin Sozialarbeiter von Beruf. Also, ich war es mal. Sozial wäre, wenn dieser Bebauungsbeschluss wieder rückgängig gemacht werden würde.«

»Nein, Rudi. Die Stadt braucht Wohnungen. Auch wenn du es gern so hättest, du lügst dir was in die Tasche. Das kannst du gut, oder?«

Diese junge Frau war wie eine Mücke, die es immer wieder versuchte. Am liebsten hätte er ihr eine geklatscht, auch wenn das noch nie seine Art gewesen war.

»Ich fasse zusammen«, sagte er kühl. »Es gibt zwei Hausplanungen. Eine von deinem Ex und eine von dir?«

Lu nickte.

»Und was ist an deiner sozial?«

»Dass Leute, allen voran die Vereinsmitglieder, Wohnraum erwerben können, ohne dass vorher ein Bauträger seinen Profit auf den Preis draufgeschlagen hat. Dass andere ihr Geld mit einem Gewinn anlegen können, der irgendwo in der Mitte zwischen dem von Bauträgern und null liegen wird, und deshalb weitere Wohnungen ebenfalls zu einem halbwegs moderaten Preis gekauft werden können.«

»Hast du mit Merle gesprochen?«

»Nein. Wie kommst du darauf?«

»Nur so.«

»Ach ja?«

»Und was ist an deinem Haus ökologisch?«, wechselte Rudi das Thema. Lu war ihm zu schnell.

»Es hat große Terrassen, das Dach ist begrünt. Es bekommt eine eigene Kläranlage, ein Kleinwasserkraftwerk und zusätzlich kombinierten Wind- und Solarstrom.«

»Ist es hübsch?«

Lu verzog ihr Gesicht. »Rudi ...«

»Du denkst, ich bin arm und sollte es besser nicht so genau wissen?«

Ihr Kopf ruckte zurück. »Du bist nicht arm?«

»Ich muss in keine finstere Sozialwohnung.«

Ihr kantiges Gesicht entspannte sich und erschien sogar beinahe hübsch. »Es wird wunderschön, wenn es klappt.«

Ihre Stimme war voll und klar bei diesem Satz, Hoffnung lag darin, und Rudi spürte, dass sie in diesem Moment aufrichtig war, ihm ihr Empfinden nicht vorspielte. Dass sie so ehrlich war wie er schon seit Ewigkeiten nicht.

»Ich wollte es gleich von Anfang an. Ich habe gewusst, dass das mit den Feldhamstern nichts werden kann, die graben ihre Gänge zu tief, das Grundwasser steht zu hoch so nah am Fluss. In der ersten Nacht hier, in der die Hyazinthen neben meinem Fenster geduftet haben wie verrückt, hatte ich die Idee zu meinem Traumhaus. Ein wunderschönes Gebäude, das zur Örtlichkeit passt, menschlich ist und möglichst energieneutral.«

Rudi war klar, dass sie ihm das Letzte nicht hätte erzählen müssen. Ihren perfiden Plan von Beginn an. Die Erkenntnis überwältigte ihn. Sie hatte ihm das Schlimme gestanden. Das wirklich Schlimme. »Ich habe meine Tochter beinahe erschossen«, hörte er sich sagen. »Deshalb ist meine Frau mit ihr verschwunden.«

»Oh«, machte Lu. Und während Rudi ungläubig dem nachhorchte, was er gerade gesagt hatte, huschte sie ins Haus, kam mit der Whiskyflasche und den Gläsern zurück und goss ein.

Sie tranken. Lu sagte nichts. Sie griff auch nicht nach seiner Hand, saß einfach nur da.

Rudi wusste nicht, wie er sich herauswinden sollte. Hätte sie sich mit Trost angebiedert, hätte er sich das verbeten, einen Nebenschauplatz aufgemacht. Aber so? Sie hatte sich ihm ausgeliefert. Ihr Schweigen machte deutlich: Jetzt war er dran.

»Ich habe dir ja schon erzählt, dass wir hier ein offenes Haus hatten, Dorle und ich.«

»Einen Hippie-Hotspot.«

Er lächelte. Sie wollte es offenbar locker halten. Nur leider ging das nicht.

»1977 waren Antifaschisten bei uns untergeschlüpft. Sie wollten den Tresor einer rechtsextremen Gruppierung ausrauben. Ich sollte Schmiere stehen. Dorle wollte sie nicht hierhaben, sie hatten Waffen, und eigentlich waren wir Pazifisten. Aber eben auch gegen den Neofaschismus.« Er machte eine Pause. Es schien alles so weit weg zu sein, beinahe unwirklich, als er es nach vielen Jahren das erste Mal erzählte.

»Am Morgen habe ich Schießen geübt und Joan übersehen. Sie war auf einmal da. Ich hatte mich auf die Schießscheibe konzentriert und nicht bemerkt, wie sie aus dem Haus gelaufen kam. Zu mir. Zu ihrem Papi. Sie war zwei und schnell auf ihren kleinen Beinchen.«

Er starrte auf den Fluss beim Erzählen und hörte, wie Lu neben ihm zischend die Luft einsog.

»Der Schuss hat ihren Kopf gestreift. Wäre sie ein winziges bisschen schneller gewesen …« Die Stimme versagte ihm. Wieder sah er den Streifen Blut im hellen Kinderhaar, Joans aufgerissene Augen – den letzten Blick für eine Ewigkeit, den er von ihr auffing, ehe das Geschrei losging und Dorle sie wegzerrte.

Nach einem Weilchen, in dem seine innere Lähmung nachließ, sagte Lu: »Wäre sie ein winziges bisschen schneller gewesen, wärst du zum unglücklichsten Mann der Welt geworden. Ein winziges bisschen langsamer hätte dich vielleicht zum glücklichsten gemacht. So hängst du genau dazwischen.«

Rudi wandte sich ihr zu. Der Leberfleck auf ihrer Lippe zitterte, und ihre Augen waren aufgerissen wie die seiner Tochter vor einem halben Jahrhundert. Sie saß da, die blutrot lackierten Nägel um das Whiskyglas gekrallt, und hatte lediglich eine kühle Analyse von sich gegeben.

So hängst du genau dazwischen.

Rudi begriff, dass in ihrer präzisen Betrachtung Mitgefühl lag, kombiniert mit dem Bedürfnis, hilfreich sein zu wollen, was ihre Einfühlung wie mit einer Eisschicht überdeckte. Du wirst es immer schwerhaben mit Menschen, dachte er unwillkürlich.

So hängst du genau dazwischen. Diese Situation konnte er verändern. Rudi fiel ein, dass er eine Chance dazu erhalten hatte. »Joan weiß nicht, was passiert ist, Dorle hat es ihr nie erzählt.«

Lu lächelte. »Deine Frau muss dich sehr geliebt haben. Von mir wird es jedenfalls keiner erfahren. Du entscheidest, ob du es ihr erzählen willst.«

Rudi räusperte sich. Die Geschichte war noch nicht zu Ende. »Dorle hat uns alle rausgeschmissen. Ich habe an der Aktion teilgenommen wie ein Roboter, habe Schmiere gestanden. Mir ist nichts anderes eingefallen. Glücklicherweise ist bei dem Überfall nicht geschossen worden. Die anderen konnten gerade rechtzeitig flüchten, bevor die Bullen eintrafen. Dabei ging ein Sack mit Goldbarren verloren, über dem das Polizeiauto mit quietschenden Bremsen stehen blieb. Ich habe bis spätnachts ausgeharrt und mir diesen Sack geholt, als alle abgezogen waren. Als ich wiederkam, war Dorle mit Joan auf dem Weg nach Süddeutschland zu ihren Eltern.«

Lu schwieg wieder ein Weilchen. »Was hast du mit dem Sack Gold gemacht?«

»Bis jetzt nichts.«

»Ah.«

Er merkte, dass sie unruhig war, und glaubte zu wissen, warum. Deshalb sagte er: »Ich weiß dein Schweigen zu schätzen. Von mir wird keiner erfahren, dass du von vornherein einkalkuliert hast, dass sich Fine und Finn bei uns nicht wohlfühlen werden.«

An dem leisen Seufzer neben sich erkannte er, dass er richtig getippt hatte. Er stand auf. Ihm tat alles weh, und das kam nicht nur vom langen Sitzen auf der harten Bank.

»Geh nach Hause. Lass mich ein bisschen allein.«

»Mach ich. Gleich. Rudi?«

»Ja?«

Sie stand auch auf. »Eins noch. Ich will mein Haus sozialverträglich finanzieren. Mit Crowdinvesting. Wer eine Wohnung für sich kauft, wird sie zum Preis der Baukosten bekommen. Anleger, die mir ihr Geld für den Hausbau anvertrauen, werden, wenn das Haus steht, eine moderate Rendite erzielen, so dass diese Hausanteile auch sozialverträglich an Dritte verkauft werden können. Eine solche Finanzierung ist nicht das Ende alles sozialen Ungleichgewichts, aber ...«

»... unterwandert es doch ein bisschen. Verstehe.« Rudi musste lächeln.

»Danke, Rudi. Danke für dein Vertrauen.« Sie nickte ihm ungelenk einen Abschied zu, dann ging sie über den Bohlenweg davon, wobei sie mit ihren hohen Absätzen immer das Holz traf, nie den Rasen dazwischen, der sie hätte einsinken lassen. Während Rudi ihr nachsah, beschloss er: Wenn du das nächste Mal kommst, kriegst du den Flower-Power-Pott.

Merle gab die letzte Bestellung in die Registrierkasse ein und seufzte. Das dauerte länger als selbst ausrechnen. Aber das Buchungssystem diente nicht nur den Servicekräften, sondern der Gesamtabrechnung des Cafés, also beugte sie sich zähneknirschend dem Eintippen der Bestellungen.

Der Job war langweilig und nervig. Langweilig, weil sie sich mühelos auch tausend Extras bei Frühstücksbestellungen einer Mädelstruppe merken konnte, nervig, weil sie nicht der Typ für leichten Smalltalk war, eine nichtssagende Freundlichkeitsfloskel, ein grundloses Lächeln, aber genau das von ihr erwartet wurde. Ich eigne mich für gar nichts, dachte sie niedergeschlagen.

Als sie sich zum wiederholten Mal nach dem Zahlenwerk ihrer Masterarbeit zurücksehnte, sprang ihr eine Überschrift im Finanzteil der überregionalen Tageszeitung ins Auge, der verschmäht im Zeitungsständer steckte. *Social Business – Muhammad Yunus fordert, dass Unternehmen ihre Geschäfte mit neuem Blick betrachten. Ein Zukunftsmodell nicht nur für Nischenprojekte?*

Muhammad Yunus, das war doch der mit den Mikrokrediten. Der Nobelpreisträger. Elektrisiert stellte Merle ihr Tablett mit dampfenden Kaffeetassen und Teegläsern für einen Außentisch ab und zog die Zeitung aus dem Ständer. Sie überflog den Artikel. Als sie halb fertig war, wurde ihr die Zeitung aus der Hand gezogen. Ihre Chefin stand vor ihr.

»Merle, wenn Sie jemals Trinkgeld bekommen wollen, bringen Sie Getränke heiß und schnell an den Tisch. Mit einem Lächeln. Die hier ziehe ich Ihnen vom Lohn ab.«

Merle blickte auf das Tablett. Kaffee und Tee dampften nicht mehr. Sie musste sie neu ordern. »In Ordnung.« Sie rechnete kurz mit den Fingern. »Vierzehn achtzig. Es kommt nicht noch mal vor.« Was sie verschwieg: Es würde vielleicht nicht mehr viel Gelegenheit geben, dass das wieder passierte. Ihr war eine Idee gekommen, die hoffentlich ein vorzeitiges Ende ihres Kellnerinnenjobs mit sich bringen würde.

In den restlichen Arbeitsstunden lächelte sie so viel, dass mehr als das Doppelte der vierzehn achtzig als Trinkgeld hereinkam – zusätzlich zum ermittelten Durchschnitt der letzten zehn Tage.

Typisch. Diese Architekten residieren in den schönsten Altstadthäusern, reißen aber anderen ihre unter dem Hintern weg ab, um irgendeinen gesichtslosen Kasten hinzusetzen. Schnörkellos und von Handwerkskunst nicht zu reden.

Kati stand vor einem sanierten Altstadthaus, neben dessen Tür ein Messingschild prangte: *Starcke Architektur – Projektentwicklung.* Sie zupfte ihre roséfarbene Bluse zurecht. Die gehörte neben dem hellgrauen Stretchanzug zum Sitzungsoutfit aus ihrer Zeit bei der Stadtverwaltung und spannte über dem Bauch. Tja, das hatte sich ergeben, weil sie zu Maxes Gemüseflut auch immer Fleisch briet, damit es schmeckte. Sie seufzte und drückte auf den Klingelknopf.

Die vier Treppen bis ins Dachgeschoss trieben ihr den Schweiß auf die Stirn. In einer Glastür stand ein ätherisches Wesen – Lu figürlich nicht unähnlich, nur ein paar Jahre jünger, vielleicht ihre Nachfolgerin. »Die vielen Stufen hätten Sie sich nicht hochquälen müssen, wir haben doch einen Fahrstuhl«, sagte sie zur Begrüßung.

Kati sah sich um und tat so, als hätte sie dessen Metalltür auf dem Treppenabsatz gerade erst bemerkt. Dieses angebaute Teil verschandelte garantiert den Hof.

»Ich bin sportlich«, sagte sie und beglückwünschte sich, dass sie nicht atemlos klang. Ihre Gänge mit Knorke hielten sie fit.

Wenig später saß sie auf dem ehemaligen Wäscheboden des Hauses neben einem grob abgehobelten Holzbalken auf einem unbequemen Stuhl, vor sich auf einem riesigen Tisch eine Minitasse Kaffee, der viel zu bitter war. Ihr gegenüber der schmale schwarz gekleidete Projektentwickler.

»Ich will Sie nicht lange aufhalten, Herr Starcke. In der Kolonie Flusseck ist in den letzten Apriltagen eine junge Frau aufgetaucht. Blondes, langes Haar, zierlich. Wirkt wie das Wechselmodell der jungen Dame, die mich empfangen hat, nur etwas älter, und – wenn ich das so sagen darf – mit mehr Format. Eine Kollegin von Ihnen, die genau wie Sie ein Auge auf das schöne neue Bauland geworfen hat. Sie werden

Mühe haben, mit Ihrem dürftigen Wohnriegel durchzukommen, Herr Starcke.«

Seine Augenbrauen ruckten in die Höhe. »Interessant. Und warum ...«

»Ihre Gedanken dazu erspare ich mir lieber. Ihr Kaffee ist genauso schlecht wie das Gebäude, das Sie planen. Ich finde allein hinaus.« Und damit rauschte Kati aus dem Raum. Ein blauer Teppichboden verschluckte jeden ihrer Schritte.

Nummer eins, dachte sie, als sie wieder auf der Straße angelangt war. Es war belebend, diejenigen gegeneinander auszuspielen, die der Kolonie Flusseck den Garaus machen wollten. Was auch immer daraus werden würde, sie setzte etwas in Bewegung. Ließ sich nichts bieten. Sie rückte erneut ihre Bluse zurecht und machte sich auf zum Rathaus.

Die Bürgermeisterin empfing sie in einem Raum, der außer einem alten geschnitzten Stadtwappen keinerlei Schmuck aufwies. Obwohl Kati in der Stadtverwaltung gearbeitet hatte, war sie noch nie in diesem Zimmer gewesen. Neben dem Fenster stand ein riesiger Schreibtisch, darauf fanden sich ein frischer Blumenstrauß vom Markt vor dem Haus, eine kleine afrikanische Skulptur und viele Akten auf ordentlichen Stapeln. Sortiert, beschäftigt, persönlich, registrierte Kati. Eher extrovertiert.

Hinter einem großen Bildschirm tauchten zunächst sorgfältig in Wellen auftoupierte Haare und dann das runde Gesicht der fülligen Bürgermeisterin auf.

»Setzen Sie sich, Frau Bauer.« Sie wies auf den Besucherstuhl.

»Das wollen Sie nicht, glauben Sie mir«, sagte Kati und dachte dabei: Ob diese schwabbelige Person wirklich glaubt, dass der elegante Herr Starcke etwas an ihr findet? Für einen Roman wäre diese Annahme zu billig.

Während die Bürgermeisterin sie irritiert anblickte und mit auf dem Tisch aufgestützten Händen zwischen Sitzen und Stehen verharrte, sagte Kati: »Ich habe einen hübschen Schnappschuss einer sehr speziellen Besprechung, die Sie mit Herrn Starcke abgehalten haben. Den werden Sie im *Stadtanzeiger* finden, falls man sich hier im Rathaus für dessen Wohnriegel am Flusseck entscheidet.«

Nummer zwei. Erneut zelebrierte sie ihren Abgang mit Genuss. Im Vorzimmer ließ sie ihre Handtasche so ungeschickt fallen, dass Lippenstift, ihr geöffnetes Portemonnaie und weitere Kleinigkeiten herausfielen. Das hatte sie zu Hause geübt.

»Ach je.« Sie warf der Sekretärin einen hilflosen Blick zu und freute sich, dass ihr Kleingeld in alle Richtungen rollte. »Entschuldigen Sie. Wie ungeschickt.«

Die Sekretärin half ihr beim Aufsammeln. Trotzdem dauerte es wegen des vielen Kleingeldes so lange, dass Kati ein Telefongespräch hinter der Tür des Amtszimmers mithören konnte, die sie nicht ganz geschlossen hatte. »Halb sieben. Bei dir.« Das waren die Zauberworte.

Kati bedankte und verabschiedete sich von der hilfsbereiten Sekretärin. Dann ging sie in ihre Stadtwohnung, hängte ihren Anzug in den Schrank, schlüpfte in ihre Gartenkluft und verließ die Wohnung wieder.

Gegen halb sechs, als jemand herauskam, legte sie ein Kieselsteinchen vom Flussweg in die Tür des hübschen Altstadthauses mit der Messingtafel *Starcke Architektur – Projektentwicklung* und gönnte sich anschließend bei einem Bäcker ein schönes Stück Sahnetorte – endlich mal was anderes als Erdbeerkuchen aus dem Garten.

Willst du das überhaupt, Kati, fragte sie sich, während sie sich die Sahne auf der Zunge zergehen ließ. Willst du nicht endlich dein neues Sommerkleid anziehen und mit Maxe in den Süden fliegen? Dein hübsches Handtäschchen spazieren führen, keine Gießkanne.

Dann schüttelte sie den Kopf und nahm entschlossen den letzten Bissen. Auch wenn sie ihre nächsten Schritte noch nicht entschieden hatte, das hier machte Spaß. Und den hatte sie schon viel zu lange nicht mehr gehabt.

Zwanzig nach sechs stand Kati auf dem Treppenabsatz im dritten Stock, mit gezücktem Handy. Die Bürgermeisterin würde garantiert den Aufzug nehmen. Und richtig, eine Minute vor der vereinbarten Zeit ging unten die Haustür, kurz darauf hielt der Fahrstuhl auf dem Zwischenabsatz zum Dachgeschoss. Oben wurde die Tür geöffnet.

Kati musste die Begrüßung durch die Glastür abfangen, die in einen großen offenen Raum führte, in dem am Nachmittag mehrere Mitarbeiter gesessen hatten. Hoffentlich waren die jetzt alle auf dem Heimweg. Auf leisen Sohlen schlich sie hinauf und übertrat die dritte Stufe. Welche knarrten, hatte sie bei ihrem ersten Besuch getestet.

Durch das Treppengeländer sah sie, wie Tobias Starcke der Bürgermeisterin einen Arm um die Schulter legte und sie in sein Büro führte. Klick. Die Tür schloss sich, und Kati schnellte geduckt um die letzte Treppenwindung. Hinter der Glastür zog der Architekt die Bürgermeisterin an sich, schob eine Hand auf ihren Hintern, der mindestens so ausladend war wie ihr eigener. Klick, klick.

Als die Bürgermeisterin sich aus dem Griff wand, trat Kati den Rückzug an.

Nummer drei. Wenn ich will, hab ich sie in der Hand, dachte sie, als sie unten den Kieselstein vom Flussweg aus dem Türspalt entfernte. Immer einen Schritt voraus sein. Wie bei den Geschichten, die sie sich beim Gemüseputzen immer ausdachte. Dann konnte sie die Sache in die eine oder andere Richtung weiterlaufen lassen.

Rudi spürte es eher, als dass er etwas hörte. Da war jemand. Neben ihm, nahe. Jemand, der da nicht sein sollte.

Dieses Gefühl hatte ihn auf seiner Reise durch den Iran, Afghanistan und Pakistan bis Indien mehrfach davor bewahrt, ausgeraubt zu werden. Er lag in seinem Bett und griff nach dem Knüppel zwischen Matratze und Rahmen, der dort steckte, um im Winter allein im Flusseck wehrhaft zu sein. Ein Blick in den Himmel verriet ihm, dass die zweite Nachthälfte angebrochen war. Die Andromeda war aus seinem offen stehenden Ostfenster zu sehen.

Vorsichtig richtete er sich auf, um nicht mit der Decke zu rascheln, und als sein Blick vom Himmel Richtung Erde schweifte, entdeckte er eine dunkel gekleidete Gestalt, die sich an seinem Hanf zu schaffen machte. Ein schlanker Mann, den Rudi eher um die vierzig als jünger schätzte, weil er kein Kapuzensweatshirt, sondern einen Rollkragenpullover trug, bog die mittlerweile hoch aufgeschossenen Pflanzen zu sich und knipste ein paar der ersten Knospen ab. Sie wanderten in ein Tütchen.

Rudi schaute regungslos zu und versuchte, sich im spärlichen Licht der Mondsichel das Gesicht des Diebes einzuprägen. Auffällig war die große, gerade Nase. Er meinte, diesen Mann schon einmal irgendwo gesehen zu haben.

Jetzt zog der Eindringling sein Handy hervor, stützte es an einer Bohnenstange ab und machte eine Nachtaufnahme der Plantage. Dann verschwand er.

Rudi ließ sich wieder in sein Kissen fallen. Das war niemand gewesen, der Hanf für den Eigenbedarf hatte stehlen wollen. Zu alt, zu wenige Knospen, das Foto. Dieser Mensch wollte ihm anderweitig schaden.

Er wartete ein Weilchen, machte dann Licht und öffnete den Kleiderschrank. Auf dessen Hutbord bewahrte er seine wenigen persönlichen Unterlagen auf, auch die zu seiner Laube. Er zog die Mappe heraus und öffnete sie. Obenauf lagen Bescheide und Zeitungsartikel über die Entpachtung der Kolonie. Er blätterte darin und stieß auf ein Foto. »Hab ich es mir doch gedacht«, murmelte er, klappte die Mappe zu, legte sie zurück, löschte das Licht und ging wieder ins Bett. »Mach doch, was du willst.« Sein letzter Blick galt der Andromeda, die in den Zenit gewandert war. »Die Erde wird sich so oder so weiterdrehen.«

Er stauchte sein Kissen zurecht und schloss die Augen wieder.

8

AUFBRÜCHE

Kati unpässlich – das war noch nie vorgekommen. Efkan dachte, vielleicht geht ihr das alles hier mehr zu Herzen als vermutet. Jedenfalls war sie in der Stadtwohnung, und Maxe hatte ihn zur Hecke gerufen, die ihre Grundstücke voneinander trennte. Hilflos drehte er den Harkenstiel in der Hand. Ihr Vereinsvorsitzender fühlte sich offenbar verloren angesichts der Begehung, die heute stattfinden sollte.

»Ich kann die Abordnung gern mit dir empfangen«, sagte Efkan.

Sara richtete sich hinter dem Beet am Haus auf und klopfte sich Erde von den Händen. »Ich koch Kaffee.«

Maxe nickte erleichtert. »In einer Viertelstunde. Ich hark noch schnell fertig. Sabrina ist schon da.«

Efkan trat zu seiner Frau und umarmte sie. Was sollte er sagen? In ihm war alles starr und leer. Sie lehnten sich aneinander, Efkan sprachlos. Er wusste nicht, wie er zu der Entscheidung stand, die heute fallen würde, nämlich ob im Flusseck amtlich bestätigt Feldhamster lebten oder nicht. Ob sie ihren Garten behalten würden oder nicht. Ob sich in seinem Leben ein Erdrutsch ereignen würde oder nicht. Ob er ihn begrüßte oder nicht.

Er lehnte sich an seine Frau, und sie sich an ihn. Zum ersten Mal hatte er den Eindruck, dass auch sie um ihren Garten bangte. Das half ihm. Es mahnte ihn, seinen Weg zu verfolgen, dem drohenden Erdrutsch der Entpachtung zuvorzukommen, damit er ihn nicht mit sich riss. Damit Sara ihn vertrauensvoll begleitete, Erdrutsch hin, Erdrutsch her.

Dann wurde es Zeit. Efkan machte sich auf den Weg. M&M waren nicht da, erstens damit nicht zu offensichtlich war, dass sie im Sommer alle hier wohnten, aber auch, weil auf ihrer ruhigen Parzelle die Hamster angeblich weitgehend ungestört hausten.

Mit Maxe ging er vor zur Brücke. Sie warfen einen Blick auf Lus Grundstück. Sie hatte verabredungsgemäß seit mehreren Wochen nicht mehr gemäht, die Vorhänge waren komplett zugezogen, das Gartenmobiliar in die Laube geräumt. Es sah so verlassen aus, wie es aussehen sollte. Maxe warf einen prüfenden Blick auf die Parzelle. Ob er je erfuhr, was Lu vorhatte? Ob Lu zum Zuge kam? Wieder spürte Efkan die Starre und Leere in sich, die ihn eben schon einmal ergriffen hatte. Was hatte Lu gesagt? *Blick nach vorn.* Daraus sollte sich sein Tun ergeben, nicht durch das, was er verlieren würde.

Dann traten sie unter der Brücke hervor: der Umweltgutachter mit einem langen, kofferartigen Etui über der Schulter und noch ein Mann. Einer, den Efkan sofort erkannte, und auch der Ankömmling kniff die Augen zusammen.

»*Sie* haben mir das Leben gerettet!«, sagte er statt einer Begrüßung und zeigte auf ihn. Ich habe immer gedacht, es sei ein Spaziergänger gewesen. Sie haben hier einen Garten?«

Efkan nickte und musste es erst einmal verdauen. Er zeigte hilflos hinter sich. »Den, vor dem Sie zusammengebrochen sind.«

»Wie bitte?« Der Gutachter klang nicht erfreut.

»Meinen Infarkt, den hatte ich hier«, erklärte ihm der Mann. »Und ohne die Hilfe dieses Herrn hätte ich ihn nicht überlebt. Sein Gesicht war das Erste, was ich sah, als ich wieder zu mir kam.« Dann trat er vor und reichte Efkan die Hand. »Krämer mein Name. Baustadtrat.«

»Kuzu. Efkan Kuzu.«

»Ich bin Ihnen auf ewig zu Dank verpflichtet.«

»Was uns an diesem herrlichen Tag nicht von unserer Pflicht entbindet.« Der Gutachter klatschte in die Hände, als wolle er eine Gruppe Kinder antreiben.

Ukala – Klugscheißer, dachte Efkan.

»Keine Hamsterwege im Klee, keine frisch ausgeworfene Erde. Eine Fall- und eine Schlupfröhre. Sie sind Tierarzt?« Der Gutachter musterte Florian herablassend.

Sie standen bei M&M im Garten, und der ältliche Mann mit strähnigen, langen Haaren sah Florian aus wässrigen Augen an. Er hatte den Durchmesser des Eingangs von Fine und Finns Bau oder vielmehr deren Fluchtgang gemessen und auch die Tiefe der Fallröhre.

Florian nickte.

»Und es ist Ihnen nicht komisch vorgekommen, dass Sie nur zwei Eingänge gefunden haben? Im August?«

In dem Moment wusste Florian, dass er verloren hatte. Der Mann kannte sich mit Feldhamstern aus. Angesichts Maxes herabhängenden Schultern startete er trotzdem eine Gegenwehr. »Ein Weibchen legt häufig mehrere Fallröhren an, damit die Jungen sich schnell in Sicherheit bringen können, aber unseres dürfte sich sicher gefühlt haben und hat vielleicht deshalb darauf verzichtet.«

Was mache ich hier, dachte Florian. Ich will das alles nicht. Ich mache gute Miene zum bösen Spiel in dieser Kleingartenanlage. Von Anfang an. Weil ich kompromissbereit bin? Oder ein Feigling?

Er sah, wie der Gutachter aufreizend langsam den Kopf schüttelte wie ein Lehrer vor einem dummen Schüler. »Es mag sein, dass ein geistig umnachteter Feldhamster hier versucht hat, einen Bau zu graben, vielleicht ein ganz junger, die graben nicht tief. Wobei der Durchmesser des Eingangslochs für ausgewachsene Exemplare spricht. Aber spätestens ... na, das werden Sie gleich sehen.« Er wandte sich an den Baustadtrat. »Herr Krämer, helfen Sie mal mit.«

Der Gutachter öffnete den Reißverschluss des Etuis, das er über der Schulter getragen hatte, und entnahm ihm eine lange Stange aus Edelstahl, hohl mit einer Nut und einem kleinen Querstück oben, sowie einen großen Hammer mit einem Kunststoffkopf. Gemeinsam mit dem Baustadtrat setzte er die Stange an einer Stelle unweit des Hamsterlochs an und hob den Hammer.

»Sind Sie verrückt? Sie vertreiben unsere Hamster! Das lassen Sie mal schön bleiben.« Maxe stellte sich den Männern in den Weg. Florian sah die Verzweiflung auf seinem Gesicht. Er fühlte mit ihm, und das überdeckte seinen eigenen inneren Aufruhr fürs Erste.

»Hier sind keine Hamster«, sagte der Gutachter.

»Und wenn doch?«, fragte Efkan und stellte sich neben Maxe.

»Wir gehen ein Stück weiter.« Der Baustadtrat nahm die Stange und ging ein paar Meter zur Seite. Dann wurde sie Schlag für Schlag ins Erdreich getrieben.

Florian ahnte, was kommen würde. Während sich die Stange in die Erde bohrte, wurde ihm klar, was er sich hätte denken können – denken müssen, so nah am Fluss. Er blickte auf und sah Maxe an der Hecke zu Efkans und Saras Garten stehen. Ihr Vereinsvorsitzender starrte auf den Ausgang dort, als könnten Fine und Finn jeden Moment vor den Erschütterungen der Hammerschläge im Erdreich flüchten. Florian hätte im Boden versinken können.

Irgendwann wurde es still. Baustadtrat und Gutachter koppelten ein Ziehgerät an die Stange, förderten sie zutage und legten sie auf die Bruchsteinterrasse von M&M. An der Nut war zu sehen, wie schlammig die Bodenprobe im unteren Teil war. Aus den tiefsten zwanzig Zentimetern suppte es auf die Steine. Der Gutachter machte Fotos.

»Klarer Fall von eingeschränktem Wissen.« Er klopfte Florian auf die Schulter. »Fachidioten sind wir doch alle.«

Florian war kurz vor einem Kinnhaken. Dieses joviale Ekel freute sich, wenn er anderen an den Karren fahren konnte. Wer wurde schon Gutachter? Doch nur die, die es in ihrem Beruf nicht geschafft hatten. Denen die Frau weggelaufen war, die ihnen sagte, dass sie nicht mit schmierigen Ekelhaaren rumlaufen sollten. Die es nötig hatten.

Florian erschrak vor seinen eigenen Gedanken. Die es nicht geschafft hatten? Denen die Frau weggelaufen war? War er auf dem besten Weg, selbst so eine Karikatur von Mann zu werden? Veterinärgutachter für Legebatterien zum Beispiel?

»Und jetzt?«, fragte Maxe, der herangetreten war.

Der Gutachter antwortete fröhlich: »Feldhamster graben in unseren Breiten eins zwanzig, manchmal bis zwei Meter tief, um auch bei durchfrorenem Boden im Winterschlaf nicht zu erfrieren. An Flüssen sind grundwasserführende Schichten zu oberflächennah dafür.«

»Wasserführende Schichten verlaufen nicht geradlinig im Boden. Wie das hier ist, müsste erst einmal nachgewiesen werden. So eine Zufallsbohrung ist keinesfalls aussagekräftig«, warf Sabrina ein. »Durchmesser der Einschlupflöcher sowie Fallröhrentiefe weisen eindeutig auf Feldhamster hin, die wie gesagt von meinen Mandanten auch gesichtet worden sind.«

In diesem Moment krähte Atatürk.

»Was ist das denn?«, fragte der Gutachter. Er schenkte Sabrina nicht mal einen Blick.

»Hab ich in Pflege, solange mein Bruder im Urlaub ist«, sagte Efkan.

Der Gutachter schaute den Baustadtrat an. »Also wenn Sie das glauben ... Und nach Bundeskleingartengesetz ...«

»Sie haben Ihre fachliche Kompetenz unter Beweis gestellt«, unterbrach ihn der Baustadtrat. »Ich helfe Ihnen gern beim Reinigen des Geräts. Da hinten sehe ich einen Gartenschlauch. Dürften wir den kurz benutzen?«, fragte er niemand Besonderen und wies mit der Hand vom Gutachter zur Bohrstange.

»Die Terrasse spritzen wir ab«, sagte Florian. Ihm war übel. Er wollte diesen Kerl, der ihn an sein eigenes Versagen gemahnte, loswerden.

Maxe redete leise auf Sabrina ein, während die städtische Abordnung die Bohrstange säuberte und wieder einpackte, aber die schüttelte den Kopf, dann noch einmal und noch einmal. Maxe gab auf und wischte sich die Augen.

Nach einem frostigen Gruß zogen die Männer ab, wozu Atatürk laut und ausgiebig krähte.

Florian hätte am liebsten mit einem irren Lachen eingestimmt.

Lu saß in ihrem Mietwagen, ein teurer diesmal mit getönten Scheiben, aber sicher war sicher. So wurde sie nicht gesehen, als der schmierige Gutachter und der Baustadtrat unter der Brücke hervorkamen und auf ihre Autos zusteuerten.

Am zufriedenen Gesichtsausdruck des Gutachters sowie dem langen Etui, das er um die Schulter hängen hatte und das zweifellos einen Erdbohrstock beinhaltete, konnte sie ablesen, dass gegen die Pächter entschieden worden war. Dieser Widerling lebte davon, Leuten einen Strich durch die Rechnung zu machen, und es war das erste Mal, dass sie nicht die Leidtragende sein würde.

Lu, das ist dein Startschuss. Es geht los. Heute wird es ernst mit deiner ersten eigenen Projektentwicklung. Obwohl sie eher mit einem vor Angst verkrampften Magen gerechnet hatte, verspürte sie ein aufgeregtes Kribbeln im Unterbauch. Sie hatte befürchtet, sie würde den Druck eines solchen Vorhabens nicht aushalten, aber dem schien nicht so zu sein. Alles war gut geplant. Du hättest längst auf eigene Rechnung arbeiten sollen, dachte sie, ließ den Motor an und fuhr Richtung Innenstadt.

An diesem Wochentag ging die Bürgermeisterin zum Faszientraining und danach meistens in die Sauna des Fitnessstudios – es war Damentag. Unabdingbar für eine Frau in der Öffentlichkeit, vermutete Lu. Außerdem garantierte es ihr auch Ruhe vor Geschäftlichem, denn es waren nach wie vor fast ausschließlich Männer, die Entscheidungen trafen, in die sie involviert war. Das würde heute anders sein, dachte Lu nicht ohne Befriedigung.

Sie wickelte sich in ein großes Handtuch und machte es sich auf einer Liege bequem, von der aus sie den Gang zur Sauna im Blick hatte. Zwei Frauen verließen die Kabine, niemand betrat sie. Es verging fast eine Viertelstunde, dann kam die Bürgermeisterin. Lu musste grinsen. Eigentlich hatte sie sie im Ruheraum oder an der Bar abfangen wollen, aber nackt war viel passender.

Am Taschenregal wechselte ein dicker Umschlag aus ihrer in die Sporttasche der Bürgermeisterin, dann betrat sie die Kabine und setzte sich auf ihr Saunatuch. Wie erwartet waren sie allein.

Lu ließ einen kurzen Gewöhnungsmoment für die Bürgermeisterin verstreichen. Dann sagte sie: »Tja, Frau Schlägel, da sitzen wir nun, zwei Frauen, die ein gewisser Mann nackt kennt. Ich find's gut, dass er uns jetzt nichts mehr voraushat. Hat er nämlich nicht verdient.«

Den Moment der Sprachlosigkeit der Bürgermeisterin nutzte Lu. »Also präziser ausgedrückt: Ihre Qualitäten im sexuellen Bereich sind Perlen vor die Säue bei einem, der es nur aus Berechnung mit Ihnen treibt. Ich habe beschlossen, mir nichts mehr vorzumachen.«

»Sie?« Die Bürgermeisterin machte eine Pause und starrte Lu an. »Hätte ich mir denken können.«

Lu winkte ab. »Er hat Zärtlichkeiten in der Öffentlichkeit immer vermieden. Hätt *ich* mir denken können, warum. Aber egal, lassen Sie ihn sich ruhig noch ein bisschen abstrampeln, wenn es Ihnen Vergnügen macht. Von mir erfährt keiner was.« Sie grinste die Bürgermeisterin verschwörerisch an.

Die wischte sich den Schweiß von Armen und Schenkeln und schwieg.

»Was Sie aber wissen sollten und was auch die Presse von mir erfährt, wenn Tobias Starcke seinen Wohnriegel im Flusseck bauen darf, finden Sie in Ihrer Sporttasche. Da finden Sie auch, was ich dort bauen will, nachdem die Stadt den Wettbewerb neu ausgeschrieben haben wird. Nebenbei gesagt ein Leuchtturmprojekt für den Klimaschutz.«

»Finde ich in meiner Tasche das Foto?«

»Welches Foto?« Lu war irritiert.

Die Bürgermeisterin schaute sie aufmerksam an. »Wollen Sie mir sagen, dass Sie keine Ahnung von dem Besuch Frau Bauers bei mir haben, die früher bei uns in der Verwaltung gearbeitet hat?«

»Frau Bauer?« Das konnte nicht sein.

»Katharina Bauer.«

Katharina. Kati. Kati Bauer.

»›Von mir erfährt keiner was?‹« Die Bürgermeisterin starrte Lu spöttisch in die Augen.

Mist. Ihr musste ihre Verblüffung anzusehen sein. Wenn Lu nicht längst der Schweiß aus allen Poren gelaufen wäre, wäre er ihr jetzt ausgebrochen, das spürte sie.

»Frau Bauer ist mir auf die Schliche gekommen. Ich musste ihr reinen Wein einschenken. Ich hätte nie gedacht …«

»Wohnen Sie in der leer stehenden Laube?«

Doppelmist.

»Ihnen ist noch jemand anders auf die Schliche gekommen, Frau Thaler.« Damit stand die Bürgermeisterin auf und ging hinaus.

Lu saß da und schwitzte. Wer hatte sie verraten? Maja? Miss *Niemand-hat-die-Absicht*? Ihr Projekt konnte sie trotzdem starten. Aber wie sah das aus, wenn sie aus der Laube herausgeworfen wurde, die sie widerrechtlich bewohnte? War sie stark genug, nicht nur die Anfeindungen ihrer Nachbarn, sondern auch die der Presse zu überstehen?

Unter falscher Flagge im Flusseck.

Rachsüchtige Architektin ist sich für nichts zu schade.

Projektentwicklerin nutzt Freundlichkeit der Pächter aus und zerstört hinter ihrem Rücken ihr Idyll. Der Vereinsvorsitzende berichtet …

Der Todesstoß für ihre Karriere, die heute beginnen sollte.

Die erste ökosoziale Projektentwicklerin? Nichts als Machenschaften einer Sauberfrau.

In Lus Schweiß mischten sich Tränen.

Unter der kalten Dusche dachte sie an ihre Tränen im April, die genauso verzweifelt gewesen waren. Als sie aus ihrem Idyll gefallen war, wie ihre neuen Nachbarn aus ihrem vertrieben werden würden. Das Aufspritzen des Schwalls auf den Fliesen erinnerte sie unwillkürlich an die glückliche Entdeckung ihrer Außendusche, an die Wasserperlen im Sonnenlicht. Mit ihrem Haus konnten solche auch zukünftig im Flusseck sprühen. Das zählte. Eine Vision zu verfolgen. Aus einem Idyll etwas Tragfähiges zu machen.

Komm schon, Lu. Sei kein Mädchen.

Zu Hause bestückte sie fünf wetterfeste Umschläge mit einer Präsentation ihres Terrassenhauses sowie dem Finanzierungsplan samt exklusivem Reservierungsvorlauf für die Pächter. Dann wartete sie, dass die Nacht anbrach.

»Können wir noch reden?«, fragte Florian leise. Er war Jana mit den Tellern vom Abendessen in die Küche gefolgt, wo sie Wasser in die Spüle ließ.

Sie nickte. Dünn war sie geworden, und um ihre angespannten Lippen zogen sich feine Fältchen. Heute sollte er zurück in die Stadtwohnung, sie würde mit den Kindern im Garten bleiben.

Als Philipp und Lina-Marie im Bett waren, setzten sie sich wieder an den Gartentisch. Jana stellte ihren Stuhl nicht neben seinen wie früher, sondern ließ ihn über Eck stehen. So war es ihm unmöglich, ihr den Arm um die Schultern zu legen. Er sehnte sich nach dieser Geste, überhaupt danach, seine Frau zu berühren, die ihm bisher immer entgegengekommen war, was ihm Mut und Tatkraft verliehen hatte. Er seufzte.

Jetzt im August begann es wieder früher zu dämmern. Grillen zirpten. »Willst du wissen, wie es mit dem Gutachter war?«, fragte Florian.

Jana winkte ab, und er war einerseits froh, sich dieser Peinlichkeit nicht stellen zu müssen, andererseits regte es ihn auch auf.

»Wenn du glaubst, mit dem Erlös des van Goghs ein Einfamilienhaus kaufen zu können, bitte sehr. Aber ich ziehe dort nicht ein. Ich kann mit so einem Betrug wie einem quasi gestohlenen Meisterwerk nicht leben. Es ist weniger wegen mir selbst. Ich bin ehrlich gesagt wankelmütig und vor Gier nicht gefeit. Aber ich kann den Kindern nicht in die Augen sehen mit diesem Wissen.«

Diese Ehrlichkeit war vielleicht taktisch dumm, denn er ging mit seinem Geständnis einen Schritt auf sie zu, aber die Tränen, die in Janas Augen stiegen, ließen ihn hoffen.

»Du bist engstirning, Flori.« Sie zögerte. »Du willst dich wirklich deswegen scheiden lassen?«

Auch seine Augen wurden feucht. Engstirnig! »Ich sehe keine andere Möglichkeit«, erwiderte er rau. »Ich würde dich verachten, vor den Kindern.«

Sie schneuzte sich die Nase. »Ich werde mit Merles Mutter sprechen, aber nicht wegen dir. Sondern weil es kein Vertrauen bei Kunden erweckt, mit einem solchen Coup ohne Rücksprache in die Selbstständigkeit zu starten. Und das habe ich vor.«

Florian musste das »nicht wegen dir« erst einmal verdauen. Es fiel ihm schwer, sich einzugestehen, dass es nicht falsch war. Während er mit sich kämpfte, redete Jana schon weiter. »Mach bitte eine Therapie oder was immer, um dein berufliches Problem zu lösen. Auch du musst dich bewegen, Florian, wenn wir beide zusammen weitergehen wollen.«

Sie stand so hastig auf, dass ein paar Grillen verstummten, floh geradezu in die Laube und schloss die Tür hinter sich.

Die Verachtung war gegenseitig, begriff Florian. So bitter es auch war, seine Frau hatte nicht unrecht. Florian saß zwischen den Grillen, deren Zirpen wieder eingesetzt hatte und ihm in den Ohren schrillte. Eigentlich fand er die Geräusche der Sommernächte in der Kolonie immer schön. Dieses Konzert aus Grillenzirpen, dem Rascheln der Nachttiere und Plätschern des Flusses vor einer raumdunklen Stille. Jetzt fühlte er sich mittendrin wie eine Granate, die gleich hochgehen würde.

Er stand auf und fuhr auf seinem leichten Rennrad in die Stadtwohnung. Dort recherchierte er, bis er Magenbrennen bekam, telefonierte den ganzen Morgen und schickte Jana dann eine Nachricht mit einem Termin bei einer Angstsprechstunde. Nur eine Viertelstunde später kam ihre Bitte zurück, ihr am Nachmittag zu helfen, beide Bilder zur Villa von Merles Eltern zu transportieren.

»Wir haben Post.« Maja, die gerade mit ihrem neuen Meditationskissen auf dem Weg nach draußen gewesen war, kam wieder zurück und legte Merle einen dicken, großen Umschlag, auf dem *M&M* stand, aufs Bett.

»Gucken wir uns gleich zusammen an, wenn du meditiert hast«, sagte Merle.

Maja stöhnte, »zu Befehl, Schwester«, ging aber hinaus.

Merle beäugte abwechselnd den Umschlag und dann ihre Liebste, die sich im Schneidersitz mit durchgedrücktem Rücken und Blick auf den Fluss in die Kleewiese setzte. Das Meditieren gehörte zu ihrer Burn-out-Therapie. Bloß gut, dass wir den Garten haben, dachte Merle. Sie musste unbedingt Maxe fragen, ob er schon Bescheid hatte, was bei dem Besuch des Gutachters herausgekommen war.

Maja war seit dem Trümmernachmittag, wie sie das Zerstören ihrer Sitzgarnitur und Merles Laptops nannten, wie befreit. Für ihre Freundin war das besser als die ganze Gesprächstherapie gewesen, dachte Merle. Sie hatte daraufhin ihre Arbeit in der Kriseninterventionsstelle loslassen und sich eingestehen können, dass es ihr zu viel dort war.

Und sie selbst? Einerseits war es gut, dass ihr der Weg zum Abschluss versperrt war, dass sie gezwungen war, etwas anderes zu machen. So hatte es nicht weitergehen können. Andererseits befand sie sich auf der Flucht, und die Idee, die sie hatte, traute sie sich nicht, Maja mitzuteilen. Denn es war ein Vorhaben, das sie mit ihr zusammen verwirklichen wollte, das Maja beruflich wieder einband, und zwar nicht ganz woanders als bisher. Das scheute Merle.

Sie ließ sich auf den Rücken fallen und tat das, was sie am besten konnte: Sie rechnete. Wie hoch war die Wahrscheinlichkeit, dass Maja mit ihrer Idee glücklich werden würde? Ein Hypothesentest schien ihr geeignet. Sie stellte Nullhypothese und Gegenhypothese auf, führte Signifikanztests anhand der Faktoren von Majas Verfassung und Gesinnung durch, bestimmte die Binominalverteilung und rechnete die Wahrscheinlichkeitsgleichung aus. Ein Hauch von zwei Komma drei sieben Prozentpunkten ergab sich für das Mitteilen ihrer Idee. Hatte sie den Faktor ihrer Nicht-Neutralität zur Sache zu gering eingeschätzt?

Egal, jetzt musste sie Kaffee kochen. Das tat sie und pflückte auch Himbeeren und Stachelbeeren für zwei Müslis.

Wenig später saß sie mit Maja an ihrem neuen Terrassentisch vom Trödel beim Frühstück. Ihre Freundin riss den Umschlag auf und entnahm ihm eine Mappe, aus der eine Hochglanzbroschüre rutschte. Bei deren Anblick pfiff sie anerkennend.

»So sieht das also aus.« Merle griff sich die Broschüre und blätterte darin. Dabei spürte sie Majas Locken an ihrer Wange.

»Diese Bitch. Aber schick«, sagte Maja.

»Das ist eine Verkaufsbroschüre.« Das sah Merle sofort. Warum hatte Lu ihnen die vor die Tür gelegt? Sie griff nach dem gefalteten A3-Blatt, das auch in der Mappe gelegen hatte. Ein Finanzierungsmodell. »Crowdinvesting. Mischkalkulation. Wir Pächter kriegen einen Vorlauf.«

»Wie bitte?« Maja warf einen Blick auf die Übersicht und zog die Augenbrauen zusammen.

Merle erklärte ihr das System. »Menschen zahlen Geld auf das Baukonto für dieses Haus. Kommt genug zusammen, wird es gebaut. Wer Anteile für eine oder mehrere Wohneinheiten einzahlt, kann sie selbst bewohnen oder mit Aufschlag verkaufen. Kleinanleger machen Gewinn, weil Lu die Wohnungen, für die sie quasi zusammenlegen, mit einem Aufschlag auf den Markt bringt und dann anteilig das Geld samt Marge zurückzahlt.« Sie schaute noch einmal genauer hin. »Die Gewinnspanne ist nicht sehr hoch, und Lu nimmt für den Verkauf nur eine Provision, die gerade mal ihre Kosten dafür abdecken wird. Hätt ich nicht gedacht.«

»Und wenn die Entpachtung zurückgenommen wird?«

»Wird das eingebrachte Geld zurückgezahlt.«

»Was, wenn der Bau teurer wird?«

Merle schaute wieder auf die Aufstellung. »Es gibt einen Risikopuffer.«

»Und wenn Lu die Sache in den Sand setzt?«

»Tragen alle Investoren das Risiko. Dass dir eine Wohnung zum Baukostenpreis ohne eigenen Aufwand hingestellt wird, gibt es nicht ohne Risiko.«

»Verstehe«, sagte Maja. Sie lehnte sich zurück und trank nachdenklich ihren Kaffee.

Merle schaute sich die Pläne, Quadratmeterpreise sowie das Finanzierungsmodell noch einmal genau an. Stimmig, klug, sozial gedacht. Und ökologisch der Hammer. Überall grüne Terrassen, Selbstversorgung mit Wind- und Sonnenenergie, wobei der Fahrtwind der Züge hinter dem Haus genutzt wurde, sogar eine Kleinkläranlage war geplant.

»Lu ist ein Arschloch«, sagte Maja. »Ich meine, die hat das vermutlich uns allen vor die Tür gelegt.«

»Ist anzunehmen«, sagte Merle und aß von ihrem Müsli. Die Himbeeren waren voller Aroma.

»Kann sich aber keiner leisten, außer dir.«

»Ich auch nicht. Ich hab den Zugang zu meinem Fonds mit meinem Laptop geschrottet. Ohne Master kein Fonds. Aber rein rechnerisch ist Lu kein Arschloch.«

»Rein rechnerisch! Das ist mal wieder typisch du. Es ist doch widerlich. Dieses Haus kann nur gebaut werden, wenn wir alle hier rausfliegen. Wir kriegen auf Hochglanz präsentiert, wie sich andere die Hände reiben dürfen.« Maja machte eine Pause. Dann fügte sie leise und wie für sich hinzu: »Das übersteht Rudi nicht.«

Merle dachte an sein Gold, aber das behielt sie wie versprochen für sich. »Ich seh das anders. Erstens würden Efkan und Sara und vermutlich Florian und Jana einen Kredit kriegen, wenn sie wollen. Zweitens ist die Untergrenze für das

Investment klein. Auch Maxe und Kati könnten Geld anlegen und wenigstens etwas herausschlagen. Vielleicht so viel, um irgendwo anders eine Laube zu renovieren.«

Maja stieß hörbar die Luft aus, dann löffelte sie ebenfalls ihr Müsli. Merle blätterte in der Broschüre.

»Merle?«

»Ja?«

»Dir gefällt das Haus, oder?«

Merle nickte. »Und dir?«

Maja leckte ihren Löffel ab und schlug die Doppelseite mit der energie- und fast abwasserneutralen Haustechnik auf.

»Wenn wir in den armen Ländern der Äquatorialzone flächendeckend solche Photovoltaikanlagen hätten, wäre viel geholfen.«

Merle stellte ihr Müsli weg. »Ich hab eine Idee. Aber sag sofort Nein, wenn es dich bedrängt.«

»Okay?« Maja sah sie aus ihren grünlichen Augen neugierig an. Die Wochen auf der Liege im Garten hatten ihre Sommersprossen vervielfacht, und das vermittelte einen täuschend erholten Eindruck.

»Es ist etwas, womit du genauso viel bewirkst wie mit deiner Arbeit in der Krisenintervention. Aber du wärst mit optimistischen Dingen beschäftigt. Du hast viele Beziehungen zu Geflüchteten und damit indirekt zu Menschen in armen Ländern. Ich würde gern mit deren Know-how dort ins Social Business einsteigen. Mit Mikrokrediten, aber auch einer wirtschaftsorientierten Finanzberatung darüber hinaus.« Sie erklärte Maja das Prinzip, wie gesellschaftliche und ökologische Probleme mit Unternehmergeist angegangen wurden. »Du übernimmst den kommunikativen Teil, ich die Finanz- und Wirtschaftsplanung.«

Maja hörte zu und nahm irgendwann wieder ihre Müslischale zur Hand. Etwas Listiges schlich sich in ihre Züge, während sie kaute. »Dazu bräuchtest du aber eigentlich deinen Fonds.«

»Wir könnten ganz anders einsteigen, aber ich kann auch jobben, und wir beginnen mit kleinen Projekten.«

Maja stand auf, ging ins Haus und kam mit einem Stick zurück. Den legte sie vor Merle hin. »Deine Masterarbeit. Ich habe sie an unserem Trümmertag vorsichtshalber kopiert, als ich dich gesehen habe. Mach sie fertig. Ich glaube, mit diesem Ziel schaffst du das.«

Merle starrte auf den Stick und erinnerte sich dunkel daran, wie Maja mit ihrem Laptop hineingegangen war, während sie den Korbstuhl zerstört hatte.

Sie erhob sich und umarmte ihre Liebste. Spürte ihre festen, runden Brüste unter dem Shirt, ihren Bauch, der ein wenig dicker geworden war in letzter Zeit. Sie küssten und hielten sich.

»Danke«, murmelte Merle zwischen zwei Küssen. Und im Stillen beschloss sie, bei Lu zu investieren, damit Maja auf jeden Fall weiter auf den Fluss schauen und meditieren konnte. Eine Wohnung für sie beide zusammen. Aber das sagte sie erst einmal nicht, denn Maja würde vermutlich alles in Entwicklungsländern investieren wollen und selbst dabei draufgehen. Als Paar durfte man nicht zimperlich sein und musste sich gegenseitig retten und retten lassen.

»Jetzt ist die Katze aus dem Sack.«

Kati saß mit dem Umschlag, den sie eben beim Ausführen von Knorke vor ihrer Tür gefunden hatte, am Flussufer ein Stück stadtauswärts im Gras. Sie blätterte in der Broschüre, während ihr Terrier mit der Schnauze am Boden auf der Böschung herumstreunte.

Sie dachte an Maxe, und das Herz wurde ihr schwer. Er klammerte sich an seinen Garten wie seine Gurken ans Rankgerüst. Am Tag, an dem sich der Gutachter angesagt hatte, hatte sie Unwohlsein vorgetäuscht, weil sie Maxes verzweifelte Unruhe nicht ausgehalten hatte. Sie hatte gemerkt, dass sie sich mittlerweile innerlich gegen die mit dem Garten verbundene Arbeit so auflehnte, dass sie ihm nicht überzeugend hätte beistehen können.

Er war hinterher zu ihr in die Stadtwohnung gekommen, hatte von einer Bodenentnahme erzählt, die einen zu hohen Grundwasserstand für einen Hamsterbau ergeben hatte. Seine großen Hände hatten still auf den Oberschenkeln geruht, nutzlos.

Bei ihrem Anblick hatte Kati es mit der Angst zu tun bekommen. Wenn diese Hände nichts mehr anpacken konnten, würde Maxe eingehen wie eine Primel.

Sie schaute über den Fluss. Der war von ihrem Garten aus nicht zu sehen, obwohl er direkt davor floss. Die Hecke war zu hoch, aber sie war Maxes ganzer Stolz. Ein Schreibzimmer mit einem Ausblick aufs Wasser …

Knorke kam herbei und ließ sich neben ihr nieder.

»Habe ich Maxe zu viele Zugeständnisse gemacht, Knorke?«

Der Hund schaute kurz zu ihr, vermutlich um zu prüfen, ob er gemeint war – war ja sonst keiner da –, und legte dann den Kopf auf die Vorderpfoten.

»Hätte ich nicht zulassen dürfen, dass er sich so in seinen Garten vergräbt? Hätte ich aufbegehren sollen? In dem ersten Jahr seiner Rente, als er den Rasen in Gemüsefelder umgewandelt hat?« Sie erinnerte sich, wie ihr Mann die quadratischen Beete angelegt hatte, gerade so groß, dass er, wenn er davorkniete, mit ausgestreckten Armen von allen Seiten bis in die Mitte kam. Mit grimmig entschlossener Miene. Sie hatte zugelassen, dass er sich hinter seiner Hecke verschanzte, und war dabei auf der Strecke geblieben. »Ach Knorke, ich hab gedacht, ich sei eine gute Ehefrau. Aber das bin ich nicht. Ich dachte, ich muss mich eben aufopfern, ich Schaf. Aber Aufopfern ist Mist. Es ist feige und bequem. Ich habe meinem Mann vorenthalten, was ich hätte einbringen können in unser Rentnerleben.«

Kati seufzte, und Knorke gab zur Antwort ein Grunzen von sich.

Am liebsten hätte sie Lus Idee vor Maxe geheim gehalten, aber das ging nicht. Vor Efkans und Saras Tür hatte sie auch einen Umschlag liegen sehen, alle dürften einen bekommen haben.

Immerhin hatten sie noch kein Ergebnis des Gutachtens. Tobias Starcke konnte sie leicht aus dem Rennen kicken, das Foto war gut geworden. Sie konnte Kungelei nahelegen, und sie sollten Sabrina fragen, ob das eine Möglichkeit war, die Entpachtung noch einmal anzufechten. Das würde ihnen vielleicht ein Jahr schenken. Wenn ihre Rechnung aufging, würde Tobias Starcke zudem Lu bekämpfen. Allerdings sah es ganz danach aus, als sei es dafür zu spät.

Kati blickte erneut über den Fluss. Sie spürte, dass sie sich entscheiden musste, an welchem Faden ihres Gespinstes sie ziehen wollte. Sie ließ sich noch ein paar Minuten Zeit, dann stand sie auf und klopfte sich den Hosenboden ab.

»Komm, Knorke, du musst gleich Maxe trösten.«

»Ich steige aus dem Supermarkt aus.«

Efkan saß mit Sara vor der Laube bei einem sommerlichen Mahl aus selbst geernteten Tomaten mit Feta, Kopfsalat von Maxe und Pide mit Lammhack und frischen Kräutern, die Sara gebacken hatte. Er liebte diese späten Abendessen mit seiner Frau, bei denen sie sich erzählten, was sie mit ihren Kunden erlebt hatten. Heute würde das Gespräch allerdings nicht so fröhlich plätschern wie die Enten im Fluss.

Seine Frau sah ihn erschrocken an. Ihr Blick verweilte auf seinem Gesicht, und der Schreck wandelte sich in Interesse. Sie nahm ihren Teller in die Hand, lehnte sich zurück und stellte ein Bein auf den Stuhl. Ein nacktes Bein, das Efkan beinahe aus dem Konzept brachte.

»Hat das was damit zu tun?«, fragte Sara und zeigte auf die Mappe mit der Hochglanzbroschüre über ein Haus mit vielen Terrassen und einem ungewöhnlichen, aber einleuchtend beschriebenen Finanzierungskonzept.

»Auch, aber nicht nur.«

»Ein klares Nein wäre mir lieber gewesen.«

Efkan ließ sein Pide überrascht in der Luft schweben. »Wieso? Du hast doch heute Vormittag gesagt, du findest das Haus schick.« Sie hatten die Mappe am Morgen vor ihrer Tür gefunden und sich beim Frühstück schon alles angesehen. Efkan hatte kurz überlegt, ob er von seinem Gespräch mit Lu erzählen sollte, sich jedoch dagegen entschieden. Lu hatte um Vertraulichkeit gebeten, und er verschwieg Sara schließlich nichts, was sie hätte wissen müssen. Mit der Präsentation lag alles auf dem Tisch.

»Ich finde das Haus auch schick. Aber es hat sich eben so angehört, als wolltest du flüchten. Und ob das gut ist in einer Familie …«

Er lächelte, legte sein Pide auf den Teller, beugte sich zu

ihr und küsste sie zart auf den Mund. Sara dachte genau wie er. Man hinterließ keine verbrannte Erde, etwas, das Lu keineswegs selbstverständlich erschienen war. »Ich liebe dich«, sagte er an ihren Lippen und streichelte ihr nacktes Bein. Dann lehnte er sich wieder zurück, obwohl er viel lieber weitergestreichelt hätte. »Ich spreche morgen mit Mert. Ich fühle mich nicht wohl als kinderloser Onkel im Supermarkt. Der Laden ist abbezahlt, ich werde meinem Bruder meinen Anteil anbieten, er wird einen Kredit bekommen, um mich auszuzahlen. So geht dann alles in seiner Familie weiter und zersplittert nicht.«

»Aber …« Sara hatte die Augenbrauen zusammengezogen.

»Warte. Im Herbst belege ich einen Kurs zum Rettungssanitäter. Dann arbeite ich an den Wochenenden und mache unter der Woche eine Ausbildung zum Notfallsanitäter. Menschen helfen, ihnen beistehen, das gefällt mir. Und wenn im Laden mal Not am Mann ist, springe ich ein. Als Notfallsanitäter werde ich nicht schlecht verdienen, zwischendrin natürlich nur wenig, aber reichen wird es.«

Jetzt war es an Sara, sich zu ihm zu beugen, und diesmal vertiefte er den Kuss. Aber gerade als er mit seiner Hand zu ihrem Busen glitt, machte sie sich los.

»Und, verstehe ich dich richtig – du willst mit dem Geld vom Supermarkt bei Lus Projekt einsteigen?«

»Ich will uns eine Wohnung kaufen.« Er zog die Broschüre zu sich, blätterte und tippte auf die, die Lu ihm empfohlen hatte. »Ein großer Wohnraum mit Küchenzeile für uns beide, Blick zum Fluss. Ein Schlafzimmer, ein Rückzugsraum und eine wunderschöne Terrasse, auf der du in der Sonne sitzen und lesen kannst. Nicht groß, aber macht auch nicht viel Arbeit.«

»Das willst du wirklich machen?«

Er sah, wie sich Saras Wangen röteten, und war kurz davor, sie mit sich in die Laube zu ziehen. »Es wird vielleicht nicht ganz reichen, aber …«

»Es wird reichen.« Das frische Rot auf Saras Wangen vertiefte sich zu einer Schamesröte.

Efkan stockte das Herz.

»Ich habe auch Geld.« Sie schlug die Augen nieder. »Ich habe einen einträglichen Nebenverdienst.«

»Ich weiß«, sagte Efkan leise. Und obwohl er es wusste, ergriff ihn Furcht. Davor, wie Sara dazu stand.

Auf einmal war es ganz still zwischen ihnen. Nur das Plätschern der Enten im Fluss war zu hören, es schien unendlich weit weg zu sein.

»Woher?«, flüsterte Sara. Aus ihrer Schamesröte war von einem Moment auf den anderen eine gelbliche Blässe geworden.

»Erst du.« Das Woher, wurde Efkan klar, war nicht viel besser als der »Nebenverdienst«.

»Erinnerst du dich noch an meine alte Chefin?«, fragte Sara.

Er nickte. Eine eloquente Dame, immer stark geschminkt.

»Sie hat dreißig Jahre lang einen Traum verfolgt: ein Haus auf Malle.«

Efkan fiel ihr Abschied ein. »Dahin ist sie auch ausgewandert.«

Sara nickte. »Als Kosmetikerin schaffst du das nicht, also hat sie zu unseren Thai- oder Wellnessmassagen ein erotisches Extra angeboten. Ich habe ihren Kundenstamm übernommen. Es ist kein Sex«, fügte sie schnell hinzu. »Ich bin angezogen dabei und darf nicht berührt werden.«

»Machst du das auch mal mit mir?«, rutschte es Efkan heraus, und er schämte sich im selben Moment für seine Frage.

»Ohne angefasst werden zu dürfen? Keine Chance.«

Das war so schnell und aus dem Herzen gekommen, dass es ihm den Atem nahm. Weil sie strikt trennte zwischen Beruf und privat? Weil sie bei der »Massage plus« nichts empfand?

»Machst du das mechanisch?«, fragte er.

»Nein.« Sara schüttelte den Kopf. »Es ist eine Dienstleistung wie auch das Augenbrauenzupfen. Ich bespreche mit meinen Kundinnen, welche Form zu ihnen passt, und bei den Massagen wähle ich Handgriffe, die guttun.«

»Du bist immer mit dem Herzen dabei.«

»Ja.«

Saras Ehrlichkeit schmerzte, aber sie schaffte auch Vertrauen. Entwaffnet wusste er nicht, was er noch sagen sollte.

Nachdem sie ein Weilchen geschwiegen hatten, fragte Sara: »Und woher weißt du davon?«

Er seufzte. »Maxe ist Stammkunde bei dir, nicht wahr?«

Sie schwieg.

»Kati hat es mir auf den Kopf zugesagt.«

»Was? Wieso das denn? Ich hätte nie gedacht, dass sie davon weiß ... Aman Allahim« – Oh Gott. Sie schwieg einen Moment, und er sah, wie es hinter ihrer Stirn arbeitete. So couragiert, wie sie eben gewesen war, wollte er ihr nicht nachstehen. Deshalb redete er weiter.

»Ich habe Rattengift ausgelegt, nachdem Knorke Andrea geholt hat. Kati hat die Flasche in einer Supermarkttüte im Müll gefunden und mir in ihrer Wut entgegengeschleudert.«

»Was?«

»Ich bin froh, dass der Hund überlebt hat. Ich habe mich mit Maxe ausgesprochen. Also über Knorke. Nicht darüber, dass er Kunde bei dir ist. Ich glaube, er ahnt nicht, dass Kati davon weiß.«

»Und du hast es mir nicht gesagt.«

»Genauso wenig wie du mir.« Er hatte Kati keine Macht über sie beide geben wollen.

»Und jetzt?«

Tja. Und jetzt? Er wusste es nicht. Die Nacht senkte sich mild über ihren Garten. Es war still. Nur die Enten plätscherten immer noch im Fluss.

Efkan hing seinen Gedanken nach. Manchmal holte er Sara vom Salon ab und sah ihr bei dieser Gelegenheit heimlich durch das Schaufenster zu, wenn sie Kundinnen beriet. Das Leuchten ihrer Augen dabei verriet, wie sehr sie ihren Beruf liebte. Wenn sie dann aber seinen Blick auf sich spürte und hochschaute, trat sofort etwas anderes in ihre Augen: eine Verliebtheit, die sein Herz hüpfen ließ. Ein Blick, der ihn meinte, nur ihn. An diesem Unterschied hielt Efkan sich fest. Im Schutz der Dunkelheit sagte er irgendwann: »Von mir aus kann Maxe dein Kunde bleiben. Er wird es jetzt brauchen.« Er nickte zu Lus Mappe hin.

Sara griff nach seiner Hand. Nach einer Weile erwiderte sie: »Dir ist nichts Menschliches fremd, sevgilim« – mein Geliebter. »Du wirst der beste Sanitäter der Welt werden.«

Da weitete sich Efkans Herz und wurde leicht wie lange nicht mehr. Ihm fiel ein, wie er bezweifelt hatte, ob ein Partner ein Zuhause sein könne. Er hatte gedacht, der Anspruch sei zu hoch an einen Menschen. Wenn er nur einen Rückzugsort darstellte, an den man sich klammerte, stimmte das. Aber wenn es etwas gab, in das man hinausging, was einen erfüllte im Leben, was man dem Partner mitbringen konnte, dann war es etwas anderes. Leise summte er den Refrain des Songs *Zuhause* von Flynn Kliemann: *Ganz egal, wo wir landen. Mein Zuhause ist kein Ort. Das bist du.*

»Das Bild ist wirklich echt?«

Merles Mutter löste den Blick von dem van Gogh, der an der Wand des völlig überdimensionierten Esszimmers lehnte, und musterte Jana nachdenklich. Florian folgte ihrem Blick.

Auf Janas Hals erschienen rote Flecken. Sie nickte. »Ich beweise es Ihnen.« Dann trat sie zu der langen Tafel. Sie holte die Mappe aus ihrer Tasche, die in der Laube hinter dem Etagenbett der Kinder versteckt gewesen war.

Die roten Flecken verschwanden, während Jana Frau Lagier erklärte, wie sie die Echtheit geprüft hatte. Stattdessen nahmen ihre Wangen den zarten Roséton an, die sie immer dann bekamen, wenn Jana sich für etwas begeisterte.

Florian wandte den Blick ab und sah sich im Zimmer um. Ein so großer holzgetäfelter Raum, nur für besondere Essen da, ansonsten unbenutzt. Eine Dekadenz, die Florian abstieß. Seine Eltern wären dagegen vor Neid erblasst. Sie hätten gern eine Villa gehabt. Das sah man ihrem Einfamilienhaus an. Es war von allem zu viel darin: zu viele Bücher, zu viele Bilder, zu viele Möbel, Kissen, Vitrinen, Teppiche. Mit dem, was einem bei ihm zu Hause auf hundert Quadratmetern die Luft nahm, hätte man diese Vierhundert-Quadratmeter-Villa locker ausstatten können, nur die Vorhänge wären zu kurz gewesen.

Sein Blick schweifte zurück zu seiner Frau, die gerade mit Merles Mutter zu dem Bild trat und es an der Wand umdrehte. Mit leichter Hand – seine hatte beim Einladen ins Taxi gezittert angesichts des Wertes, den er in den Fingern gehabt hatte.

So gezittert wie auch bei den Tieren, die ihm zu teuer waren, um sie fest anzupacken? Florian verdrängte den Gedanken schnell und sah seiner Frau weiter zu. Begeistert wies sie auf die Risskante des Leinens und hielt das Foto der Rückansicht der in Rom hängenden *Madame Ginoux* daneben.

Ein junger Mann trat mit einem Tablett in den Raum. »Soll ich den Kaffee hier servieren?«, fragte er. »Nicht im Erkerzimmer?«

Merles Mutter nickte ihm zu. »Ja, wir bleiben hier.«

Der Mann brachte es fertig, Tassen, Kanne, Milchkännchen und Zucker so hinzustellen, dass es nicht verloren wirkte an der langen Tafel. Dann verschwand er wieder.

»Kommen Sie, Herr Runge, wir stellen beide Bilder auf Stühle, dann können wir sie sehen, während wir uns unterhalten«, wandte sich Merles Mutter an ihn.

Florian tat, wie ihm geheißen, und dann setzten sie sich an das Tischende.

Der van Gogh beherrschte den Raum geradezu, so ausdrucksstark war das Porträt. Das Landschaftsgemälde hatte trotz des Kontrasts zwischen weißlich-hellblauem Sommerhimmel und sattviolettblauem Lavendel eine liebliche Ausstrahlung. Florian verstand, warum Jana es für das Ferienhaus ausgesucht hatte.

»Wie sind Sie darauf gekommen, dass der van Gogh echt sein könnte?« Der Tonfall Frau Lagiers war leicht, aber das täuschte Florian nicht. Jetzt kam das Verhör.

»Ich habe es sofort geahnt«, sagte Jana, und Florian hielt vor Schreck die Luft an.

»Und mir nichts davon gesagt.« Es klang nicht vorwurfsvoll, lediglich interessiert. Die Frau ist so was von abgebrüht, dachte Florian mit einer Mischung aus Abscheu und Faszination.

»Ich wollte die Provenienz prüfen und es restaurieren«, antwortete Jana, ohne mit der Wimper zu zucken, und er verstand, dass das die Wahrheit war.

»Und Sie waren sich sicher, dass ich Ihnen ein so wertvolles Original nicht anvertraut hätte.«

»Sie hätten zum Prüfen und Restaurieren irgendeinen etablierten Anbieter aus dem Kunsthandel herangezogen.«

»Und warum haben Sie es mir zum Preis einer Kopie abgekauft?«

Jana schwieg und warf Florian einen kurzen Blick zu.

Merles Mutter lächelte. »Nichts für ungut«, sagte sie zu ihm und wandte sich dann wieder Jana zu. »Wenn Frauen ihren Mann mitbringen, geschieht meistens irgendetwas, was sie gar nicht wollen. Herr Runge, was halten Sie davon, wenn Sie ein wenig in den Park gehen? Kostja wird Ihnen etwas Erfrischendes zu trinken hinausbringen.«

Florian setzte gerade dazu an, dass er Jana nicht allein lassen würde, aber Merles Mutter wischte die Antwort mit einer erhobenen Hand weg, ehe er sie aussprechen konnte.

»Geschäft ist Geschäft, Herr Runge. Ihre Frau hat ein sehr gutes gemacht. Sie können beruhigt sein.«

Wie bitte? Wollte sie ihn aus dem Raum haben, damit er sie nicht davon abhalten konnte, die Polizei zu rufen? Aber irgendwie sah sie nicht so aus, als hätte sie das vor. Und vor allem riss Jana kurz die Augen auf und winkte ihn mit einem Blick hinaus. Also ging er.

Es dauerte lange, bis Jana mit Merles Mutter zusammen aus dem Haus kam. Jana hatte rote Wangen, auf denen ein feiner Schweißfilm glänzte. »Führen Sie Ihre Frau heute Abend aus«, sagte Frau Lagier, als sie sich auf der großen Rasenfläche begegneten. »Auf Wiedersehen, und auf gute Geschäfte, Frau Runge.« Damit ging sie zurück, und Florian und Jana verließen das Anwesen auf dem Weg um das Haus herum.

»Lass uns erst weggehen, dann erzähle ich.« Jana griff auf

dem Bürgersteig nach seiner Hand. Ihre war heiß und feucht, und er behielt sie in seiner, während sie mit dem Bus aus dem Villenviertel zurück in die Innenstadt fuhren. Sie holten die Kinder aus dem Kindergarten, und erst am Abend, als Philipp und Lina-Marie schliefen, saßen sie draußen vor der Laube. Nebeneinander.

»Weiter ausführen als auf die Wiese kann ich dich leider nicht«, sagte Florian und legte den Arm um ihre Schultern.

»Ich könnte gerade nirgendwo glücklicher sein als mit dir und den Kindern zusammen hier.« Jana seufzte. »Aber ich werde zukünftig mehr unterwegs sein.«

Und dann fasste sie die Ergebnisse des Gesprächs mit Merles Mutter zusammen. »Ich werde den van Gogh mehreren Sammlerinnen anbieten – im Auftrag von Frau Lagier. Sie hat einige in ihrer Kundschaft. Ich mache mich selbstständig, baue eine Kunstberatung und -restaurierung für Sammler auf und benutze dabei den van Gogh als Trittbrett. Wir haben den Kauf nicht rückgängig gemacht, das machen wir, wenn wir das Bild verkaufen – es wird formal aus ihrer Hand übergehen, allerdings werde ich fünfzig Prozent des Verkaufspreises erhalten. Das reicht für drei Dinge: den Aufbau meiner Selbstständigkeit über die ersten Jahre. Die Betreuung unserer Kinder, wenn ich auf Reisen bin. Und für noch etwas … Moment.« Sie ging ins Haus und kam gleich darauf mit einem Umschlag in den Garten. »Mach auf. Die große an der Ostecke unten.«

Florian öffnete den Umschlag, zog eine Broschüre heraus und hatte sofort eine perfekt manikürte Hand vor Augen, die einen Ausdruck von einem Teppich fischte. »Wo hast du das her?«, fragte er erschrocken.

»Der Umschlag lehnte heute Morgen neben unserer Tür an der Hauswand. Du weißt davon?«

Florian erzählte ihr von dem Ausdruck, verschwieg aber vorsichtshalber, dass er an dem Abend etwas anderes als Milch von Lu gewollt hatte. Dann öffnete er die Broschüre und sah sich den Entwurf des Terrassenhauses genauer an. Da, wo jetzt M&Ms Parzelle war, befand sich eine Vierzimmerwohnung mit einem kleinen Gartenstück. Der große Wohnraum mit Küchenzeile und Kochinsel ging zum Fluss hinaus.

»Wir können wieder ein kleines Kinderbeet anlegen, aber es fällt kaum Gartenarbeit an«, sagte Jana.

Florian sah, dass es die perfekte Mischung ihrer Interessen war: Jana konnte »mithalten« mit einem Garten, und er würde eine praktische Wohnung ohne viel Aufwand haben. Aber er konnte sich nicht freuen. »Lu hat das schon lange geplant, hinter unserem Rücken. Meinst du, die anderen haben auch so einen Umschlag bekommen?«

»Alle, glaube ich.«

»Das können wir nicht machen.« Florian schüttelte den Kopf. »Es ist ein Betrug, genau wie das mit dem van Gogh. Siehst du das nicht? Diese Frau«, er fuchtelte zu Lus Garten hinüber, »verhöhnt uns.«

»Tut sie nicht.« Jana fischte ein Doppelblatt aus dem Umschlag. »Guck dir mal die Finanzierung an. Wer von uns keine ganze Wohnung kauft, kann Gewinn rausschlagen aus dem Verlust unserer Kolonie. Lu hat eine Menge Arbeit investiert in etwas, von dem sie nicht weiß, ob es klappt. Sie ist davon ausgegangen, dass die Kolonie sich nicht wird halten können – wissen konnte sie das nicht. Sie ...«

»Ich bin überzeugt, sie hat es gewusst. Sie war schlauer als ich und hat die Höhe des Grundwasserspiegels an einem Fluss sehr wohl gekannt und verschwiegen. Der ist nämlich gestern geprüft worden, und ich wäre am liebsten im Erdboden versunken, weil wir uns von Lu haben vorführen lassen. Erinnerst du dich? Sie hat den Hamster vorgeschlagen. Nicht etwa einen seltenen Lurch oder so.«

Jana dachte nach. »Das mag sein, Flori. Aber du hättest einen Lurch vorschlagen können. Wenn du wirklich engagiert gewesen wärst und nachgedacht hättest. Hast du aber nicht. Weil du den Garten nie richtig wolltest.«

Florian sah über ihren Rasen. Auch die Abenddämmerung verbarg nicht, dass er dringend wieder gemäht werden musste. Er dachte an die vergangenen Wochen. An Janas Engagement, das dem Lus nicht unähnlich gewesen war. Und stellte seine Halbherzigkeit daneben. Ja, man musste Wagnisse eingehen, gegen den Willen anderer, wenn man etwas erreichen wollte. Lu setzte ein Statement. Ihr Terrassenhaus war ein Gegenentwurf zu dem von Tobias Starcke geplanten Wohnriegel. Ein Ökohaus mit hoher Wohnqualität, das Florian von seinem Lieblingscafé gegenüber am Fluss nicht als störend empfinden würde.

Auch seine Frau hatte etwas gegen seinen Willen gewagt. Sie war eine gute Geschäftsfrau, das hatten ihr verwegenes Handeln und das Gesprächsergebnis mit Merles Mutter heute bewiesen.

Der Fluss plätscherte. Und du, Florian?

»Danke, dass du mich zu dem Gespräch mit Merles Mutter gezwungen hast«, sagte Jana in seine Gedanken hinein. »Das war ein wichtiges Korrektiv.«

Ein Korrektiv also. Ein Korrektiv für seine Frau. Das reicht nicht. Nicht einmal dir, Florian, du Loser.

Jana lehnte sich an ihn, aber er schob sie sanft weg und stand auf. »Ich will zu den Kindern.«

Er ging in das hintere Zimmer, nahm Philipp vorsichtig seine Schlafmaus aus dem Arm und setzte sich mit ihr vor das Etagenbett. Im Mondlicht schaute er auf die geliebte

Maus, dann verdrehte er ein Bein, als müsse er ein Gelenk einrichten.

Zu zaghaft. Noch mal. Florian renkte Kniegelenke und Schultern ein, bis er es so beherzt vermochte, wie es nötig war. Er schwitzte und ächzte, ließ aber den Blick nicht von dem niedlichen Gesicht der Maus, bis Philipp hinter ihm unruhig wurde. Dann legte er das Kuscheltier zurück in seinen Arm, strich ihm übers Haar und verließ leise das Zimmer.

Ein ratschendes Geräusch ließ Rudi hochschrecken. Dann gleich noch einmal. Ein paar Hanfstängel vor seinem Schlafzimmerfenster gingen nieder. Er schoss hoch und sah den kräftigen Rücken seines Nachbarn. Der stand vor seiner Hanfplantage und holte gerade zum dritten Mal mit einer Sichel aus. »Maxe!«

Der Mann ließ sich nicht beirren. Die nächsten Stängel fielen raschelnd.

»Muss ich aus dem Fenster springen, oder hörst du auf?«

Maxe ächzte und ließ die Sichel ruhen, drehte sich aber nicht um.

»Warte. Ich komme. Wir reden.« Rudi dachte an den Umschlag von Lu, den er gestern vor der Tür gefunden hatte. Seitdem war es merkwürdig still in der Kolonie, eine lähmende Stimmung lag über den sommerlichen Gärten. Von Lu war den ganzen Tag nichts zu sehen gewesen, sie verschanzte sich offenbar im Haus. Jana war am Nachmittag eingetroffen, kurz darauf Florian, aber dann waren beide gleich wieder verschwunden. Erst kurz vor dem Zubettgehen waren sie mit den Kindern erschienen. Vermutlich hatten sie Kriegsrat gehalten. Von Maxe keine Spur, obwohl der sich tagsüber sonst nie länger als fünf Minuten in der Laube aufhielt. Von den hinteren Grundstücken war nichts zu hören gewesen. Offenbar hatten sich alle zur Beratung zurückgezogen. Oder zum Wundenlecken. Oder zum Aufrüsten wie im Fall seines stämmigen Nachbars. Dem ruhigen Maxe schien die Sache über den Kopf gewachsen zu sein. Kein Wunder, der Garten war sein Ein und Alles.

Rudi musste unwillkürlich lächeln, während er seine Jeans anzog. Sein Radar hatte nicht angeschlagen. Von Maxes purer Anwesenheit war er nicht aufgewacht, erst vom Geräusch der Sichel im Hanf. Der Nachbar galt seinem Unterbewusstsein offenbar als zugehörig. Das gefiel Rudi und trug gleichzeitig dazu bei, sich um den Mann zu sorgen.

Als er seine Tür öffnete, saß Maxe auf der Bank davor. Er wirkte gedrungener, als er war. Die Sichel lag neben ihm im Gras.

Rudi setzte sich zu ihm. Sie schwiegen ein Weilchen. Maxes Atem ging mühsam. Irgendwann zog er einen zerknitterten Bogen Papier, an den ein Tütchen angetackert war, aus seiner Funktionsweste und hielt ihn Rudi hin.

Er erkannte eine Hanfknospe in dem Tütchen und ahnte sofort, was er auf dem Blatt lesen würde. Er schaute nach unten. Handschriftlich stand dort nichts, auch keine Grüße, sondern: *Ein – noch – freundlicher Mensch.* Was für ein Widerling!

Rudi las von Anfang an.

Herr Vereinsvorsitzender,

Zaun an Zaun mit Ihrem Grundstück wächst das Beiliegende. Es wird kaum zu erklären sein, dass Sie nicht wussten, dass es unter das Betäubungsmittelgesetz fällt. Ich sehe mich gezwun-

gen, außer Ihrem Nachbarn, Herrn Rudi Pfeiffer, auch Sie anzuzeigen, nebst den anderen Mitgliedern Ihres Vereins, die ebenfalls Mitwisser sein dürften und sicherlich wenig erfreut, dass Sie nicht gegen die Plantage vorgegangen sind. Auf eine Anzeige verzichte ich, wenn Sie Ihren Widerspruch gegen die Entpachtung innerhalb der nächsten drei Tage zurückziehen.

»Ich mach uns Kaffee«, sagte Rudi und gab den Brief zurück.

Als er Wasser aufsetzte, trat auch Maxe in die Laube.

»Das war Lu, diese Hexe.«

Rudi schüttelte den Kopf. »Nein. Ich weiß, wer dahintersteckt.« Er berichtete Maxe von dem nächtlichen Besucher.

»Und warum hast du den nicht hopsgenommen? Du hast doch einen Knüppel. Das Jüngelchen hätten wir fertiggemacht.«

»Maxe, das ist nicht dein Stil.« Rudi gab Kaffeepulver in zwei Pötte.

Maxe stierte auf den Fußboden. »Ich weiß gar nicht mehr, was mein Stil ist. Ich hab dir gesagt, du sollst es dieses Jahr lassen mit dem Hanf. Wenn das Gutachten positiv für uns ausfällt, ist es für die Katz, nur weil du stur bist.«

Wenn Maxe sich weismachte, dass das Gutachten positiv ausfallen könnte, war es schlimm um ihn bestellt. Efkan hatte Rudi von dem Ablauf der Prüfung erzählt. Aber Rudi brachte es nicht übers Herz, Maxes Hoffnung zu zerstören. Also brühte er schweigend den Kaffee auf, stellte Zucker und Milch dazu auf ein Tablett und trug es nach draußen.

Erst als sie beide ein paar Schluck getrunken hatten, sagte er: »Ich habe eine Genehmigung für meinen Hanf dieses Jahr. Es ist Medizinalhanf.«

»Was?«

»Medizinalhanf hat weniger als zwei Prozent THC – also

das, was berauschend wirkt. Ich züchte ihn für ein Forschungsprojekt.«

»Das hättest du mal eher sagen sollen.« Es klang beleidigt.

»Ach, Maxe.« Rudi lehnte sich zurück. »Ich habe die Illusion gebraucht. Außerdem sind hinten in der Mitte noch ein paar Pflanzen für meinen Eigengebrauch. Eine Art Restwiderstand.«

»Illusionen brauchen wir wohl alle«, sagte Maxe leise.

Rudi wurde es ungemütlich, denn beim Nachdenken darüber, wie Maxe den Kopf in den Sand oder vielmehr seine Gemüsebeete steckte, begriff er, dass er sich selbst auch einer folgenschweren Illusion hingegeben hatte. »Ich würde jetzt gern meinen Morgenjoint rauchen.«

Maxe machte eine Bitteschön-Handbewegung, und Rudi holte seine Tüte. Aber dann zündete er sie nicht an, sondern legte sie auf das Tablett.

»Ich habe mir etwas vorgemacht, als ich hier allein in der Laube geblieben bin. Ich wollte es meiner Frau zeigen, die mit unserer Tochter in ihre bürgerliche Familie zurückgekehrt ist: Ich mache mich nicht mit dem Establishment gemein. Oder besser gesagt, ich habe gehofft, dass sie die Nase in Süddeutschland irgendwann voll hat und zu mir in unser ungebundenes Leben zurückkehrt.«

»Aber sie ist nicht gekommen.« Maxe beäugte den Joint.

»So war das aber nur am Anfang«, redete Rudi weiter. »Ich habe mich eingerichtet, es mir mit dem Etikett des Aussteigers bequem gemacht.«

»Es ist schön hier.«

Rudi merkte auf. Das hatte Maxe liebevoll gesagt, wie um ihn zu entlasten.

»Es ist ein Glück im Kleinen«, erwiderte Rudi und wies auf

den Joint. »Eine Illusion von Glück, wie sie ein wenig Haschisch verheißt. Und die verhindert das große Glück, das echte.«

»Ich hab noch nie gekifft«, sagte Maxe.

»Bist eben nicht der Typ dazu.« Und jetzt schon gar nicht. In der Verfassung, in der Maxe war, konnte das nach hinten losgehen.

»Wenn es mit dem großen Glück vorbei ist, nämlich dass deiner Hände Arbeit gebraucht wird, dann ist das kleine Glück doch gut. Unsere Gärten mögen ein kleines Glück sein. Aber was ist dagegen zu sagen? Es lindert den Verlust und ist was Reelles.« Maxe trank seinen Kaffee aus. »Warum zündest du den Joint nicht an?«

»Mir ist die Lust darauf vergangen.«

»Was machen wir eigentlich mit Lu?«, fragte Maxe, schob ihm den leeren Kaffeepott zu und erhob sich.

»Die lassen wir schmoren.« Etwas Besseres fiel Rudi nicht ein, und obwohl es zweifelsohne eine kluge Antwort war, um Maxe von irgendwelchen Sicheldummheiten abzuhalten, fühlte er sich nicht wohl dabei. Denn er gedachte keineswegs, Lu schmoren zu lassen.

Efkan kam auf ihre Laube zu, und Lu huschte schnell vor den Badspiegel, um sich ihre Tränen und die verschmierte Mascara abzuwischen. Als sie zurückkam und die Gardine von ihrer Terrassentür zurückzog, stand Efkan schon davor. Er machte große Augen, als er sie erblickte.

Sie öffnete die Tür.

»Was ist passiert?«, fragte er.

So viel zu der Wischaktion.

»Ich muss hier raus. Hab eine Woche Zeit. Irgendjemand hat mich verpfiffen. Hätte ich mir denken können.«

»Von uns? Glaub ich nicht.«

Träum weiter. Der Mann war echt zu gut für diese Welt. Lu winkte ab. »Komm rein. Du willst sicherlich nicht mit mir gesehen werden.«

Efkan legte den Kopf schräg. »Ich habe nichts zu verbergen. Du?«

Lu sah ihn an, wie er da vor ihr stand. Aufgerichtet, den Kopf ein wenig vorgestreckt wie meistens. Als wolle er seinem Gegenüber bestätigend zunicken. Sein schwarzes Haar glänzte in der Vormittagssonne, die leicht schräg stehenden Augen blickten warm. Irgendwie hatte er etwas von einem Schutzengel. »Ich auch nicht«, sagte sie deshalb.

Sie setzten sich auf die Terrasse, und Efkan eröffnete ihr, dass Sara und er investieren wollten, und zwar genau in die Wohnung, die sie ihm vorgeschlagen hatte. Als das Nötige besprochen war, fragte er: »Du hast deinen Rauswurf doch bestimmt schriftlich, oder?«

Lu nickte. Klar hatte sie das.

»Darf ich mal sehen?«

»Da steht nicht drin, wer es war.«

»Das will ich auch gar nicht wissen.« Er klang ungehalten, als hätte sie ihm etwas Böses unterstellt. Schnell holte sie den Wisch von der Stadtverwaltung.

Er las. »Ich versuch mal zu helfen. Versprechen kann ich nichts. Jedenfalls müsste ich dann schnell los, weil ich das vor meiner Arbeit im Supermarkt noch erledigen müsste.«

Lu nickte. Was sollte sie sonst tun. Sie hatte für die Akquise einen Schreibtisch in einem Co-Working-Space gemietet, der auch ihre neue berufliche Adresse war, aber auf dem konnte sie schlecht übernachten.

Beim Abschied straffte sie ihre Schultern. Immer einen Schritt nach dem anderen. Sie sah Efkan nach, dessen Gang beschwingter war als je zuvor. Ein bisschen ist das vielleicht auch dein Verdienst, sagte sie sich. Und dann: Verdammt Lu, lass das vielleicht weg.

»Frau Bauer, einen Kaffee?«

»Gern. Mit Zucker bitte.« Kati genoss es, einen Termin zu haben, obwohl sie wusste, dass die Höflichkeit ihres Gegenübers rein geschäftlich war.

Als die Tasse vor ihr stand, gab sie Zucker hinein und rührte sorgfältig um. Der Kunde ist König. Als Königin hatte sie sich schon lange nicht mehr gefühlt. »Ich möchte den Auszahlungsplan meiner Lebensversicherung ändern.«

Die Augenbrauen des Bankangestellten wanderten in die Höhe, als er die Daten auf seinen Bildschirm geholt hatte.

»Sie haben nie Fondsanteile verkauft oder sich Gewinne auszahlen lassen.«

»Wir bauen unser Obst und Gemüse selbst an.« Kati staunte über sich selbst, denn zum ersten Mal dachte sie an diesen Sachverhalt nicht mit Abscheu, sondern mit Stolz – und zwar auf Maxe.

Sie holte Lus Broschüre aus ihrer alten grauen Kunstlederhandtasche auf ihrem Schoß. »Wie viel ist drauf?«

Der Bankangestellte nannte ihr eine Summe, und sie schlug die Seite auf, die sie mit einer Büroklammer markiert hatte. Sie blickte auf einen Wohnungsgrundriss, neben dem ein ganz ähnlicher Betrag stand wie der eben geäußerte.

Über dreißig Jahre hatte sie in ihre Lebensversicherung eingezahlt. Als sie wegen der Kinder zu Hause geblieben war, hatte Maxe die Beträge übernommen, und als sie Teilzeit gearbeitet hatte, war ein großer Teil ihres Einkommens in die Versicherung geflossen. Maxe hatte die großen Anschaffungen getätigt, alle ihre Autos bezahlt und die Ausbildung der Kinder. »Das bin ich meiner Frau schuldig, die den Familienhaushalt führt«, hatte er lapidar gesagt.

Mit ihrem Renteneintritt war die Versicherung fällig geworden, und Maxe hatte nie danach gefragt. Sie hatte das Geld recht konservativ angelegt und weiterarbeiten lassen.

Kann ich das wirklich machen, überlegte Kati. Sie trank ein Schlückchen Kaffee aus der klobigen weißen Banktasse. Kann ich einfach so eine Wohnung kaufen? Ist das nicht Betrug an Maxe? Kann ich ihm das antun? Ihm, der immer in stiller Selbstverständlichkeit zu mir steht?

»Frau Bauer? Kann ich bei einer Entscheidungsfindung helfen? Worum geht es?«

Kati sah auf. Es ist dein Geld. Du hast es verdient. Mit deiner Arbeit in der Verwaltung und für die Familie. Zumindest die Autos hat Maxe schließlich auch ausgesucht, ohne zu fragen. Und die Beete angelegt. Ebenfalls ohne ihre Meinung einzuholen. Warum sollte sie dann fragen?

Weil er wusste, dass er deine Zustimmung hat. Zu jedem Auto, auch zu den Beeten, sagte ein leises Stimmchen in ihr. Laut sagte sie: »Lösen Sie bitte alles auf.«

Mit einem leichten Klacken landete die leere Schnapsflasche, die Lu zum Müll unter die Spüle gestellt hatte, vor ihr auf dem Tisch. Umschlungen von Fingern, deren Nägel in einem eleganten Rosé lackiert waren. Nicht rot wie ihre eigenen.

Lu sah erschrocken von ihrem Laptop auf, auf dem sie in

die dafür vorgesehene Tabelle Merles Reservierung für eine Wohnung in ihrem Terrassenhaus eintrug. Ihre Nachbarin war mit ihrer Mutter erschienen, und sie hatten zu dritt über das Finanzierungskonzept gesprochen. Frau Lagier hatte Ratschläge zur Abwicklung gegeben.

Jetzt stand sie vor ihr und wollte ihr offenbar einen weiteren erteilen.

»Merle, Süße, geh zu Maja. Ich komme nach. Ihr könnt schon mal mit Kochen anfangen.«

Als ihre Tochter gegangen war, ließ sie die Flasche los und setzte sich in Lus Retrosessel, in dem sie mit ihrem exklusiven Rock-Bluse-Ensemble wirkte wie auf einem Modefoto. Nur die alterstrockene Haut passte nicht dazu. Merles Mutter war sicherlich noch keine sechzig, die Falten um Augen und Mund ließen sie bei genauerem Hinsehen jedoch älter erscheinen.

Lu war wütend. Sie konnte sich gerade so daran hindern aufzubrausen. Was mischte diese Frau sich in ihre Angelegenheiten? Führte sie vor ihrer Tochter vor? Spielte sich auf, als sei sie Herrin der Laube? Aber Lu beherrschte sich. Hier ging es um ihr Vorhaben, um ihre Zukunft, und das Investment von Merles Familie war ein wichtiger Schritt hin zu ihrem Ziel.

Frau Lagier musterte sie einen Moment, dann lächelte sie leicht. »Sie halten sich im Zaum, das konnte ich am Ende nicht mehr. Um es kurz zu machen: Ich war Alkoholikerin, als Merle ein Teenager war. Sie weiß die Zeichen zu deuten und macht sich Sorgen um Sie.«

Lu starrte ihr Gegenüber an, und ihr wurde bewusst, dass sie am liebsten die neue Flasche aus dem Küchenbuffet geholt hätte. Ja, sie trank zu oft, zu viel, bei Frust, zum Einschlafen – aber Alkoholikerin?

Frau Lagier schlug ein Bein über das andere. »Ich habe getrunken, weil ich mich von der Bankerin in die Rolle der Bankiersgattin habe drängen lassen. Und warum trinken Sie?«

Es zu leugnen hatte keinen Zweck. Sie musste sehen, dass sie hier möglichst schrammenfrei rauskam. »Weil ich mich von der Rolle der Architektin in die der Büroassistentin habe drängen lassen?«

»Dann hätten Sie längst aufhören können.«

Was war das denn für ein Blödsinn. »Wenn Sie Alkoholikerin waren, konnten Sie sicherlich nicht einfach ›aufhören‹.« Lu lehnte sich hinter ihrem großen Schreibtisch zurück und verschränkte die Arme. Du hast die Chefposition, dachte sie, fühlte sich aber weiter entfernt denn je von der damit verbundenen Macht.

»Nicht einfach, das stimmt.«

»Ich bin jedenfalls keine Alkoholikerin.«

»Die Halbwahrheit ist der größte Feind der Wahrheit. Sehen Sie einer trockenen Alkoholikerin die übergriffige Frage nach, okay? Warum trinken Sie wirklich?«

Lu stöhnte. »Normalerweise macht mir ein solcher Schlagabtausch Spaß.«

Merles Mutter kicherte, es passte überhaupt nicht zu ihrer Eleganz. »Das lässt hoffen. Hier in der Kolonie duzt man sich, nicht wahr? Ich bin Caroline.«

Lu dachte, dass Merles Mutter eher das Du der Anonymen Alkoholiker im Kopf hatte, sprach es aber nicht aus. Stattdessen hob sie die leere Schnapsflasche an, als wolle sie der Frau zuprosten. »Lu. Seit ich hier bin. Vorher Louise. Mit o-u. Das hab ich abgeschafft.«

»Als meine Freundinnen in der Schule mich Caro genannt haben, sind meine Eltern im Dreieck gesprungen. Mein Mann sagt Caroline.«

Jetzt kicherte Lu. Dann wurde sie ernst. Merles Mutter war das Beste, was ihr passieren konnte, wurde ihr klar. Sie bot ihr eine Chance, die so schnell nicht wiederkommen würde. Zu verlieren hatte sie nichts. Und ehe sie es zerdenken konnte, legte sie los. »Meine Mutter hat mich allein aufgezogen. Sie hat mich spüren lassen, dass wir meinem Vater egal waren, auch die finanziellen Probleme und dass sie sich ein Bein für mich ausgerissen hat. Das hat sie wirklich.« Lu trank einen Schluck Kaffee, den sie vorhin serviert hatte und der lauwarm so fade schmeckte wie das Aufwärmessen ihrer Schulzeit. »Ich wollte auf keinen Fall, dass es mir einmal genauso geht. Ich habe mich immer angepasst, habe meine Beziehung gehalten und mich verbogen dabei, weggeguckt, mich mit Luxus belohnt. Ich bin käuflich. Ich habe mir damit ein leichtes, sicheres Leben gekauft. Ich habe meinen Frust weggetrunken, und jetzt trinke ich meine Gewissensbisse weg, weil ich diese Kolonie zerstöre, um mir ein neues Image zu erkaufen. Diesmal kaufe ich mich selbst. Das ist am allersichersten.«

»Interessante Theorie.« Merles Mutter stand auf. »In welchem Schrank sind die Weingläser?«

»Wie bitte?« Lu war noch ganz über sich selbst erschrocken. Sie hatte etwas formuliert, das sie gar nicht geglaubt hatte, überhaupt zu wissen. Wieso fragte Caroline Lagier nach Weingläsern? War sie gar keine Alkoholikerin gewesen oder immer noch eine?

Ihr Besuch winkte ab. »Die find ich schon. Besser, ich gehe in die Küche als du.«

Lu war kaum hinter ihrem Schreibtisch hervorgetreten, da kam Merles Mutter bereits mit zwei geschliffenen Schulze'schen Gläsern aus der Küche. »Draußen?« Da ist Platz für uns beide. Sie wies auf den Gartentisch.

Lu nickte. Was sollte sie sonst tun?

»Wir müssen auf das Du anstoßen«, sagte Merles Mutter, stellte die Gläser auf den Tisch und entnahm ihrer Umhängetasche eine kleine Thermosflasche. Daraus goss sie eine hellrote Flüssigkeit ein. »Roter Johannisbeersaft. Gekühlt. Als Direktsaft herb wie guter Wein.«

Sie stießen an, und der Saft schmeckte tatsächlich nicht wie übliche Säfte. Weder süß noch cremig. Sondern erfrischend trocken. Dann setzten sie sich einander gegenüber.

Merles Mutter ließ ihren Blick durch den Garten wandern. »Ein lauschiges Plätzchen. Ein Zwergenland mitten in der Stadt. Ein Ort, an dem Kleines gedeiht, auch innerlich.«

Das Letzte klang eine Spur abfällig. Lu merkte überrascht, dass sie sich bemüßigt fühlte, ihren Kleingarten zu verteidigen. »Kleines ist noch lange nicht kleingeistig. Es kann wachsen. Für mich ist das Flusseck so etwas wie ein Brutkasten. Nur leider muss man irgendwann raus in die Kälte der Welt, wenn man was Großes will.«

»Zu großen Visionen gehört Angst.«

»Die einen schlottern lässt. Und Alkohol wärmt von innen.«

»Lu, ich weiß, dass du die Schnapsflasche aufmachen wirst, die im Küchenbuffet steht, sobald ich weg bin. Aber lass dir zu deinen Gewissensbissen eins gesagt sein. Mit deiner Idee für dein Haus hast du dich mit den Kleingärten auseinandergesetzt. Du bewahrst etwas von ihnen, etwas Gutes, und schaffst etwas Neues. So entsteht Fortschritt.«

»Das ändert nichts.«

»Es ändert alles. Dein Gewissen ist nur eine Vorstellung, etwas Unwirkliches. Dein Haus wird wirklich dastehen.«

»Und du meinst, das schlechte Gewissen wird verschwinden?«

Merles Mutter nickte. »Genauso wie die Kolonie.«

»Und wie auch irgendwann mein Haus.« Lu glaubte, Caroline Lagier zu verstehen.

»Ja. Wenn sich die, die es einst abreißen werden, damit respektvoll auseinandergesetzt haben, wird etwas Gutes entstehen. Nur wenn sie es übergehen, wird es einen Rückschritt geben.«

Lu saß da und starrte in den Garten, der im nächsten Jahr vielleicht eine hässliche Baugrube sein würde. Es stimmte, sie hatte sich mit der Kolonie auseinandergesetzt, anders als Tobias. Sie lief jeden Morgen barfuß über Rasen, wie es ihn auch auf ihren Terrassen geben würde. Sie hatte Rosenstecklinge gemacht und würde Flusswasser für die Kleinkläranlage verwenden. Jede Wohnung würde große Schiebetüren nach draußen bekommen, ähnlich den Flügeltüren, die der Glaser nach dem Krieg in drei der sechs Lauben eingesetzt hatte.

»Die Thermosflasche lasse ich dir da. Ich hab mehrere davon.« Merles Mutter zwinkerte Lu zu. »Du solltest einen *Point of no Return* vorbereiten. Vielleicht den Tag, an dem du dein Crowdinvestment erfolgreich schließt. Und bis dahin schon mal runterfahren, so gut es geht. Meinst du, du kommst ohne Entgiftung aus?«

Lu nickte. Es gab auch Tage, an denen sie nichts trank oder nur sehr wenig. Sie stand wohl noch am Anfang der Sucht.

»Gut. Ich geh jetzt rüber und werde die Mädels bitten, ihre Quitten im Herbst mosten zu lassen. Sie sollen dir ein paar Flaschen abgeben. Quittensaft schmeckt zu deftigen Gerichten. Und abends: Schlaftee statt Schnaps. Hübsches Teegeschirr steht ja im Buffet.«

Lu sah der eleganten Frau nach, die durch ihren Zwergenlandgarten entschwebte wie eine Fee. Wie war es doch gleich bei Schneewittchen? Die Prinzessin floh ins Zwergenland und reifte dort – wie sie selbst. Tja, und wie ihre Schwester im Märchen musste sie ungehorsam in den sauren Apfel beißen, um in ihr neues Königreich zu kommen. Auch wenn sie fast dabei draufging.

Noch zwei Tage, dann endete der Reservierungsvorlauf der Vereinsmitglieder. Kati steckte ihre Unterlagen in die Einkaufstasche und machte vor dem Gang zum Bäcker einen Abstecher zu Lu.

»Hallo, Kati.« Die junge Frau war von dem Gartentisch aufgestanden, an dem sie offenbar gerade frühstückte. Seit ein paar Tagen verschanzte sie sich nicht mehr hinter ihren Vorhängen. Eigentlich konnte das nur mit einer Sache zusammenhängen, und die wollte Kati in Erfahrung bringen.

»Ich habe gehört, dass du nicht aus der Laube rausmusst.« Sie stellte ihre Einkaufstasche neben den zweiten Stuhl und warf kurz einen Blick auf Knorke, der im Garten herumschnüffelte.

Lu nickte. »Das habe ich Efkan zu verdanken. Keine Ahnung, wie er das gemacht hat. Ich werde bis Ende November geduldet, bis hier entpachtet wird, wenn das Gutachten …«

Kati winkte ab. »Will Efkan investieren?«

»Du hast mich nicht verpfiffen, oder?«

Lu war direkt, das hatte Kati schon von Anfang an gefallen. Sie musterte die junge Frau. In ihren Zügen stritten sich Hoffnung und Misstrauen. Ihre schroffe Angriff-ist-die-beste-Verteidigung-Strategie gefiel Kati. Sie ließ sie abblitzen. »Ein kleiner Morgenkaffee wäre schön.«

»Klar.« Lu holte eine zweite Tasse aus dem Haus und goss Kati ein. Sie rückte auch die Zuckerdose näher zu ihr.

Kati nahm sich einen Löffel, rührte um, kostete und stellte fest, dass es die richtigen Bohnen für Filterkaffee waren. Lu war lernfähig, was sie nicht wunderte. »Wie kommst du darauf, dass ich dich verpfiffen hätte?«

»Ich hätte es nicht gedacht, aber wenn du es nicht warst, war es keiner von hier. Bloß – wer dann?«

War es keiner von hier, Gardinen wieder offen ... Kati fühlte eine merkwürdige Beklemmung und gleichzeitig Aufregung in sich aufsteigen. Sie warf einen Blick auf Knorke, der sich in den Schatten des Klarapfelbaums gelegt hatte. Die ersten der Sommeräpfel fielen schon herunter. »Vielleicht war es ein gewisser junger Mann mit einer Vorliebe für schwarze Kleidung, der uns alle mit Rudis Hanf erpresst.«

»Mein Ex?«

»Der ist neulich nachts hier rumgeschlichen.«

Lu riss die Augen auf. »Scheiße! Und jetzt?«

Kati trank. »Ich habe ein hübsches Foto von selbigem Mann, auf dem seine Hand auf einem unpassenden Körperteil der Bürgermeisterin liegt. Die Redakteure unserer Lokalzeitung werden die Kombination aus dieser Hand auf dem Körperteil, dem auffälligen Einsatz der Bürgermeisterin für die Entpachtung und dem Bauantrag des Besitzers der Hand sicher höchst interessant finden, wenn ich ihnen das Foto maile. Deine Klaräpfel sind übrigens reif.«

»Nimm dir mit, so viele du willst. Kati ...«

Tja, jetzt ging Lu die Muffe. Denn unverhofft fand sie sich mit ihrem Ex in einem Boot wieder. Wurde die Entpachtung zurückgenommen, würden weder sie noch dieser Starcke bauen können. Zeit für die wichtige Frage. »Wer wird alles investieren?«

Lu lächelte. »Du solltest dir das mit dem Foto noch mal überlegen. Alle außer euch.«

»Auch Rudi?« Wie sollte das denn gehen …

»Rudi hat eine stille Reserve.«

Das hätte Kati nicht gedacht, und wieder regte sich dieses Gemisch von Beklemmung und Aufregung in ihr. Als all das Geld auf ihrem Konto eingetroffen war, die Ersparnisse von mehr als drei Jahrzehnten, die Summe, die von ihrem Lebensverdienst übrig geblieben war, als sie den sechsstelligen Betrag auf ihrem Bildschirm und ihren treu werkelnden Mann ein paar Meter weiter im Garten gesehen hatte, da hatte sie die Tragweite ihres Spiels mit den Fäden erfasst und war zurückgeschreckt. Lief es nicht darauf hinaus, dass sie mit ihrem Mann spielte wie Lu mit ihnen allen hier? Und überhaupt: Wer änderte sein Leben mit über sechzig denn noch mal grundlegend? War sie von allen guten Geistern verlassen?

Knorke kam angetrottet, als spüre er, dass sein Frauchen aufgewühlt war. Alle wollen investieren, dachte Kati. Alle, und keiner hat was gesagt. Sie kraulte ihren Hund, streichelte ihn, um den Schock zu verdauen. Seine Wärme tröstete sie, auch das vertraute leicht borstige Fell unter ihren Fingern. Wahrscheinlich hatten ihre Nachbarn geschwiegen, weil sich keiner von ihnen Maxe unter die Augen getraut hätte. Aber wenn sie alle abtrünnig geworden waren, was hatte es dann für einen Sinn, standhaft zu bleiben? War das nicht etwas, das sie später bereuen würde?

Sie klopfte Knorke die Flanke, schob ihn zur Seite und holte die Broschüre aus ihrer Tasche, wobei ihre Hand zitterte, anders als in der Bank. Alle haben zugeschlagen, Kati. Der ganze Verein!

Sie schlug die Broschüre an der mit der Büroklammer markierten Stelle auf und tippte auf den Grundriss dort. »Wir investieren auch. Diese hier, die mit der Vitrine obendrauf.« Die »Vitrine« war ein an drei Seiten verglaster Pavillon auf dem Hausdach, in den man über eine Stiege kam. Vielleicht war er als Lese- oder Rückzugsplatz gedacht, aber Kati hatte gleich ein Schreibzimmer vor ihrem inneren Auge gesehen. Ein Tisch, ein Stuhl und ein kleines Regal würden hineinpassen.

»Die mit der Stiege?«, fragte Lu ungläubig.

»Ich bin rüstig.«

»Gut. Reserviere ich. Und danke, Kati, dass du geschwiegen hast.« Sie goss ihr den Rest Kaffee ein, ihre eigene Tasse war längst leer, sie hatte sich selbst nicht mehr nachgeschenkt. Hart und direkt, aber auch beflissen, dachte Kati. Die Kombination musste sie sich merken, wenn sie mal eine Figur für ihre Krimis brauchte. Und sie würde eine brauchen, viele sogar. In Katis Bauch kribbelte es ungefähr so, wie wenn Maxe sie mit seinem Männerblick ansah – na ja, früher angesehen hatte.

»Aber was passiert jetzt mit Rudi?«, fragte Lu in das Kribbeln hinein. »Tobias kämpft mit harten Bandagen.«

Kati atmete tief durch, um ihr Gedankengewühl wegzuschieben. »Du magst unseren Hippie, oder?«

Lu nickte. »Wir wollen im Winter in eine WG ziehen. Mit Ole, der will zu Hause raus.«

»Rudi wird nichts passieren. Er baut dieses Jahr irgendwelchen komischen Medizinhanf an, hat Maxe erzählt, da ist gar nichts drin von dem Zeug, was nicht drin sein darf. Oder nur ganz wenig.«

»Ach!« Lu lächelte breit.

Kati grinste zurück. Aber das Grinsen verging ihr, wenn sie an ihren Mann dachte. Wie würde er diesen Verrat an seiner Kolonie verkraften? Und erst ihren an ihm?

Die Augustsonne stand knapp über dem Bahndamm, schien schräg durch die Zweige des Haselnussstrauchs in der Gestrüppecke zwischen Lus Garten und der Brücke. Ein Eichhörnchen hatte sich auf ihrem Rasen eingefunden und fraß mit putzigen Bewegungen eine der noch nicht ganz reifen Nüsse. Der Fluss glitzerte.

Lu saß in ihrem Holzdeckchair ganz still, um es nicht zu vertreiben. Zwischen Klarapfel und Terrasse hatte sie am längsten Abendsonne. Neben ihr stand ein Tablett mit Carolines Thermosflasche sowie einem vollen Glas Johannisbeersaft, Grissini und Käsestücken unter Schulzes kleiner Fliegenhaube. Als das Eichhörnchen hinter Florians Hecke huschte, schloss sie die Augen und langte neben sich auf den Rasen, auf den gerade einer der Augustäpfel geplumpst war. Sie biss hinein, seufzte genießerisch und dachte, in diesem Paradies lässt sich mein *Point of no Return* aushalten. Sie hatte ihn vorverlegt, weil sie festgestellt hatte, dass ihr die Reservierungen aller Kleingärtner des Flussecks eine riesige Erleichterung und ein ungekanntes Hochgefühl beschert hatten, groß genug für diesen Schritt. Sie biss ein zweites Mal in den Apfel, da hörte sie, wie sich das Gartentor öffnete und einen Augenblick später scheppernd an den Zaun knallte. Ein schroffes »Sitz!« ertönte.

Sie riss die Augen auf und sah Maxe durch ihren Garten kommen. Er streckte den Kopf nach vorn wie ein angriffslustiger Bulle und würdigte sie keines Blickes. Er öffnete die Schuppentür mit einem Ruck, so dass sie an die Wand knallte wie eben die Gartentür an den Zaun, holte eine Baumschere heraus und trat zur Terrasse. Dort angekommen, ließ er kurz die kräftigen Schultern kreisen, öffnete die Schere, und dann begann ein Massaker unter den Rosen. Charles Austin, Karen Blixen, Geoff Hamilton und Gentle Hermione fielen.

Auch die prächtige gelbe Golden Celebration, die einen Stich in Lachsfarbene hatte und deshalb aufs Schönste mit dem Zartrosa der Gentle Hermione harmonierte, wurde unter dem ersten Auge abgeschnitten.

Lu rührte sich nicht. Auch wenn das »Sitz!« Knorke gegolten hatte, der am Tor ausharrte, schien es ihr die beste Strategie zu sein, nicht selbst ins Visier von Maxes Zerstörungswut zu geraten. Als der mit den Rosen um die Terrasse herum fertig war, trat er zur Schuppenwand und schaute an der prächtigen Kletterrose empor. Lu vernahm ein leises Stöhnen. Knorke musste es auch gehört haben, denn er jaulte.

Der verholzte Stamm der Kletterrose widersetzte sich der Schere, aber Maxe ächzte, presste ihre Blätter mit neuem Schwung zusammen, und mit einem leisen Knacken hing die über die ganze Schuppenwand verzweigte Rose an ihrem Rankgerüst.

Maxe schloss die Schere, hielt sie einen Augenblick ratlos in den Händen, dann warf er sie beiseite, machte kehrt und ignorierte sie wieder, als er den Garten verließ und sich Richtung Brücke wandte. »Komm Knorke, wir gehen.«

Lu saß da wie versteinert. Er hat mich verschont, dachte sie. Wenn er mich angesehen hätte, hätte ich auch was abgekriegt. Deshalb hat er getan, als sei ich nicht da. Eine Welle der Zuneigung überspülte sie.

Warum Maxe bei ihr erschienen war, hatte sie sich während des Massakers schnell zusammengereimt. Kati hatte hinter seinem Rücken eine Wohnung reserviert und vermutlich auch das Geld dafür lockergemacht. Sie hatte es ihm gestanden, und Maxe hat Rot gesehen. Ihr Vereinsvorsitzender, für den die Kolonie alles war, der Lu gezeigt hatte, wie man die Rosen schnitt und sie so zu üppiger Blüte brachte.

»Der Mann hat Format«, murmelte Lu, trank einen Schluck Johannisbeersaft und stand auf.

Sie ließ Wasser in einen Zinkeimer und stellte ihn auf die Terrasse. Dann holte sie die Rosenschere mit dem Buchenholzgriff aus dem Schuppen und machte sich an die Arbeit. Alle Triebe mit Blüten und Knospen wanderten in den Eimer. Sie erinnerte sich an Maxes Erzählung von Hans Schulze, der seiner Waltraud über Jahre hinweg Rosen geschenkt hatte. Sie hatte das Bedürfnis, diese Liebesgaben, deren tiefe Wurzeln sie herausreißen lassen würde, in ihrem Herzen bewahren zu wollen. Sie konnte sie nicht einfach auf dem Kompost verwelken lassen.

Zum Schluss trat sie zur Kletterrose. Sie sah aus, als sei nichts geschehen, wurde von ihrem Rankgerüst gehalten. Aber der Schnitt war endgültig und zeigte, wie verletzlich auch das üppigste Leben war. Lu kamen die Tränen, als sie in der einsetzenden Dämmerung Blütentrieb für Blütentrieb in den Eimer steckte, in dem kaum noch Platz war.

Was hatte sie getan? War das nicht alles viel zu groß für sie?

9

ZUSAMMENHALT

Kati saß am Gartentisch. Sie hatte seit Jahrzehnten ihre erste Nacht allein verbracht, ohne Maxe neben sich im Bett. Kein Knorke hatte ausgeführt werden müssen, und das war gut so, denn sie hatte bis zum Morgengrauen kein Auge zugetan, und aus dem unruhigen Schlaf, in den sie gefallen war, war sie erst aufgewacht, als die Sonne schon hoch am Himmel stand.

All die Was-wäre-wenn-Fragen, die sie in der Nacht gewälzt hatte, führten nicht zum Kern des Problems. Der war, bei Tageslicht betrachtet, dass ihr Spiel mit möglichen Entscheidungen ein Spiel mit Maxe gewesen war.

Ihre Leidenschaft für Kriminalgeschichten war mit ihr durchgegangen. Zudem hatte Lus Kaltblütigkeit sie fasziniert. Unwillkürlich musste sie lächeln. Diese fatale Mischung hatte sie immerhin aufgerüttelt. Das war gut, oder?

Sie strich über das geblümte Wachstuch, auf dem nur ihre Kaffeetasse auf einem Brief stand, den sie beschwerte. Kein Frühstück, keine zwei Gedecke.

»Es war gut, aber du bist übers Ziel hinausgeschossen«, murmelte sie, dachte noch ein wenig nach und kam zu zwei Einsichten. Erstens: Sie war nicht so skrupellos wie Lu. Sie schämte sich. Zweitens: Ihre Geschichten würde sie von jetzt an auf dem Papier ausleben.

Kati stellte die Kaffeetasse beiseite und öffnete den Brief. Er war von der Stadt. *Der Entpachtungsbescheid vom 3. Februar dieses Jahres ist rechtskräftig.*

Weiter brauchte sie nicht zu lesen. Den Rest sollte sich Sabrina ansehen. Seufzend griff sie zu ihrem Handy und wählte die Nummer ihrer Stadtwohnung. Auf dem Festnetztelefon waren ihre Handynummern nicht eingespeichert, Maxe würde also nicht wissen, wer anrief.

»Bauer?« Seine Stimme klang dünn. Auch er hatte vermutlich schlecht geschlafen.

»Maxe, der Entpachtungsbescheid ist rechtskräftig.«

»Na, da hast du doch, was du wolltest.«

»Wir müssen eine Versammlung einberufen.«

Ein böses Lachen ertönte am anderen Ende. Es schnitt ihr ins Herz. »Ich soll eine Versammlung einberufen mit all den Verrätern? Und die dann noch leiten? Mach ich nicht.«

»Maxe, es hilft doch nicht ...«

»Richtig. Es hilft nicht.«

Und damit klickte es in der Leitung.

Kati legte ihr Handy auf die Wachstuchdecke und sah durch den Garten. In ihrer Rabatte leuchteten Felberich und Sonnenauge gelb, dazwischen die violettblauen Blütenähren der Duftnessel. Aus den quadratischen Gemüsebeeten sprangen ihr reife Zucchini und Tomaten in den Blick, die geerntet werden wollten. Wie jedes Jahr im August. Ein Uhrwerk der Natur. Säen, wachsen, ernten. Dahinter das Bollwerk der Hecke, ein Schutz nicht nur vor Blicken Fremder, sondern auch davor, dass Gedanken ins Weite schweifen konnten. Sie seufzte.

»Kati?«

Rudi lugte über den Zaun.

»Kann ich dir helfen?«

Kati nickte. Sie verspürte Hunger. »Isst du was mit mir?«

»Klar.«

Wenig später war der Tisch gedeckt. Kati hatte Rudis Teller nicht dahin gestellt, wo sonst der ihres Ehemannes stand.

Der Platz blieb frei. Sie erzählte ihrem alten Nachbarn, dass alle eine Wohnung reserviert hätten, sie hinter Maxes Rücken, dass die Entpachtung rechtskräftig sei und sie nun beraten müssten, wie es weiterginge. »Aber ohne Maxe …« Ihre Stimme verklang. Dann gab sie sich einen Ruck. »Lu hat gesagt, du hättest eine stille Reserve. Davon wusste ich ja gar nichts.«

»Ist eine lange Geschichte. Ich geh zu Maxe. Was hat er denn gesagt?«

Kati verdrehte die Augen. »Kein Wort. Als ich ihm mitgeteilt habe, dass alle in Lus Haus eine Wohnung haben wollen, auch ich, dass ich meine ganzen Ersparnisse einsetze, hat er den Suppenteller umklammert, ihn angehoben und wieder auf den Tisch gesetzt, dass es gespritzt hat. Dann noch mal. Er hat mich keines Blickes gewürdigt, Knorke gerufen und war weg.«

»Klar, er hat sich in die Enge getrieben gefühlt.« Rudi nickte ihr zu, sie brachte nur ein dünnes Lächeln zustande. Eine ganz leise Dankbarkeit regte sich in ihr, dass ihr Mann sie von seiner Wut verschont hatte.

»Mach dir nicht allzu große Sorgen«, fuhr Rudi fort und drückte ihre Hand. »Einen besseren Vereinsvorsitzenden als deinen Mann hätten wir nicht haben können. Aber ein Garten ist nur ein Garten, und wenn er mehr für einen ist … dann ist das nicht gesund. Ich weiß das.« Damit ließ er Katis Hand los und stand auf.

»Warte. Nimm ihm Zucchinimus und ein paar Tomaten mit.« Rudi lächelte, und seine vielen Fältchen so anmutig verzogen zu sehen, tröstete Kati ein wenig.

»Eine Friedensgabe?«

»Eine Friedensgabe.«

Sie saßen seit über einer Stunde in Maxes Winterkneipe, ein Lokal, eine Straßenecke von dessen Stadtwohnung entfernt. Knorke, der zu Maxes Füßen lag, hatte seinen Kopf auf Rudis linken Schuh gelegt, als wolle er ihn festhalten. Rudi betrachtete sein Gegenüber nachdenklich. Maxe war so kompakt gebaut, dass ihm seine zusammengesunkene Haltung kaum anzumerken war. In Stoffhose und Hemd – Stadtkleidung – sah er völlig fremd aus. Er hatte mehr oder weniger nichts gesagt, und Rudi überlegte, welcher Bierpegel der beste war, um mit ihm zu reden. Doch er wurde der Entscheidung enthoben.

»Ich fühle mich wie der letzte Dummkopf. Der Trottel, den alle zurücklassen. Sogar die eigene Frau.«

»Da sind wir schon zwei.« Dorle hüpfte wie immer reflexartig in seine Gedanken. Doch das damit früher verbundene Gefühl eines Keulenschlags war nicht mehr ganz so heftig.

Maxe merkte auf.

»Als meine Frau mich verlassen hat, bin ich nicht mehr hochgekommen. Ging ja irgendwie im Garten. Der beschäftigt einen. Feldarbeit in klein. Kann nicht verkehrt sein, hab ich mir immer gesagt. Machen Menschen schon seit Jahrtausenden.«

»Und?« Maxe kniff die Augen zusammen, als sei er auf der Hut.

»Der Fehler liegt im ›klein‹. Ein Kleingarten ist ein Kleingarten, Maxe, aber das Leben ist größer.«

»Komm mir nicht mit so einer Schwachsinnsphilosophie. Hattest du mir nicht gesagt, dass wir Lu ›schmoren lassen‹?«

»Hab dich belogen.«

Maxe trank einen Schluck Bier. Er verströmte merkwürdigerweise Ruhe, trotz allem. Vielleicht etwas Stoisches, überlegte Rudi. Aber nein, es war eher ein innerer Halt. Die Anspannung war nur daran zu sehen, wie fest er den Henkel seines Bierhumpens mit seiner großen Hand umfasste. Rudi schätzte an ihm, dass er die Menschen kommen ließ, wissen wollte, was sie antrieb, ehe er sich ein Urteil bildete.

»Die drohende Entpachtung hat mir gezeigt, dass es so nicht mehr weitergehen kann. Dass ich mich feige vor mir selbst versteckt habe, in eine Sackgasse manövriert, vor mich hingelebt. Das raubt einem mit den Jahren die Kraft, und ich hätte mich beinahe umgebracht, weil ich keine mehr hatte, da rauszufinden.« Rudi hob die Hände vom Tisch und ließ sie wieder fallen. Von dem Gespräch am Fluss mit Maja wollte er nichts erzählen, er brauchte etwas, das ihn mit Maxe verband.

»Ich war neulich aus zwei Gründen nicht ehrlich zu dir. Erstens warst du auf Krawall gebürstet mit deiner Sichel. Zweitens hab ich mich nicht getraut. Ich war selbst gerade erst so weit gekommen, einen Aufbruch zu wagen. Und das können einem andere nicht sagen.«

Er zog seinen Jutebeutel von der Lehne, packte ein Glas Zucchinimus, Möhren-Erbsen-Creme sowie ein paar Tomaten aus und schob alles zu Maxe. »Das kann man nur zeigen.«

Maxe lächelte.

Die halbe Miete, dachte Rudi. Er schiebt es nicht zurück.

»Was soll ich deiner Meinung nach machen?« Maxe drehte das Zucchinimus hin und her.

»Das, was du in den letzten Jahren gemacht hast. Gartenarbeit. Aber bei anderen Leuten. Für Geld. Du bist ein Profi inzwischen. Gärtnerservice. Geräte reparieren. Ole weiß, wie man so was annonciert. Du kommst raus. Du wirst anerkannt.«

Maxe schnaubte. »Ich dachte immer, ich werde anerkannt. Von unserem Verein. Von meiner Frau.«

Rudi beugte sich nach vorn. Zeit für Klartext. Mehr als Bier im Gesicht konnte ihm nicht passieren. »Deine Frau erkennt dich an. In deiner Not, dass du etwas mit deinen Händen machen musst. Aber ich sehe sie am Küchenfenster, wenn sie das Gemüse verarbeitet. Deine Frau will was anderes vom Leben.« Er wies auf die Friedensgabe. »Mit dir. Noch jedenfalls.«

»Du Arsch.«

»Bin ich. Das bleibt nicht aus in Umbruchphasen.« Was für ein Arsch er wirklich gewesen war, musste Maxe nicht wissen.

»Hau ab.«

»Wir brauchen dich, Maxe.«

»Damit ihr euer feige hinter meinem Rücken geplantes Glück ungetrübt genießen könnt? Damit keiner am Wegesrand zurückbleibt?«

»Damit keiner am Wegesrand zurückbleibt. Ja. Das hast du schön gesagt.«

Maxe schnaufte. Er trank einen großen Schluck, dann fixierte er Rudi. »Wie kommst du Schlauberger eigentlich dazu, mir den Tipp zu geben, wieder zu arbeiten? Ausgerechnet du, mogelst dich doch schon ewig als fauler Sack durch.«

»Eine berechtigte Frage.« Rudi erzählte, wie er die Anzeige wegen Sachbeschädigung gegen Ole abgewendet hatte. »Ich hab gemerkt, ich kann das noch. Und so ein Wohngeld kostet schon mehr als die Pacht. Bin zum Jugendamt gegangen und arbeite jetzt zweimal in der Woche bei einem Projekt für straffällig gewordene Kids.« Er lächelte. »Bin der Opa da. Tut mir gut. Na ja, jedenfalls dachte ich, du bist jünger als ich, zum alten Eisen ...«

»Wo hast du eigentlich die Knete her, um bei dem Haus mitzumischen?«

Maxe machte es ihm nicht leicht. Klar, die Verletzung saß tief. Doch in diesem Punkt war Rudi nicht bereit, Maxe gegenüber zu reden. Vielleicht später mal. »Hab ich eben.«

»Wenn ich das gewusst hätte, hätte ich nicht über deine Dealertätigkeit hinweggesehen.«

»Danke, dass du es gemacht hast. Ich rechne dir das hoch an. Ich habe es nicht anders gekonnt.«

»Tja, und jetzt kann ich eben mal nicht.« Maxe stand auf. Knorke blieb liegen.

»Moment.« Rudi nestelte seinen Jutebeutel hervor, packte Katis Friedensgaben wieder ein und reichte ihn Maxe.

Aber der schüttelte den Kopf. »Komm, Knorke.«

Der Hund erhob sich widerwillig, und Rudi meinte, in seinem Blick einen Vorwurf zu erkennen. Er beugte sich hinunter. »Tut mir leid, Kumpel«, murmelte er. Dann hielt er ihm den Beutel vor die Schnauze. »Fass.«

Das tat Knorke und zog sein Herrchen an der Leine aus der Kneipe, während Rudi zahlte.

»Ist Mist, wenn man ein verlogener alter Sack ist. Aber immer nur aufrecht, das verknöchert«, murmelte er, als er den Weg zum Flusseck einschlug.

»Ich glaub, Maxe ist verschwunden.«

Maja blieb stirnrunzelnd vor dessen hoher Hecke stehen. Merle hielt ebenfalls inne und setzte die volle Einkaufstasche ab. Sie waren eben am Gartentor der Bauers vorbeigekommen, der einzige Ort, der vom Weg aus eine Sicht in den Garten zuließ. Sie ging drei Schritte zurück und lugte durch die Stäbe. Vor der Laube saß Kati an einem vorsintflutlichen

Laptop, auf der Nase eine Brille, neben sich ein dickes Notizbuch. Die Gartenzwerge waren aus den Gemüsebeeten auf die Terrasse gewandert, von Maxe keine Spur.

»Ich hab ihn schon drei Tage nicht gesehen«, raunte ihr Maja ins Ohr.

Sie zogen sich wieder hinter die Hecke zurück. »Ob er krank ist?«, fragte Merle.

»Knorke ist auch weg.«

»Also nicht Krankenhaus.« Merle überlegte. »Ich hab Kati noch nie mit einer Brille vor einem Bildschirm sitzend gesehen. Immer nur hinter einem Berg Gemüse.«

»Wollen wir mal nach ihr schauen?«

Merle sah auf die Einkaufstasche, aus der eine Flasche Champagner ragte, die nach Kühlschrank schrie. An diesem Abend wollte sie mit Maja die Abgabe ihrer Masterarbeit und gleichzeitig ihr Investment feiern. Sie hatte nur knapp zwei Wochen gebraucht, um die restlichen Seiten zu schreiben – dreimal hintereinander plus zehn –, auch weil ihr die Note egal war. Hauptsache bestanden. Vor allem aber weil Maja richtiggelegen hatte: Mit der beruflichen Perspektive des gemeinsamen Kreditmanagements für Kleinunternehmer in Entwicklungsländern hatte Merle sich befreit auf *Mach, was du kannst* konzentrieren können.

Maja hatte gelächelt, als sie ihr vor wenigen Stunden erzählt hatte, was sie mit einem großen Batzen Geld aus ihrem Fonds plante. Merle hatte ihrer Freundin flugs vorgerechnet, was sie im Monat durch eine eigene Wohnung einsparen und in ihr Entwicklungshilfeprojekt stecken könnten, und außerdem beteuert, dass trotzdem noch genug Startkapital dafür vorhanden sein würde.

»Es ist dein Geld«, hatte Maja sie gestoppt. »Und diese Kleinkläranlage hier im Flusseck, über die habe ich schon mit

Lu gesprochen, so was in der Art wär auch prima für Bauern in Zentralafrika, weil sich Wasser mehrfach verwenden ließe. Unsere Anlage wird ein Pilotprojekt von irgendeiner Fachhochschule, und die Wissenschaftlerin dort, mit der Lu Kontakt hat, war solchen Kooperationen gegenüber total aufgeschlossen, weil sie wohl mit einem afghanischen Geflüchteten verheiratet ist.«

Da hatte Merle Maja gestoppt, und zwar mit einem Kuss, und nach einer Sommerbrise – so nannten sie ihren lautlosen Sex bei zugezogenen Vorhängen, aber offenen Fenstern – hatten sie alles für ein Festmahl besorgt.

Jetzt verging Merle die Lust auf den Champagner in ihrer Einkaufstasche. Sie konnte sich denken, warum Maxe verschwunden war. Von ihrer Mutter wusste sie, dass Lu dem Alkohol abgeschworen hatte, nachdem alle Vereinsmitglieder eine Wohnung reserviert hatten. Also auch Kati und Maxe. Oder vielmehr Kati hinter Maxes Rücken, anders konnte es nach Lage der Dinge eigentlich nicht sein.

»Ich glaube, Kati und Maxe haben sich verstritten, weil Kati auch investieren will.«

Maja schürzte die Lippen. »Da könntest du recht haben.« Sie zeigte auf Maxes Banner *Flusseck first*. »Und wenn bei seiner Frau der Garten nicht an erster Stelle steht …«

»Der Champagner reicht auch noch für Kati. Komm.« Merle machte kehrt und drückte die Klinke des Gartentors herunter. Anders als bei ihnen öffnete es sich butterweich in den Angeln. »Hallo!«, rief sie in den Garten hinein, um ihre Nachbarin nicht damit zu erschrecken, dass sie auf einmal vor ihr standen. Denn die Ältere schien sehr vertieft zu sein in das, was sie tippte.

Kati sah auf, sicherte offenbar schnell ihr Dokument und klappte den Laptop sowie das Notizbuch zu, während sie herankamen. »Hallo. Wenn ihr zu Maxe wollt, der ist grad nicht da.«

»Der ist gar nicht da, und deshalb sind wir hier«, erwiderte Maja, zog die Champagnerflasche aus der Einkaufstasche und winkte damit Richtung Haus. »Ein paar Minuten Kühlung bräuchte die noch. Du hast ein Gefrierfach, oder?«

»Wenn noch was reinpasst.«

Der Champagner reichte auch noch für Jana und Sara, während in Lus Glas frisch gepresster Stachelbeersaft mit Mineralwasser perlte. Maja hatte die drei Frauen zum Kriegsrat herbeigerufen, nachdem sie erfahren hatten, dass Maxe sich in der Stadtwohnung verschanzte und Rudi nichts hatte ausrichten können.

Sie tüftelten gemeinsam eine Strategie aus, die Kati »Geheimwaffe Duftmarke« nannte, und saßen noch lange bei einem Durcheinander aus dem Delikatessenladen am Markt und frisch geernteten Zucchini, Knoblauch und Auberginen zusammen. Dabei stellte Merle fest, wie Maja auflebte. Ihre selbstlose Zielorientiertheit beflügelte die Gruppe, und diese Stärke würde ihnen bei der Überzeugungsarbeit für Entwicklungsprojekte sehr helfen.

»Ganz schön aufregend«, sagte Jana. »Freunde von uns wollen auch eine Wohnung kaufen.«

»Wir behalten unsere dicke Daunendecke. Da kann ich auch im Winter an einem sonnigen Tag auf unserer Terrasse draußen liegen und lesen.« Sara kaute auf ihrer Lippe, und Merle fielen Efkans Hühner ein. Was sollte eigentlich aus denen werden?

Die Sonne war gerade erst aufgegangen, da überreichte Kati Jana eine fest verschlossene Tüte mit ihrer Nachtwäsche, einen abgekauten Hundeball sowie die Hundedecke, die im Lastenrad ausgebreitet wurde. Florian trug die hellwache Lina-Marie hinaus.

»Ich fahr ganz alleine mit Korke in der Kiste«, informierte sie Kati wichtig.

Florian setzte sie in das auf dem Weg bereitstehende Lastenrad und hob den Finger. »Aber du darfst ihn nur …«

»Ganz leise rufen. So.« Dann holte sie tief Luft und flüsterte mit aufgerissenen Augen: »Korke!«

Kati lächelte. Lina-Marie war in den letzten Wochen oft bei ihnen gewesen, weil Jana so wenig Zeit für die Kinder gehabt hatte. Sie war stundenlang mit Knorke bei den Beerenbüschen über den Rasen gekugelt, und die beiden liebten sich mittlerweile abgöttisch.

Kati sah Jana hinterher, die in die Pedalen trat und ungewöhnlich aussah in einem viel zu weiten Hoodie von Maja. Die Kapuze würde sie brauchen, um nicht von Maxe erkannt zu werden.

Als Kati wieder zu ihrem Grundstück zurückging, entdeckte sie Maja und Merle vor der Hecke. Sie ersetzten gerade Maxes Banner durch ein neues, das mit grellroter Signalfarbe beschrieben und mit einem großen Herz verziert war. Das Nachbargartentor öffnete sich, und Efkan trat mit einer Schüssel Eier heraus. »Hier, viel Glück«, sagte er und überreichte sie Kati.

»Kann sie brauchen bei dem sturen Bock«, murmelte Maja, während sie die letzte Ecke des Banners an einen dicken Heckenzweig band.

Kati sah, wie Efkans Mundwinkel sich kräuselten. Ihre Blicke trafen sich. Er wurde sofort wieder ernst und zuckte beinahe unmerklich mit den Schultern, als wolle er sagen, was soll man machen.

In diesem Augenblick bereute Kati, dass sie Efkan von Sara und Maxe erzählt hatte. Man muss nicht alles ans Licht zerren, dachte sie, jedenfalls nicht dann, wenn es eher schadet als nutzt.

Während sie mit den Eiern auf die Laube zuging, schwor sie sich, das in dem Gespräch mit Maxe zu beherzigen, wenn er denn kommen würde.

Zehn Minuten später traf Lu mit einem Honigglas ein, half beim Tischdecken und verschwand wieder. Nach einer halben Stunde bremste Jana vor dem Tor, und Kati eilte den Weg entlang. Als sie es aus der Lastenkiste bellen hörte, merkte sie erst, wie einsam sie war. Das Glück, dass Knorke wieder da war, machte ihr das Fehlen von Maxe umso schmerzlicher bewusst.

»Ohne deine Duftmarke hätten wir ihn nie in die Kiste gekriegt«, berichtete Jana, nachdem sie den Hund herausgehoben hatte. »Er hat sich zwar gefreut, Lina-Marie zu sehen, wäre aber nie von der Tür des Bäckers gewichen. Erst als wir ihm deine Nachtsachen vor die Nase gehalten, ihm befohlen haben zu suchen und sie in die Kiste geworfen haben, hat er sich hineinheben lassen. Ich glaube, Maxe hat uns nicht bemerkt. Saras Freundinnen haben mindestens fünf Latte und zehn verschiedene Brötchensorten bestellt und Maxe abgeschirmt.«

Kati bedankte sich, tätschelte und lobte ihren Hund.

Dann dauerte es fast eine Stunde, bis Lus Anruf kam. »Im Anmarsch.«

Kati rückte ihren Busen in dem Kleid mit den großen roten Mohnblüten und dem schwingenden Rock zurecht und schaltete die Kaffeemaschine ein.

Knorke begleitete sie zum Tor. Dort trafen sie auf Maxe.

»Danke, dass du Brötchen mitgebracht hast«, sagte Kati mit Blick auf die Bäckertüte in der Hand ihres Mannes.

»Dir nicht«, erwiderte Maxe und betrachtete erleichtert seinen Hund, der sie beide fröhlich umsprang. Dann fiel sein Blick auf das neue Banner. *»Yes, we can.«* Er schnaubte. »Damit kriegst du mich nicht. Und wieso stehen die Gartenzwerge alle bei den Büschen?«

»Das erklär ich dir gleich. Also wenn du bleibst. Ich mach Rührei.«

Maxe gab ein unwilliges Brummen von sich, in dem die Worte »Erbsen« und »hochbinden« enthalten waren, und stiefelte an ihr vorbei. Kati hatte das Gefühl, dass er ihr schickes Kleid gar nicht gesehen hatte.

Beim Frühstück mit Kaffee, Rührei und Honigbrötchen schwiegen sie. Maxe blickte abwechselnd über den Garten und zu Knorke zwischen ihnen beiden und kaute bedächtig.

»Unser Hund ist klüger als wir beide«, sagte Kati, als sie die Stille nicht mehr aushielt. Sie wurde rot wegen der dreisten Lüge und hoffte, dass Maxe ihr Erröten auf Scham zurückführen würde, weil sie hinter seinem Rücken eine Wohnung reserviert hatte.

»Wir haben bald Hochzeitstag.« Ihr Mann vergaß diesen Tag nie und ließ sich jedes Jahr einen Ausflug einfallen. »Oder hätten«, kam es schneidend hinterher.

»Ich möchte ihn mit dir feiern.«

»Das seh ich.«

Also hatte er das Kleid doch bemerkt.

»Ich hab eine Idee, mit den Gartenzwergen«, wagte Kati sich vor. Ihr war ganz schlecht von Maxes Ablehnung. Sie hätte lieber kein Rührei essen sollen. »Ist ein wenig ungewöhnlich vielleicht, aber … Kommst du mit?«

Zur Antwort schob Maxe seinen Teller von sich. Sie atmete auf und führte ihn zu den Beerenbüschen, neben denen sie mit vier Pflöcken und Schnur ein kleines Feld mit einem großen Schritt Seitenlänge abgesteckt hatte. Ihr Herz klopfte. Ob er sie auslachen würde?

Sie wies auf das Geviert. »Das ist unsere Ehe, Maxe. Darin befinden wir uns beide. Also noch nicht. Aber ich möchte, dass du uns da reinstellst. Einen Gartenzwerg für dich und einen für mich.«

»Ist das so ein Psychokram?«

»Nicht richtig. Aber so ähnlich vielleicht.«

Maxe grummelte etwas Unverständliches, schaute auf die Zwerge, die in einem freundlichen Pulk neben den Büschen warteten, und kratzte sich den Kopf. »Ich soll die Zwerge aussuchen.«

»Genau. Und in einem Verhältnis zueinander hinstellen, wie du uns siehst.«

Er griff zuerst nach dem großen Zwerg mit dem Spaten, aber dann ließ er ihn stehen und nahm einen kleineren zur Hand, der gebeugt eine übervolle Apfelkiepe schleppte. Den stellte er zwischen Rand und Mitte. Dann platzierte er den Prächtigen mit der Gießkanne ein ganzes Stück entfernt und ließ ihn nach draußen gucken. »Das bist du. Der andere bin ich.« Er richtete den Maxe-Zwerg so aus, dass er zum Kati-Zwerg blickte. »Erst hab ich gedacht, ich bin ein Großer, aber so fühl ich mich nicht.«

»Und gesehen fühlst du dich auch nicht.« Sie hätte den Maxe-Zwerg am liebsten mit der Nase in die Erde gebohrt, denn auch sie hatte sich nicht beachtet gefühlt. Aber das ging nicht. Das hier war Maxes Sicht, und es war genauso wie bei einer Figur in einer Geschichte: Sie musste mit ihren eigenen Augen sehen, nicht mit Katis.

»Nee. Ich fühl mich nicht gesehen von dir. Dachte ich immer, aber stimmt nicht«, ließ sich Maxe vernehmen.

»Da steht unser Leben«, sagte Kati. »Du schaust zu mir. Du arbeitest für mich, rackerst dich ab. Für dich bin ich die Große, und du bist klein.« Nur mühsam schluckte sie ihren Ärger herunter. Sie war doch die Dumme, die seinem besessenen In-der-Erde-Wühlen still und brav diente.

»Du bist vor allem weiter weg, als ich dachte, Kati. Wo bist du? Dein Kleid ist schön, aber ...«

»Passt nicht zu mir?«

Er zuckte die Schultern. »Wahrscheinlich doch.«

»Ich habe es vor ein paar Wochen im Schaufenster gesehen, und nachdem ich mir einen Ruck gegeben und es gekauft hatte, habe ich mich wie neu gefühlt.«

Maxe schaute auf seine Stadtkleidung herab. »Heute passe ich sogar zu dir.«

»Du siehst gut aus.«

»Ich fühle mich wohler in meinen Gartenklamotten. Es ist so wie früher auf der Arbeit im Blaumann. Einer im Blaumann ist zu was nutze. Und ich ...« Maxes Stimme verlor sich. Seine Arme hingen herab. Knorke, der in den Büschen herumgestreunt war, kam herbei und schob seine Schnauze in Maxes große Hand. Er seufzte und tätschelte den Hund. »Dir ist der Garten zu viel, nicht?«

Kati nickte. »Es ist natürlich schön, den ganzen Sommer und Herbst selbst angebautes Gemüse und Obst zu haben, und gesund und alles, aber mir ist es zu viel Arbeit mit dem Verarbeiten. Ich würde lieber ...« Sie brach ab. Es sollte hier nicht um sie gehen, fand sie.

Er schaute auf die Zwerge. »Wie würdest du sie eigentlich hinstellen?«

Kati überlegte kurz, dann nahm sie den großen Zwerg

weg, rückte den kleinen mit der Obstkiepe dahin, wo ihrer vorher gestanden hatte, auch mit Blick über den Rand ihrer Ehe. »Der Arbeitssklave bin jetzt ich.« Sie nahm einen anderen Kleinen mit einer Hacke und stellte ihn ungefähr in die Mitte, den Blick geradeaus gerichtet. »Das bist du.«

»Zwei kleine.«

»Zwei zu kleine. Ich hätte es gern so.« Kati entfernte die kleinen Figuren, nahm den prächtigen Zwerg mit der Gießkanne und den großen mit dem Spaten und stellte sie in die Mitte, einander zugewandt.

»Und warum hintergehst du mich dann?«, fragte er.

»Ich musste mich groß machen.«

Er schnaubte.

»Es gibt einen Unterschied zwischen deinen Gartenklamotten und dem Blaumann«, sagte sie tapfer.

Er sah sie mit hochgezogenen Augenbrauen an.

»Den Blaumann hast du nach Feierabend ausgezogen.« Katis Herz klopfte.

Ein Weilchen standen sie so da. Kati schielte aus dem Augenwinkel zu ihrem Mann. Der sah auf seine Hände. »Dann muss ich das wohl wieder machen. Rudi meint, ich soll Gartenarbeiten anbieten. Also anderen Leuten«, sagte er zögerlich.

»Gute Idee.« Kati schickte Rudi in Gedanken ein dickes, fettes Danke über den Zaun.

»Und du?«

»Nicht lachen. Ich würde gern Krimis schreiben. Also ich … ich hab schon angefangen.«

Er schwieg und blickte auf die beiden Zwerge im Geviert ihrer Ehe. Kati wagte kaum zu atmen. Schließlich räusperte er sich. »Tja, Kati. Dann sei auf der Hut«, sagte er bedrohlich ernst. »Der Gärtner ist immer der Mörder.«

Sie hielt die Luft an vor Schreck. Dann sah sie ihm in die Augen und entdeckte ein kleines, verstecktes Sprühen. Einen Schimmer von Humor, der schon ewig nicht mehr da gewesen war. Ihre eigenen Augen füllten sich unwillkürlich mit Tränen, und im nächsten Moment fand sie sich an der breiten Brust ihres Mannes wieder. Ehe sie in seiner Umarmung versinken konnte, raunte er: »Komm, ich will diese Träger von deinen nackten Schultern streifen. Ich brauch das jetzt. Ich muss mich von meinem Garten verabschieden. Und das ist verdammt schwer.« Damit schob er sie zum Haus.

Lu öffnete das Gartentor ihres Vereinsvorsitzenden. Ein halbes Jahr war es nun her, da hatte sie das erste Mal diese Klinke heruntergedrückt. Ihr war mulmig, denn Maxe würdigte sie nach wie vor keines Blickes.

Kati und Maxe stellten gerade ihre gesammelten Wein-, Wasser- und Senfgläser auf den Tisch. Rudi kam mit zusätzlichen Stühlen aus dem Schuppen, Jana und Sara traten mit Tellern und Servietten aus der Laube.

Lu hatte Tomaten ausgehöhlt, kleine Mozzarellabällchen hineingesteckt und je ein Basilikumblatt daraufgelegt. Damit hielt sie sich an den Fingerfoodbrauch der Vereinsrunde, ohne sich mit ihren mangelnden Kochkünsten zu blamieren. Sie drückte den Rücken durch und ging auf die Terrasse zu.

Maxe schaute hoch und winkte Lu mit dem Kopf beiseite. Sara nahm ihr die Mozzarellatomaten ab, und Lu folgte dem Vereinsvorsitzenden hinter das Haus zu den Obstbäumen. In einem Apfelbaum hing eine verwitterte Schaukelbank.

»Setzen wir uns«, sagte Maxe, und Lu tat wie geheißen.

Der stämmige Mann und sie passten gerade so auf den Sitz, doch ihr war die Nähe unangenehm. Ihm offenbar auch, denn er lehnte sich nicht an, sondern beugte sich etwas vor und legte die Hände auf den Knien zusammen. Sie schaukelten sanft.

»Das hier ist Katis Märchenschaukel. Als unsere Kinder klein waren, hat sie sich immer welche ausgedacht und mit ihnen hier gekuschelt, besonders wenn es Streit gegeben hatte. Es beruhigte die Kleinen.«

Maxe machte eine Pause und horchte offenbar dem nach, was er gerade gesagt hatte. Will er jetzt mit mir ein Friedenskuscheln veranstalten? Lu sah um sich. Die Schaukel hing mit Blick längs über die schmale Fläche hinter dem Haus, die mit verschiedenen Obstbäumen bestanden war. Eine lichte Baumgruppe zwischen Bahndamm und Laube. Ein paar Äpfel und Birnen, die an diesem Tag heruntergefallen waren, verteilten sich darauf. Irgendwie lauschig, eine schöne Märchen-Location, dachte Lu.

»Ich hatte gehofft, Kati würde auch mit unseren Enkeln hier sitzen, aber die lassen auf sich warten. Und nun wird es nicht so kommen.« Maxe hob die Hand, als wolle er Lu am Sprechen hindern, und lehnte sich auch an. Seine Schultern waren so breit, dass sie sich ein Stück zur Seite beugen musste. »Es wäre auch ohne dich nicht so gekommen, das ist mir inzwischen klar. Aber eins will ich wissen: Seit wann belügst du uns?«

Lu schluckte und sah über die Obstwiese. Die Baumscheiben waren sorgfältig von Unkraut freigehalten, so akribisch, wie Maxe offenbar dachte. »Von Anfang an. Ich nehme an, du weißt mittlerweile von Kati, dass Tobias Starcke mein Ex ist. In meiner ersten Nacht in der Laube habe ich beschlossen, ihn auszustechen. Ich wollte es besser machen als er. Schon in dieser Nacht kam mir die Idee eines begrünten Terrassenhauses.«

»*Hamster gegen Hamstern. Kampf der Baumafia*. Deine beiden Banner waren also fette Lügen.«

»Ich will tatsächlich anders bauen, sozialer, weniger profitorientiert. Ich will mir damit einen Namen machen. Ich will eine andere Form von Profit, nämlich Ansehen und Zufriedenheit.«

»Das man nicht gewinnt, wenn man lügt.«

»Ich hab mich nicht getraut, die Wahrheit zu sagen. Ich hätte Gegenwind von euch bekommen.« Auf einmal war Lu froh, so eng neben Maxe zu sitzen. Sie konnte sich ihm nicht zuwenden, ohne sich den Hals zu verdrehen. Ihr blieb gar nichts weiter übrig, als an ihm vorbei in die Bäume zu schauen, deren Blätter leise im Abendwind raschelten.

»Und das mit den Hamstern?«

Lu fühlte sich nicht nur räumlich in die Enge gedrängt. Was hätte Tobias jetzt gemacht? Vermutlich gesülzt, dass er bei der Versammlung so beeindruckt gewesen wäre von der Gemeinschaft, die ihn aufgenommen habe, dass er von seinem Plan abgerückt sei, und erst, als die Hamster sich als Fehlschlag erwiesen hätten ... Lu schnaubte leise. Nein, solche »sportlichen« Strategien, wie Tobias das nannte, würden diese Märchenschaukel entweihen. Und das sollte auf deren letzte Tage nicht geschehen.

»Maja war es, glaube ich, die die Fledermaus bei der Dresdner Waldschlösschenbrücke ins Spiel gebracht hat. Da musste ich handeln.«

»Du wusstest, dass es für Hamster hier zu feucht ist.« Maxes Stimme war ein tiefes Grollen aus dem Resonanzkörper seiner breiten Brust.

»Ja. Aber mittlerweile weiß ich auch, dass sogar Ameisen

umgesiedelt und Kröten gefangen und wieder ausgesetzt werden für Bauvorhaben. Es gibt ein paar Auflagen, aber gebaut wird trotzdem.«

Maxe nickte. »Wie in Dresden. Ich hab das gelesen. Da ging sogar der Welterbetitel verloren.«

»Wenn sie einen Tunnel gebaut hätten, wäre er erhalten geblieben.«

»Das mit den Hamstern hättest du nicht tun dürfen. Es hat zu viel Hoffnung gemacht. Du hast uns gequält damit.«

Lu schwieg. Was sollte sie sagen, er hatte recht. Aber nach einer Weile des Schweigens schlich sich ihr Haus in ihre Gedanken.

»Ich habe bei Vogelgesang und Blumenduft mein Haus entworfen, mit einer Schale frischer Erdbeeren auf dem Tisch. Der Eindruck des Flussecks ist in meinen Entwurf eingeflossen. Das hat mir Kraft gegeben für einen Aufbruch in eine neue berufliche Existenz.« Sie stockte. »Meinst du, dass ich euch hintergangen habe, wird wie so eine Art schlechtes Karma wirken?«

Maxe stieß kräftig die Luft aus. »Das kann ich dir nicht beantworten. Eins weiß ich allerdings: Diese Frage solltest du im Hinterkopf behalten bei dem, was du künftig tust.« Er quälte sich vom Sitz hoch und hielt die Schaukel fest, dass auch sie aufstehen konnte. »Lass uns zu den anderen gehen.« Er machte eine Handbewegung, um ihr den Vortritt zu gewähren.

Lu ging an der Laube vorbei und spürte Maxes Blick auf ihrem Rücken. Vom Haken lässt der mich nicht, dachte sie, hatte dabei jedoch gleichzeitig das überraschende Gefühl, dass er es gut mit ihr meinte.

Lu hatte ziemlich rote Backen, als sie mit Maxe hinter dem Haus vorkam. Der musste ihr ordentlich den Kopf gewaschen haben. Das war das Mindeste, fand Florian. Wobei – Jana hatte ihm von dem Rosenmassaker erzählt. Lu war danach bei ihr erschienen und hatte sich ihren Aquarellkasten ausgeborgt. Sie hatte wohl den halben Tag draußen gesessen und den Eimer mit Rosen gemalt. Das hätte er nicht von ihr gedacht.

Florian seufzte. Sein Anti-Angst-Training war mühsam. Er konnte nur schwer verinnerlichen, dass er zu seinen Stärken stehen musste, die weder auf intellektuellem noch auf geschäftlichem Gebiet lagen. Sondern beim Erspüren von Unwohlsein und Krankheit bei Tieren, die nicht sprechen konnten. Nur bei seinen Pferdewetten kam das bisher mit dem Geschäftlichen zusammen, die liefen diesen Sommer wieder topp.

Florian nahm sich einen Gemüsespieß. Jetzt, während der Haupterntezeit, gab es nicht mal bei Kati und Maxe Fleisch. Die wussten vermutlich nicht, wohin mit dem ganzen Gemüse. Alle saßen schon am Tisch, selbst Efkan hatte früher Schluss gemacht. Sie zeigten sich gegenseitig die Wohnungen, in die sie investiert hatten, aber jetzt, da Maxe kam, erstarb das Gespräch.

Ihr Vereinsvorsitzender dirigierte Lu an ein Kopfende des Gartentischs, er selbst nahm am anderen Platz, lehnte sich zurück, hob die Augenbrauen und wies mit seiner geöffneten großen Hand auf die Architektin, die ihn beinahe verstört anblickte. Über das Prozedere dieser Runde hatten die beiden also hinterm Haus nicht gesprochen.

Lu erhob sich. Heute wirkte sie eher schmächtig als sexy schmal, fand Florian, und er identifizierte auch sofort, woran es lag. Die Lippen waren bei leicht heruntergezogenen Mundwinkeln etwas geöffnet, und sie versteckte ihre Hände. Sie hatte Angst – etwas, das er gerade lernte, nicht nur bei seinen Patienten, sondern auch bei sich selbst bewusst wahrzunehmen.

»Danke, Maxe, dass du mir das Wort gibst, und dass ihr alle da seid«, begann sie. »Ich …«

»Lass das Entschuldigen weg, das liegt dir nicht, und es kommt auch nicht von Herzen«, sagte Maxe laut und deutlich.

Florian starrte ihn verblüfft an. Ihr Vereinsvorsitzender war schonungslos direkt. Das hätte er ihm gar nicht zugetraut. Maja lachte meckernd, Rudi grinste. Efkan warf besorgte Blicke zwischen Maxe und Lu hin und her.

Die straffte sich. Die leichte Starre in ihrem Blick verschwand, ihre Schultern wirkten entspannter – sofern das in einer ihrer steifen Blusen möglich war, die sie immer trug. Vielleicht, dachte Florian, sollte ich in der Praxis einen weißen Kittel anziehen, für mich selbst, als Rüstung. Das hatte er bis jetzt nicht getan, er hatte es albern und eitel gefunden. Aber wenn es half?

Nachdenklich beobachtete er Lu. Sie wirkte nicht, als hätte Maxe sie eben brüskiert, sondern eher erleichtert. Vielleicht weil es raus war, das Peinliche? Und ihr Kopf noch dran? Sollte er gegenüber Tierbesitzern offener mit seinem Handicap umgehen?

»Danke«, ließ sich Lu mit ihrer leicht rauen Stimme vernehmen. Dann berichtete sie, dass das Crowdinvestment erfolgreich verlaufen war, und zwar »in kürzester Zeit«. Und dass sie sich an dem neu ausgeschriebenen Wettbewerb für die Flusseckbebauung beteiligt hätte. Im schnellsten Fall würde das Haus in knapp zwei Jahren stehen. Gerade als sie erwähnte, dass sie ihr Architektenhonorar nutzen wollte, um selbst eines der kleinen Studios im obersten Geschoss zu erwerben, ging das Gartentor auf.

»Das ist er, dieser Starcke«, flüsterte Sara Efkan zu. »Was will der denn hier?«

In Saras Stimme klang Furcht mit, und er griff beruhigend nach ihrer Hand.

Rudi beugte sich von der anderen Seite zu ihr. »Er sieht nicht so aus, als würde er gleich eine Knarre ziehen.«

»Nee, der hat andere Waffen«, sagte Merle, die gegenübersaß und sich auf ihrem Stuhl umgedreht hatte, um dem Ankömmling entgegenzusehen.

»Allerliebst«, kommentierte Maja.

»Ich mach ein Beweisfoto.« Kati huschte ins Haus.

Maxe stand auf und trat Tobias Starcke auf dem Weg entgegen. »Was veranlasst Sie dazu, in meinen Garten einzudringen?«

»Eine Rettungsaktion. Sie können ihn behalten.«

Maxe hakte die Daumen in die Gürtelschlaufen seiner Cargojeans und warf einen Blick auf den Käfig in der Hand des Besuchers. »Vom Saulus zum Paulus. Wenig glaubhaft. Dafür, dass Feldhamster auf der Roten Artenliste stehen, tauchen hier ziemlich viele auf.«

»Je mehr, desto besser.« Der Neuankömmling lächelte Maxe gewinnend an. Ein attraktives Lächeln, dachte Efkan, aber in den Augen lag ein gieriges Muss, bei dem es ihn kalt überlief. Er hatte auch lange auf Teufel komm raus ein solches Müssen verspürt. Bis zu dem Tag, als er vor dem Supermarkt gestanden und nicht hatte hineingehen wollen. Lu war vorbeigekommen, und ihre Ehrlichkeit sowie ihr Mut hatten ihm den entscheidenden letzten Anstoß gegeben, sein Leben zu ändern. Er schaute zu ihr. Sie hielt sich an der Tischplatte fest, dass ihre Knöchel weiß wurden, und sah zu dem ungleichen Paar auf dem Weg hinüber. Der breite Maxe in T-Shirt, Funktionsweste und ausgebeulter Jeans, der schlaksige Architekt in anthrazitfarbenem Hemd und schmaler schwarzer Hose.

»Darf ich Ihnen erzählen, warum ich heute hier bin?«, fragte Herr Starcke.

»Tun Sie sich keinen Zwang an.« Maxe trat wieder an den Tisch, setzte sich auf seinen Platz und ließ den Mann einfach stehen.

Maja drehte sich auf ihrem Stuhl um, so dass sie rittlings dasaß, legte die Arme auf die Lehne und den Kopf darauf. Merle, Jana und Florian rückten ihre Stühle so, dass sie den Mann betrachten konnten. Lu setzte sich und verschränkte die Arme vor der Brust. Der Mann trat auf dem schmalen Rasenstreifen zwischen Gemüsebeeten und Terrasse vor sein Publikum. Einer gegen alle, dachte Efkan, als er in die Runde blickte, und das machte ihn glücklich. Er spürte den Zusammenhalt zwischen ihnen. Der Kleingartenverein war zwar keine Familie – die er nie haben würde –, aber eben doch eine Gemeinschaft.

Während der Mann auf dem Rasen etwas von einem Zweitgutachter faselte und davon, dass er gleich Fotos von den Hamstern in diesem paradiesisch grünen Garten machen könne, hörte Efkan Maite und Helene auf seinem Hühnerhof nebenan gackern. Wahrscheinlich stritten sie sich um einen Regenwurm.

Das Herz wurde ihm schwer. Vielleicht würde ein Biobauernhof seine Hühnerschar nehmen, Florian hatte ihm zugesichert, dass er die vier untersuchen und ihnen ein Zertifikat ausstellen würde, dass sie keine Krankheit einschleppten. Aber Efkan sah der Wahrheit ins Auge: Für die kommerzielle Hühnerhaltung waren seine Tiere zu alt, sie würden es nicht mehr lange machen dort, es wäre eine Quälerei mit schaurigem Ende.

»Sie sind ja lustig«, sagte Maja gerade, als Efkan sich wieder auf das Geschehen um sich herum konzentrierte. »Sie wollen einen falschen Hamsterbau mit vielen Eingängen anlegen. Wirklich?«

»Schadet doch keinem«, sagte Herr Starcke und zuckte mit den Schultern.

»Mir schon«, murmelte Lu leise.

»Mir schadet es auch«, sagte Sara neben ihm, allerdings laut und deutlich. Sie drückte seine Hand, und Efkan beugte sich hinüber, küsste sie auf die Schläfe und atmete tief den Duft ihres Kokosshampoos ein.

»Mir ebenfalls.« Das kam von Jana.

»Denken Sie an sich. Ihnen kann das nur nutzen«, sagte der Architekt und sah dabei alle an, außer die am Kopfende sitzende Lu.

»Verlieren können ist eine hohe Kunst, Herr Starcke«, ließ sich Rudi vernehmen. »Eine rechtzeitige Einsicht eine noch viel größere.« Er seufzte und griff nach einem halben Ei mit einem Klecks Petersilienmayonnaise darauf.

Efkan sah die Verwirrung auf Tobias Starckes Gesicht, als Merle feststellte, dass mit ihr zusammen vier von fünf Parteien sich abschlägig geäußert hätten, auch die sechste, Lu, die allerdings rein rechnerisch nicht ins Gewicht falle, weil sie genau genommen nicht zu dem Term der Pächter gehöre, denn es gebe ein Ungleich im Binnenverhältnis. »Wie auch immer, der höhere Wert der Vergleichsaufstellung ist klar ersichtlich, Herr Starcke. Er entspricht nicht Ihrem Anliegen.«

Der Mann stand mit zusammengekniffenen Augen da und sah von einem zum anderen. Die Hamster huschten unruhig in dem kleinen Käfig hin und her. Der Arm, an dem er hing, schlenkerte schlaff. In dem Moment tat ihm Tobias Starcke leid. Er hatte unbedingt etwas gewollt und es blind übertrieben. Efkan konnte ihn verstehen. War es bei ihm nicht genauso gewesen? Besonders mit Helene, Carmen, Maite, Atatürk und Andrea – huzur içinde yatsin, Gott hab sie selig? Er musste einen Schnitt machen. Rechtzeitig.

Efkan hielt bei diesem Gedanken die Luft an und nahm nur noch am Rande wahr, wie Florian aufstand, zu ihrem Besucher trat, ihm den Käfig abnahm und bemerkte, dass er die Hamster dem Naturschutzbund übergeben wolle.

Einen Schnitt machen. Rechtzeitig.

Volle Kraft voraus, zurück aufs offene Meer hinaus.

Tobias Starcke drehte ab, allerdings nicht aufs offene Meer hinaus, sondern Richtung Hecke. Efkan hielt seine Nase noch einmal in Saras Haar. Selbst der Kokosduft konnte ihn nicht trösten.

Haben uns zusammen verschworen, waren unser Rückenwind / Doch jede Reise hat ein Ende, bis die nächste dann beginnt, sang er den Helene-Fischer-Song leise ins Haar seiner Frau.

Die nächste Reise, die für seine Hühner die letzte sein würde.

10

ABSCHIED

Alle saßen in Lus Laube. Der Ofen bollerte. Am gestrigen Tag hatte die Schlussrunde des Wettbewerbs für die neue Flusseck-Bebauung stattgefunden. Maxe hatte ihr Rückendeckung gegeben und war als Vertreter des Kleingartenvereins erschienen. Das rechnete sie ihm hoch an. Er war in weißem Hemd, einer dunkelblauen Gabardinehose und grauem Jackett aufgetaucht und musste beim Friseur gewesen sein, denn seine Haare hatten silbern in einem vornehmen Bürstenschnitt auf seinem Kopf geglänzt.

Lus Sorge, dass der Baustadtrat den letzten Konkurrenten – ein renommiertes Architekturbüro aus der nächsten Großstadt – durchboxen würde, war verflogen. Peter Krämer hatte sich wohlwollend gezeigt, jedenfalls in der Sitzung. Gut, dass Maxe da gewesen war und deutlich gemacht hatte, dass Flusseck e.V. nur dann auf das Anketten an Obstbäumen verzichten würde, wenn das Terrassenhaus den Zuschlag bekäme. Dabei hatte sein ruhiger und gewissenhafter Ton in einem seltsamen Zwiespalt zum Inhalt der Aussage gestanden und den Affront geadelt.

Das hätte Tobias hören müssen, dachte Lu. Und gleich danach: Sei dankbar, dass du es erleben darfst und lernen kannst. Es war etwas ganz anderes, aus rein geschäftlichem Kalkül oder aus einer innerlich gewachsenen sachlichen Einstellung alle Register zu ziehen.

Jetzt sah sie in die Runde, die sich bei ihr versammelt

hatte. An diesem verregneten Morgen Anfang November war es selbst mit einem heißglühenden Ofen ungemütlich in der Laube, vor allem, weil das Fenster geöffnet war, es wäre sonst beschlagen. Ihre Nachbarn drängten sich auf allen verfügbaren Stühlen sowie ihrem Bett. Die verbrauchte Luft erinnerte sie an den muffigen Geruch ihres Ankunftsabends vor einem guten halben Jahr.

Auf ihrem Schreibtisch stand fast ihre ganze Sammlung Arzberg Bastdekor. Kaffee- und Teekanne, Teller und Tassen. Dazu Merles Brioches, Brötchen, der Flusseck-Honig, eine Wärmetasche mit Efkans Eiern sowie Pflaumenmus und verschiedene Beerenmarmeladen aus mehreren Gärten. Kati legte noch ein paar Winterbirnen dazu und holte das Obstmesser aus Lus Küche. Sie setzte an, die erste zu schälen, tat dann aber das Messer weg. »Soll sich jeder selbst schneiden.«

Da klingelte Lus Telefon. »Das Rathaus«, sagte sie beim Blick aufs Display. Es wurde still im Raum, und Lu nahm das Gespräch an.

»Glückwunsch, Frau Thaler, Sie dürfen Ihr Haus bauen.«

Die Bürgermeisterin. Lu wurde ganz schwindlig. Sie dachte an all das Geld auf dem Sperrkonto des Crowdinvestings. Ein Riesenbetrag, der jetzt freigegeben werden würde. Sie hatte schon oft mit großen Summen hantiert, aber die Verantwortung hatte immer Tobias gehabt. Jetzt war da kein Tobias mehr, kein knallharter Typ.

Sie nickte Merle mit einem schwachen Lächeln zu, und die ließ den Champagnerkorken knallen, während Lu aufgrund des großen Hallos im Hintergrund kaum mitbekam, was die Bürgermeisterin sonst noch sagte. Sie verabschiedete sich mit der Bemerkung: »Und in der Sauna wird ab jetzt die Ruhezone respektiert.«

»Versprochen.« Lu legte auf und ließ sich von Merle ihr

Glas geben, dessen Inhalt nur wenig trüber war als der der anderen.

»Weiße Johannisbeersaftschorle kommt in der Farbe Champagner am nächsten, sagt meine Mutter«, flüsterte Merle ihr zu.

Dann stießen sie alle auf das Terrassenhaus an.

Rudi trat zu Lu. »Dir geht die Muffe, oder?«

Sie nickte.

»Eine Baustelle haben wir aber vielleicht weniger. Ole hat nämlich eine Wohnung für uns aufgetan, die Familie eines Kumpels von ihm geht für zwei Jahre ins Ausland. Freundschaftspreis. Drei Zimmer, für jeden von uns eins. Das Balkonzimmer würde ich nehmen. Südlage. Brauch ich, für mein Forschungsprojekt.«

»Du willst da Hanf züchten?«

Rudi hob den Zeigefinger. »Medizinalhanf. Bis auf ein, zwei verirrte Schwarze Afghanen vielleicht.«

Lu musste lächeln. Sie freute sich auf die WG mit dem Alten. Es würde schön sein, nach Hause zu kommen und jemanden dazuhaben, der entspannt und witzig war. Das würde sie brauchen können, denn was sie vorhatte, würde sie an den Rand ihrer Kräfte bringen, so viel war klar.

»Wir räumen nächste Woche bei uns aus.« Maja gesellte sich mit einem Pflaumenmusbrötchen zu ihnen. »Wir ziehen in Merles Wohnung.« Sie nahm ihre Freundin in den Arm. »Wir wollen immer zusammenleben. Meine Wohnung wird unser Büro für unser Keimblattprojekt.«

»Keimblattprojekt?«, fragte Maxe stirnrunzelnd.

»Wie aus Kleinem Großes wird«, erklärte Merle. »Wir werden ein Mikrokreditunternehmen für die im Ursprungsland gebliebenen Familien von Armutsflüchtlingen aufbauen. Um in den Ländern selbst zu helfen.«

»Wo dann mit einer Nähmaschine oder einer Kuh angefangen wird?«, fragte Kati, die sich neben Maxe gestellt hatte.

»Genau«, sagte Merle.

»Schöner Name.« Maxe nickte.

»Apropos Keimblatt. Hört mal alle zu.« Kati stellte ihr Glas weg. »Wenn ihr schöne Pflanzen habt, die kübeltauglich sind, sagt uns das. Maxe kann die in einer Gärtnerei unterstellen, wo er aushilft. Dann könnt ihr sie hinterher auf eure Terrassen räumen. Der Inhaber gräbt dafür ein paar Obstbäume von uns hier aus, die er anderen Leuten verkauft.«

»Du arbeitest in einer Gärtnerei?«, fragte Lu Maxe.

Der winkte ab. »Nur als Springer. Im Augenblick ist bloß Hecken- und Baumschnitt dran. Aber was ich da für vergurkte Sachen gesehen habe ...«

Lu merkte Maxes Stimme an, dass er voll dabei war, und freute sich für ihn.

»Ich muss in die Praxis.« Florian umarmte sie kurz. »Hals- und Beinbruch, Lu, ich bin gespannt, wie das alles wird.«

»Moment, ehe hier der Erste geht«, sagte Efkan so laut, dass sich ihm alle zuwandten. »Am 23. November, dem letzten Tag, bevor der Entrümpler kommt, mache ich eine Abschiedsgrillparty. Und Florian, dich muss ich sprechen. Ich komm mit raus.«

Das hatte irgendwie komisch geklungen, fand Lu. Deshalb sah sie den beiden nach, als sie hinausgingen. Und ihr entging nicht, wie Florian erbleichte, als er Efkan zuhörte.

Wenig später hatten sich alle verabschiedet, bis auf den Vereinsvorsitzenden und seine Frau. Sie führte Knorke aus, und er wollte noch bleiben, weil sie ihre Laube nicht mehr heizten. Als Kati weg war, reichte Lu Maxe einen Schirm. »Ich muss dir was zeigen.«

Dann hakte sie sich bei ihm ein und ging mit ihm über den aufgeweichten Rasen zu den Rosensetzlingen, die mittlerweile im Schutz der Schuppenwand aufgereiht waren.

Maxe blieb davor stehen und kratzte sich am Kopf.

»Sie sind alle angegangen, aber ich habe keine Ahnung, wie ich sie über den Winter kriegen soll. Ich weiß auch nicht, welche welche ist. Nur dass die Kletterrose die mit der Schleife ist. Warte.« Lu öffnete die Schuppentür, langte auf ein Brett und trat wieder hinaus. Sie hielt Maxe die Schere mit den mit Buchenholz eingelegten Griffen hin. »Hier, die gehört zu den Rosen. Und die gehören jetzt dir.« Ihr Herz pochte. Würde er diese Entschuldigung annehmen?

Maxe griff zögerlich nach der Rosenschere. Dann klopfte er Lu zweimal auf die Schulter, übergab ihr den Schirm, wandte sich um und ging Knorke entgegen, der gerade mit Kati zurückgekommen war und über den Rasen zu ihm lief.

Maxe strich seinem Hund über den Kopf, sah zwar nicht noch einmal zurück, hob aber zum Abschied grüßend die Schere.

Lu stand an ihrem Schuppen, schaute dem alten Ehepaar nach und dann zu ihrer Laube hinüber, und ein Verlustgefühl übermannte sie schier. Schnell blickte sie zum Fluss, der grau und träge dahinfloss. Krieg dich ein, herrschte sie sich selbst an. Du siehst ihn wieder.

Das schon, aber wenn sie die Kolonie in drei Wochen räumten, würden sie sich alle verändert haben. Und erst recht dann, wenn sie sich wiedersahen, sobald das Terrassenhaus stand.

»Zuerst Carmen. Die wird am schnellsten unruhig.« Efkan kam mit einem der schwarz-weiß gestreiften Hühner um die Hausecke. Florian holte tief Atem. Jetzt oder nie.

Du kannst das. Du schaffst das.

Er legte den Stock griffbereit auf den Tisch neben sich. Efkan drückte einen sanften Kuss auf den Carmens Kopf. »Lütfen, Carmen. Beni affet« – Bitte, Carmen. Verzeih mir. Der blaue Himmel ließ ihr Federkleid aufglänzen und sprach dem Hohn, was gleich kommen sollte. Florian hielt die Luft an.

Du kannst das. Du schaffst das. Sei ruhig. Atme.

Nein.

Er atmete. »Efkan, bring das Huhn zurück.«

Sein Nachbar blieb stehen.

»Ich bin Arzt, kein Mörder.«

»Hühner werden geschlachtet, Florian, das ist normal.«

»Ja, aber nicht deine.«

Carmen gluckte leise.

»Deine werden geliebt. Sie haben Namen. Und meine Kinder könnten es nie verstehen.« Er dachte an den nächsten Tag in seinem Leben und hatte das sichere Gefühl, es wäre falsch, mit dem Blut dieser vier Hühner an den Händen aufzuwachen.

Efkan redete sacht auf Türkisch auf Carmen ein.

Doch sie versuchte, ihre Flügel seinem Griff zu entziehen, wenn auch verhalten.

»Das beste Schicksal, das meine Hühner haben können, ist ein schneller Tod, so überraschend, dass ...« Efkans Stimme erstarb, und er zuckte so unbehaglich mit seinen Schultern wie eben Carmen mit ihren Flügeln.

»Ja, es wäre vernünftig. Wahrhaft liebevoll. Heldenhaft. Du hast recht. Trotzdem. Bring sie zurück.« Florian hörte seiner eigenen Stimme nach, und sie war fest. So fest, dass

Efkan kapitulierte. Er brachte Carmen wieder zum Hühnerhof.

Florian folgte ihm. Sein Kopf war wie leer gefegt. Er starrte auf das friedlich pickende Geflügel.

Efkan schloss das Tor und stellte sich neben ihn. Sehr aufrecht.

Florian hatte das Gefühl, sich erklären zu müssen. »Ich bin ein Feigling. Ich kann Tieren nicht gut wehtun, muss es aber als Tierarzt. Beim Impfen, Untersuchen, Desinfizieren von Wunden. Sie spüren meine Angst und wehren sich. Ich bin ein Versager in meinem Beruf.«

Efkan schwieg. Aus dem Augenwinkel sah Florian, dass auch er zu den Hühnern starrte.

»Du hättest es durchgezogen. Du bist ein mutiger Mann. Wie Jana. Die traut sich was. Vor kurzem hat sie sich allerdings ein wenig zu viel getraut.« Er dachte zum ersten Mal darüber nach, ob vielleicht auch Unsicherheit der Grund dafür gewesen war. Aus Unsicherheit konnte man gehemmt sein wie er oder über das Ziel hinausschießen wie Jana.

Letztlich hatte sich herausgestellt, dass ein Haus mit Garten nicht das war, was sie wirklich wollte, sondern was sie zu brauchen geglaubt hatte.

»Und?«, fragte Efkan schroff. »Ist es gut gegangen?«

»Was?«, fragte Florian. Er war wohl zu weit abgedriftet mit seinen Gedanken.

»Was Jana sich getraut hat.«

»Ja.«

»Schön für sie. Ich bin eine Witzfigur. Ich kann keine Kinder zeugen und halte stattdessen Hühner.«

Florian dachte, er hätte sich verhört. Doch dann sah er seinen Nachbarn vor sich, wie zärtlich er das Huhn im Arm gehabt hatte, wie er Zwiesprache mit ihm gehalten hatte …

In diesem Augenblick krähte der Hahn und rannte flatternd auf eine der Hennen zu. Die flüchtete gackernd in Florians Richtung, und er machte vor Schreck einen Satz zurück, obwohl er außerhalb des Geheges stand. In diesem Augenblick kam ihm eine Idee.

»Warte hier. Ich bin gleich wieder da.« Florian holte sein Telefon aus der Tasche, verließ Efkans Garten und suchte einen seiner Kontakte heraus. Er ging auf dem Weg am Fluss hin und her. Aus dem ersten Gespräch ergab sich ein zweites, dann ein drittes, zum Schluss wählte er wieder den ersten Kontakt. Danach steckte er das Handy weg und ging zurück. Er fand Efkan im Freigehege auf einem Eimer sitzend, den Kopf in den Händen vergraben.

»Hast du eine Transportkiste? Und Kükendraht für ein Notgehege?«

Efkan schaute auf. Nachdem er ihn einen Moment betrachtet hatte, nickte er.

»Gut. Diesmal zuerst das ausgeglichenste Huhn.«

»Helene«, sagte Efkan.

»Dann Helene. Komm, wir haben viel vor.«

Dieser 23. November war ein sonniger Tag. Der letzte des stabilen herbstlichen Hochs, das der Kolonie morgendlichen Reif auf den Rasenflächen beschert hatte.

Kati transportierte mit Rudis rostiger Schubkarre – ihre eigene war in die Gärtnerei gewandert, in der ihr Mann aushalf – dicke Scheite ihres alten Pflaumenbaums zu Maja und Merle. Maxe hatte ihn gefällt, zerhackt und das Holz im Wohnraum ihrer Laube vor dem Kamin angetrocknet. Kati bewunderte ihn dafür. Das Fällen des Pflaumenbaums und das Nutzen ihrer Behausung als Trockenraum war eine rabiate Entweihung ihres Gartens gewesen. Maxe hatte sich so verabschiedet, hatte einen Weg gefunden, seine Trauer tätig anzugehen.

Auch die Gemüsegevierte waren alle abgeerntet. Die letzten Rosenkohlröschen hatte sie aufgeschnitten mit einem Stück Butter, Salz, Pfeffer und Kümmel zwischen den Hälften in Alufolie gewickelt, sie würden in der Glut in Efkans Grill garen.

Als sie das Holz zu M&M gebracht hatte, vor deren Außenkamin eine Tafel aus mehreren Tischen aufgebaut war, ging sie noch einmal zurück zu ihrer Parzelle. Sie sammelte alle Gartenzwerge ein, wickelte sie in Zeitungspapier und verfrachtete sie in die Schubkarre. Sie würden in einem Regal auf dem Balkon ihrer Stadtwohnung auf ihre Einsätze zu Figurenaufstellungen ihres ersten Kriminalromans warten. »Ich bring euch wieder zurück ins Flusseck, versprochen«, flüsterte sie ihnen zu, als sie die Schubkarre vorsichtig über den Kiesweg zum Parkplatz schob. Sie verdrückte eine Träne, von der sie nicht hätte sagen können, ob sie vor Trauer oder Rührung emporgestiegen war.

Dieser Bahndamm ist verdammt steil, dachte Rudi, als er bei seinem Aufstieg zum dritten Mal wegrutschte. Er sog zischend die Luft ein und griff sich an sein stechendes Knie. Sicher würde er die nächsten Tage humpeln.

Er schaute sich um. War er weit genug oben? So hoch, dass die Bagger nicht die Grasnarbe beschädigen würden? Es würde schon reichen, sonst brach er sich noch die Beine. Er holte eine Tüte hervor, streute den Inhalt großflächig aus und murmelte dabei einen alten Spontispruch: *Wer nicht genießt, wird ungenießbar.* Dann rutschte er, mehr als er stieg, den Damm hinunter. Ein paar werden schon aufgehen.

Als er um die Gärten zu seinem zurückging, sang er leise aus dem Lied der Band Schneewittchen: *Unter dem Pflaster / Ja, da liegt der Strand / Komm reiß auch du / Ein paar Steine aus dem Sand.*

Zur Henkersmahlzeit würden Maja und sie die Gastgeber sein. Sonst hatten sie sich in der Runde immer beim Vereinsvorsitzenden eingefunden, aber Merle hatte gemerkt, dass er das nicht verkraften würde. Während sie alle in den letzten Wochen das aus ihren Lauben herausgeschafft hatten, was sie behalten wollten, hatte sich Maxe kaum blicken lassen.

Kati hatte erzählt, er wolle in ihrer Stadtwohnung nichts haben, was ihn an den Garten erinnere. Nur die Gartenzwerge habe sie gerettet, und die guten Geräte hätte Maxe mit in die Gärtnerei genommen, in der er jetzt aushalf. Sie hatte dabei so verzagt geklungen, dass Merle vorgeschlagen hatte, sie sollten das Abschiedsgrillen bei ihnen machen. Sie hatte den Außenkamin als goldene Brücke vorgeschoben. Er würde sie wärmen, wenn sie draußen säßen. Hinter ihrer Mauer musste Maxe nicht mit Blick auf seine dem Untergang geweihte Rentnerklause mit ihren gähnend leeren Gemüsebeeten feiern.

Efkan hatte zugestimmt, ihm sei es egal, wo sein Grill stehen würde, sie bräuchten sich schließlich nicht mehr um Schäden am Rasen zu kümmern.

»Ich kann Maxe verstehen«, sagte er jetzt, als er den Grill

bei ihnen aufbaute. »Seit gestern, seit die Hühner weg sind, mag ich auch nicht mehr zu uns.«

»Bloß wegen der Hüh…«

Merle stieß Maja an, die mit einem Stapel Teller neben ihr stand und den Mund zuklappte.

»Entschuldige, Efkan. Ich bin dabei, meine Maßstäbe von Elend zu korrigieren, aber es klappt noch nicht immer«, sagte Maja.

»Die Hühner waren wie meine Kinder. Man könnte meinen, du verstehst das, Maja. Also, Merle und du, ihr könnt zusammen ja keine kriegen. Ist das nicht traurig für dich?«

Merle war erstaunt, wie schmerzlich und gleichzeitig klar Efkan klang. Konnten Sara und er vielleicht keine Kinder bekommen? Unwahrscheinlich war das nicht, sie waren schon lange verheiratet, soweit sie wusste, und beide extrem familienfreundlich.

Maja zuckte die Schultern. »Ich weiß gar nicht, ob ich welche will.«

»Wir haben noch nicht darüber nachgedacht«, ergänzte Merle schnell, die Majas Äußerung als zu schroff empfand.

»Also ich stelle mich zur Verfügung«, sagte Rudi, der das Letzte mitbekommen hatte, weil er seinen kleinen Grill vorbeibrachte – er sollte neben dem Kamin als weitere Feuerstelle dienen, um es am Abend hell und warm zu haben.

»Und bei wem?«, fragte Maja, und Merle stellte überrascht fest, dass die Frage spielerisch klang.

»Realistischerweise sollten wir zwei Versuche einplanen. Und wer zweimal mit derselben pennt …«

»… gehört schon zum Establishment«, ergänzte Maja.

»Wir werden dein großzügiges Angebot im Hinterkopf behalten«, tat Merle kund und dachte, dass dieser Sommer unter den Kleingärtnern etwas aufgebrochen hatte, so wie die Erde aufbrach, wenn sich ein neuer Keim herausschob.

Sie ging das Bowlenset mit den zwölf Gläsern aus der Küche holen und horchte ihrem Empfinden nach. Ja, es war passend, dass sie ihr Mikrokreditmanagement »Keimblatt« genannt hatten. Es würde sie immer an ihren Garten erinnern.

Lu kam als Letzte, das hatte sie sich überlegt. Sie wollte den Pächtern, den Alteingesessenen, Zeit allein, ohne sie geben. Sie nicht stören beim Auftakt ihres Abschiedsfestes, bei dem sie genau genommen nur Außenseiterin war.

Doch sie sehnte sich nach ihren Nachbarn und machte sich früher als geplant auf den Weg. Als sie bei Rudi vorbeikam, sah sie Lina-Marie in einer roten Daunenjacke, in die sie vermutlich im Laufe des Winters hineinwachsen würde, in M&Ms Garten flitzen. »Lu kommt!«, hörte sie sie rufen.

»Da bist du ja endlich«, wurde sie von Maxe begrüßt, als sie kurz darauf ebenfalls durchs Tor trat, und es klang eindeutig erleichtert. Das erfüllte Lu mit tiefer Freude. Maxe hatte offenbar das Gefühl, dass sie dazugehörte. Für sie war es wie ein Ritterschlag, der sie emotional fast niederzwang.

»Dann können wir anfangen.« Merle füllte ein Bowlenglas nach dem anderen, neun vorsichtig mit Glühwein, drei mit Holunderpunsch. »Alle zwölfe«, sagte Kati, als sie sich um den Tisch versammelt hatten.

»Eine Zahl der Vollkommenheit«, bemerkte Maja.

»Auf das Flusseck«, sagte Maxe. »Möge es wiederauferstehen wie Phönix aus der Asche.«

Dieser entschlossene Blick nach vorn gab Lu den Rest. Sie

ahnte, was der Maxe kostete. Unwillkürlich spürte sie, wie sie nach etwas Alkoholischem gierte. Allerdings nicht mehr ganz so dringlich wie kurz nach ihrem *Point of no Return*, stellte sie fest, während ihre Augen feucht wurden.

»Fast achtzig Jahre, ein stattliches Menschenalter, gibt es das Flusseck nun«, fuhr Maxe fort. »Alles hat seine Zeit, und für unsere Kolonie ist sie abgelaufen. Es ist schwer zu begreifen, aber Dinge müssen vergehen, damit Neues entstehen kann. Halten wir uns daran fest und lassen unsere Kolonie in unseren Herzen weiterleben. Vererben wir ihren Geist an unsere neuen Nachbarn, die hinzukommen werden.« Maxe kratzte sich am Kopf, und Lu schaute sich um. Ihre Augen waren nicht die einzigen feuchten. Auch in Katis, Rudis und Efkans schimmerte es verdächtig.

»Ich bin kein Mann großer Worte. Lasst uns anstoßen.«

Das taten sie.

Efkan trat an seinen Grill und drehte den Spieß mit vier Hühnern darüber. »Das Fleisch ist gar«, rief er in die Runde.

Vier Hühner. Lu fiel es wie Schuppen von den Augen. Atatürk und irgendwelche Schlagersternchen. Deshalb war Florian an dem Tag, als die Entscheidung für ihr Terrassenhaus gefallen war und Efkan ihn herausgebeten hatte, so erbleicht. Einer hatte sie schlachten müssen, und wer konnte das besser als ein Tierarzt?

Geschockt sah sie zu Florian hinüber und fuhr mit einem Finger an ihrer Kehle entlang.

Florian schüttelte nur leicht den Kopf. Dann erzählte er, dass Efkans Hühner eine leere Box in einem Pferderennstall bewohnen würden und tagsüber frei auf dem Hof herumliefen. Ihr aufgeregtes Geflatter mache die Pferde scheu, aber irgendwann gewöhnten sie sich daran. »Genau darum geht es bei der Sache: Rennpferde dürfen nicht im falschen

Augenblick scheuen. Und Hühner sind ein prima Training dafür.«

Es wurde ein paradiesisches Mahl, beleuchtet vom Holzfeuer eines alten Pflaumenbaums, der im Kamin und in den kleineren Grills von Maxe, Rudi und Schulzes rund um den Tisch verbrannte.

Es gab alles, was die Gärten hervorgebracht hatten. Blattsalat mit Walnüssen, Birnenstückchen und Sonnenblumenkernen. Eine Kürbiscremesuppe mit Schnittlauch. Ein dicker, wärmender Bohneneintopf mit Möhren, Lauch, Sellerie, Petersilienwurzel, Majoran, Estragon, Bohnenkraut, Thymian und Lorbeer. Dazu Vielkörnerbrot aus ihren Getreidesaaten für Fine und Finn, die Philipp und Lina-Marie gemörsert hatten. Platten voller Auberginenscheiben mit Knoblauch und Zucchini-Zwiebel-Paprika-Spießen, Backkartoffeln mit Rosmarin als Beilage zum Huhn. Rosenkohlröschen. Kohlrabi-Kerbel-Creme. Obstsäfte, Honigkuchen und Apfelmus.

Mitten in diesem Reigen dufteten üppige Sträuße aus Astern, Chrysanthemen und Lampionblumen nach Herbst. Alles war geerntet oder geschnitten und auf die lange Tafel gewandert. Die überbordende Pracht erfüllte Lu mit Staunen und Dankbarkeit. Und Ehrfurcht. Würde ihr Haus auch so ein gastliches Zuhause werden wie diese Reihe von sechs Gärten? Würde es wohnlich genug sein? Einladend? Würde der freie Blick, der Schatz des Flussecks, sommers wie winters den Bewohnern eine Weite in ihrer alltäglichen Gedankenwelt bescheren, wie sie es sich vorstellte? Würde sich das Haus tatsächlich in den Raum zwischen Bahndamm und Fluss hineinschmiegen, so dass die Menschen drüben im Café, im Biergarten oder auf der Promenade ungestört über das Wasser schauen konnten?

Vielleicht. Hoffentlich.

Das hier, diese Festtafel, war jedoch unwiederbringlich wie die Kolonie Flusseck, auch wenn das neue Haus ihren Namen tragen würde. Sie seufzte.

Rudi beugte sich zu ihr. »Was ist los?«

»Es ist wunderschön traurig. Und sag jetzt nicht, ein Joint würde mich locker machen.«

»Nicht?«

Lu verdrehte die Augen. Aber irgendwie wurde ihr gleich ein bisschen leichter.

Mitternacht war längst vorbei, und Efkan, in der Hand einen Putzschwamm, strich sich mit dem Unterarm die Haare aus der Stirn. Er reinigte seinen Grill mit Natronlauge. Mert würde ihn bekommen, und da sollte er sauber sein. Sein Bruder hatte ein Stück flussaufwärts einen Grillplatz entdeckt, den er für sonntägliche Familienausflüge anzusteuern gedachte.

Efkan schaute zu der verwaisten Tafel hinüber, während er den Rost säuberte. Sara räumte gerade die letzten Teller ab. Der Abend war ihm vorgekommen wie einer mit seiner Familie. Eigentlich sogar noch schöner, weil er sich nicht als bemitleidenswürdiger kinderloser Onkel, sondern als gleichwertiges Mitglied gefühlt hatte.

Maxe kippte die Asche aus der Kohlenwanne nach einem kleinen Zögern achtlos auf die Kleewiese und fegte die Wanne dann aus.

»Wir sind fertig«, rief Kati von der Bruchsteinterrasse hinüber.

»Wir auch«, sagte Maxe. Er hatte darauf bestanden, der Letzte zu sein, der die Kolonie verließ.

Sara war ebenfalls aus der Laube gekommen, schnappte sich den Deckel des Grills und setzte ihn auf. Dabei raunte sie Efkan zu: »Wir gehen vor den beiden.«

Er verstand. Zuschauer störten, wenn Maxe sich von seiner Kolonie verabschiedete.

Wenig später ging er mit seiner Frau im Arm zum letzten Mal den Kiesweg vor den Hecken entlang.

»Maxe kommt übrigens nicht mehr«, sagte sie.

»Zur Massage?«, fragte Efkan.

Sara nickte, und ihr seidiges Haar streifte dabei seinen Arm, der um ihre Schultern lag. Kühl, erotisch. Sein Herz begann in seiner Brust zu klopfen, die ihm eng wurde.

»Er sagt, er braucht es nicht mehr. Mit Kati sei es wieder schön.«

»Trägst du die Haare offen, wenn du diese Massagen anbietest?«, fragte er.

»Bei der Arbeit? Nie.« Ihre Hand, die auf Taillenhöhe gelegen hatte, wanderte ein Stück tiefer, und er merkte, wie steif sein Gang bei den letzten Schritten geworden war. Er zwang sich, die Hüften zu lockern, und blickte sich um. Von Maxe und Kati war noch nichts zu sehen. Hatte Lu nicht gesagt, dass sie zwar die Sixties-Sessel und das dazu passende Sideboard mitnehmen wolle, nicht jedoch das Bett? »Komm schnell. Wir verstecken uns. Ich muss mich vergewissern, dass dein Kunde nicht auf den letzten Metern einen Herzinfarkt bekommt. Aber das muss er ja nicht wissen.«

Er rannte los und zog Sara mit sich. Sie hatten verabredet, für den Entrümpler, der am nächsten Tag kommen sollte, alle Gartentore und Lauben offen stehen zu lassen. Das machte Efkan sich zunutze und lag keine halbe Minute später mit seiner Frau auf Schulzes Bett. Bäuchlings nebeneinander mit Blick durch die Terrassentüren.

Sara kicherte. Doch das Lachen verging ihr, als sie das alte Ehepaar mit einer Taschenlampe am Zaun entlanglaufen sahen. Maxe aufrecht und mit festem Schritt. Kati an seiner Seite hielt eine Schale in der Hand. Sie öffneten das Gartentor.

»Mist«, zischte Sara und rutschte zur Seite, als der Lichtstrahl auf die Laube fiel. Der Vorhang vor dem Bett war ein Stück zugezogen, und sie drückten sich in dem nicht einsehbaren Winkel aneinander.

Efkan lugte hinter dem Stoff hervor.

Kati zeigte auf die Terrasse. Die beiden kamen näher.

»Hier müsste noch Lavendel sein. Irgendwo finden wir bestimmt eine letzte Blüte«, hörte er Kati sagen.

Der Schein der Taschenlampe huschte über die Rabatte.

»Da.« Maxe pflückte eine ab, die er in Katis Schale legte.

Im Licht der Lampe konnte Efkan sehen, dass darin schon andere Blüten lagen.

»Blau ist gut. Jetzt haben wir alle Farben, aus jedem Garten eine. Das wird hübsch aussehen, wenn ich es presse«, ließ sich Kati vernehmen.

Maxe steckte die Lampe in eine der Taschen seiner Cargohose, nahm ihr Gesicht in beide Hände und küsste sie, und beim Anblick dieses Kusses verlor sich Efkans innere Anspannung. Er sah zu, wie das ältere Paar den Garten verließ und unter der Brücke verschwand.

»Kati macht bestimmt ein Bild aus gepressten Blumen als Erinnerung«, sagte Sara, und ihre Stimme klang belegt dabei.

»Wir beide brauchen auch noch eine Erinnerung. Dazu eignet sich dieses Einbrechernest hervorragend, in dem der Anfang vom Ende begann.« Efkan griff auf den Rücken seiner Frau, wickelte sich ihr schweres, seidiges Haar um seine

Hand, rollte sie auf die Seite, presste sie an die Wand und küsste sie fordernd.

Erst als der Tag eins der Zerstörung mit mildem Nieselregen heraufzog, schlossen sie das Gartentor hinter sich. Nach einem vorerst letzten Blick auf den Fluss gingen auch sie. Efkan hatte neben seiner schlummernden Frau Nachtwache gehalten. Nachtwache für das kleine Glück. Nachtwache für das Flusseck. Ihren Phönix.

EPILOG

Zweieinhalb Jahre später

»Ich beginne nächste Woche mit dem Aushub.«

Lu saß in ihrem kleinen Studio ihres ersten selbst gebauten Hauses und blickte mit dem Telefon am Ohr auf den Fluss. Neben ihr stand eine Tasse Arzberg Bastdekor mit duftendem Tee. Den Zitronenthymian dafür hatte sie kürzlich auf ihrer Terrasse in einen flachen Kräuterkübel gepflanzt. Sie verabschiedete sich von dem Anrufer, dem Sprecher der Baugruppe ihres Folgeauftrags: ein energie- und fast abwasserneutrales Haus in einer nahen Stadt ein Stück flussabwärts auf einem abwassertechnisch nicht erschlossenen Grundstück.

Dann stand sie auf, ging durch ihr Arbeitszimmer mit Kitchenette in ihren zweiten Raum, in den lediglich ein Bett passte sowie ein Einbauschrank an der Wand daneben. Dessen Türen schob sie zur Seite und tauschte Heels, Edeljeans und Bluse gegen ein luftiges Sommerkleid und Sandalen. Auch wenn ihr Schrank nach wie vor nur sehr wenige hochwertige Kleidungsstücke enthielt, das verspielte Kleid hatte sich irgendwie eingeschlichen und war genau das Richtige für die Veranstaltung, die gleich stattfinden würde. Beim Hinausgehen streifte ihr Blick das schlicht gerahmte Aquarell mit einem Zinkeimer, in dem Rosen in allen Farben steckten: Zartgelb, Lachs, Rosé, Cremeweiß, Orange, Pink, Samtrot. Sie lächelte. Auf Maxes Terrasse fanden sich genau diese Farben wieder, wenn auch noch etwas sparsam.

In ihrem Bad – scheinbar nur ein WC mit Waschtisch – zog sie ihre Lippen nach. Geschäftspartner, die sie für Besprechungen in ihrem »Musterhaus« empfing, ahnten nicht, dass neben der schmalen Glastür nach draußen eine Außendusche angebracht war, mit Rohrheizung für frostige Tage. Ihre Waschmaschine, Handtücher sowie alles, was eine Frau sonst im Bad so brauchte, waren wie ihre Kleider in einem unauffälligen Einbauschrank versteckt.

Diese Ecke im obersten Geschoss ihres Hauses, das kaum noch Tiefe zwischen Bahndamm und letzter Terrassenstufe hatte, war genau das Richtige für ihr kleines Reich. Bei ihren Nachbarn bildeten die Räumlichkeiten lediglich das Obergeschoss großzügiger Maisonettewohnungen. Bei ihr musste es für alles reichen, aber wozu war sie Architektin, sie konnte auch wenige Quadratmeter optimal gestalten.

Beschwingt trat sie aus ihrem Studio auf den zum Bahndamm gelegenen Laubengang, der die oberen Etagen erschloss, um sich zu der Veranstaltung am Flussufer zu begeben. Dann stockte sie. Was reckte denn da gezackte Blätter über das Gestrüpp auf der Böschung? Sie stieß die Luft durch die Nase aus. Rudi war einfach unverbesserlich.

»Und jetzt der Hund«, sagte Florian. Neben ihm auf dem Rasen streckten sich zwei Kinderpopos in die Höhe. Philipp litt in der Schule darunter, nicht besonders sportlich zu sein. Die quirlige Lina-Marie konnte jede konzentrierte Bewegung gebrauchen. Vor allem aber benötigte Florian das Entspannende, Befreiende und Tatkraft Spendende, das ihm Yoga bot.

Dem Therapeuten in der Angstsprechstunde hatte seinerzeit der Schreck in den Augen gestanden, als Florian ihm von der im letzten Moment abgewendeten Hühnertötung erzählt hatte. Der Mann hatte etwas von der »Gefährlichkeit einer unbetreuten spontanen Konfrontation« gemurmelt und nicht verstanden, dass Florian an Efkans tapferer Entscheidung gewachsen war. Das Vorkommnis hatte ihm die Augen geöffnet, dass er fest an den nächsten Tag in seinem Leben und im Leben eines Tieres, das ihm anvertraut wurde, denken musste. Der unmittelbare Schmerz einer Behandlung zählte nicht so viel wie der nächste Tag. Er musste seinem Gefühl vertrauen, auch beim Einschläfern todkranker Tiere, deren nächste und ohnehin letzte Tage eine ihnen unverständliche, angsterregende Qual wären. Diese Erkenntnis hatte dazu geführt, dass er sich selbst aus der Sprechstunde entließ.

Er hatte sich an Lus Yogaübungen auf dem Rasen erinnert und das Gefühl gehabt, dass deren Ruhe und zentrierende Kraft ihm nützlich sein würde. Sie hatte ihm in ihrem langen WG-Flur erste Asanas beigebracht, und seitdem war er nie wieder kopflos gewesen angesichts des Leids eines Tieres, mit dem er mitfühlte. Manchmal machte er heimlich allein im Sprechzimmer den Baum, einmal links, einmal rechts, tief, tief, tief durchatmen. Dann fühlte er sich seiner Arbeit wieder gewachsen.

Aus der großen Wohnküche, deren Türen zu dem kleinen Rasenstück hin offen standen, ertönte das Pling der Backröhre.

»Pizza!«, kreischte Lina-Marie, flitzte in die Wohnung, und sämtliche Hunde, Katzen oder Kobras, ob beim Yoga oder in echt, waren vergessen.

Die Pizza hatten sie selbst belegt, mit Tomaten, Mozzarella, Paprika, und in die Tomatensauce darunter hatten sie Belugalinsenpesto gemischt, Philipps derzeitige Lieblingszutat.

Gerade als sie die Backröhre öffneten, ging auch die Wohnungstür auf, und Jana kam herein. Im eleganten Kostüm, mit Pferdeschwanz, aber einem entspannten Lächeln, das Florian an ihre Zeit vor der Geburt der Kinder erinnerte und ihn glücklich machte. Er küsste seine Frau. »Mach schnell, wir müssen in einer halben Stunde am Ufer sein.«

»Wir schaukeln nachher abwechselnd«, sagte Philipp. »Wenn wir richtig hoch sind, können wir über alle drübergucken.«

Florian sah zu dem großen Walnussbaum – ehemals Efkans –, dem einzigen, der von allen Bäumen der Kolonie stehen geblieben war, weil er ganz nah am Weg wuchs und Walnussbäume nicht ohne Weiteres gefällt werden durften. An einem seiner dicken Äste hing die Holzschaukel mit den rauen Hanfseilen, deren Sitzbrett er bald wieder ölen müsste.

Er gestand sich ein, dass sie wirklich besser aussah als eine Plastikschaukel, und so schlimm war das Ölen nun auch nicht. Besonders weil ansonsten kaum Arbeit in dem nur wenig mehr als terrassengroßen Garten anfiel. Zudem gab es seit kurzem einen Mähroboter namens Andrea, den Florian der Hausgemeinschaft gespendet hatte – aus hohen Wettgewinnen dank zweier für alle anderen überraschenden Siege eines bisher als schreckhaft verrufenen Rennpferdes aus einem Stall mit vier gefiederten Bewohnern.

Lu und Maxe hatten die unbebaute Fläche vor den Erdgeschosswohnungen zusammenhängend geplant, und auch, wenn jedem der Anteil vor seiner Wohnung gehörte, zerstückelten den Rasen keine Zäune oder Hecken. Der Mähroboter hielt das Gras überall gleich kurz, was den Eindruck eines großzügigen Flurstücks vor dem Haus verstärkte.

»Ich bin Erster beim Schaukeln«, verkündete Lina-Marie.

»Nein, ich«, protestierte Philipp.

»Das knobeln wir aus.« Jana schlüpfte aus ihren Pumps, trat barfuß hinaus auf den Rasen und pflückte zwei Halme ab. Sie versteckte sie in ihren Fäusten und sagte: »Wer den kürzeren zieht, muss länger warten.«

Florian dachte unwillkürlich beim Anblick seiner Frau: Von uns hat bei unserem Ringen keiner den Kürzeren gezogen.

»Das mit den Aktien läuft gut übrigens«, sagte Ole, der in einem T-Shirt mit der Aufschrift *Enjoy* und einer Oversized-Jeans in einem Liegestuhl auf der Terrasse lümmelte.

Rudi war aus der Dusche gekommen und knöpfte sich gerade eines seiner wenigen Hemden zu. »Also dass du mit den Kapitalisten gemeinsame Sache machst, enttäuscht mich ein bisschen.«

In Wirklichkeit war Rudi heimlich stolz auf seinen Enkel, der seine paar Kröten in Windparks und Solarenergieunternehmen investierte. Er dachte an einen fünfzehnjährigen verwahrlosten Sohn betuchter Eltern, der mit seinem reichlichen Taschengeld bevorzugt Wetttrinken veranstaltete und bei ihm als Sozialopa gelandet war. Es wäre sicherlich sinnvoll, wenn er die Wirtschaft mit seinem Taschengeld auf andere Weise ankurbeln würde als mit dem übermäßigen Konsum teurer Spirituosen.

Rudi seufzte. Es war nicht leicht, als Aussteiger wiedereinzusteigen. Und ohne seinen Enkel hätte er das nie geschafft. Trotzdem, ein bisschen Widerstand ... Er knöpfte sein Hemd wieder auf und wendete sich der Terrassentür zu. »In zwei Minuten Abmarsch nach unten«, verkündete er. »Und räum auf, deine Mutter kommt auch.«

»Machst du nachher Spätzle?« Ole lugte aus dem Liegestuhl hervor.

»Klar«, sagte Rudi. Er hatte sich Dorles Rezept von Joan geben lassen, und jedes Mal, wenn er sie zubereitete, erfüllte ihn traurige Wärme für seine Frau. Je länger Ole bei ihm wohnte, desto mehr Wärme und weniger Trauer war es.

In seinem Zimmer flog das Hemd achtlos aufs Bett. Er holte ein verwaschenes weinrotes Shirt aus dem Schrank. Es war mit einem dicken Textblock, einem Ausspruch von Jimi Hendrix, bedruckt: *When the power of love overcomes the love of power the world will know peace.*

Kati stand in der Küche und schnitt Möhren klein. Dann Sellerie. Dann Lauch. Es gab doch nichts Besseres, als einen Berg Gemüse zu verarbeiten.

Das war einfach, und es kam etwas dabei heraus, das allen schmeckte. Petersilienwurzel. Dann Bohnen.

Sie schwitzte. Dabei war es heute keineswegs heiß. Es war ein angenehmer Sommertag mit einer leichten Brise vom Fluss her. Als sie nach der sechsten Kartoffel griff, legten sich von hinten zwei große Schaufelhände auf ihre.

»Für wie viele Personen willst du denn Eintopf kochen? Es kommen nur unsere Kinder. Und vielleicht noch die Frau vom Verlag.«

Kati ließ die Schultern heruntersacken, und Maxe küsste erst die eine, dann die andere. Das war möglich, denn sie wurden nur bedeckt von den Trägern ihres Mohnblumenkleides und der Halsschlaufe der Küchenschürze. Es kribbelte.

»Ach, Maxe. Wenn nun keiner kommt? Also, am Ufer meine ich?«

»Dann stürzt du dich aus dem Boot und ertränkst dich. Ich halte Efkan so lange fest, damit er dich nicht rettet.«

Wider Willen musste Kati lächeln. Sie lehnte sich an ihren Mann und pries im Stillen ihre Entscheidung, ihre Lust am Taktieren zwischen Buchdeckeln auszuleben und nicht auf Kosten von Maxe. Er schob ihr sachte die Halsschlaufe der Schürze über den Kopf, dass ihre Frisur keinen Schaden nahm. »Komm, ich zeig dir was.«

Kati seufzte tief und zog die Taillenschleife auf. Während Maxe die Schürze weghängte, wusch sie sich die Hände. Dann lotste er sie zu der kleinen Stiege, die in ihre Schreibklause führte, und ließ sie vorgehen.

Oben angekommen blieb sie wie angewurzelt stehen. Maxe musste sie ein Stück in ihren »Glaskasten« hineinschieben, wie er ihre Klause gern neckend nannte, um neben ihr Platz zu finden.

Hinter dem niedrigen Bambus, der den unmittelbaren Blick auf die Solar-Wind-Paneele auf dem Dach das ganze Jahr über verdeckte, breitete sich das Panorama der Stadt aus, ganz vorn der Fluss. Und davor wimmelte es von Menschen.

Kati griff nach Maxes Hand. Er hätte sie auch auf die Terrasse führen können, aber hier war *ihr* Ort und gleichzeitig der, warum sich die Menschen dort unten versammelten.

»Ich glaube, du musst dich doch nicht ertränken«, sagte Maxe trocken.

Sie erwiderte nichts und reichte ihm den Zwerg mit den roten Backen und dem Spaten, der auf dem Schreibtisch neben ihrem Laptop gestanden hatte. »Der hat seine Arbeit getan. Er kann wieder zurück zu den anderen.«

»Ich bin gespannt, was die Bande das nächste Mal anstellt«, sagte Maxe charmant.

Die »Bande« stand auf der Terrasse zwischen Kübeln mit Rosen, Beerenbüschen, Salat, Radieschen und Schnittlauch. Es war geradeso noch Platz für einen Tisch mit zwei Stühlen. Aber Kati machte das nichts aus. Mit den paar Töpfen wurde sie spielend fertig, zum Einmachen war es nicht genug, und frische Radieschen und Stachelbeeren waren schon schön.

»Aber jetzt will ich stolz auf dich sein.« Maxe schloss sie einmal kurz fest in die Arme, ließ sie los und ging vor ihr die Stiege hinunter.

Kati nickte, obwohl sie nur noch sein kräftiges Kreuz und seinen silbernen Borstenhaarkranz sah. Sagen konnte sie auf einmal nichts mehr. Hoffentlich würde ihre Stimme unten wiederkommen.

»Meleğim.« Mein Engel.

Efkan bettete den Kopf seiner Frau an seiner Schulter, die ihm eben auf ihrem Ecksofa aus der Laube, das gerade gut für sie beide war, höchstes Glück beschert hatte. Sie hatten nur den seitlichen Vorhang ihres lichtdurchfluteten Wohnzimmers geschlossen, damit ihre Nachbarn sie nicht beobachten konnten, nach vorn heraus hatten sie freien Blick, und das fand Efkan aufregend. Es konnte sie niemand sehen, aber es wirkte nicht so, und das verschaffte ihm ein zusätzliches Prickeln.

Er strich über den wunderbar festen Bauch seiner Frau und genoss ihre Zweisamkeit. Noch mehr als früher, so viel stand fest. Es lag nicht zuletzt daran, dass er fast jedes Wochenende als Rettungssanitäter – und bald sogar täglich als Notfallsanitäter – für andere sorgen konnte. Leben retten, Glück schenken und es an Sara weitergeben. Manchmal auch nicht, wenn ihnen jemand wegstarb. Wie heute Morgen. Ein Unfall. Eine junge Frau, nichts zu machen. An Tagen wie diesen wusste Sara mit geschickten Händen zu beginnen, was ihm Ablenkung verschaffte – und ihm in der Folge, wenn es um sie beide und nicht mehr um wohlgesetzte Griffe ging, Trost bescherte. Was ihnen wiederum eine Innigkeit vermittelte, die ihnen als Paar Kraft schenkte. Er küsste ihr vertraut nach Kokos duftendes Haar. »Zieh dir ein hübsches Kleid an. Wir müssen runter.«

Strömung waagerecht, Tiefe senkrecht ... »Jetzt«, sagte Merle zu sich selbst und warf den Anker über Bord. Das kleine offene Polizeiboot ruckte, drehte sich langsam in die Strömung und blieb nahe der Uferböschung genau in der Mitte des neuen Hauses »Flusseck« ruhig darin liegen.

»Dreieck perfekt berechnet«, murmelte sie, als ihre Markierung am straffen Ankerseil direkt über dem Wasser stand. Sie beobachtete, wie der Polizist, der das Boot gesteuert hatte, ein Tau zu der am Ufer wartenden Maja warf. Sie zog den Bug zu sich, und Merle ging nach vorn und sprang heraus. Mit einem Tritt und etwas Hilfe stieg Kati ein, dann stellten sie das Boot wieder in die Strömung, das locker auslaufende Tauende behielt Maja bei sich. Während der Polizist sich im Boot auf den Boden setzte, so dass nur seine Mütze zu sehen war, nahm Kati an einem Tischchen mit Blick zum Ufer Platz, wo überall Leute auf Picknickdecken saßen.

Maja und Merle hatten außer ihrem Pouf noch ein paar Kissen dabei, und dazwischen machten sie es sich jetzt bequem. Als Drittes saß ein unbegleiteter minderjähriger Geflüchteter aus Mali mit ihnen dort. Amadou war von seiner

Mutter und seinen Tanten nach Europa entsendet worden, nachdem die Männer der Familie niedergemetzelt worden waren. Merle und Maja hatten den Frauen in Mali Mikrokredite vermittelt, in dem Dorf gab es jetzt einen neuen Brunnen, bestellte und bewässerte Felder, zwei Ziegen und eine Schneiderei, deren Erzeugnisse in der nahen Stadt verkauft wurden. Dadurch konnte der Junge einen Schulabschluss in Deutschland machen und eine Lehre anschließen – er schickte nur Geld von seinem Schülerjob nach Hause, davon ließ er sich nicht abbringen.

Merle kuschelte sich an Maja. Ihre Liebste würde am nächsten Tag geschäftlich in den Sudan fliegen, während sie selbst zu Hause blieb und für Amadou sorgte. Der Junge brauchte dringend Nachhilfe in Mathe, fand sie. Wenn die Welt um einen herum zusammengebrochen war, was gab es da Tröstlicheres als die erstaunlichen und verlässlichen Regeln der Mathematik?

Eine Frauenleiche trieb im Fluss. Schwarz gewandet wie das nächtliche Wasser.

Mit diesen Sätzen begann Katis erster Kriminalroman, den sie am Nachmittag im Polizeiboot vorgestellt hatte. Ihre Kommissarin Katalin klärte den Mord an einer Baulöwin auf, in deren Charakter Lu eine Mischung aus Tobias und sich selbst erkannt hatte. Skrupellos, ehrgeizig, zweckorientiert, erfolgreich. Verlogen, wenn es sinnvoll erschien. Als sie aus einem Ring aus Korruption und Geldschieberei aussteigen wollte, als sie etwas Gutes wollte, hatte es sie das Leben gekostet.

Lu stand auf ihrer Terrasse, blickte über das dunkle Wasser und erschauerte. Ja, es hätte im Flusseck alles anders ausgehen können, und das wäre auch passiert, wenn sie nicht verwerflich gehandelt hätte. Wäre es doch, oder?

Der Sommerabend senkte sich hernieder. Auf zwei Terrassen ihres Hauses flackerten Windlichter auf. Die meisten Lesungsbesucher aus der Stadt waren gegangen, aber alte und neue Bewohner des Flussecks saßen noch auf der Uferböschung zusammen. Es fügte sich.

QUELLEN

BUCH

Bundeskleingartengesetz, Frankfurt 2018

Johann Wolfgang Goethe: *Faust. Der Tragödie Erster und Zweiter Teil I*, Ditzingen 2020, Erstausgabe 1808

FILM

Oeconomia, D+R Carmen Losmann, D 2020

MUSIK

Be Not Too Hard, Song: Donovan, Text: Christopher Logue, gesungen von Joan Baez, USA 1967; Album *Joan*

Highway to Hell, Song: AC/DC, Text und Musik: Bon Scott, Angus Young, Malcolm Young, AUS 1979

Ich glaub dir hundert Lügen, Song: Helene Fischer, Text: Jean Frankfurter, Kristina Bach, D 2007

Levitating, Song: Dua Lipa, Text: Dua Lipa, Clarence Doffee jr., Sarah Hudson, Stephen Kozmeniuk, DaBaby, GB 2020

Stayin' Alive, Song: Barry, Robin und Maurice Gibb, Bee Gees, aus dem Film *Saturday Night Fever*, GB/USA 1977

Unter dem Pflaster liegt der Strand, Song: Schneewittchen, Text und Musik: Angi Domdey, D 1976

Volle Kraft voraus, Song: Helene Fischer, Text: Benjamin Asare, Helene Fischer, Robin Haefs, Malte Kuhn, Farsad Zoroofchi, aus dem Album *Rausch*, D 2021

Zuhause, Song: Flynn Kliemann, aus dem Album *nie*, D 2018

DANK

Durchgelesen, liebe Leserin, lieber Leser! Danke dafür! Es bewegt mich, dass Menschen meinem Roman ihre Zeit widmen. Vielleicht fragen Sie sich noch, was aus Fine und Finn geworden ist. Das verrate ich gleich. Zuerst danke ich auch denen von Herzen, die mir bei *Morgenluft* geholfen haben. Sie glauben gar nicht, wie viele etwas beigesteuert haben. Aber Sie können sich bestimmt denken, wie glücklich mich das macht.

Serenay Cuci prüfte die türkischen Einsprengsel. Matthias Eberhard vom Stadtplanungsamt Lüneburg informierte mich über die baurechtlichen Abläufe rund um die Entpachtung der Kolonie Flusseck. Wobei ich betonen möchte, dass es sich bei der Stadt irgendwo in Norddeutschland nicht um eine bestimmte handelt und alle ihre Einwohner und Würdenträger frei erfunden sind. Die Psychologin Veronika Frank konferierte mit mir über Figurenaufstellungen, was Kati damit erreichen kann und was nicht. Simon Hein von der Deutschen Wildtier Stiftung berichtete mir, dass der Feldhamster das am stärksten von der Ausrottung bedrohte Säugetier in Deutschland ist. Er wünschte sich für Fine und Finn einen humusreichen, gut durchlüfteten Lößboden, auf dem keine riesigen Monokulturen angebaut werden, die nach flächendeckender Ernte den Lebensraum zu einer Todeszone ohne Schutz und Nahrung wandeln.

Barbara Hoyer von Begine, einem Berliner Frauentreffpunkt, nahm einen Realismuscheck der sexuellen Beziehung von M&M vor. Meine Tochter Undine Mothes half mir beim Wortgebrauch der jüngeren Figuren. Die Übersetzerin Valerie Schneider schenkte mir das Italienische im römischen Restaurant. Mein Mann Manfred Treiling hieß alle Bewohner des Flussecks in unseren Gesprächen willkommen – und ehrlich gesagt quatschten die täglich rein. Sie kennen den Haufen ja. Die Autorinnen Gabriele Borgmann und Angelika Wörthmüller begleiteten mich mit aufmerksamer Schreibkritik. Die Lektorin Susanne Kiesow zeigte mir, wo ich zu hart mit meinen Figuren war.

Ein ganz besonderer Dank gilt meiner Agentin Meike Herrmann von Graf & Graf sowie meiner Lektorin der S. Fischer Verlage, Tanja Seelbach. Sie setzten Vertrauen in mich, entwickelten die Geschichte mit und sorgten dafür, dass sie den Weg zu Ihnen, liebe Leserin, lieber Leser fand.

Wenn Sie *Morgenluft* mögen, wäre das Schönste, was Sie tun könnten, Ihren Freunden davon zu erzählen. Oder Ihr Leseerlebnis zu posten, auf Social Media oder einem Buchportal. Das wäre einfach knorke – oder für alle, denen dieses altmodische norddeutsche Wort zum ersten Mal hier als Hundename begegnet ist: toll, cool.

Und Fine und Finn? Sie sind heil über den Bahndamm hinterm Flusseck entkommen und in einer Berliner Kleingartenkolonie gelandet. Sie haben sich in den Buchtrailer auf meiner Website ullamothes.de gemogelt!

Ihre Ulla Mothes

Volker Jarck
Robuste Herzen
Roman

Katja, Leon, Milena und Tallstedt: Drei Geschwister und eine Kleinstadt am Meer. Heimat und Familie, das sind die großen Zufälle unseres Lebens, unser emotionales Gepäck. Aber wo und mit wem wir als Erwachsene leben wollen, für welche Menschen und Orte wir uns entscheiden, das markiert die Brüche und Aufbrüche.
Mit Humor und Melancholie erzählt dieser Roman von erwachsenen Geschwistern in einer kleinen Küstenstadt: ein sehr deutscher Sehnsuchtsort, an dem ein robustes Herz schlägt. Vielleicht muss man ihn verlassen, um es auch von Weitem zu hören. Und kehrt irgendwann zurück.

335 Seiten, gebunden